陈瑜 主编

蒋军辉 副主编

# 晋风唐韵今犹在——浙东唐诗之路散文集

浙江工商大学出版社

ZHEJIANG GONGSHANG UNIVERSITY PRESS

·杭州·

**图书在版编目（CIP）数据**

晋风唐韵今犹在：浙东唐诗之路散文集 ／ 陈瑜主编.
— 杭州 ：浙江工商大学出版社，2021.7
ISBN 978-7-5178-4450-1

Ⅰ．①晋… Ⅱ．①陈… Ⅲ．①散文集－中国－当代
Ⅳ．①I267

中国版本图书馆CIP数据核字(2021)第070000号

**晋风唐韵今犹在：浙东唐诗之路散文集**
JINFENG TANGYUN JIN YOU ZAI: ZHEDONG TANGSHI ZHI LU SANWEN JI
陈 瑜 主编 蒋军辉 副主编

| | |
|---|---|
| 责任编辑 | 沈敏丽 |
| 责任校对 | 夏湘娣 |
| 封面设计 | 林朦朦 |
| 责任印制 | 包建辉 |
| 出版发行 | 浙江工商大学出版社 |
| | （杭州市教工路198号　邮政编码310012） |
| | （E-mail：zjgsupress@163.com） |
| | （网址：http://www.zjgsupress.com） |
| | 电话：0571-88904980，88831806（传真） |
| 排　版 | 杭州彩地电脑图文有限公司 |
| 印　刷 | 杭州宏雅印刷有限公司 |
| 开　本 | 710mm×1000mm　1/16 |
| 印　张 | 22.75 |
| 字　数 | 315千 |
| 版 印 次 | 2021年7月第1版　2021年7月第1次印刷 |
| 书　号 | ISBN 978-7-5178-4450-1 |
| 定　价 | 69.80元 |

/前 言/

# 聆听历史的水声

柯 平

以钱塘江南岸古渡西兴为起点，向东南方向穿过稽山越水，合若耶溪，经通明堰，曲曲弯弯到宁波境内入海，这是眼下媒体所乐于告诉我们的有关浙东唐诗之路的概念。这条古老的路其中一半流淌着水，另一半流淌的是文学。根据今人统计，《全唐诗》所载两千余位诗人中，有五分之一以上都跟它有着千丝万缕的关系，比如赴任、旅游、出家、访友探亲以及其他现实所需。可以肯定的是，作为某种秘密的精神朝拜，那里的每一滴水珠和每一记桨声，都仿佛是诗神的馨欬和灵感触发器，而途中的文化地标如云门、兰亭、金庭、东山和沃洲等当年所传输给他们的力量，现在仍在源源不断地传输给我们。鉴湖像巨大的镜子映照出这一切，尽管不能全都辨识，但依然可以切实感受到。像沧桑的古画，不无脱落断粘，但主体固在。

作为一名作家，生活在这样的文化土壤和艺术环境里是幸运的，用沈三白的话来说，就是"天之厚我可谓至矣"。而套用《石头记》描写秦可卿卧室之笔法，或许又可戏称为笔蘸王逸少之砚池，意通支道林之玄思，足蹬谢客儿之游屐，目眺释智者之天台。如果再加上历史地理学的基本知识和西方文学的滋润，那自然就更妙了。有人说在浙东唐诗之路上每走几步就能踩到一个典故，我想纠正他说，是一步能踩到几个。如此得天独厚的文化滋养，直接的结果自然是文人辈出，佳作不断，从南宋的陆游到明朝的徐渭，到民国前期的一大帮贴有越地标签的文坛大才子，再到今天遍布下属各县区的作者群，包括眼前这本地方最新散文集，似乎无须怎么用心，就能听到这条道路曲折而隐秘的回响。而间接反映出来的就更多了，即以今天绍兴统计部门每年耀眼的 GDP 报表为例，其中有多少产业受益于潜在的文化力量！

反复阅读这些地方气息浓重的作品，它们或引古论今，或记录日常，或探究山水与心灵的内在关系。我脑海里出现的一个意象，竟然是唐朝的古纤道，即现今在绍兴境内仍保存完好的那条。同样的朴素而结实，同样的谦卑而不事声张。董彩芳在《在鉴湖边，一遍遍行走》中说："古纤道的路基是用大块的青石条砌成一个个桥墩，一般高出水面半米左右，桥墩与桥墩之间，青石板一块连着一块，架起水上平桥，由于古纤道贴水而过，古代百姓走在上面，可以通行，又可以背纤拉船。遇到风狂浪急时，古纤道又仿佛是中流砥柱，可以抵消风浪对船只的撞击。"但文学致力的方向与此不同，这条道路不可能完全贴地而行，因此它虽是现实的，也是虚幻的，既是国家的，也是个人的。想象中，每个作者的内心想必都有这样一条秘密道路，他的文学素养有多结实，这条道路就有多结实；他的笔力能到达哪里，这条道路就能铺设到哪里。

陈瑜在她追寻谢灵运足迹的《他日知寻始宁墅》里说过这样一段话："历史像一匹长长的布，经经纬纬之间，天下的人、事、情丝丝缕缕地，或明亮或隐秘地发生着关系，万物万象在其中显示出它的神秘和玄妙。许多细节都遍不可寻，几个不甚起眼的节点，串联起一个地域的前世今生。"这使我想起张岱在《史阙》自序中表达的一个观点："余读唐野史，太宗好王右军书，出奇吊诡，如萧翼赚兰亭一事，史反不之载焉，岂以此事为不佳，故为尊者讳乎？抑见之不得其真乎？余于是恨史之不赅也，为之上下古今，搜集异书，每于正史世纪之外，拾遗补阙。得一语焉，则全传为之生动，得一事焉，则全史为之活现。"几有异曲同工之妙。也就是说，历史的残缺和某种人为模糊固然让人惋惜，但也并非全是坏事，至少它为个人见识的增长提供了更广阔的舞台，就看你自己能量的大小了。比如同为国史，

《宋史》说剡溪在新昌，《明史》说剡溪在奉化。再比如同为清人，邑亦相邻，黄梨洲、全谢山两人所见之"今兰亭"不同，里距也异。（详见全祖望《宋兰亭石柱铭》）如果能通过潜心研究得出令人信服的结论，再以如郦道元般生花的妙笔表述出来，那该是多么让人振奋的文坛佳事。

在此意义上说，对于一名后世的作家，真正的兰亭应该有两个，一个是现实中的，一个秘藏心间。真正的唐诗之路也应该有两条，一条通向海洋，一条通向内心深处。王羲之不仅是一个耀眼的文化符号，更是一个有血有肉的思想前驱；李白对越地的投契也并非无缘无故，道宗的幽秘与深邃是他每日身心所必需的养料。如何让镆铘干将的血性融入作品的风格和厚度？身旁的5G基站收发台跟塔山上的应天塔又该说些什么？这些问题应该时常为我们所思考。这本文集里的绝大多数作者，对此自然心领神会，在书里我们可以看到不时出现的那些闪光点，以及背后隐藏着的作者的睿思与慧眼独具，让人时常对卷沉思。

正如章莉娜在《兰亭——穿越千年的等待》里满怀深情地回忆："那一年的兰亭，清露晨流，新桐初引。如一阵清风，伴着卓尔不群的俊逸之气，又仿若拂过的柳丝，暗藏金声玉振。参会四十一人，得诗三十七首，编为一卷，是为《兰亭集》。"时光轮盘携带着晋风唐韵快速转至今日，更多的文学之士沐浴古代的光辉，啜饮新时代的营养，诗意地栖居在这片仿佛每一片落叶都是王维、每一记寺钟都是贾岛的土地上。思接千载，眼眺未来，这样的姿势既是动人的，也是有效的。而这次结集的五十三位作者和五十八篇作品，不妨视作一千多年后的另一次雅集。尤其可以告慰古人的是，尽管思想深度和艺术功力尚不足与他们相提并论，但题材的丰富和笔法的多样，包括女性写作者队伍的强大，足以让他们感到吃惊，相信若干年后会有优秀的作家从中脱颖而出，这既是地方优势所在，更是命运使然。十余年前应浙江卫视之邀，我曾为当地写过一首朗诵诗，我在诗里说："好像地下的古人，时刻都在凝视、检阅。好像他们的血液，正在你的脉管奔涌。"而今天有幸为这本文集作序，相当于又给了我一次向绍兴文化致敬的机会。

# / 目　录 /

## 柯　桥　卷

## 越　城　卷

# 新 昌 卷

# 诸 暨 卷

晋风唐韵今犹在
——浙东唐诗之路散文集

柯桥卷

# 漫漫古纤道 悠悠乌篷船

瞿幼芳

一

"镜中看竹树，人地总神仙。白玉长堤路，乌篷小画船。"诗人齐召南的《山阴》诗句，生动地描绘了绍兴独有的景致。而被誉为"白玉长堤路"的古纤道，宛如一位历经千年而风采依旧的仙女，那么苗条，那么温柔，静静地卧在水上。

古纤道又称古纤塘、运道塘、官塘，为路桥组合的道路，是古人行舟背纤的道路和船只躲避风浪的屏障。它的形成已有十分悠久的历史。

据史书记载，春秋战国时期，越王勾践为备战吴国，反复运载兵械，拦境江水，修中富大塘，筑山阴古水道，这可谓是纤道的雏形；东汉永和五年（140年），会稽太守马臻发动民众兴建大型水利工程鉴湖后，人们便以堤为路，背纤行舟；晋时会稽内史贺循动员百姓，改进运载方法，修凿运河，修堤为路；唐宪宗元和十年（815年），浙东观察使孟简治理鉴湖，改造纤道；直到明朝弘治年间，山阴（绍兴县）知县李良改用石砌，从而形成了规模浩大、风格独特的古纤道。从此，这里汪洋沼泽不再，泛泛水域远逝，良田连畈，村落缀缀。

千百年来，绍兴古纤道不仅对促进浙东航运业的发展起过重大作用，而且成为江南水乡一绝。

它卧伏于浙东运河南岸，绵延近75公里，是全国重点文保单位。远远望去，它如长虹卧波，又如一条飘舞在水面的白色练带。两岸支流条条，平畴无垠，就像一卷无纸的水乡风景画。近看，是用青石条砌成的一个个石磴，高出水面半米左右。磴与磴之间，石板一块连着一块，架起了水上一座绵长的古桥。

"妹妹你坐船头，哥哥在岸上走，恩恩爱爱纤绳荡悠悠……"《纤夫的爱》这首歌如今脍炙人口，广为传唱。可是古时候纤夫拉纤可没有这样的诗情画意、浪漫温馨。运河河道宽阔，大风激浪，船只难行，纤夫拉纤就是帮助船只前行，夏天汗流如雨，冬天踩霜踏雪。

古纤道每一块斑驳的青石板，都刻满沧桑和艰辛，记录着岁月的苦难与沉重。

河面上，一舟楫缓缓地行进；纤道上，激越的"嘿哟"号子声声，纤夫们弓着腰，背着纤绳，整个身子俯得低低的，费劲地拉纤，一颗颗晶亮的汗珠扑簌簌溅落在碧绿的湖面上。

遇到桥梁，因为要把纤板、纤绳从桥洞下穿过去。大家就先停下，休息一会。纤夫们便放下手中的纤绳，歇上一阵，擦擦额头上的汗，解下背上的酒壶，摸出几颗茴香豆，抿上一口解解乏，说些家长里短，身心在这一刻得到了彻底的释放。如果河面上有乌篷船划过，船上恰巧坐着一位妙龄女子，更是引来纤夫们火辣辣的目光。

周作人在散文《乌篷船》里这样写道："随处可见的山，岸旁的乌桕，河边的红蓼和白苹、渔舍、各式各样的桥，困倦的时候睡在舱中拿出随笔来看，或者冲一碗清茶喝喝。"

这条水路曾经是江南主要的交通干道。当年，周作人经常坐船走这条水路去杭州。坐在船中，一边喝着茶，一边看书、看风景。鲁迅、蔡元培也都是从这条水路上走出去的。坐在乌篷船中，沿着古老的纤道，一桨一桨地划向外面的世界，从此走出绍兴，走向全国，走向世界。一条纤路走出了多少绍兴名人。

古纤道是我国水利史上的特例，全国只有绍兴一处。感谢我们的祖先用杰出的智慧创造出了桥路组合的道路，既可护河作塘，又可背纤走路，一举两得，构思奇妙。坐乌篷船徜徉水上，领略水乡秀丽风光，极富诗情画意，颇有"舟行碧波上，人在画中游"之趣。

古纤道又是浙东唐诗之路上的一处重要景点。晋唐以来，诗人们从钱塘江西陵古渡出发，经浙东古运河、古纤道、绍兴鉴湖，转入曹娥江，经上虞，再沿剡溪逆流而上，经嵊州、新昌，直至天台华顶寺、国清寺。

浙东唐诗之路既是一条山水景观相映的"诗歌走廊"，又是一条融合优秀传统文化、媲美丝绸之路、茶马古道的经典人文之路。

在我的想象中，诗人们在古纤道上，踏歌而行，吟唱着诸如"舟从广陵去，水入会稽长"的诗句，在这条水路上尽情放飞着诗情。

如今的古纤道已成为一处著名的旅游景点。古纤道所在的萧绍运河，也叫浙东运河。2012年，国家文物局专家在考察古运河申遗时发现，古纤道具有极高的文物价值和历史意义，且保存完好。国家文物局决定将古纤道与京杭大运河一起，作为"中国大运河"项目，申报世界遗产。

2014年6月22日，在卡塔尔首都多哈举行的第38届世界遗产大会上，传来了好消息。古纤道成功申遗，古纤道成为绍兴市，也是柯桥区首个世界文化遗产，光荣地成为"世界级古迹"，同时，这也大大提升了柯桥区的知名度，极大地推动了柯桥区旅游业的升温，今后游客会越来越多，金发碧眼的外国人也会慕名而来。

二

与"白玉长堤路"连在一起的"乌篷船"是绍兴的水上三绝之一。水上三绝指的是乌篷船、白篷船和乌篷脚划船。因为乌篷船篷用竹片、竹丝编成半圆形，中间嵌夹箬叶，制成后用烟煤粉和桐油搅拌涂于船篷。绍兴话"黑"叫"乌"，乌篷船由此得名。

《越绝书》记载："勾践喟然叹曰：夫越性脆而愚，水行而山处，以船为车，以楫为马。"可见，在距今两千多年前的越国古都绍兴，乘船往来是常见之事。

具有近两千五百年历史的绍兴城，是中国年龄最老的古城之一。在这座"三山万户巷盘曲，百桥千街水纵横"的江南古城中，乌篷船是其所特有的一道风景。它作为江南水乡的独特交通工具，大的可载一二十人，小的仅能载三四人。作为水上交通工具，乌篷船能自由地穿梭于绍兴密集的河道之中。行则轻快，泊则闲雅，或独或群，独则独标高格，群则浩浩荡荡。乌篷船是水乡的精灵，更是水乡的风景。

绍兴乌篷船并非仅指这种脚划的小船。在过去，绍兴的乌篷船还指那些用橹摇的"梭飞"和"三明瓦"之类的船只。这些船只构造十分精致，在船头上，雕刻有似虎头形象的动物"鹢"，其神态似在微笑，又有些可怖。汉族民间传说，古越本是泽国，在塘闸未建之前，河流直通大海，"鹢"居海内，性嗜龙，龙见而避之，所以船民就把它的形象雕刻在船头，使龙不敢作祟，行船可获安全；船头两侧，摆有两个雕凿狮子的石礅，最考究的还用白铜制作。前舱下船要走几级扶梯，两边各有一块搁板，可放东西。这里铺上板，就可搭成看戏台；在前舱和中舱之间，设有书画小屏门，写有"寒雨连江夜入吴""月落乌啼霜满天"一类的诗句，画有梅、兰、竹、菊之类的图案；靠中舱的两侧有"十景窗"，可摆书籍或糕点；后舱设有睡铺和炉灶。这种乌篷船的船身较为高大，篷高可容人直立，舱内可放置桌椅，供游人打牌、饮宴。船尾至少备有两支橹，航速较快。

"轻舟八尺，低篷三扇，占断蘋州烟雨。"八百年前的大诗人陆游曾这样描述。当年，陆游坐在乌篷船上，泛舟镜湖，独自在烟雨中享受这如画美景。陆游坐的这种船，船身狭小，船底铺以木板，即使有渗漏，船舱也不会沾湿。船板上铺以草席，或坐或卧，但不能直立，因船篷低，如果人直立，便有失去平衡而翻船之险。

鲁迅在《社戏》中说："最惹眼的是屹立在庄外临河的空地上的一座

戏台，模糊在远处的月夜中，和空间几乎分不出界限，我疑心画上见过的仙境，就在这里出现了。这时船走得更快，不多时，在台上显出人物来，红红绿绿的动，近台的河里一望乌黑的是看戏的人家的船篷。"

那时，鲁迅就是坐在乌篷船上，和小伙伴们一起看社戏，偷吃罗汉豆。夏夜行船，月夜归航。那看社戏的乌篷船，满载着鲁迅先生的少年时光，想必是他一生中最美好的回忆之一吧。

"喝黄酒，看社戏，坐乌篷"已成为绍兴水乡旅游的标配。没有坐过乌篷船，就不算真正来过绍兴。摇起乌篷船，顺水又顺风。喝一碗正宗绍兴黄酒，就着茴香豆，赏一出水乡社戏，阵阵越音，让人充分体验水乡绍兴的独特风情。

## 三

戴着乌毡帽，操着一口绍兴方言的"船头脑"（当地方言，即船夫）们，淳朴善良，吃苦耐劳。我曾经听邻居老伯讲述过他与"船头脑"的一个故事。20世纪70年代中期，他从部队回家探亲，家在齐贤乡下，坐上大乌篷船（明瓦船）。这种船有三个"船头脑"摇橹，速度比较快。那时的交通工具就只有船，街上还不通公交车。坐了半天，他到了一个埠头就要下船了，但离家还有一段距离。那时正好是梅雨季节，雨下个不停，回去已是傍晚，天色昏暗，有些地方水位上涨，已分不清路和河。

"船头脑"怕他出事，主动提出来，家中有一条小乌篷船，让"船头脑"的儿子送他回家，并再三说不要钱。并给了老伯一支船桨，然后他和"船头脑"的儿子一人一桨，划了半小时，顺利划到家门口。为表示感谢，他送了"船头脑"的儿子一包水果糖和两包"前门"香烟。如今近半个世纪过去了，"船头脑"的善良淳朴一直让老伯念念不忘。

绍兴的"船头脑"们不仅善良勤劳，更具有聪明能干、头脑灵活的优秀品质。他们可不光会用手脚划船，更能用头脑来划荡漾在生命长河中的船。

从古纤道里走向全国的，成为名人；从乌篷船里划上岸来的，成为老板。

20世纪80年代的时候，柯桥乡镇企业发达，大多为纺织厂，而当时柯桥还没有建轻纺市场。绍兴水上交通发达，此时乌篷船就发挥了极其重要的作用。船上要么载布，要么坐着外来客商。

当"船头脑"送客商去纺织厂谈生意时，一些机灵的"船头脑"就利用一些信息，充当中间人，拉起了业务，推销化纤布。客人买走一米布，"船头脑"能拿5分钱的佣金。

曾经有一位"船头脑"说，那时候许多外地客商一到柯桥码头就先找他，因为他路子熟又不欺客。那时还没有手机，名片上印的是家里的电话，电话就是业务。船老大印名片，这在当时成为稀奇事。一年下来，他就靠着介绍赚了十几万元。

这些"船头脑"先是赚取中介费，后来手头拥有了一些客户资源后，就摇着乌篷船做起了生意，自己卖起了布。生意一点点做大，有的干脆开起了纺织厂；有的凑上几千元，在柯桥买上一间店面，做布生意或用于出租。如今临街店面身价已几十倍、几百倍地上涨。戴着乌毡帽的"船头脑"们已成了大老板、富商。

这些头脑灵活的"船头脑"是时代的弄潮儿，依靠自己的胆大和聪明才智充分把握时机，在火热的轻纺城经济中分得一杯羹。

四

三月的柯桥，花红柳绿，我徒步走在古纤道上，选择的是柯西阮社那一段，一直往西走，古纤道有时一面临水，一面依岸，有时两面临水。我一边走，一边欣赏岸边正在抽枝发芽的树木，白的红的桃花紫藤、砖墙上的野花、黄灿灿的油菜花，美不可言。欣赏秀丽风光的同时，也在心中回味着先辈们辛勤劳动的景象。

再向西走，看到了一段很长的纤道桥，是用石条砌成的一个个石磴，高出水面半米左右。石磴一个接着一个，石板三块一片，连绵向前，平铺水中，宛如一条飘带，蜿蜒伸向水天极目之处。

此时波光粼粼，轻舟荡漾，桨声欸乃。舟行画里，人在镜中。几条载着游客的乌篷船正流连于水面上，船中摆放着孔乙己品味一生的绍兴黄酒、茴香豆等物品。游客们品味着绍兴美酒，脸上带着愉悦的笑容，兴致勃勃地或看风景，或拍照片。

船老大戴着乌毡帽，手脚并用，划着桨，操着绍兴普通话介绍着："这就是伢个古纤道，名气相当大。"游客们频频点头，我不禁为家乡柯桥能拥有世界级的文明古迹而感到骄傲和幸福。

历史车轮滚滚向前，时代潮流浩浩荡荡。古纤道，乌篷船，从历史的繁华走入今日的祥和生活，由昔日的交通要道、运输工具成为今日的旅游景点、旅游工具，折射的是历史的变迁，时代的进步。

我心里不由得感慨：古纤道、乌篷船不仅仅是绍兴的标志，更具有一种象征意义，它们象征着绍兴人负重前行，砥砺奋进，不甘落后，勇于进取。这种精神将永远激励着每一位绍兴人，在历史前进的车轮中奋勇前行，书写兴业报国的宏伟篇章！

# 素朴柯岩

徐显龙

一

有一年春节，我从会稽山龙华寺下山。山路随着溪流的走势而筑。而溪流，又总是在大山的幽壑里行进。细雨霏霏，幽壑间积满了雨雾。我打着伞，漫步在大山最隐秘的心坎里，一路淙淙泠泠，仿佛大山为我倾吐。这里草木葱郁，湿漉漉的竹叶贴在伞面上，幻化出水墨的韵味，像是一幅画。

我知道，山溪最终会汇入鉴湖。东汉时，会稽太守马臻就是总纳会稽山的三十六源水，筑成鉴湖，造就了山会平原鱼米之乡。

鉴湖，在会稽山脉与山会平原的交会地带铺开。它仿佛是平原献给会稽山脉的绸带。而作为回报，会稽山将它的支脉——柯岩，赐予了平原，成为平缓的鉴湖北岸突兀的奇峰，与南岸的主脉共同守望这一道碧波。

王羲之说："山阴道上行，如在镜中游。"当我们溯着鉴湖水流而上，不可能不在意柯岩。崖壁高立，瘦骨嶙峋，袒露在盈盈软软的水间。也因了柯岩的骨力之美，我们才更感觉到鉴湖的漾漾柔情。

# 二

谁也说不清柯山原来的样貌。作为柯岩的前身，它已经消失在地球上了。由于历代采石，这座石质山峰如今被削成残山剩水，余下部分被唤作柯岩。采石活动已经停止了数百年，但至今还能看到开采挖凿留下的一个个石场矿洞。

我在一个矿洞旁俯身下望，矿洞是在完整的岩层上垂直向下挖出的。可以清晰判断出，地表上的植被、腐殖质、流水、小桥、房屋，都是在一块巨大而完整的岩层上进行的。矿洞的深度无法推测，因为其中有一潭死水，深不见底。捡起一块石头朝水里扔去，只听到一声沉闷的回响，水花并不激烈，细细几道波纹不久就平息了。隔不远就有"水深危险"的提醒，伴随着一个大大的感叹号。有介绍说，有些矿洞深达三四十米！我不得不退后几步，远距离观察它们。

矿洞的石壁上，有着螺母一样的纹路。天气阴沉，积雨云密布。我看看天空，似乎天空中会有一只大手从云层间伸出，将一个巨大的螺丝刀旋进地表的岩层里，随即石花泛出，岩屑阵阵，如是构造了一个个矿洞。而真实的采石，其实是用人力一点一点完成的。

资料里说，古代石匠在岩层上生火，随即灭以冷水，瞬间热胀冷缩的温度置换，使得岩石裂开了缝，再以木棍铁锥等工具由岩缝里开凿取石。

一条条滚木铺设在山道上，一块块石料就这样由着地球引力溜运下山，再运到鉴湖走水路送到越城以及各个村镇。

一条条光露的脊背黝黑健壮，渗出豆大的汗珠。短促而激烈的劳动号子，引得山鸣谷应、水波回荡。任尔高山，也禁不住绍兴劳动者的"子子孙孙无穷匮也"。

一代一代采石匠人，将半边柯山卸为平地。但人们并未停歇，还接着往地表以下行进。他们挖矿洞，层层而下，再由辘轳绳索将石料拉上地表。无数个矿洞在地表上蚕食，慢慢连缀在一起，也成为鉴湖的一部分。

## 三

绍兴一带的石头很是特别，整石中还镶嵌着一些小的石头颗粒。这些颗粒都不大，乒乓球或花生米大小，呈烧灼后的黑色。可以想见地壳运动中，炽热的岩浆浩浩荡荡涌来，裹挟着这些小石子在洪荒中流淌，渐渐冷却、挤压、形塑、凝固，形成今天的样貌。每一片石头，都是大地的史书，无尽的沧桑书写其中，荡气回肠，惊心动魄。而展现在我们面前时，却一派波澜不惊的模样。

这样的石头没有汉白玉的华贵，没有丹霞石的大方，没有太湖石的妖娆，只有一派素朴。它们被加工成石柱、石磉、石门框、石臼、石板……与实用之外的装潢绝缘。

可以说，人类的历史，就是一部石头利用史。从非洲大峡谷躲避冰期的石洞，到丛林草原狩猎猛犸象的石块；从北非戈壁里建起的金字塔，到不列颠的荒野上树起的巨石阵；从南美洲的山脉上筑起的马丘比丘，到中原腹地开凿的龙门石窟；从刨开土地种下第一颗种子的石锛，到收获水稻后打制麻糍的青石臼……人类不断在举起石头、利用石头的过程中训练着手部神经末梢，使之变得更为灵敏，不断进化。终于也以石头塑造图腾，世代膜拜。

柯山被铲平的地块上，还留有两片峻峭孤石。一片形如芥子，人们在它的内部，雕凿了一尊弥勒大佛。于是，佛身与佛龛同在一石。弥勒端坐佛龛内。据说，古代匠人崇佛，刻一刀拜三拜。弥勒在千雕万凿中渐渐示现人间。弥勒在唐朝以后才成为大肚和尚的夸张形象。而这尊佛像成于隋代，面相饱满温润，低眉垂首，右手持说法印，亦是朴素模样。周边流水淙淙，如佛言阵阵，令人素心如洗。

另一片石头是"云骨"。它近乎呈倒三角插在地上，像一缕青烟腾空，由烟线渐渐聚集在空中，成为雾团。上大下小的样态，让一块粗笨的石头，居然有着袅袅婷婷举重若轻的俏皮。旧日里，这里还未开发成风景区，人们在云骨下种地，留下了一张照片。我爱这张照片——云骨像一株庄稼，从田垄菜畦里长了出来。传说宋代大书法家米芾途经此地，竟然不愿离去，流连数日，一再欣赏赞叹。米芾是什么人啊——人称"石痴""米癫"，给皇帝写字，他爱上了皇帝的石砚台，专等一声"赏"，不待揩去墨汁，直接往怀里揣。他连日地石下徘徊，恐怕也恨不得将这高耸入云的"一柱晴烟"塞入袖中。

云骨与大佛相互呼应，是弥勒的供养烟云，也是听法有得的点头顽石。这让我们感受到了古代匠人的真实血肉，感受到他们对佛法的虔诚，感受到开山重任中偶尔透出的俏皮。

其中的辛酸自不待言——采石是高危行业，登临绝壁，下入深渊，终是需要信仰的支撑。而在我看来，石匠们在拜佛，也是在拜石头，石头为他们提供了生存的资本，同时，"江流石不转"，石头也在时间的洪流中提醒着人们什么是修行的至高境界。

完整的柯山终于化身亿万，飞入寻常百姓家。大自然的慈悲赐予人间，为古往今来的众生遮风挡雨，提供日用。

柯岩的叮当采石声停歇在旧日。残山剩水、怪石绝壁，吸引了后世的文人流连到此。他们心生感慨，兴之所至，留下了摩崖石刻，他们的名字由此也被收进了史书。而那些创造景致的石匠，却没能留下他们的名字。时光深处，他们把朴素的乌毡帽轻轻一压，转身离去。但是，我在独山、仁让堰、新未庄、州山、埠头的村民的脸庞上，分明看到了他们祖先的神色，倔强而勤谨。

## 四

绍兴民居除了吴冠中笔下的粉墙外，也有青石板墙，几片阔大石板一拼装，一面墙就完工了，这是古代的预制板，有着结实的肌理。也有不少墙面的下半段由石板拼成，上半部分由砖砌成。蔡元培的故居，就是由石板组合而成，庭院地面、门槛石、天井……乃至于贮水池也是由四片石板合围而成。

与苏州园林的精致、晋商大院的富足、广东开平碉楼的洋气相比，绍兴民居一如绍兴人，低调、内敛与知足。这是柯岩石的素朴质地所赋予的。

有一年，一群蹬着解放鞋的温州人来到了柯岩附近的独山村，租房定居下来。他们陆陆续续到运河对面新建的轻纺城贩起了面料。而柯岩石匠的后人们，则搞起了面料搬运。"租客当老板，房东拉板车"的身份错位，让人忍俊不禁。但柯岩人并不以为意，干活累了，只要有咸菜吃吃、老酒喝喝也就很知足了。

随着轻纺城市场的兴盛，一座新城也在鉴湖北岸拔地而起。老旧的台门上写下了大红的"拆"字，一片片村庄在推土机的轰鸣声中消失。而会稽山的腹地里，一个个碎石场建立起来，机器设备取代了人工，如蛇如兽，啃食吞噬山体。大地在阵痛、痉挛中冒出弥漫的烟尘。石质山崖被破作碎片，化为齑粉，搅拌进水泥罐车，送往一个个粉尘飞扬的工地。在柯岩的高处，就可以看见不远处建设工地的起重机钢架。

山会平原已然遍布了高楼、广厦、厂房、道路，但所幸，静敛鉴水之上，柯岩依然素朴。它是会稽山送给山会平原的礼物，也是自然与先人赐予我们的安然底色。当一切喧嚣归于沉静，我们还会在柯岩石前，一洗尘心。

# 云门回响

潘 虹

　　昔日香火鼎盛，名噪一时，终究倾覆于历史无情的洪流中。也许这世上当真没有什么永垂不朽，唯有那些千古名篇留下了念念不忘的回响。

　　作为绍兴人，起初并不知道云门寺，说出来怕是要惹了笑话。并非一心只读圣贤书，只不过囫囵读书，不如信步游历，古人说，读万卷书不如行万里路，诚不欺我。

　　"林深藏却云门寺，回首若耶溪。"我以为这句诗是介绍云门寺最好的开场白。在绍兴的南部山区，三面青山环抱之中，藏有一处云门古寺。静谧的若耶溪从古寺的南面潺潺流过。它们相枕为伴，兴盛过，衰亡过，唯有若耶溪相依为命，不离不弃。千百年来冗长的过往，留下了无数朝圣诗人对它的爱慕。千年古刹，坐拥千年沉淀下来的阅历，如今却成了幽静深处，落寞的自己。

　　重走浙东唐诗之路，云门寺重新回到了现代人的视野当中。带着诚惶诚恐的心情，小心翼翼地呵护这一颗沧海遗珠。诗人、学者们庆幸，即便战火和岁月磨砺了你美好的容颜，至少你还静静地伫立在那里，你在，诗文的骨骼还在，灵魂就在。

　　历史上许多文人墨客在此流连忘返，李白、杜甫来过，唐代的王维、刘长卿、宋之问、柳宗元、白居易、元稹来过，宋代的苏轼、范仲淹来过，元代的王冕，明代的刘基、徐渭来过，许多叫得出名的，叫不出名的，都以朝圣者的心来过，留下墨宝。

说起云门寺，不得不提的人，是放翁陆游。陆游在《云门寿圣院记》中写道："云门寺自晋唐以来名天下。父老言昔盛时，缭山并溪，楼塔重复，依岩跨壑，金碧飞踊，居之者忘老，寓之者忘归。游观者累日乃遍，往往迷不得出。"

云门寺的盛况从陆游的片语记录中可见一斑，辉煌昌盛堪比当今之灵隐。从晋到明，十余位皇帝为你赐名题匾，建碑立塔。你值得这样的荣光，但事实总归如此，鼎盛之后，难免归于寂寞。

去过许多次灵隐，因大学在杭州就读，偶尔周末抽了空闲会去逛上一逛。灵隐是热闹的，四面八方的朝圣者如潮水般涌入，那里山清水秀，佛光普照，不论世上有无神佛，起码人心得到了自在，得到了自我的庇佑与宽恕。

犹记得幼时，也去过一回。原本都已经丢到犄角旮旯里的回忆，随着泛黄的相片被重新翻箱倒柜挖了出来。那时候，年轻的爸爸在杭州读大学，妈妈独自拉扯我，好不容易有个休息天，她会带着当时两三岁，尚且黏人需抱在手上的我，乘坐绿皮火车。

记忆里总有一抹墨绿的颜色，妈妈抱着我站在角落，实在抱不动了，就让我站在她身旁，她为我圈起小小的屏障，我抱着她的腿不撒手。就这样风尘仆仆地去学校看爸爸。就像木心的《从前慢》，从前的日色变得慢，车、马、邮件都慢，一生只够爱一个人。那时的交通都很慢，往往天不亮出家门，等见到爸爸已经是午后了。校园在西湖附近，他们便提议去灵隐。

走完了山路，不太懂事的我就开始喊饿，吃了两个茶叶蛋之后昏昏欲睡。听妈妈说，那次真的吓坏了他们，抓我的脚底板都没有给出嬉笑或者哭闹的反应。他俩抱着我去校医院一瞧，医生给出小儿麻痹症的说法，结结实实吓飞了他们的魂魄。翌日大清早妈妈去了一趟灵隐，跟庙里的大佛好好唠了一顿，到了晚上便不药而愈。每次提到这个故事，我都是忍俊不禁，当真是庙大业大香火旺盛，所有吉祥如意、顺利呈祥都能往这上面靠。

再看幽居在深山的云门寺，成了高门大户与小家碧玉的相互比照，没什么好不好，不过他热闹他的，你寂寞你的。我更喜欢云门寺的清净，尤其是下过雨阴沉的天色，堪堪低沉，犹如一张巨大的捕鱼网，网罗住尘世的喧嚣。安安静静的也好，坐在潮湿的石头上歇歇脚，站起来会心一笑，呀，裤子湿了。

许多人赞美你"若耶溪边寺，幽胜绝尘嚣"，"十峰游罢古招提，路入云门峻似梯"。你是与生而来的静谧，成了无数郁郁寡欢、仕途郁结的诗人辗转山川之后，忽然遇到的灵感。心若自由，身处何方都是山清水秀。心若被禁锢，即便"水是眼波横，山是眉峰聚"，依旧是尘世藩篱。

路过山，行过水，走进云门古刹，莫名有股子鼻酸，"云门草堂"绕不开陆游哀飒刚健又苍凉奋进的故事。据说，这是陆游的别业，是他从小开蒙读书之处，中年著书立说之地，暮年寄情山水之所。一个人，牵挂一个地方，这一生，基调便也差不多是如此。

纵观陆游这洋洋洒洒的一生，忠诚一个国家叫宋，爱过一个女人叫婉。不论爱国抑或是爱情都没有善终。悲愤出诗人，这样的遭遇对陆游而言，是遭逢痛苦、漂泊失落，可对诗文天下而言，何尝不是文化之大幸。

去云门寺，走过衰草碧烟，早已不见当年胜景。拾级而上，天是灰的，阴沉沉的天色，特别适合缅怀，伤情往昔。洗砚池的水，一如既往的清澈、静谧又安闲，如同老人的眼，时光剥离了它的明锐，只剩一潭的宁静致远。

在草堂的匾额旁，默默地站了好一会儿，眼前仿佛浮现起意气风发少年郎，满怀壮志豪情，手握兵书，挥毫写下《夜读兵书》"孤灯耿霜夕，穷山读兵书"。这里的穷山便是云门山。

靖康之难后，风雨飘摇的南宋积贫积弱，这个王朝一生都在试图妥协和已经妥协的两端循环往复。朝廷已经无心收复失地，重用奸佞，签订丧权辱国的"绍兴和议"，爱国将领岳飞落寞成冢。那是一个深秋的夜晚，霜降已过，万籁俱寂，唯有草堂中一束微茫的光照亮了岌岌可危的前路。这首诗似乎奠定了陆游这一生的爱国基调，出仕不利，在打压中奋进，在贬黜中前行。家国沦陷，起码他的诗没有郁郁寡欢，他在诗情中越挫越勇，"平生万里心，执戈王前驱"。

云门的水，群山围抱，在这里他走过了青春年少。后来秦桧呜呼，他终于迎来了仕途的春天，才情在短暂的光阴中勃发。"我鬓忽已白，君颜非复朱。花前一杯酒，不乐复何如？"陆游已然三十有三，都说三十而立，可他壮志未酬，便是一无所有。年岁不待人，花暮已逝，不快乐又能如何，谁在乎他快不快乐？如同没有人在乎我在乎你，快不快乐。

前阵子跟一位大朋友谈起陆游，向他借了关于陆游的书，他跟我说，一生仕途不顺，可以用《蹭蹬》。特意找来一看，原来后人对于陆游的理解，大可不必再大费周章，他早已为自己做了最好的注解："少慕功名颇自奇，一生蹭蹬鬓成丝。"

他很少写愁，但终究是愁的。即便皱纹爬上了眼角，他还有少年般的轻狂，偶尔还会故作潇洒，哂笑无奈，故作快乐。年少时读诗，拆分开的意象都明白，诗上写愁，那便是愁苦的。后来才明白，越长大越不愿意倾诉，那些愁苦藏在心底，伴随时光酿成了苦涩的酒，自己喝上一口，然后没有然后。

走进云门穷山，忽而有云深不知处之感。不惑之年重回云门，写就千古名句"山重水复疑无路，柳暗花明又一村"。眼前山一重水一重，重重复重重，仿佛是无路可循，却又峰回路转。中学时便已读过这首诗，那时不懂，如今才明白，这句诗也许给过许多人前行的勇气。自以为到了绝处，原来每一重的磨难都是成长必经的过程，人生环环相扣，生在了起点的人，哪怕经历九九八十一难，也不一定能取到真经。但，绝不可以放弃希望。

十年之后，仕途不顺，由于奸人作梗，他依然不受重视，再次被外放。在走马上任之前，他又途经云门。回乡可以短暂忘忧，抑或是假装快乐，谁知道呢。"万里归来值岁丰，解装乡墅乐无穷"，"从今若许闲乘月，拄杖无时夜叩门"。他先回云门，再去三山，娓娓道来；回乡快乐，然而却短暂，正是因为短暂，才显得快乐无穷。

也许故乡之于他的意义，便是内心丰沛的力量，不论人在哪里，想起云门，心上总有某个柔软的地方适合安放那些无根的寂寞。"久客悲行役，清愁怯梦魂。余生犹几出，回首付乾坤。"有些诗就是一串光阴的故事，没有阅历，没有磨难，只看得到皮毛，历经沧海才会幡然醒悟，原来，该是这个样子。

年少时爱过唐婉，仳离不久又娶王氏。对待感情的态度，倒是不如爱国忠贞。那年各自有了伴侣，不过在沈园中相遇，成就了金风玉露一相逢的名篇。诗文浩海是满足了，为后人又添了一首凄凄楚楚的关于爱情、关于求而不得辗转反侧的哀悼。一时感慨万千，心中仿佛涌现出无数的念头，非要当着所有人的面，表达他的思慕后悔之情，留下了千古传诵的《钗头凤》："桃花落、闲池阁，山盟虽在，锦书难托。莫，莫，莫！"不过是一个负心汉毫无责任感的心，再次残渣泛起、死灰复燃。

可对于赵士程而言，何尝不是一种遍体鳞伤又诛心的难堪。成年人的落魄，看破却不说破，这是一种尊重，可惜陆游不懂。唐婉被激情澎湃的告白冲昏了头脑，全然不顾内心的隐忍，甚至压根儿没有想起过顾全赵士程的颜面，写下了另一曲《钗头凤》应和。陆游离开之后，她郁郁寡欢，墙壁上一唱一和的词曲对仗，成了抹不去的伤疤，不知她有没有后悔，到了最后的最后，心里的执念不过就是空想，不值得了吧。

陆游这一生，恐怕从来没有真正离开过云门，离开过，路过，又回来，人生羁旅，总该有个停靠站歇一歇，谈谈这一生放纵不羁，结果谁都不爱。

这一程已经走得有些久了，到了该回程的时候。挥别山中寂静，回去城市喧嚣，哪里都有哪里的好。云门寺坍圮如昔，旧日已成回忆，诗文的意义便在于唤醒，重塑那些年的神采，待你载誉归来。明日隔山岳，世事两茫茫。走完人间道，归来是少年。

那个活在璀璨诗文中的陆游，在云门的光阴流转中，留下了他少年的过往，而回顾缅怀他的我，已经而立，却未立。

# 若耶溪相连 古道路长行

邵江红

## 一

久远之处，绍兴市南，平水境内，有山名若耶，有溪亦名若耶。"遥闻会稽美，且度耶溪水。"一份让人无限遥想的美，是因为若耶溪的涓涓长流，曾经写进李白的诗里，至今仍旧摇曳在时光的怀抱中。

上青古道自柯桥区王坛镇青坛村一直到平水镇上灶古船埠，是绍甘线未开通前王坛、平水居民到绍兴城区的要道，相传也是古时嵊州百姓通往绍兴的唯一官道，也有人称之为会稽古道。上青古道盛名久已，得名似乎源于其首尾两端地名，一曰青坛，一曰上灶。从嵊州入王坛镇青坛村，从青坛村到平水镇上灶村渡口，此为陆路，再从上灶古船埠沿若耶溪至绍兴，此为水路。

一方水土，兴一方经济。早在唐代时，越州是海内名郡，而平水则是越州所属会稽县的五大名镇之一，开始有了竹木山货的交易，出现了"平水草市"的名称。平水镇位于山水交接之处，水陆交通极为便利，加上平水四周历来为我国茶叶的主产区，因此，大量茶叶的产销使平水茶市很快形成。你完全可以想象，无论是竹木山货还是茶叶，都会在上青古道和若耶溪上往来运输，商贾、挑夫日夜络绎不绝，那是何等的人间繁荣。

繁华的还有自然风景。舟在溪中行，恍如入画境，富有诗情画意的若耶溪，吸引了历代文人雅士流连忘返。唐代独孤及的"万峰苍翠色，双溪清浅流"，孟浩然的"白首垂钓翁，新妆浣纱女"，李白的"若耶溪傍采莲女，笑隔荷花共人语"，丘为的"一川草长绿，四时那得辨"，等等，都生动地描绘了若耶溪两岸的美丽风光。此外，如唐代的崔颢、刘长卿，宋代的王安石、苏东坡、陆游，明代的王守仁、徐渭、王思任等文人学士，也都泛舟若耶，留下了许多丽词佳文。

日铸岭、万寿山和陶堰岭是上青古道的三个著名段落，一路山形陡峭，岩石突兀，岭阶逶迤，地形险要，然而碧竹藏古道，翠微隐青石，古树遥守望，堪称山水养人，美景养心。相传南朝齐梁年间道教思想家、医学家陶弘景当年在此隐居，陶堰岭由此得名。六百多年后，南宋诗人陆游的祖父左丞相陆佃亦选择此处结庐读书，最后将墓也落在陶堰岭支峰下。元初诗人林景熙作《陶宴岭》（旧时"陶堰岭"称"陶宴岭"）诗云："笑拂青萝问隐君，千岩秋色此平分，当时宴坐无人识，唯有松风共白云。"诗意间扑面而来的空灵山色，让人完全可以体会到陶堰岭隐居者的那种飘逸闲淡、静读躬耕的美好境界。陆游也是为此留下笔墨的，因为祖父隐居于此，陆游曾多次行走在这古岭道，并作诗《自上灶过陶山》："宿雨初收见夕阳，纵横流水入陂塘。蚕家忌客门门闭，茶户供官处处忙。绿树村边停醉帽，紫藤架底倚胡床。不因萧散遗尘事，那觉人间白日长。"说的是这里雨露滋润，农事相宜，景色优美，令人忘却岁月，简直就是人间仙境。

## 二

我首次徒步上青古道，是在十几年前。

在平水镇金渔岙村小凉亭处下车，沿着入口的碎石缓缓上坡的时候，我真的难以想象，一脚踏上的竟然是积累一千多年浑厚苍劲的历史。此段大号陶堰岭。

小道在缓缓提升缓缓延伸，玉带一般蜿蜒在绿色山林之中。脚下是石块相拼接的石阶，多少脚掌相磨，多少风雨洗刷，石块都带着鹅卵石般的圆润弧度，珠宝般镶嵌在土里。抬一抬头就是满目苍翠，竹林婆娑。风迎面而来，爽爽地拂过周身，闻得见野葱的清香。再走，越发觉得这山道古朴有致，抬头观望，古树参天，树冠如盖，仿佛是长者捋髯相迎贵客。忍不住伸手摸摸树身，在植物清幽而略带苦味的气息里细细体味树的生命脉动。

探访到山顶那个幽幽水洞，常年汩汩流着细涓，千年不干涸也不满溢，神佑一般。自古有水便有人家，山里人黑瓦白墙之间悠然自在的生活格调，羡慕杀远道而来的客人。随手一勺煮清泉，泡杯清茶好待客。清澈溪水在铁壶里咕咚咕咚滚开，冲泡之下，青茶叶儿在白色搪瓷杯壁映衬下上下翻腾，次第舒展开身姿，煞是好看。轻啜一口，润润干涸的嗓子，微涩回甘的舌尖感受从远古赶来，体味到满口的与众不同，想留住些什么，却又不能够。

当我抬头看黛绿群山的时候，突然就想到了"隐居"这个词。天地苍茫，苍茫到任何思维都可以飘过重重峰峦，但是心是安全的、宁静的。此时怀念陶相与陆公，很是适时。作为绍兴人，陆游祖父隐居于此，属地佳择，可以理解。陆游受其影响，流连此地也在情理之中。然而有"山中宰相"美名的陶弘景也将此作为隐居之所，说明这方山水魅力还真不一般。所谓山水相依。心学导师王阳明曾隐居若耶溪的宁静氛围中，潜心著作，也充分印证了这里自然环境的"丰盛营养"。有识之士研究得出，晋唐以来文人墨客往来于此，留下大量作品，对唐诗发展有着重要影响，日久便形成了一条山水文化旅游线，也是一条世界上绝无仅有的诗歌文化旅游线。

当我们一路行走一路吟诗的时候，一位同行的伙伴一直寡言，而他正是地道的本地人，是不是这就是所谓"熟视无睹"？他说，如今这般徒步古道，他也是第一次。他的艰难童年就是与这条古道联系在一起的，每一次下山都是背着满筐的山里作物，每一次上山也是背着满筐的米和油盐，那些石阶的无穷无尽，伴随累到极致的沮丧，都是坚硬的存在。如此诗言古道，对他来说，多少冲撞到记忆之中的生活底色。

一时间静了时光，听得见自己心跳的声音。我几次驻足古道的石头台阶，想看尽些风光，想抚摸些岁月。而此时雨却越来越大，不知是古道的催促，还是山岭的吟唱。

三

2020 年的春天，我调职平水镇工作。虽然是早就有意而为，但当真的接到调令的时候，心还是那么晃动了一下。

于是我翻阅到平水新的一页，无论时光怎样走，这溪，这岭，这道，这景，这情，这诗，依旧在那里，依旧可以亲近。同时，包含其中的历史沉淀，闪烁着的精神质地，无不观照着现实。

杜甫诗云："若耶溪，云门寺。吾独胡为在泥滓，青鞋布袜从此始。"诗人虽然只是为一幅山水画作题诗，却体现出诗人虽生活困顿但心忧民生、对时政失望而萌生隐遁江湖之志。都说诗文寄情，苏轼说："若耶溪水云门寺，贺监荷花空自开。我恨今犹在泥滓，劝君莫棹酒船回。"表达的也是向往纯净、自由生活的意思。两首诗中都提及了云门寺，它有 1600 多年历史，鼎盛时"缭山并溪，楼塔重复，依岩跨壑，金碧飞踊，居之者忘老，寓之者忘归，游观者累日乃遍，往往迷不得出，虽寺中人或旬月不相觌也"。说它是浙东唐诗路上文人雅士的集聚胜地一点也不为过。无论是诗词还是佛学，太多的历史文化积淀，在这里氤氲着香气，影响着后人。

宋代学者吴处厚的《青箱杂记》中写道："昔欧冶子铸剑，他处不成，至此一日铸成，故名此岭曰铸岭。"一把名剑就此铸成。日铸岭独特的历史渊源，不仅道出此处矿产资源丰富，而且说明这方水土还独钟情于茶叶的种植，一款茗茶——日铸茶也就此诞生。王阳明诗曰："松间鸣瑟惊栖鹤，竹里茶烟起定僧。"（《登凭虚阁和石少宰韵》）这是他隐居生活的缩影，也是他对当地珠茶的赞许。正岩《戏酬友人惠日铸茶》云："几日春游遍若耶，入城满面是烟霞。正愁仙福难消受，又吃人间御贡茶。"晁冲之《陆元钧宰寄日注茶》："我昔不知风雅颂，草木独遗茶比风。"太多名诗句里闻茶香，清饮雅尝结情缘。日铸珠茶形似珍珠，色泽绿润，香高味醇，几百年来外销不衰，成为我国出口的主要绿茶产品之一。

春来三月，茶树绿油油的时候，竹林也冒新芽。竹海漫山，黄芽嫩笋破土，不光为春色平添生命的欢喜，也滋润了人们的口福。这个时候，农家门前道地上成片笋煮干菜沐着阳光，蒸腾着香气。阳光晒干了水分，制作成干货的笋干菜便成了餐桌上的美味。"新绿苞初解，嫩气笋犹香"，竹笋和日铸茶一起，绝对称得上平水农特产品的品牌担当。2019年柯桥区平水镇首届"茶·笋"文化节开幕，近千名游客驱车来到刻石山采茶、挖笋，品味山间野趣，盎然了一个春季。而夏秋季节，竹子长盛，婆娑的竹海有蔽日之势，绿荫幽静，正是散步或者约好友下棋的理想所在。王籍的《入若耶溪》一诗中有名句："蝉噪林逾静，鸟鸣山更幽。"描绘的就是这份美好。

若耶溪，上青古道，山水相依，生命长流。勤劳智慧的平水人从未辜负过岁月韶华。

平水人始终保持着山里人特有的诚朴、爽直、勤奋、坚韧的个性，耕读传家，崇文实干，精行俭德，既有秦望登高的视野和胸怀，又有日铸成剑的才智和效率，以及若耶山水的灵秀与淡泊，这也是新时代"日铸之刚、若耶之柔、平水之静、秦望之远"的"平水精神"的精髓所在。

# 柯山何处觅诗音

傅声熙

乌篷小船嘎吱嘎吱地划行在鉴湖水面上，近处碧波映照，远处青山重叠，不知是人在镜中游，还是水从天上来。只听得欸乃一声，摇橹人停下了桨，顺着他的目光，我看到了夕阳烟波里的远山，它就是柯岩柯山。

对于柯岩的赞美，其实早在千年之前便开始吟诵。从魏晋风度到唐诗之路，鉴湖落成以后，秀丽风景吸引了历代文人慕名而至，吟诗作赋。王子猷山阴道行，蔡中郎柯亭制笛。山阴成为唐诗之路的必经之处，结社也好，作诗也好，要么在鉴湖的岸边，要么在鉴湖的岛上，要么在鉴湖的船上。到如今置身柯山七星岩之下，还能看见高低错落的诗句题刻。

对于许多游客来说，最初了解柯岩可能是在某个热门的电视剧场景中，也可能是因为鲁迅先生笔下耳熟能详的鲁镇。这是一个初来惊艳，再访亲切的地方。住在柯岩附近的人，总会在茶余饭后散步至柯岩风景区，久而久之，人们好像也传染上了阿Q精神，戏称这里是每一户人家的后花园。这句戏言带着七分自豪与三分自嘲，但也正是因为柯岩风景区总能带给人们一种包容感，长年累月，时时刻刻，它都以一种广博的胸怀接纳着一次次改造，礼待着每一位访客。翻开家中厚厚的老相册，我还能看见柯岩风景区的旧貌，湖光山色依旧清秀。

恋旧的长辈感慨着柯山的物是人非，他们总是刻意挽留着那些天然去雕饰的原始美感，可他们似乎忘记了柯岩最初被开辟出来的使命。

柯岩因为采石而得名。据史料记载，从汉代开始，当地的百姓就盛行从柯山上人工采石，人们来往返复，带着满腔的热血，把冰冷的石头铺成通往名利的坦途，搭成征服艰险的桥梁，筑成安身立命的家宅。人们的愿望很朴实，柯山的利用价值也非常实际。久而久之，随着安居乐业后的精神追求日渐丰满，世人再也无法满足于此。隋朝时，当其他石工们还在为了生计而忙于采石时，有一个姓柯的石工再也不甘于庸庸碌碌地疲于奔命了。某一天，也许是在寒冬腊月即将年终时，老柯像往常一样采完石头就一屁股坐在岩石上，他喝了一口早上出门时随身带的老酒，暖了暖身子。想了想年关将至，自己还未曾发迹，家中有老有小，儿子们还等着成家娶媳妇儿，老婆子每天睡前还要揪着他的耳朵骂他一无是处。不能再这样下去了！老柯表决心般骂了一句，把酒囊别在腰上，开始寻寻觅觅。

他在柯山石场里转悠了好几天，什么活也没干成。别的同伴都开始议论他是不是冻傻了，连养家糊口的钱也不急着赚了，但他充耳不闻。终于，老柯在一块高大浑厚的石头边停下脚步，他用布满老茧的手轻轻抚摸着冰凉粗糙的石头，当皲裂的指尖滑过凹凸不平的缝隙，他的小眼睛边上终于有了久违的笑纹。这就是他一直在寻找的机会。他终于等到了。

老柯开始没日没夜地雕琢这块巨石，这几日他在梦里常常会看见一道佛光，冥冥之中指引着他到达彼岸，寻找极乐。他眯着眼，把一腔虔诚都雕刻进了这尊佛像中。有人问他，这块石头那么大，你得雕到什么时候呢？老柯想了想，也学着佛家弟子的语气说，随缘吧。雕着雕着，老柯就像被普度感化一般，也不想着发家致富了，而是潜心开凿石佛。他走了，还有他的儿子接着雕刻，他的儿子做不动了，还有儿子的儿子。看来，与山石待久了，便自然而然沾染了硬气，愚公如此，老柯祖孙三代亦是如此。他们锲而不舍的精神终于感动了当地的乡绅沈老爷，沈老爷大手一挥，立马拨款资助了老柯一家，让他们少了后顾之忧，能更心无旁骛地干活。大佛竣工时，早已改朝换代，物是人非。人们感慨于它的精绝雕工，空灵设计，臣服于它的方额广颐，敦厚慈祥。1400多年过去了，来到柯岩的游客们，还是会发出惊叹：

是什么样的匠心独具，才能让如此珍贵的江南石刻得以示人？老柯的成功案例让其他匠人也产生了美学眼光，于是，才有了"天下第一石"云骨的诞生。它就像一炷烟霭，袅袅升空，向对面的石佛致以谦卑的敬意。

柯山因此而名声大噪，它被赋予了空灵奇绝、悲天悯人的盛誉，它的存在价值不仅在于开采石头，甚至连这儿的石头都身价倍涨，人人家中都以拥有柯山石为材料而扬眉吐气。这是老柯给予柯山的传奇故事，也是无数采石工匠择一事终一生的坚持。如果说，鉴湖水代表着流淌千年的江南文脉，那么柯岩的雄奇代表着绍兴这座屹立 2500 年的历史名城的坚韧气质，游柯岩，赏石景，便能窥见绍兴人深埋于心底的不屈灵魂。

它真的积蓄了太多的朝代，于是变得没有朝代。它汇聚了太多的痴绝，于是变得百折不挠。柯山吸引着历代的文人雅士纷至沓来。在刀劈斧削的千仞绝壁前，在开山采石的千年回响中，文学家们纷纷感慨，留下了一首又一首的咏叹调。

听听，是青莲居士浪漫的断言："镜湖水如月，耶溪女如雪。新妆荡新波，光景两奇绝。"是少陵野老壮游的感慨："越女天下白，鉴湖五月凉。剡溪蕴秀异，欲罢不能忘。"是贺知章隐居鉴湖后眼里的春景："不知细叶谁裁出，二月春风似剪刀。"

于是，后世的文人墨客纷纷前来"打卡"。

唐朝禅师释皎然来了，他是一个清心寡欲、淡泊名利的四方游僧，但这也不妨碍他慕名来柯山的雅兴。释皎然选了一个秋高气爽的日子前来赏玩。他恭恭敬敬地一遍又一遍在大佛面前诵经，静坐禅语。大佛后面是普照寺，香客络绎不绝，有些人认出他正是那位远道而来的高僧，便上前向他行礼。他正在和好友品茶聊经，似乎也并没有像传言中的那般孤傲，一一向游人还礼。志同道合的好友意欲品尝绍兴的酒，他却呷了一口茶道："此物清高世莫知，世人饮酒多自欺。"他与志同道合的好友在柯山停留数日，留下"诗情缘境发，法性寄筌空"的感悟，便又走向了下一片净土去研茶论法。

　　这一走，千里之外，再往后便是南宋的战火飞扬。陆游再也坐不住了，他背井离乡，匆匆路过，都来不及像往日与唐婉同游绍兴周边时那般恣意潇洒，他写道：

　　　　道路如绳直，郊园似砥平。

　　　　山为翠螺踊，桥作彩虹明。

　　　　午酌金丸橘，晨炊玉粒粳。

　　　　江村好时节，及我疾初平。

　　陆游是一个放浪形骸爱自由的人，但是终其一生，他都未能潇洒走一回。国家大事与小园情爱一次又一次牵绊着他，他本可以泛舟鉴湖，小酌怡情，诗情画意，然九州尚未大同，国家岌岌可危，家乡的好山好水都成了他舟车劳顿的焦急归途，他怀揣着不甘之心，遣度着有涯之生。

　　写到这里，我不禁感慨，自古绍兴多名士，绍兴名士多桀骜啊。有些文人可能并不出生于绍兴，但是他的气质与这座气韵绵延的古城相辅相成，比如米芾，不然有谁会因为惊叹于柯山云骨的奇秀，而在云骨下方设席观赏数日久久不愿离去。不过，他本就得有"米癫"的别称，做出此事也见怪不怪。只是不知在他的米氏云山中，能否寻找到青烟出岫的云骨之迹呢？有些文人生来就是要做绍兴人的，比如陈洪绶。我想老莲居士来柯山可能就是写生采风，他听说此处有诸多奇山俊石，便带着对艺术创作的热情而来，不负期望地欣赏完青山绿水后，老莲顿时诗兴大发，当即写下："流水唱酒船，归梦经南浦。莲折鲤鱼风，吹落黄昏雨。"大概是经历了改朝换代，所以他才会预见性地说"家人莫酿酒，予不庆新年"，为的是"怕将新日月，来照旧山川"。

　　柯山的风景中又悠悠然站出了一个绍兴人氏张岱。许多文艺女青年都说"若生在明清，就只嫁张岱"，毕竟他是真正出入云泥两极的人，从声色犬马到布衣蔬食，他似乎把什么都看淡了，看透了。他曾在自己的墓志铭中这样总结前半生："……少为纨绔子弟，极爱繁华，好精舍，好美婢，好娈童，好鲜衣，好美食，好骏马，好华灯，好烟火，好梨园，好鼓吹，好古董，好花鸟，兼以茶淫橘虐，书蠹诗魔，劳碌半生，皆成梦幻。"这样风流潇洒的纨绔生活，随着明朝亡，"年至五十，国破家亡，避迹山居。所存者，破床碎几，折鼎病琴，与残书数帙，缺砚一方而已。布衣疏食，常至断炊。回首二十年前，真如隔世"。曾经风流倜傥的张家公子，如今落魄潦倒，甚至常常吃不上饭。回首看看，前半生琳琅满目的生活乐趣恍若南柯一梦。

在柯岩风景区内的采石纪念馆中，我曾看到选用了张岱的一首诗。与其他诗人对柯山的景致描写放在一起，显得格格不入。什么"臣志欲补天，到手石自碎"，什么"烈女与忠臣，事一不事二"，什么"但得留发肤，家国总勿计"。大概他是在用宁为石碎的心境来表达对明王朝的衷心吧！

有人说，《红楼梦》中贾宝玉的原型就是张岱。对比张岱一生的际遇，张岱又字石公，可不就是大荒山青埂峰下女娲补天所遗的一块废石？读着张岱的《石匮书》，这个至死未归顺清朝的晚明遗老，仿佛化身成雪地中戴着猩红斗篷说着赤条条来去无牵挂的贾宝玉，好一似食尽鸟投林，落了片白茫茫大地真干净。

匠人，用一锤一凿雕琢着信仰，文人，也在为心中的信念而千锤百炼。

如今，柯岩风景区步移景换，草木葱郁。云骨名声远播，云骨顶的小松树依然绿意盎然。石佛以众生平等的宽仁接受游客的朝拜，它断裂的手指亦已修补得完好无损。蝙蝠洞、七星岩传说不老，普照寺香火不断，柯山娴静优雅地依偎在柯岩景区这座大观园中，于静穆中吸引着人们探幽寻秘。还有山前水池中肥美的锦鲤，闲适地游弋在天地之间……

# 悠悠钱清江

鲍文贤

在绍兴众多江河湖泊里，钱清江没有鉴湖那样的精雕细刻，没有曹娥江那样的热情豪放，她古朴中透着清澈，纯美中秀着风姿。

钱清江（西小江），位于美丽富饶的萧绍平原，犹似一条银色的绸带连接着萧山与柯桥。与江面宽阔、潮声震天的钱塘江相比，这条江规模较小，江面狭窄，水流平缓，因在绍兴之西，故名西小江；这里有东汉会稽太守刘宠投钱处，因此又名钱清江。它也是浙东运河的重要部分，是我们家乡的母亲河。

现在的钱清江绿水泱泱，碧波粼粼。流经萧山区进化镇、临浦镇、所前镇、新塘街道和衙前镇，经柯桥区杨汛桥和钱清街道，东流出三江闸，注入杭州湾。江南岸青山重叠，似一道绿色屏障。江北岸一马平川，万顷水田。如果你现在乘船前往，可以看到蔚蓝的天空，青翠的山峦，一行行白鹭正沐浴着阳光低低飞翔，河岸边田野间有农民种植的花木、青菜，大片稻田不见踪影。松涛凝成披岭掩谷的黛霞，竹海荡起连天蔽日的绿云。江面碧水如洗，烟波氤氲，冈峦峰岩竞秀，溪涧玲珑。江岸用条石筑成，江边用水泥青石板铺就，崭新的高架桥飞架钱清江两岸，不时有汽车、动车飞驰而过，沿岸可以看到漂亮的别墅屋、美观的商品房。原来这里河汊纵横，有的斜着道道竹箔，养着淡水鱼。有的浮着排列有序的塑料瓶，养殖河蚌。现在"五水共治"，保护一江碧水，这种现象已经消失了。

如果说杭州滨江区的西兴是"浙东唐诗之路"的起点，那么杭州萧山区与绍兴柯桥区之间的钱清江是"浙东唐诗之路"重要的交通枢纽和水陆两路的转换处。唐代著名的大诗人贺知章、李白等，在钱清江观阳春晨曦，赏仲夏星光，沐秋阳高照，看冬雪初霁，这里四季景色如画。贾岛《送周判官元范赴越》："原下相逢便别离，蝉鸣关路使回时。过淮渐有悬帆兴，到越应将坠叶期。城上秋山生菊早，驿西寒渡落潮迟。已曾几遍随旌旆，去谒荒郊大禹祠。"诗中所写的"驿西"指的是钱清驿。陈羽《小江驿送陆侍御归湖上山》："鹤唳天边秋水空，荻花芦叶起西风。今夜渡江何处宿，会稽山在月明中。"这里的"小江"指西小江，"驿"指钱清驿。刘长卿《贾侍郎自会稽使回篇什盈卷兼蒙见寄一首……数事率成十韵》："天长百越外，潮上小江西。"又《送崔处士先适越》："山阴好云物，此去又春风。越鸟闻花里，曹娥想镜中。小江潮易满，万井水皆通。徒羡扁舟客，微官事不同。"

白居易、杜甫、王维、孟浩然、杜牧等大诗人，在入越（绍兴）或离越去别处时，都要坐船经过钱清江。他们在这里观景、游赏、访古、揽胜、迎送、留别，徜徉稽山鉴水。绵绵狮林山，淙淙梅溪河，蜿蜒九曲水，茫茫海滩头。古塔斜阳、浮桥渔火、纤道白帆、禅院钟声，皆是钱清江边独有的景色。他们乘船向东迤逦前行，在桨声中观景，在帆影中吟诗。可以想象诗人们在钱清江边乘坐乌篷船，他们移篷观天，欣赏着两岸风光，在渔夫的棹歌声中，让诗情飞越高山流水，飞越金戈铁马。诗人们的灵感飘过钱清江，越过牛头山，留下一船又一船的千古诗篇。他们走的都是水路，同样经钱清江沿浙东运河向东向南走向天姥山（新昌境内），走向天台山，走向"浙东唐诗之路"的终点。

唐朝大诗人李白，别鲁东，经淮扬，过杭州，越钱塘江，抵西陵（即西兴），观大潮。乘航船沿钱清江一路向东行，游鉴湖，到绍兴城，登越王台，最后经曹娥江至剡中与道士吴筠共居。他先后四次入越，在《送友人寻越中山水》中这样写道："闻道稽山去，偏宜谢客才。千岩泉洒落，万壑树萦回。

东海横秦望，西陵绕越台。湖清霜镜晓，涛白雪山来。八月枚乘笔，三吴张翰杯。此中多逸兴，早晚向天台。"如果说李白的《梦游天姥吟留别》是心仪天姥山美景而借梦摹状的话，那么这首《送友人寻越中山水》诗，恰似越中独特的山水人文的第一张"导游图"。

钱清山水秀美，人文荟萃。有临江而立的清峻、沙洲隐现的浪漫，有坐石垂钓的惬意、崎岖行走的恣意。两岸树影斑驳，江面微风轻拂，云雾袅袅上升，曲曲折折，与树影、月光糅合在一起，像一幅瑰丽的山水画。南宋诗人陆游无论是青壮年担任官职往返还是晚年退休居家生活，乘舟楫来往钱清江已成为常态。他的《钱清夜渡》曰："月出半天赤，转盼离巨海。清晖流玉宇，草木尽光彩。"描绘了一幅钱清渡头夜色迷人的景象。他在《舟行钱清柯桥之间》写道："逾年梦想会稽城，喜挂高帆浩荡行。未见东西双白塔，先经南北两钱清。儿童鼓笛迎归舰，父老壶觞叙别情。想到吾庐犹未夜，竹间正看夕阳明。"描写了云帆高悬归心似箭，家人鼓乐喜相迎的喜悦情景。

南宋文学家姜夔，号称白石道人，多次入越游览，他在自度曲《征招》一词的小序中谓："越中山水幽远，予数上下西兴、钱清间，襟抱清旷。越人善为舟，卷篷方底，舟师行歌，徐徐曳之，如偃卧榻上，无动摇突兀势，以故得尽情骋望。"据说，他独自一人雇了一艘大乌篷船，移篷见天，躺着驰目，瞭望四野和苍穹，在棹歌声中，他"漫赢得、一襟诗思"。词人"记忆江南，落帆沙际"，在"迤逦"前行中，"剡中山，重相见，依依故人情味"。情景交融，别意绵绵，这是一种多么美好的记忆啊！

钱清江南岸的杨汛桥街道和钱清街道，属会稽山余脉，山峦起伏，沿途山清水秀，风光旖旎，胜迹众多。古往今来，不少文人墨客游览风光，留下不少诗篇。钱清江边，有一座牛头山。山上林木苍莽，若青牛伏卧，断崖处状若牛头，留下许多美丽的传说。据《嘉泰会稽志》记载，牛头山在山阴县西六十五里，唐天宝年间改名临江山。山顶有仙岩洞，岩缝终年流水，于是积水成潭，潭在仙岩洞内，水深约 5 米，由于流水不绝，潭中之水，叮咚作响，其清澈度，可与杭州市虎跑泉水相媲美。

古时，牛头山山巅有延胜寺，现名仙岩寺。据史料记载，北宋陆轸（陆游的五世祖）幼时与士子数人在牛峰寺内求学，时隆冬大雪，断绝粮食好几天，陆轸祷告山神。次日，有两只黄角麂出洞觅食，误入寺内为士子所获，遂得解困。后来，陆轸于宋大中祥符五年（1012 年）金榜题名成为进士，累官至兵部尚书、太傅。陆轸不忘乡情，建书院于寺侧，时人称陆太傅书院。书院岁久废。陆轸绝粮获麂或为传说，可信可不信，而陆轸建书院实有其事，开绍兴（越州）民间建书院之先河。陆游曾这样写道："舍北望牛头山，山有延胜寺，先太傅书堂在焉。六年前尝泛小江往游，寺焚于睦寇（注：当时方腊起义军），书堂无复存矣。"有陆游的诗为证："太傅读书处，秋风曾问途。江如青弋险，山似白盐孤。路尽还登岭，林开忽见湖。草堂无复识，流涕想规模。"

巍巍牛头山，悠悠仙岩洞，这里怪石峭壁，嶙峻逼人，清泉淙淙，藤蔓拂拂，据说宋代江湖浪人葛庆龙曾居穴藏身，修炼养生，致死不离。牛头山上有异石，石头纹理清晰，形状神态各异，能浮于钱清江江面，俗称浮石。可作盆景假山，石上可植苔藓类，也可浮于水池或水缸，可供人们观赏。当年王阳明还将牛头山改为浮峰，他写下："怪石有千窟，老松多半枝。清风洒岩洞，是我再来时。"

当年钱清江边种藕植菱，养鱼栽荽，两岸柳树成荫，运载粮食、丝绸、树木、官窑瓷器和建筑材料的船只来来往往，拉纤的号子声此起彼伏。可以这样说，钱清江是一条商旅贸易之江，也是一条漕粮运物之江，更是一条吟诗诵词之江。

民国时期，钱清江面的夜航船、埠船和脚划船，往来穿梭，昼夜不息，交通十分繁忙。民国八年（1919 年）十二月，鲁迅先生由杭州的西兴经钱清江抵达绍兴的老屋。在完成老屋的"画售屋押"后，带着母亲等眷属，雇船离开绍兴北上。回到老家和离开老家，都是在船上听着钱清江的潺潺流水声前行。

钱清江，她流经了美丽富饶的萧绍平原，流经了山清水秀的江南古镇，见证了日新月异的钱杨新城，正将一幅优美的生态画卷徐徐展开。

# 诗源若耶溪

朱建平

　　我是在四年级寒假的时候，才知道村口那条南北走向、水流平缓清澈、水底卵石密布、水草摇曳、鱼虾游弋的大溪就是大名鼎鼎的若耶溪。

　　当然，这话是我父亲告诉我的。当时我正拿着花了五毛压岁钱从绍兴新华书店买的《唐诗三百首》在看。说实话，里面的字我没多少认识。繁体、直排、插着注解的印刷，极大地影响了我的阅读。而当时买这书，用现在的话来说，就是"装"。学了小学课本上的几首唐诗，就想着熟读唐诗三百首了。

　　当时，我坐在门口，就着尚有一丝暖意的夕阳，翻着《唐诗三百首》的目录，期盼能找到老师强迫背诵而我已经熟记了的诗，读给坐我边上看《红楼梦》的父亲听。可翻了半天，似乎找不出几首。好不容易找出一首，里面有好多字都和语文课本上的不一样。父亲从我手上拿过书，粗看了一下目录，随手翻开一页问我："这几个字认识吗？"我说："认识，春泛若耶溪。"父亲说："你知道若耶溪在哪里吗？"我说："不知道。"父亲笑了："记住，若耶溪就是村口的那条溪。"说完给我读了一遍。

　　我赶紧在几个繁体字的边上注上简体字，然后磕磕绊绊地读了一遍："幽意无断绝，此去随所偶。晚风吹行舟，花路入溪口。际夜转西壑，隔山望南斗。潭烟飞溶溶，林月低向后。生事且弥漫，愿为持竿叟。"父亲听我读完此诗，说："读完你要用心体会诗的意境，只有体会到了，你才会觉到诗的美。"我"嗯"了一声，努力用少得可怜的思维体会诗的意境。可努力了一会，我却冒出一个疑问，村口这条口宽不足二十米，深不到一米，两岸除了农田看不到一株翠柳，更不要说船，连一块漂流的木板也看不到的溪流，会是诗中描述的景致秀美的若耶溪？不可能。父亲听了我的疑问，说："诗是真的，若耶溪也是真的，你现在看到的只是其中一段，如果你沿着溪岸向上走或者向下走，你就能看到不一样的景色。"

自从知道村口的若耶溪和唐诗有了关系，我开始关注若耶溪的信息，从小学到初中，从初中到现在。1986 年到 1989 年的这段时间，当时镇里发出号召"改造若耶溪"，把原本自然曲折蜿蜒，满是原生态的若耶溪改道、拉直。曾记得当时我骑着自行车沿着已经用方石砌了河坎、用水泥浇了堤坝改道后的若耶溪骑了一段，还真正心疼了一回。因为那个时候我突然明白，此时的若耶溪再也回不到唐诗里面的景致了。当然，这是后话。想当初，我曾产生沿着溪岸全部走一遍的念头。可惜，四十余年过去，只沿着若耶溪断断续续走过几段溪岸，从没有完整地走过一遍。不过，现在想来，我真正认识到门口的若耶溪能和唐诗联系在一起，应该是这个时节。

因为父亲和我说了《春泛若耶溪》写的就是家门口的景致，从此，我对村口的这条夏天经常去洗澡玩耍的溪流产生了浓厚的兴趣。可惜，在这本仅有的《唐诗三百首》中，我再也找不到和若耶溪有关的诗了。但这丝毫没有改变我探究若耶溪特别是若耶溪源头景色的心。因为我当时见到的若耶溪，已经不是唐朝时候的若耶溪，也不是我父亲初到平水时候的若耶溪。按照书上的介绍，若耶溪的源头原在若耶山，山下有深潭，据说就是郦道元《水经注》中的"樵岘麻潭"。不过 1964 年，水潭旧址没入建成的平水江水库中，现在要寻求若耶溪源头的美景，就只能通过书本去臆想了。

十多年前，平水江水库曾放水修缮加固，可惜，这个可以探求到若耶溪源头的时候，我根本没有这个想法。因为那时候，我还没爱上文字，还没借助文字慰藉心灵。如果换到现在，我一定会赴现场一探究竟。当然，对于若耶溪源头的景致，我还是听说过一二的。

　　我的祖籍在王坛的腾豪村，但我祖辈又不住在村上，而是住在村西边铜盘山的大半山腰，这是一个叫后湾的小山窝。山上树木茂盛，土地贫瘠。为了生存，我爷爷带着我父亲和我三叔，踏着他哥哥也就是我大爷爷的脚步，沿着会稽山脉一直往北走，找到了一个叫大山里的地方，从此，我父亲和我三叔就在这大山里安居下来。从后湾到大山里，只要沿着千百年来山里人进城的脚步，就必定经过若耶溪的源头，也要经过西路口。这是我大爷爷家居住的地方。大爷爷比我父亲要早到平水。因而，我的三叔和五叔也就是我大爷爷的两个儿子，对若耶溪源头的认识也比我父亲要多不少。可惜，年少时候两位叔叔和我说"西路口""斗丘里""乌龟桥"等和浙东唐诗之路有关的典故，我都当成"大头天话"。现在再想听，已经没有了可能。好在有文字记载，有资料可查，有书籍可看，我对若耶溪和唐诗之路的关系，还能略知一二。

　　说起若耶溪和浙东唐诗之路，王籍是无法绕过的。王籍出身世族高门，虽然"七岁能属文，及长好学，博涉有文气"，但仕途却不尽得意。官场不得意，就学王羲之和谢安游山玩水。游玩之余，他肯定写下了不少的诗句。因此，"艅艎何泛泛，空水共悠悠。阴霞生远岫，阳景逐回流。蝉噪林逾静，鸟鸣山更幽。此地动归念，长年悲倦游"一诗，应该就是这个时期的作品。王籍的妙笔，在向世人推介了若耶溪的同时，也给自己在诗歌界奠定了应有的地位。所以，到唐代的时候，一大波文人墨客都追随他的足迹，来探究若耶溪的美景。

　　曾经有人做过统计，唐代诗人咏吟若耶溪有记录且流传至今的诗作，有七十五首之多，没有记录或者被时间湮灭的诗应该更多。在这七十五首诗作中，最有名的应该是李白的。我想当初李白应该是沿着王籍的脚步走若耶溪的。所以他就有了"镜湖水如月，耶溪女如雪"的诗句。从镜湖到若耶溪，李白一路走一路看，若耶溪上美女多多，令他目不暇接。看多了，他总想着把这些美人美景记录下来。因而，"耶溪采莲女，见客棹歌回。笑入荷花去，佯羞不出来"，应该是李白等待许久的结果。

　　李白，放到现在绝对是文坛大咖，是一呼百应万人追捧的"网红"，所以，当他游走若耶溪后，写下"遥闻会稽美，且度耶溪水"的诗句，一大帮文人被带动了。这些文人溯溪寻胜，留下无数诗句的同时，也让若耶溪成了热词。无论会写诗的还是不会写诗的，都把游走若耶溪作为人生的一大追求。会写的，留下诗句文章，供后人赏读、回味，不会写的，也留下了随着岁月无声流逝的无数足迹。

　　在若耶溪西边不足一公里的地方有座叫秦望山的山峰。有时候我想，当初秦始皇登秦望山观望东海，是和他东巡时候到绍兴的线路有关的。他从杭州过来，过钱塘江，水路旱路的，一进绍兴地界，第一眼看到的，以为是最高的山峰，就是秦望山。从而有了登山望海，李斯撰文刻石的记录。因为有了秦始皇的登临，秦望山成了名山。等到晋室南渡，王谢等权贵到了绍兴，绍兴的名山和风景秀美之地，自然而然成了他们居住的地方。按照权势，各自选择。谢家选择了上虞，王家选择了绍兴。

　　王羲之曾在漓渚九板桥居住，现在墨池遗迹尚存，可惜，大家都把目光放在了兰亭。其实，只要到过九板桥，就能明白王羲之当时呼朋唤友到兰亭聚会，然后曲水流觞留下诗篇是一件极其平常和自然的事。至于千古行书《兰亭集序》，只是喝酒聚会聊天吹牛的副产品而已。而王羲之的儿子王献之，按照当时的社会地位和教育水平，肯定是牢记了"父母在不远游"的教诲，于是从漓渚江，或者是兰亭江，亦或者是直接从绍兴城里的内河，在通过环城河后，进入若耶溪，一路寻访，在接近若耶溪源头的地方找到了落脚地，然后定居生活。当然，他也可能是翻越了兰亭的大庆后，到达秦望山的南麓，开始定居，这就有了云门寺的初始。至于他后来舍宅建寺，在崇尚佛教的东晋南北朝时期，也是极其正常。

　　因而，当王献之居住在秦望山麓的时候，他的父亲王羲之应该是居住在绍兴城里王家山下。王献之从秦望山南麓家里进城，或者去漓渚，去兰亭，走水路是最为方便的。出门就是若耶溪。从若耶溪坐船一路向北，可以直达王家山下，从绍兴向西，可以到达兰亭和漓渚。王献之和他的家人肯定写过和若耶溪有关的诗文，而这些诗文，肯定影响了一大帮人，从而也就有了循迹寻胜。当然，这些我推测的诗文，或许没有，或许真的有，但没有被我们发现。所以我窃以为，后来的一些诗人沿若耶溪一路向南，很多时候是想着跟随王家名门的足迹，去领略若耶溪的秀美风景，或者用现在的话来说，是想跟着去沾文气，蹭热点。

旧时的文人和我们现在一样，都喜欢留点文字留点记忆，于是也就有了写若耶溪的诗句。而这些诗句，相当于现在我们的广告词，一传十，十传百，把若耶溪宣传了出去。于是，到了诗人辈出的唐代，每个写诗的或不写诗的，都以去一趟若耶溪为荣。就像现在上了长城必到好汉坡一样。就这样，写若耶溪的诗就像若耶溪的水一样，源源不断。

说到若耶溪，云门寺是重要的节点。云门寺始建于晋代，全盛于唐宋，落寞于明清，损毁于民国。云门寺原为王献之的旧宅。王献之因为做梦梦见祥云绕屋，视为吉祥，遂舍屋建寺，晋安帝为此赐名"云门寺"。云门寺在若耶溪的西边，秦望山脚下。从现在的平水江水库大坝西行一公里左右，有一个叫"寺前"的自然村。村子不大，坐落在秦望山脚下。如果无人指点或者提前不做攻略，根本不可能想到这个有着百余户人家的小山村，曾经是盛极一时的云门寺旧址。现在的寺前村就建在云门寺的寺基上。好在村内还有曾属于云门寺范畴的光孝寺存留，两进清代的木构建筑及数间东厢房，尚可以让人追思云门寺曾经的辉煌。现在的云门寺内还有崇祯三年（1630年）王思任撰写，范允临行书，董其昌、陈继儒、董象蒙跋语的《募修云门寺疏》碑留存，让云门寺的依然屹立有了依存。

因为有若耶溪，云门寺就成了名人寻访山水后的落脚点。自东晋到唐、宋，无数的诗人到这里寻访住宿。"天下第一名人客栈"的称呼也变得名副其实。现在只要说起云门寺，说起到过云门寺的大唐诗人，就有孟浩然、白居易、李白、杜甫、杜牧、宋之问、崔颢、方干（千）、灵澈、严维、秦系、元稹、刘长卿、韦应物、萧翼、王勃、王维、贺知章等一大帮诗界大咖。我时常会想，如果没有若耶溪，云门寺是不是就成不了大唐诗人的落脚点？或许是，或许不是，但和若耶溪有必定联系这一点是肯定的。现在的云门寺和以前的云门寺有相同也有区别。相同的是云门寺的名称始终不变，不同的是现在的云门寺和唐宋时期的云门寺真是一个在地上，一个在天上。

不管怎么说，若耶溪在，诗源就在。诗源在，诗人就在。所以，若耶溪，浙东唐诗之路的重要节点，将一直是中国诗人心中的神圣之地。

# 夜枕若耶

封晓东

双休，值周，偌大的校园只我一人留守。幸好，还有若耶为伴。

此刻，若耶溪就静静流淌在校园东侧围栏外，我站在办公室的窗边就能一眼望到。"若耶溪"一名，早在春秋越国时就已出现，《越绝书》有云："赤堇之山，破而出锡；若耶之溪，涸而出铜。"然而，它还有一个十分诗意的别称：五云溪。史载，晋代大书法家王献之曾隐居若耶溪上游秦望山南，后舍宅为寺，安帝义熙三年（407 年）某夜，其屋顶忽然出现五彩祥云，王献之将此事上表奏帝，晋安帝得知后下诏赐号将王献之旧宅改建为"云门寺"，门前石桥改名"五云桥"。《嘉泰会稽志》中也载有"王献之云门山旧居，诏建云门寺"。看来，"五云溪"之名意指"五彩祥云出现之溪"，缘起于此。《嘉泰会稽志》卷十中的另一条记载，更为清晰地点出了这一别称的由来："唐徐季海尝游溪，因叹曰：'曾子不居胜母之闾，吾岂游若邪之溪？'遂改为五云溪。"徐浩（703—782 年），字季海，越州会稽人，唐代书法家。这句话的意思是说曾参坐车到了眼前的巷子，但因为这个巷子名字叫胜母，他觉得这个名字不好所以就没进去，掉转车头走了。而徐浩到了若邪溪（即若耶溪），也觉得这个名字不好听，就将之改名为五云溪。

若耶溪从百越先民的草莽中流出，一流流穿了整个越地文明史。

舜耕南山，在这里留下了舜江、舜井和众多舜庙。禹会诸侯于会稽，计功而崩，最后安眠于不远处的宛委山下。禹的后裔从北方赶来守陵，开启了春秋最后霸主——越国的历史。平阳村边的台地曾是越国君民聚居的处所，是越国剑指中原前最后的都城，若耶溪旁静静躺着的几十座越国贵族木椁土墩墓葬群，就是那段历史的明证。欧冶子在这里铸造了湛卢、纯钩、胜邪、鱼肠、巨阙五把惊世名剑，至今，与铸铺峁村隔溪水相对还留有上、中、下三灶。秦一统六国，始皇帝不安于"东南有紫气"，偕李斯登上若耶溪源——今岔路口村的鹅鼻山，刻石以记之，是谓"会稽刻石"。汉太尉郑弘生于斯，长于斯，留下了"朝南暮北"的佳话。六朝时期，云门山下云门寺高僧云集，支遁在此创"色即空"学说，王徽之、王献之兄弟都曾在此练字习书。唐初，监察御史萧翼受唐太宗李世民指派在云门寺中用计巧取了天下第一行书——《兰亭集序》真迹。有唐一代，云门寺更是成了浙东唐诗之路的热门景点，唐初王勃发起的大历"浙东唱和"就是以若耶溪、云门寺为主要聚集点，而见证元稹、白居易友情的"元白酬唱"也无法绕开这里，元、白来往书信中明明白白留下了"平水草市"的记载，这是平水地名第一次见于史籍，也是中国"草市"历史的源头之一。同样是在唐代，这里的"日铸茶"已名扬海内外。两宋时期，小康王赵构曾在南渡途中驻跸日铸岭，在下马桥边召集大臣商议行进路线。陆游在溪边筑有云门别业，一度隐居于此，而陆门三代人死后均归葬于溪源幽谷中，陆家对若耶溪的钟情可谓至深。元末，刘基（伯温）一度革职被羁管于此地，放浪山水间。明清嬗变之际，王思任、张岱、陈洪绶等忠义之士，或于此绝食殉节，或于此遁隐山林，断然不与清兵合作。清初，相传顺治帝曾游居平阳寺，康熙帝两次南巡均止于平阳寺而返，虽不见于史书记载，但平阳寺藏经楼的无尘之谜至今未解，带给了世人无尽的联想猜疑。进入民国，平水村走出了刘大白，官至教育部次长，同康村出了个孙越崎，官至经济部长兼资源委员会主任委员，史称"民国两部长"，传为佳话。

　　作为若耶溪源地及主要流经地的平水盆地，在中国历史长河中写下了如此浓墨重彩的一笔，已经让人啧啧称奇。然而，这些都还不够。由它催生的中国历代诗词文化，才是若耶溪最惊艳的华章。

稍稍统计，《全唐诗》收录的作者有 2200 多位，其中泛游过若耶溪和平水的，竟达 400 多位，李白、杜甫、白居易、王勃、孟浩然、杜牧、宋之问、崔颢、韦应物、元稹、贺知章、僧皎然……群贤毕至。据邹志方的《历代诗人咏若耶溪》所载，其中到过若耶溪并留有直接描述若耶溪诗作的唐代著名诗人就达 40 多人，诗作 70 余篇。李白《采莲曲》："若耶溪傍采莲女，笑隔荷花共人语。"杜甫《奉先刘少府新画山水障歌》："若耶溪，云门寺。吾独胡为在泥滓，青鞋布袜从此始。"孟浩然《久滞越中，贻谢南池、会稽贺少府》："怀仙梅福市，访旧若耶溪。"綦毋潜《若耶溪逢孔九》："借问淹留日，春风满若耶。"刘禹锡《酬浙东李侍郎越州春晚即事长句》："明日汉庭征旧德，老人争出若耶溪。"到了宋代，有范仲淹、苏轼、王安石、欧阳修、辛弃疾、柳永、晏殊……明代有刘基、徐渭、董其昌、刘宗周、陈洪绶……还没算上南北朝时期的谢灵运，中国山水诗派的开山鼻祖，他就是在若耶溪边开始了自己的诗话人生。中国古代诗词的灵魂人物都曾经在若耶溪畔驻足，吸精纳华，这些难道还不够惊艳吗？

然而真正使若耶溪在中国诗歌史上扬名立万的却不是这些唐宋大家，而是默默无闻的南朝梁诗人王籍。他在《入若耶溪》一诗中写道："艅艎何泛泛，空水共悠悠。阴霞生远岫，阳景逐回流。蝉噪林逾静，鸟鸣山更幽。此地动归念，长年悲倦游。"好一个"蝉噪林逾静，鸟鸣山更幽"，以动写静，以蝉的鼓噪声和鸟的鸣叫声来反衬山林的幽静。诗人将山林的幽静置于蝉、鸟的喧动之中，动中见静，在静的呈现中又使山林充满了生气，从而使大自然变得更为幽美可亲。这种以有声来写无声，以喧闹来写寂静的艺术手法，在王籍那里得以创新，并将中国的山水诗推向了更高层次。这种体现出艺术辩证思维的手法对唐以后的诗歌影响甚为深远，许多诗词大家都遵从这一艺术规律创造出更为动人的诗句。至于后世，追摹王籍而创作新诗的如王维等诸多画论家，大抵都从该诗中得到过教益。如杜甫有"春山无伴独相求，伐木丁丁山更幽"，常建写山寺禅院之幽静有"万籁此皆寂，惟闻钟磬音"，王维写山涧之静则有"月出惊山鸟，时鸣春涧中"。这些都是以声音来衬托静的，往往能获得独具魅力的艺术效果。在中国文学史上，以一篇文章或一首诗歌奠定自己地位的人不少，王籍即其中突出一例。

我终于从另一侧面体会到了若耶溪之灵动美，它竟然对中国古代诗歌的发展起到了如此巨大的推动作用，不容小觑啊！

此刻，若耶溪就静静地在我办公室窗外流淌着，它一流流了几千年。学校在溪边的小山坡补铺了平整的石径，加密了漂亮的绿植，还特别竖起了大石，上面铭刻了历代咏颂若耶溪的名句，营造了环境极佳的一片唐诗文化展示区，我自己把它取名为：若耶诗林。漫步雅径，动可观赏绿植，颐养身心；静可闭目闻香，陶然自得；更可立足品诗，与李杜神交。小山坡的东侧围栏外，就是潺潺作响的中国诗词名溪——若耶溪，刚硬的立石与柔美的诗词是最完美的天然搭配。

最是羡慕越中学子，高中三年学习一直能与若耶溪水为伴，让充满文化意蕴的灵魂之水浸淫着自己的心田。更是羡慕独占 A 幢宿舍楼的高三男生们，宿舍楼紧贴着溪水而建，以至于夜深时，溪水的汩汩声能清晰地传入耳膜，枕着若耶入眠，直至睡熟。每每遇到值周日到 A 幢男生宿舍巡视并过夜，我都会抽出一小会时间，来到走廊的东尽头，俯视身下的若耶水，思绪随溪水北流，海阔天空……

今天，值周，夜枕若耶。

# 乌篷欸乃入画来

张富春

鉴湖、柯岩、香林，早已在神往之中，每每由凝思进入幻境，将自己化成贺知章，化成陆放翁，或山阴道上，或鉴湖舟中；或踏歌观美景，或举杯邀明月；一样的情趣盎然，一样的如痴如醉。

一个细雨霏霏的日子，偕友人在汉中郎蔡邕椽竹为笛的柯桥古镇雇一叶乌篷，踏上心仪已久的圆梦之旅。雨是江南独有的，似雨似雾，丝丝缕缕。悠悠古纤道如一首隽永的诗。古运河水流缓缓，乌篷船舟行款款。晶莹透澈的河水，倒映着临河铺陈的廊檐、庄重典雅的台门、逼仄幽深的小弄。三五相间的河埠，有三两农妇淘米洗菜，静谧中泅漫的是一种古朴和祥和。

柯亭依然，流水依然，只是少了蔡中郎悲戚的笛声，多了盛世间的欢歌和笑语。

乌篷转入柯桥街河，溯柯水划入鉴湖水系，徜徉在清澈见底的湖面，不时有撒网的渔夫与船工打着招呼。盘膝端坐船舱，近观湖岸绿树成荫，远眺群山层林尽染，心底由然升起一份畅快，产生一种愉悦。

穿梅市水镇，舟泊新未庄。这里是鲁迅描绘过的"未庄"，这里又不是鲁迅笔下的"未庄"。屋宇粉墙黛瓦，门前小桥流水，庭院竹苞松茂。江南风情依旧，萧索已不再。农家的厨房已经热气腾腾，屋顶依然不见袅袅炊烟，过去的灶台换成了煤气炉。行走在新未庄宽阔的村道上，不时听到农舍里传出清脆的电话声，走近农家窗口瞧一瞧，电脑显示的是证券交易所最新的股票行情。

这是多么美丽的景象，这是多么美好的生活嗬。先生若有知，当惊"未庄"殊！

一群戏水的白鹅，引领乌篷驶入渐行渐宽的河道。河水澄明似镜，桨声响处，偶尔旋起一朵无声的小漩涡。"鉴水萦回三百里，风流何止两唐人。"千余年来，众多文人墨客被稽山鉴水千岩竞秀、万壑争流、村野牧歌，清流舟筏的景色所陶醉，一路载酒扬帆，击节高歌，洒下许多赞颂柯岩、鉴湖的诗句华章。

柯岩，是一处遗址上的风景，或者说是建立在文化遗存上的主题公园。柯岩原为采石山，在汉之后的魏、蜀、吴三国时期，数以百计的采石工聚集在这里。三国归晋，南北朝代晋而起，直至隋炀帝开凿运河，其间四百年，历经二十代石工，蚂蚁啃骨头般地修凿去半座石山。也许是天意所在，也许是"英雄所见略同"，在被挖去的半座石山的遗址上，竟留下两"柱"孤岩浑然鹤立。这两"柱"孤岩，东边是号称石痴的北宋书法家米芾绕行数日才拜石离去的"云骨"；西首的是由当地柯姓石匠一家三代依石举斧，因形击凿，历时二十年雕凿而成的柯山大佛。"谁云鬼刻神镂，竟是残山剩水。"明代文学家张岱寥寥十二字，写绝了柯岩的景观特色。

乌篷划入水乡鲁镇，似划入童年鲁迅的世界。穿行在鲁镇的街巷，感觉是踩着鲁迅的脚步行进。鲁镇的格局，街河并行，一竹一丝。石桥南北，小船东西，临河店肆，后街民居，悠闲依然如江南小调。鲁镇是百年前绍兴水乡的缩影，是浓缩了的绍兴。站在七斤家门口的土场上，心想，就是依靠这方水土的哺育，鲁迅成为民族文化的巨人。鲁镇应为鲁迅而自豪！

踏着鲁四老爷家河埠的石阶回到乌篷船上，船舱外依然雨点淅淅，雨声沥沥。悄悄拉开船篷，映入眼帘的是鉴湖高尔夫球场绿得可染的草坪。据说，高尔夫的前身就是中国一千多年前的捶丸，据此说法，当年的宋徽宗、明宣宗称得上是高尔夫运动的鼻祖了。一百年前，中国有了现代高尔夫球场，可惜与国人无缘，是英国人建的。高尔夫运动对于平民百姓来说，似乎是可望而不可即的运动。柯岩高尔夫球场的建成，可以说是圆了闰土后代享受西方贵族专利的梦。

乌篷继续行在碧波荡漾的鉴湖，沿白玉长堤，过五桥步月，荡漾在宽阔的湖面。湖南岸是一条芳草萋萋的石板小路，路边尽是田亩，田亩尽头是粉墙黛瓦的村庄，村庄的背景是一脉青翠的山冈。这不就是陆放翁笔下"道路如绳直，郊园似砥平。山为翠螺踊，桥作彩虹明"的景象吗？好一幅美不胜收的水墨图画。

秀美的湖光山色，为水乡增添了独特的江南风情。湖上堤桥随设，湖中渔舟时见，充溢着水乡风光的清新和野趣。"莫言春度芳菲尽，别有中流采芰荷"，泛舟鉴湖，犹如人行画中。难怪明朝公安派代表人物袁宏道慕名东行，畅游鉴湖之后发出"钱塘艳若花，山阴芊如草。六朝以上人，不闻西湖好"的赞叹。

十里湖塘是鉴湖的主要源头，也是绍兴酒的源头。据说，这里是诞生第一滴绍兴酒的地方。清代学者梁章钜是一位嗜爱绍兴酒的美食家，他认为，绍兴酒之所以能通行海内独领风骚，原因在于"盖山阴、会稽之间，水最宜酒，易地则不能为良，故他府皆有绍兴人如法制酿，而水既不同，味即远逊"。这里的绍兴酒文化博物馆，用文字和实物旁征博引，将鉴湖水与绍兴酒的渊源诉说得淋漓尽致。优质的鉴湖水成就了绍兴酒的独特品质，更造就了绍兴人柔韧刚毅、自强不息的性格。对于绍兴酒来说，鉴湖有孕育之功，该称其为"酒之母"。

乌篷行至大禹治水时诛防风氏的型塘，再往前只剩潺潺溪流了。我等弃舟登车，循宽阔的香林大道前行，感觉前方的山高了许多，山尖撑起湛蓝湛蓝的天；山上的林密了许多，林梢裁开一朵一朵的云。车辆沿着凹凸不平的卵石小道，将游人引入静寂的山坳，路尽水源，挺拔的群峰多少给人以"山重水复疑无路"的感觉。待车转过一个几近直角的山弯，所见的景象是"土地平旷，屋舍俨然，有良田、美池、桑竹之属。阡陌交通，鸡犬相闻"。俨然是陶渊明笔下的世外桃源，难怪老年陆游会发出"柳暗花明又一村"的感叹！

　　车近香林寺，踏着斑驳得有些倾斜的石板小道，路边潺潺溪流和着游人的脚步轻吟浅唱。抬头望，一挂名为云溪的瀑布折成两叠如银练当空舞动，轻盈飘逸。流动的水，把宁静的大山唤醒，给倦意的游人惊奇。瀑流直泻，在阳光下形成道道虹霓；岩鹰翱翔，在瀑帘间掠起点点水花，形成一幅"落霞与孤鹜齐飞，秋水共长天一色"的壮丽画卷。

　　谢过指路的香林寺僧，沿弯弯山道，行数百米便是千年桂花林了。据《嘉泰会稽志》等史籍记载，自宋治平三年（1066年）以来，当地金鲍两姓村民据山川之利，在村口一处宽敞山坳遍植桂树，广袤达数十里，堪称"江南桂花林"。林中一棵被誉为"江南桂花王"者，高18米，蓬径20.2米，根围4.3米，有3根主干，覆盖面积达320多平方米。百年的生命留下了百年的清香，百年的清香润泽了百年的村民，于是村民们围起了护栏，不准游人折枝，爱护着这百年的性灵。

　　"风波不信菱枝弱，月露谁教桂叶香？"秋日的清风从树间林梢掠过，带着宜人的芳香，拂动游人的心灵。这时，忽然想起蟾宫的嫦娥妹妹，这位神见神爱的妹子怎么忍心让她的吴刚哥哥伐去房前的桂花树呢？天宫众仙虽不食人间烟火，总该懂得美化环境与陶冶情操的道理吧。莫不是这对多情男女也想偷偷下凡，在这香林含月之所构建自己的别业，过一段"你酿酒来我当垆，你挑水来我浇园"般浪漫的田园生活？

　　踏着蜿蜒的卵石小道，穿过一片灿烂的花海。山更为葱郁，山谷更加狭仄，一路重峦叠嶂；水更为清澈，水流更加细腻，只闻水声而不见溪流；树也更为参天，老树交柯，深邃阴翳。因为是雨后，山路给人的感觉也更为幽深而恬静。山路旁时有石壁迎面耸立，似城墙，似关隘，更似天然的屏风。眼望重重叠叠山，脚踩曲曲环环路，耳闻叮叮咚咚泉，眼观高高下下树。友人疑问：是否误入深山老林？答案当然是否定的。因为汇聚鉴湖的三十六源之水是有灵性的，潺潺地为你导航，水的方向就是游人想去的方向。果然，当我们跨越一条白如银练的山溪，翻过一块书有"灵溪听啾"

的山崖，呈现在眼前的是深藏山野的一池圣水。这应该是鉴湖三十六源之一吧。

这是一个聚天地灵气，纳山水精华的高山湖泊，当地人因此称之为"天池"。天池四周均为高耸入云的群山，这里的山水，保持着原汁原味的原始生态。掬一捧圣水，你能感到它的圣洁；抓一把清风，你能感到它的典雅。每逢月夜，一轮明月倒映水中，富有别样的诗情画意，真应了唐代诗人刘方平在《夜月》中描述的"更深月色半人家，北斗阑干南斗斜。今夜偏知春气暖，虫声新透绿窗纱"的场景。天池岸边的山崖，自然是情侣们赏月的佳处，因为在这里扯一把绿叶就可以表达爱情；剪一缕清风就可以风花雪月；掬一捧溪水就可以洗涤心灵……

从天池到宝林觅禅，还得走一段长长的山路，这是一条年代久远的古道，或者说是唐诗之路的一脉。在溪水的流淌声中，我们仿佛还能听到清脆的马蹄，听到李白、杜甫的吟咏，听到孟浩然、袁宏道的唱和。这是岁月留给后人的历史痕迹，循着历史的脚步，我们似乎对这块神奇的土地增添了几分感悟。

宝林觅禅，一个多么神慧而又富有诗意的名字。这里会聚着宝林寺、寂静寺、紫岩寺等千年古刹，山谷间晨钟暮鼓，梵音缭绕。

夜宿宝林禅寺，我们虽也学着听禅问经，但不忘在这佛门净地寻找一个属于自己的夜。因为夜色中的宝林禅寺，与白日的感受完全不同，当望不透的夜幕把繁华和嘈杂全部隐去，给人感觉到的只有脚下的卵石小道以及耳边的阵阵松涛。这时，无须想人间世事繁杂的苦闷，无须想佛祖普度众生的艰辛，只需认认真真地审视自己的人生。考问自己是否有知足常乐、助人为乐的心境；是否有知责有为、知难而进的境界。因为，这是一个完全属于自己的世界。

智者乐水，仁者乐山。刚者剑胆，柔者琴心。苍茫天地，奥妙无穷。大千世界，变幻莫测。人与社会，人与自然，古往今来，充满变数，充满微妙，也充满乐趣与痛苦，"唯有门前镜湖水，春风不改旧时波"，依然默默注视着日出日落，风起云涌，冬去春来，依然固守着流逝的岁月和变迁的沧桑。

鉴湖、柯岩、香林，我虽百般解读，但你依然是一部神秘的诗书，你的意境和灵魂绝唱千古。

晋风唐韵今犹在
——浙东唐诗之路散文集

越
城
卷

# 兰亭——绝版的美丽

程奋只

对于春天，我常常会这样想，什么样的春天才是一个值得过的春天，怎么过一个春天才算不负韶华与流年。古人似乎比我们更了解春天，更懂得春天。《论语·先进》中曾经描绘过这样一幅春天的场景："莫春者，春服既成，冠者五六人，童子六七人，浴乎沂，风乎舞雩，咏而归。"在春天，穿上新衣服，到沂水里洗个澡，再到舞雩的台上吹吹风，然后唱着歌回家，这真是一个美妙的春天。

一千六百多年前的兰亭也曾有过这样一个诗意的春天，那是一个暮春，天清气明，天空中刮着魏晋时的风。兰亭的溪水婉约地流淌，在等待一个必将载入史册的时刻到来。

不久，王羲之来了，翩翩如云中白鹤；谢安来了，绰约如姑射仙子。孙绰、支道林等人也来了，于是名士们"乃席芳草，镜清流，览卉木，观鱼鸟"，开始了一场诗意的文学沙龙。王羲之在微醉之中，用鼠须笔，蚕茧纸，率意挥毫，写就千古流传的《兰亭集序》。而他并不知道，一千多年后，这幅作品的每一笔横撇竖捺都将被放在中国文化史和书法史的璀璨聚光灯下被后人反复观摩和礼赞。

彼时的兰亭，每一米阳光都是明媚的，每一涓流水都是灵动的，每一片青荷都是一位诗人，它们漂浮在曲水之上举着酒杯向每一位名士致意。这些名士有的来自京师，有的来自北伐的前线，有的来自全国的其他地方，但在兰亭，他们都不再是帝国的军政要员，而变成了纯粹的文人，为诗而来，为风雅而来。他们都拂去了俗世的尘土，忘却了人间烟火，衣袂飘飘仿佛要羽化而登仙。永和九年的春天栖息在兰亭的清风流水里，酣醉在名士们的诗酒中，跳跃在王羲之的笔尖上。如果没有兰亭，东晋的春天就太无趣了，我国文化史上也将少了一段最华彩的章节，一段旷世的风流。

兰亭的得名据说是由于越王勾践在此植兰，汉代又在此设驿亭，说明兰亭是很有历史渊源的。退一步讲，即便没有这样的来头，仅"兰亭"这两个汉字，就清丽可人，秀色可餐。看到"兰"字，马上让人想到一连串优美的意向，"空谷幽兰""以兰为佩""槛菊愁烟兰泣露"；而"亭"字，无论是驿亭还是普通的凉亭，都意味着停留和栖息，那是身体或灵魂的安顿。所以一提到兰亭，总会无端地认为在那个地方一定有一株盛开着的兰花，一股逐清风而偶得的香气，还有一位蕙质兰心、吐气如兰的佳人。

而会稽，也是一个有温度有内涵的地名，我国历史上最可爱、最有趣的时代——魏晋与两宋都与这个地方有莫大的渊源。永嘉南渡和建炎南渡是国家的不幸，却无意成为诗家之大幸，文化之大幸。尤其是永嘉南渡，那些北方的士人在遭逢了离乱之苦后却在江南邂逅了生命中的另一个春天。至于王羲之，从北方来到江南根本就不像一次背井离乡的流浪，倒像一个漂泊的游子叶落归根。在江南，他不喜欢京师的喧嚣而喜欢奇山佳水，他一来到浙江就意识到这里将是他余生的归依，而此时，会稽和兰亭正盛开在他生命的必经之路上，等待着也等到了一个两情相悦的春天。

总之，兰亭是美丽的，在兰亭雅集之前，美在山水美在自然；在兰亭雅集之后，美在风雅美在人文。会稽山阴本就山水奇佳，袁宏道诗云："钱塘艳若花，山阴芊如草，六朝以上人，不闻西湖好。"可见在魏晋时代，会稽的山水之名远胜西湖。而兰亭又是其中的佳者，正如王羲之描写的那样，"此地有崇山峻岭，茂林修竹，又有清流激湍，映带左右"，这也是士大夫喜欢兰亭的原因。而兰亭集会之后，兰亭更多了一种人文内涵，就像一个本来就容姿出众的女子又有了一种知性的美感。从此，山水与人文交相辉映的兰亭成为会稽一个永远的文化地标。兰亭集会也成为一个诗意的传奇。

此后的一千多年里再也没有人拥有超过那年春天的风雅，兰亭成为一种绝版的美丽。我曾经问一位作家朋友，《兰亭集序》与《清明上河图》都是书画史上的稀世珍品，假如拍卖（如果《兰亭集序》还在的话），谁更值钱。他说都值钱，但是价值不一样。《兰亭集序》之美，在于王谢，在于魏晋风流；《清明上河图》的美则属于一群叫作开封市民的芸芸众生。我认为他说的有理，兰亭之美是一种超凡脱俗的美，一种惊鸿一瞥的美，一种空谷绝响的美。就像一枚绝版的邮票，贴在岁月长河的信笺上杳然远去，只留下一段绝美的回忆，供后人追慕与朝圣。

现在，每年的三月初三上巳节，有大批来自全国各地的游客来到兰亭，他们像古人一样曲水流觞，饮酒，写诗，写书法。虽然他们心目中的兰亭已经被围墙圈起来，而不再是和自然山水浑然一体的兰亭；虽然他们穿着的是用现代印染工艺生产的古装，不再具有一架木质纺织机的温度和一块布的纯良；虽然他们用现代汉语拼音规则朗读的《兰亭集序》缺少了一份吟诵的古韵与翰墨的古香。但是这至少说明，人们依然爱着兰亭，人们依然愿意在这里重温那年春天的明媚，依然愿意掬一捧诗意的流水，踩一踩那有灵性的土地，遥想着古人的风华，寄寓一份普通的快乐。

魏晋已然远去，兰亭之后，再无兰亭。但那绝版的美丽留给世人的却不是悲伤的叹息，而是一份恒久的温暖，就像那年春天盛开的诗意一样，灼灼其华，照亮人心。

# 兰亭——穿越千年的等待

章莉娜

一千六百多年前，一条蜿蜒的曲水，绵绵不断地从苍翠的会稽山脚下缓缓而来，沿途夹带着碑林、石刻，终汇聚成一处圣地，名曰"兰亭"。说起"兰亭"，还得追溯起越王勾践的兰花，且不说兰花在"四君子"中排行老二，光是青藤居士的一句"兰亭旧种越王兰，碧浪红香天下传"，就足见这"兰亭"的清丽脱俗与风雅高洁。

时至今日，那远山、近水、茅檐、竹林、楼阁、亭榭……无不散发着儒雅的翰墨风韵，仿佛一场梦境，安卧在会稽山阴，相约在永和暮春。"千红万紫竞繁华，莺燕多依富贵家。上巳兰亭修禊事，一年春色又杨花。"兰亭因那场"前无古人，后无来者"的修禊盛会而千古流芳。此后，兰亭的每一场春色都恍若隔世般，魂牵梦绕在山水之间。那一行行飘逸的脚印，一串串爽朗的高歌，一句句隽永的低吟……正从"曲水流觞"里起身，仰首，信步……在天光水色中，缓缓拉开帷幕。

故事发生在永和九年（353 年）三月初三。这一天"天朗气清，惠风和畅"，漫步于青山、银流、碧沼之间，竹林滴翠，草木溢香。"游目骋怀"中，朗朗乾坤，茫茫宇宙，尽显春天的曼妙与生命的本色。而恰巧也是这天，绍兴城外的兰渚山下，东晋四十一位风流名士、文人墨客在大书法家王羲之的号召下，"群贤毕至，少长咸集"，会聚在兰亭这片清雅灵秀的山脚下。在这里，他们沿着曲水，觥筹交错，逸兴遄飞；在这里，他们以诗会友，"一觞一咏""畅叙幽情"。于是，被称为中国历史上最风雅的一次聚会——"兰亭雅集"就此诞生。

这场与风花雪月无关，却只和文字品味相连的聚会，散发着浓浓墨香，穿过历史的天空，久久萦绕在会稽山水间，荡涤着俗世的心境。在那茂林修竹的清音里，有谢安"契兹言执，寄傲林丘"的怡然洒脱、旷达不羁；有孙绰"携笔落云藻，微言剖纤毫"的超凡绝伦、高深玄妙；更有那王羲之"悠悠大象运，轮转无停际"的泰然自若，化悲喜于无形。

四十一位名流雅士，各有各的心境，每一处景致在每个人眼里都是一种诠释，而东晋文人的山水赏会，常常兼有谈玄说理的内容，恰如王羲之《兰亭诗》所写："寥朗无崖观，寓目理自陈。"在兰亭名士看来，山水之所以成为观赏的"山水"，并非山水的自然形态使然，而是山水景物所给予人的一种高远之思，一种超然之感。换言之，山水赏会的实质，其实是对自然之理的升华与体悟。

因此，即便是他们中最显赫的人物，最富才华的诗人，最具人气的书法家，最有名望的学者……到了这里，都将褪去一身光环，化作碧水间的一片青荷、一叶扁舟、一声欸乃……或者，在烟波浩渺处剪一湖琉璃，披一身霞光，踏一池墨染，纵情间与这山水合而为一，哪怕酣醉得忘乎所以，也毫无违和感。

那一年的兰亭，清露晨流，新桐初引。如一阵清风，伴着卓尔不群的俊逸之气，又仿若拂过的柳丝，暗藏金声玉振。参会四十一人，得诗三十七首，编为一卷，是为《兰亭集》。细细品咂这些诗句，字里行间掺杂的心事恰似流觞的曲水浮浮沉沉，昨日般温热的话题亦如兰亭的风云忽聚忽散。但无论多么华丽的篇章，多么淋漓的歌赋，最后都被一支笔定格于一页纸上。

一时之间，白鹅停止了欢歌，溪水停止了轻吟，修竹停止了乐舞，落花停止了缤纷。世上的一切仿佛都屏住了呼吸，肃然等待着那一刻"清风出袖，明月入怀"，只见王羲之手执鼠须笔，笔锋如电光石火般，跳跃在如丝般光滑的蚕茧纸上，兔起鹘落，转瞬间，一缕传奇的光芒闪过神州大地，一件划时代的书法作品《兰亭集序》就这样横空出世，连王羲之自己都被惊到了，唐何延之《兰亭记》载："其时乃有神助。及醒后，他日更书数十百本，无如祓禊所书之者。"

如今，王羲之的《兰亭集序》已是中国书法界的"至宝"，尤以"天下第一行书"之名绽放于历史的舞台。任凭千百年风雨飘摇，沧海桑田，依然是后代书法艺术家们难以企及的巅峰。它风华绝代的容颜引得无数人竞相膜拜，连傲视天下的唐太宗，都在这一尺墨宝前俯首称臣。但遗憾的是，《兰亭集序》的真迹又有几人真正见过？事实上，这惊世之作早在盛唐时期就神秘失踪了，它扑朔迷离的去向牵动着无数人的心……是流离于战火，还是陪葬于一代宗主李世民，都已成为美丽的传说。

时过境迁，也许真迹的失传才是缺憾的美。就像一个梦，千年的等待，恰如修长的字体有了骨架的支撑，又如脱落的光阴被黄昏的炊烟缝补。它所赋予"兰亭"的不仅仅是一个地名，更像一个时代的缩影。"大抵南朝皆旷达，可怜东晋最风流！"东晋时期，士大夫们对政治的兴趣日趋淡薄，他们更愿意把精力和才华投注到自身的艺术修养上。在兰亭雅集的两年后，也就是永和十一年（355年）三月，王羲之携子徙居金庭，"建书楼，植桑果，教子弟，赋诗文，作书画，以放鹅弋钓为娱"，或采药石访诸友，或穷名山泛沧海，悠游于山水之间，飘然于尘世之上，诠释着迷人的魏晋风度。

千年之后，当我们静坐于兰亭之中，研一方古墨，念一笔一画的传承。摩挲之间，那些零散的片段就会鲜活起来，许多线索就会交织在一起，拼凑出完整的王羲之，也拼凑出那个时代的音容笑貌、爱恨情仇。

那一刻，我仿佛"清流激湍"边的一棵修竹，立于诗词之外，倾听歌赋的唱和；那一刻，我的枝丫化作万千文人手中的一支笔，可以温婉秀丽，可以笔走龙蛇；那一刻，且让我拭去身体里的尘埃，以洁净的身子去赴这千年之约。

浩如烟海的史籍，灵光闪烁；残损斑驳的字迹，墨痕如昨。流觞中淡淡的酒香飘过，我看见"兰亭"两枚灵秀聪慧的汉字，款步向尘世翩翩而来。

# 滑过五味的无尘

周一农

立夏前夕，勇军来短信说"平水的阳光正好，野菜也正香"，似乎想勾引我带着周家坊一帮朋友前去踏青和采风，说得堂皇点儿，也就是逮住春的尾巴吧。

或许是太久没资格谈论青春的尾巴了，对这趟春的尾巴，这群人还真的格外在乎。

## 一

出发前，有哥们儿问："平水有啥特点吗？"我知道他问的是吃。"水深"，我偏答非所问。有人听后笑了起来，以为我指的是汤浦水库。因为只要看到那蓝莹莹的天，清凌凌的水，以及那漫山遍野都瞧得见绿波的风影，谁都会想到那条透明的小舜江。这不奇怪。

平水的"水"，比那可深多了。

光从地名看吧，它是大禹治水时海潮漫到的地方，今天镇子上那条叫"茶亭弄"的巷子，原本就叫作"潮停弄"。该是纪念那被海水漫过的经历吧。

到了古越复国，"上灶""中灶""下灶"的，把干将、镆铘这些奇物都窝藏里头了，那规模该比眼下一般的兵工厂壮观，我想。可也够悬的，夫差竟没察觉，连伍子胥也打盹儿了，这大概可归功于西施了吧。说来当年训练西施的那个美人宫，也就造在平水出来的路旁。只可惜最好的那把剑落在了武汉。

到了东晋，这里的云门寺可不是一般的热闹，别说在杜牧南朝那四百八十寺中，它鹤立鸡群——高僧云集、门庭显赫——就是李世民派萧翼来骗《兰亭集序》手迹这一点，也够后来诗路上的骚客们向往一阵子的。不论"李白们"骨子里是想来品茶、尝鲈鱼脍，还是想到莲田里去寻越女，能摆得上桌面的，当时还只有寻根和朝拜。可他们来朝拜什么呢？大老远的。

有着这样底子的景观，无疑是摄影家们的福分。

## 二

中餐是荤素搭配的份餐，虽讲的是份，却也藏不住水灵灵的清秀。

也是赶巧吧，午饭后遇上了一朋友。从谈风看，他对当地可不是一般熟，什么山川地脉、人文典故的，一张嘴就是一长串，而且不少引证还挺生僻的。不过，能让我心里痒痒的，还是他介绍的那桌陆诗宴。前头是菜名，后边跟着一句陆诗：

梅园竹林鸡：喔喔失旦鸡（《归老》）

会稽湖双鲜：莼正堪烹蟹正肥（《若耶溪上》）

日铸茶香虾：旋箬新火试新茶（《云门道中》）

横溪翠时蔬：绿叶风中翻（《村舍杂书》）

…………

想到这一桌的琳琅满目和生鲜活泼，我实在有点坐不住了。可又说不清该称之为"菜的诗"，还是"诗的菜"？说到前者吧，有人统计过《剑南诗稿》的9000多首诗，滑过舌尖的有约1500首，据说直接写到平水的，就有百余首。那么"诗的菜"呢？这些菜也实在有点儿诗缘，不光这10多首诗全写的平水，连典故和佳肴都那么匹配，像"竹林鸡"和"失旦鸡"。

什么叫"失旦鸡"呢？说白了，就是清晨不打鸣的公鸡。你想想，农家好不容易养了一窝鸡，公鸡不打鸣，留着干吗呢？记得闻一多曾这么评价过孟浩然的诗：

淡至看不见诗了，才是真正孟浩然的诗，不，说是孟浩然的诗，倒不如说是诗的孟浩然，更为准确。在许多旁人，诗是人的精华，在孟浩然，诗纵非人的糟粕，也是人的剩余。（见闻一多《神话与诗》，华东师范大学出版社 1997 年版）

是啊，看到它们，我也觉得《钗头凤》有些矫情，起码不及元代陈基的那首来得朴实：

> 君住耶溪南，我住耶溪北。
>
> 咫尺不知名，采莲始相识。
>
> 君爱莲有花，我爱莲有实。
>
> 花实本同根，君心勿相失。

估计，这也该是一条不错的诗路及食踪吧。至于能否续上大唐的那一段，那就是考据家们的事儿了。要猜得没错，陆公便是吃着它们才延年益寿的。不过，我倒更愿意相信，这桌菜也是他当年专为今天而隔空定制的。

## 三

下午得闲，便想着找平阳寺的演东法师聊天。说来原因有两个：其一，寺里有好茶，因为那一片便是南宋日铸贡茶的基地；其二，是寺里边有个无尘殿，明中叶起便一尘不染。十多年前，我曾慕名上去过，可背后的原因却一直未得其解。

那天也是一样，先是随法师上楼去看了看久违了的无尘世界，椽、梁、栋、棱、档、格的，还是那么一派寂静的样子，让人敬畏而纳闷。即便廊柱上一些很深的裂缝中，也看不到一丝的灰尘，似乎缝愈深，筋骨也愈加精纯。而要在普通人家，这样的裂缝早被蛛网给沾上了。接着，便是进禅房里喝茶了。可喝的却不是日铸，而是他们正在推的一款"平阳禅茶"，外包装上的几个字，还是前些天小戴拿过来让我题写的。这世界就那么小。水，也似乎清洌许多。说不清是无尘浸染了水，还是感动了我，所谓"水润万物，心见乾坤"，反正那天的神情的确比往日要清爽许多。

我们从建寺聊起，聊到寺中的三件宝贝，聊到国清寺，不知怎的，聊着聊着，便想到了仓央嘉措的《见与不见》，也有人觉得它是扎西拉姆·多多写的。不过，我却以为那样的句式倒一不留神就解释了无尘：

你染，或者不染，

我就在这里，

不喜，不悲。

是啊，身在红尘，却又纤尘不染，这才是骨子里的无尘。有了这样的从容与淡定，别的也就是景致一般的盈余了，久而久之，心也随之通透了。

回来的时候，我手中的电话响起了清脆的苏格兰风笛，也是高地上那种清亮、优美和一尘不染的味道，因为还沉浸在无尘里，所以，也便让风笛随性地响了很久，很久……

# 唐诗之路 "镜湖" 吟

刘春文

"你曾是李白的万里向往 / 你曾是陆游的焦急归途 / 你曾让远行者目不暇接 / 你曾让豪饮者放浪醉步 / 你已经离开多久 / 你到底归向何处 / 大地上跌碎一面明镜 / 你已经离开多久 / 你到底归向何处 / 草丛间失落了一个大湖 / 啊——鉴湖。"耳畔响起毛阿敏《找回鉴湖》的旋律。

鉴湖又叫"镜湖",唐代的鉴湖有两百平方公里的浩瀚水面,湖面为什么平静清澈如镜?这里流传着一个美丽的传说。据说湖底有一面神奇大镜镇守。传说黄帝为救治自己部落染瘟疫的民众,曾不远万里从黄河畔来到于越(今绍兴)的一个无名大湖边磨制铜镜,用磨好的铜镜去自己的部落到处照,瘟疫就消失了。不久,黄帝再次来到于越,在苗山(今会稽山)采挖铜锡,让名匠在那里浇铸了一面特大铜镜,再到大湖边与两个随从精心磨制,打算带回去做镇国之宝。却不幸被大湖湖霸洪点王窃取,在相互争夺中,这面宝镜不慎掉落镇在湖底,从此大湖的湖面就变得平静清澈如镜了。无名大湖因此被叫作镜湖,又因为古人书面上称"镜"为"鉴",所以也叫鉴湖。

有唐一代,诗人们终其一生向往浙东这片土地。其时,浙江的重镇在浙东,在越州。从晋到唐,会稽山水的气韵,远远盖过西子湖。让我们一起跟上诗人的步伐,踏上唐诗古道,领略浙东的山水之韵,聆听诗人的生命之歌。

"我欲因之梦吴越，一夜飞度镜湖月，湖月照我影，送我至剡溪。"诗仙李白曾四入浙江，三到剡中，二上天台。在启程南下的前夕，李白在梦中畅游了一番古道上的天姥山。他醒来兴奋不已，挥笔而就千古名篇《梦游天姥吟留别》。李白梦游吟唱的就是一条浙东唐诗之路。从古都绍兴出发，自镜湖向南经曹娥江，沿江而行，即入浙东名溪剡溪，溯溪而上，经新昌的沃江、天姥，最后到达天台山石梁飞瀑。这是一条风光旖旎、山水奇美的自然人文之路。传统意义上的"浙东唐诗之路"，以钱塘江经越州（即绍兴）至天台为主线，于此一路上，诗歌的创作与流传甚广。镜湖，流传着一段文坛佳话。诗人李白与贺知章还是忘年交。贺知章回乡的两年前，发现了李白，向唐玄宗推荐了这位"谪仙人"。李白由此一炮而红。贺知章比李白大 42 岁，当时声名已显，又在朝廷任职，却不以世俗的地位尊卑为念，金龟换酒，倾杯尽醉。对李白来说，这是位率性真诚的忘年交。

赏花读诗，吟诵玩味，沿着唐诗之路，触摸唐诗中近在咫尺的山水画卷，欣赏一路的诗情画意。"镜湖流水漾清波，狂客归舟逸兴多。山阴道士如相见，应写黄庭换白鹅。"这是李白的《送贺宾客归越》。关于浙东唐诗之路的起源，有一种说法就是李白寻访贺知章，后来的仿效者就络绎不绝了。

"离别家乡岁月多，近来人事半消磨。惟有门前镜湖水，春风不改旧时波。"唐诗古道上的稽山鉴水，以及熟悉的故乡生活和风土人情，带给贺知章很多的快乐，也为他人生的最后时光画上一个圆满的句号。贺老爷子回家的路线，进入浙东地区时，走的便是"诗路"中的精华段——从钱塘江经绍兴鉴湖、山阴道和若耶溪一带。此后多少人想仿效贺大诗人，可惜都成了笑话抑或是政治悲剧。

"越女天下白，鉴湖五月凉。剡溪蕴秀异，欲罢不能忘。归帆拂天姥，中岁贡旧乡。"对剡溪"欲罢不能忘"的杜甫，曾在台、越流连忘返达四年之久。公元731年，唐诗之路上来了一位世家公子。他就是此后被誉为"诗圣"的杜甫。那年他 20 岁，时任兖州县令的父亲杜闲不但没被"父母在，不远游"的传统古训束缚，而且鼓励杜甫辞亲远游。杜甫这便开始了在越地的壮游。壮游的路线正是唐代诗人经常走的一条古道，被后人命名为"浙东唐诗之路"。杜甫来到越地，迎接他的是鉴湖的潋滟水色与遍地肤色白皙的越女。溪水两旁，一群女子头戴草帽，体态窈窕，她们蹲在溪边，双手拿着薄如蝉翼白如无物的纱。35年之后，杜甫卧病在夔州，回忆当年在唐诗之路上的岁月，写了一篇自传性的叙事诗，从幼年学诗起，历叙漫游齐、赵，洛阳失第，长安十年，经安史之乱到滞留巴蜀的生活，取名为《壮游》。"壮游"这个词也由此诞生——行走古道、游历世间、阅遍百态。

越州历来风光秀丽，物产丰富，人文荟萃。越州城城头，在唐代，可登临远眺，山阴、会稽两县，尽收眼底。"越嶂绕层城，登临万象清。封圻沧海合，廛市碧湖明。"诗人孙逖年未弱冠而为一县之尉，年少气盛。登临州城，便有"万象清"之赞叹。北望后海，疆界分明；西望镜湖，一碧万顷：廛市、渔船、稻田、竹林，真是美不胜收。"乌盈兔缺天涯迥，鹤背松梢拂槛低。湖镜坐隅看匣满，海涛生处辨云齐。夕岚明灭江帆小，烟树苍茫客思迷。萧索感心俱是梦，九天应共草萋萋。"新乐府运动的参与者李绅，与元稹、白居易交游甚密，曾三次到越，于此诞《新楼诗二十首·望海亭》，亭位于卧龙山顶上。诗人站在望海亭上，近察远观。眼前镜湖湖光如镜，以至于引起客思，大有不归的萧索之感。

"越国山川看渐无，可怜愁思江南树！"据粗略统计，唐代有数百位诗人在这条路上走过，除了李白、杜甫，还有初唐四杰卢照邻、骆宾王，有饮中八仙的贺知章、崔宗之，唐代最有名的诗僧皎然、贯休……现在我们也能效仿古人，重走唐诗之路，穿越时空，一起聆听任公子钓巨鳌的神奇寓言，寻迹刘阮遇仙的美妙传说，遥想谢灵运木屐登天姥的壮兴，一睹洞天福地的峻绝，触摸唐诗中近在咫尺的山水画卷。所谓诗情画意，真是美哉！

浙东唐诗之路，这条古老的水路全程约190公里，《全唐诗》记载的2200余位诗人中就有400多位诗人走过，《唐才子传》里的278位才子中就有 170 余位走过。这是盛唐时期文人墨客旅游的一条古道，是唐代诗人出于游玩、寻友、做官、修道等各种原因，跨越浙东四州——越州（绍兴）、明州（宁波）、台州、温州而形成的山水人文之路，而镜湖则是这条唐诗之路上的一颗璀璨的明珠。

"芦锥几顷界为田，一曲溪流一曲烟。"现在的镜湖湿地公园是浙江省首个国家城市湿地公园，西邻东浦古镇，文化内涵丰富；南部河湖密布，风光秀美。镜湖湿地公园总面积约 15 平方公里，位于绍兴中心城市三大组团越城、柯桥、袍江之间，是典型的淡水河流湖泊型湿地。俯仰之间，具见越中山水之美。

"被倒影荡漾的湖，那笔饱蘸浓墨重彩，将澄净的诗词歌赋，在变幻的风景中烂漫。"寻访浙东唐诗之路，触摸唐诗中近在咫尺的山水画卷，感受镜湖一路的诗情画意。

# 若耶溪春韵

百合凌波

若耶溪是自绍兴稽北丘陵流入山会平原的最大溪河，与剡溪、浣纱溪并称为越中三大文化名溪，是浙东唐诗之路的重要节点和组成部分。它发源于绍兴市柯桥区境内的峨嵋山茅秧岭，溪口在绍兴市城南稽山桥段，全长 23.5 公里，集雨面积 136.7 平方公里。

若耶溪的早晨是被一缕带花香的风吹醒的。

风，一路吹来。花，自顾自地绽放。那些白色的和粉色的是宛委山的樱花，处在宛委山东面的若耶溪，映照着漫山遍野的樱花，成为这一带独特的风景线。

若耶溪中，各种形状的水草缠绕着石块，就像热恋中的人，有眷恋，有期盼，有告白，有点点滴滴的心事。若耶溪的水声很轻，以极慢的速度流淌，风吹水面是那种轻盈呢喃的声音，溪旁的树叶生长着，那些嫩绿的叶子在诵读大地的诗句，如有一场雨，恰如其分地下了，便会有更加浪漫的情景，撑着一把花伞，穿着汉服，站在烟雨蒙蒙的水边，吟着李白的"若耶溪傍采莲女，笑隔荷花共人语"和孟浩然的"白首垂钓翁，新妆浣纱女"，也是挺美的一件事情。

唐代诗人綦毋潜的《春泛若耶溪》诗云："幽意无断绝，此去随所偶。晚风吹行舟，花路入溪口。际夜转西壑，隔山望南斗。潭烟飞溶溶，林月低向后。生事且弥漫，愿为持竿叟。"一叶扁舟在水面飘荡，摇橹的老人微笑着，偶遇的几只水鸭抖动着翅膀，低头看着水中的倒影，自在欢喜。

若耶溪畔的田野是有记忆的，若耶溪流经这块土地就有了水乡的气味，山与山之间，水与水之间，路与路之间纵横交错。春日的午后，好多云堆积在若耶溪的天空，一朵白云不紧不慢地飘过来，眺望宛委山的风景，真有点"行到水穷处，坐看云起时"的感觉。

若耶溪源头在若耶山，山下有一深潭，据说就是郦道元《水经注》中的"樵岘麻潭"。昔日的潭址已没入1964年建成的平水江水库，库区鱼鸥成群，风景秀丽。若耶溪流经平水镇，这一带以盛产珠茶闻名于世，1949年后又新建了平水铜矿。据记载，早在2400多年前，薛烛曾向越王献策："若耶之溪涸而铜出。"以后，欧冶子就在这里铸造宝剑。现在的平水铜矿附近，尚有铸铺山和欧冶大井遗址。

山里的桃花嫣然一笑，红尘就开始滚滚流向春月。春雨如酒柳如烟，一角黄色隐在错落有致的青山绿水中，一只娇小的燕子正斜翅飞离古老的庙宇。光阴如溪水，流走了诸多前尘往事。许多旧事，时时从心底泛起，像映山花一样鲜红，更像初升的旭日。乡愁似酒，岁月越久，越发醇香。唯有家乡的旷野，闪着泪光，以逐日者的情怀，在灿烂歌唱。

平水茶马古道在离王化村不远的日铸岭附近，长约5公里，有石阶2000余级，用条石和鹅卵石交叉铺筑而成。古道结构虽然简单，但曲折迂回，这条经营珠茶的古道起源于王化，往南通向嵊州、台州和温州，向北通向绍兴城区、宁波等地。

珠茶为我国最早出口的茶品之一，到19世纪中后期，珠茶出口达鼎盛期，王化一带需要加工的毛茶（原材料）从新昌、嵊州等地运来，经过这里加工成珠茶后，再运往世界各地。这里既有保存完好的古建筑群和古道，又有丰富的茶文化，而且山清水秀，生态环境优美。

山风渐起，茶树之间沙沙的细语难懂。青山与青山之间，被若耶溪滋润的平水日铸茶，绿油油一片。蓝天之下，采茶人背着背篓，俯身于茶树前，双手在碧绿的叶片间如蝴蝶般上下翻飞，呈现出一幅诗意的劳作图。

平水日铸茶是当地人们喜欢喝的一种茶叶，绿色的叶子在滚开的水中浮浮沉沉，舒展出了叶芽，随着茶的色调渐深，就像一点点颜色加深的季节。一位相交多年的友人，开了间茶室，专卖平水日铸茶。她非常喜欢这样的日子，每天听着音乐，然后准备好了茶叶和茶具，等爱茶的来访者上门，日子过得舒缓又悠长。

春流桃花水，若耶溪的水恰似一块巨大的翡翠，碧得通透。唐代诗人朱庆馀的《过耶溪》写道："春溪缭绕出无穷，两岸桃花正好风。恰是扁舟堪入处，鸳鸯飞起碧流中。"其中"鸳鸯飞起碧流中"这句，最富情趣，也最耐人寻味。

在若耶溪，落花和流水是千古的绝唱。

步入宛委山樱花林的"若耶溪轩"，樱花正竞相开放，灿若云霞。"樱花飞白映红，小桥流水人家"的江南趣味充斥着古城水乡的田园风光。喜欢半开的樱花，可以留着念想，有些许期待，在感受美的过程中，心无所求，唯有向美，一直在等，等诗情画意，等诗和远方。

云门寺坐落于绍兴城南16公里处，若耶溪畔、秦望山麓的一个狭长山谷里，现平水镇寺里头村境内。这是一座历史悠久的千年古刹，更是一处集宗教、文化、游赏于一体的古代文化胜地。

车窗外春雨冷沥，来得急匆，许是空气清新，那雨丝还隐约透出春色。春风一吹，青山露出本色的浅青，半空中，几只鸟儿展开灵巧的翅膀飞进了千年古刹云门寺，像无忧无虑的少年，自由自在。

"十峰游罢古招提，路入云门峻似梯。秀气渐分秦望岭，寒声犹入若耶溪。"作为一处林泉秀美、环境清幽的寺庙丛林，云门寺成为历代文人雅士山水游赏的对象。萧翼、王勃、宋之问、钱起、杜甫、白居易、元稹、崔颢、孙逖、李褒、范仲淹、陆游、李弥逊、虞集、金涓、刘基、王思任等，都在这里留下了他们不朽的诗文。

春风抚慰过花朵儿，房前屋后的那些桃花，粉得娇嫩；梨花，白得纯洁；海棠，艳得明丽。樱花的心事再也裹不住，一朵朵、一簇簇、一枝枝，竞相绽放，似娇羞的少女。那些枯黄的瘫软的小草，从蓬乱之中冒出一叶直挺挺的鲜绿，菜地里的车前子、荠菜、蒿草、蒲公英、狗尾巴草同时吐绿。这些绿色的精灵，见缝插针，哪怕石缝里也能挤出身，一如我们平凡而真实的人生。

一排排树木，新生的绿芽儿嫩得一掐就沾到了春的气息。春笋随着春雨像变魔术一样，一夜间冒了出来。于是溪边、田野里、公路旁，勤劳的人们纷纷为又一个笋季的到来而忙碌着，家家户户的门前撑起了一溜儿晒笋煮干菜的竹匾。

此刻，伫立在这片令人魂牵梦萦的旷野上，一丝落寞惆怅，蓦然袭上心头。想起吴越春秋，那个叫西施的美丽女子，"系银铃一袭佳人颜如玉，三分娇弱引一朝怜惜，乱世起吴越江山一枰棋，谁执子黑白谁又入了局，说红颜误国自古美人计"……站在历史风烟深处的丽影，像若耶溪山前的一道残阳，又似溪中的一抹幻影，遥不可寻。

春韵丰润着溪水，也丰润着草木；丰润着岁月，也丰润着老百姓的好日子。会稽山这片神奇的土地，草长莺飞，满山满坡，万紫千红，绿意盎然。这个世外桃源，就像一杯喝不醉的"乡愁"，与我有着千丝万缕的牵扯。古村的青石板路，淳朴的人情，沧桑的历史，深厚的文化底蕴，一一在眼前展现。

洗尽铅华是唯一不褪色的美。

# 在鉴湖边，一遍遍行走

董彩芳

春日午后，我喜欢着一袭长裙，撑一把油纸伞，踏上青石板，一个人在鉴湖边慢慢行走。阳光正好，风轻悄悄的，仿佛自己从唐诗中走来。"碧玉妆成一树高，万条垂下绿丝绦。"当年诗人贺知章也是这样追随春的脚步走走停停，在垂柳下驻足想痴了吧！水面碎钻般地晃眼，如同一个个故事从时间流里跳跃出来，有些亮得显眼，有些还没来得及泛起，便如泡沫般破裂。春色正浓郁起来，岸边各种花一茬接一茬地不间断绽放，它们在默默里传递春的讯息，似乎把一首首唐诗绽放成一朵朵春花，或举高，或颔首，或张扬，或羞涩……岸边的蒲草好像给鉴水围了柔柔的绿裙边，风吹过来，便轻轻地摆动起来，那是水中芭蕾吧？青石板铺成的小路边，葱郁的小树林盛满暖意，静谧、安宁，隔离了城市的喧嚣。空气清鲜，如滤过的鉴湖水，缓缓流入口中，沁入心田。头顶偶尔有鸟影划过，似乎在提醒你，走走停停，春光无限。

多么美妙的境地，难怪李白曾写诗句"我欲因之梦吴越，一夜飞度镜湖月"，这是他执着的万里向往，也是他心心念念的圣地。忽地，我心里暖暖的，感觉自己能生活在鉴湖边的绍兴是何等幸福，我似活在李白的向往里，不必刻意梦吴越，随时可以亲近鉴湖。

坐在岸边，湖水往远处铺开，蓝天白云也在水面铺排，两岸的花影、树影对镜相视，静静凝望，一切都是刚刚好的样子。放眼望向对岸，大片大片的油菜花正如遍地黄金，熠熠生辉，这是鉴湖两岸百姓汗水的结晶，也是百姓勤劳朴素的写照。偶尔有风撩起我的头发，也撩起我无限遐想。曾经有多少文人墨客流连鉴湖边，面对清波荡漾的湖面，心底涌现无限柔情，写下无数优美的诗句和篇章。"唯有门前镜湖水，春风不改旧时波"，贺知章晚年回到鉴湖边的故土，感慨万千，留下流传千古的温暖诗句。是的，鉴湖是绍兴的母亲湖，它灌溉了两岸的庄稼，使泥土里一年四季都有不同收获，粮食丰收，蔬果肥美，养育着两岸的人们。一方水土养一方人，靠水吃水的绍兴人，把鉴湖水保护得极好，清凌凌波光一如旧时影。鱼虾在水中自由游动，小船在湖上悠闲地划过，生活如静水深流，不负"鱼米之乡"的美誉。鉴湖水质极佳，驰名中外的绍兴酒就是用鉴湖水酿造的，香气馥郁味道醇厚，外地朋友到了绍兴，都要尝一杯绍兴酒，愿意醉在鉴湖边，愿意醉在绍兴这座诗意的小城里。

湖上的古纤道是一道独特的风景，如一条锦带弯弯曲曲飘向远处，与苍翠的远山遥相呼应，与久远的历史遥相呼应。古纤道的路基是用大块的青石条砌成一个个桥墩，一般高出水面半米左右，桥墩与桥墩之间，青石板一块连着一块，架起水上平桥，由于古纤道贴水而过，古代百姓走在上面，可以通行，又可以背纤拉船。遇到风狂浪急时，古纤道又仿佛是中流砥柱，可以抵消风浪对船只的撞击。说到纤夫，就会想起古代绍兴劳动人民的苦难生活。多少纤夫的脊梁匍匐在古纤道的青石板上，他们流汗、流血却不轻易流泪。他们沉重的脚步在青石板上发出沉重的回响，不分昼夜地艰难跋涉。回望历史，生活的苦难都浸泡在鉴湖水中，百姓的颠沛流离和呕心沥血唯有青石板默默承受，唯有古纤道深深铭记。然而，正是因为经历过苦难，今日的绍兴人才更加珍惜来之不易的幸福生活。他们从苦难中走来，形成了坚韧不拔的品性和吃苦耐劳的精神。因此，每当我踏上古纤道的青石板，足音橐橐，仿佛在向历史致敬。

在古纤道上行走，与鉴湖亲密接触。四周都被水围绕，走着走着，仿佛自己已进入水中。鞋底偶尔会被调皮的水花亲上一口，我的笑容便如水波般漾开来。古纤道上每隔一段距离拱起一座小石桥，间隔的距离没有规律，小桥的样子也并不雷同，有些只是拱起的一块大石板，比较矮小，上去只有四五级石阶；有些拱成半圆形，有七八级石阶，桥面两边会有简单的石板扶栏。我缓缓拾级而上，跨上一座半圆形的小石桥，然后便驻足观望，突然觉得窄窄的桥面容下我之后已显得相当局促，水面倒显得越加宽阔。桥小，人更小，在鉴湖上，我感觉到自己的渺小。那就坐在桥沿上吧，宛如自己是水中仙子，在镜中行走，体会一下王羲之诗中的意境："山阴道上行，如在镜中游。"我想，这"镜中游"的感觉大致就是如此吧！水波轻轻拍打青石板的声音传入耳中，像母亲轻轻吟唱的摇篮曲，难怪大家都说鉴湖是绍兴的母亲湖。偶尔有小船从远处悠悠地划过来，许是附近的农民从对岸的田里回来，船桨激起的水波慢慢地扩散又聚拢。有时，小船轻巧地穿过桥洞。远处，青山的重叠远影与水相接；近处，岸边绿树红花映照水中，古纤道身姿如长虹卧波，绵延向远处，好一幅美丽的江南水乡风光图。难怪著名诗人元稹任浙东观察使时，和白居易两人曾赋诗赠答，赞美镜湖（即鉴湖）。元稹在赠白居易的诗中，戏言："孙园虎寺随宜看，不必遥遥羡镜湖。"白居易接信之后，回赠《酬微之夸镜湖》，亦戏言以答："一泓镜水谁能羡，自有胸中万顷湖。"两位诗人互相戏言同赞镜湖的趣事，传为文坛佳话。南宋绍兴籍诗人陆游也写有不少与镜湖相关的诗句："镜湖俯仰两青天，万顷玻璃一叶船。拈棹舞，拥蓑眠，不作天仙作水仙"，"千金不须买画图，听我长歌歌镜湖"，等等。这如画的江南水乡风景，的确让人诗兴大发。

我不禁也看呆了，也想得入了迷。我想最好飘一场小雨，这雨中的鉴湖定是更加充满诗情画意。水波大概会有了弹性，让春意在水面跳跃。花湿了，愈发显得娇羞。绿叶也愈加亮了，把水面映衬得更加鲜亮。这雨水中的鉴湖必是一首诗。

在鉴湖边走走停停，眼前的水域更显宽广，回头往后望一眼，也是一片波光粼粼。我的心里似乎也有了一片宽广的水域。鉴湖水滋养的绍兴人都有一颗充满向往的心，都会努力追求自己的诗和远方。说起鉴湖，就要提一下会稽太守马臻，他曾发动民众修建鉴湖，使鉴湖两岸的良田旱涝保收，但却因此得罪了豪绅，蒙受冤屈被皇帝处以极刑，死得十分惨烈，终年仅54岁。当时，一群胆识超群的会稽百姓冒险将马臻的遗骸从京城偷运回来，礼葬于郡城偏门外东跨湖桥镜湖之畔，并建墓立庙，永久祭扫。记住鉴湖，就必须记住一心为民的马太守，绍兴能成为"鱼米之乡"，他功不可没。

不知不觉，已是夕阳西下，湖面上撒下点点碎金，湖水与远山相接的地方，太阳慢慢下沉，云霞都烧红了，鉴湖水也泛起片片红晕。渐渐地，太阳完全沉下去了，鉴湖更安静了，几只水鸟掠过湖面，水波轻轻泛动。

此时，我真想约上三五好友，划一只乌篷船，等一轮圆月升起来，我们在鉴湖上游走。我们带上一壶绍兴酒，一碟茴香豆，月亮陪着我们，我们的船划动时，它就静静地走，我们停下来，它便悬在空中，与湖中的月亮深情对视，我们不打扰月亮，月亮也是静悄悄的。在月下，我们边喝酒边说着绍兴历史里的故事和人物，此时，我们不打扰鉴湖，只想融入其中。

鉴湖的美，我总觉得倾尽心思也无法将它描摹出来。那我就在鉴湖边一遍遍慢慢地行走，用我的脚步积累我的快乐，用我的眼睛记录我的欣喜。让每个季节的鉴湖，在我眼前绽放。将每一个日升月落的鉴湖，都印在心上。在鉴湖边，一遍遍行走，不改的是旧时波，不改的是我越来越迷恋的心。

# 书圣故里——古城绍兴的金名片

郦春梅

　　记得师范毕业的那一年，我被分配到戬山中心校工作，这所百年名校就坐落在书圣故里。于是，我有幸在书圣故里生活了五年。因此我对书圣故里的一草一木是那么熟悉，对书圣故里的一砖一瓦倍感亲切。我理所当然地把书圣故里当成了自己的第二故乡。

　　书圣故里位于戬山南麓大片古民居之中，是整个浙江省历史文化风貌保存最完整的名胜古迹景区。她古朴中透着典雅，静谧中孕育着活力，任时光流逝，也不更改初时的模样。漫步在书圣故里，你看到的满眼都是小桥流水、粉墙黛瓦、台门庭院，让你瞬间觉得时间变慢了。你会喜欢在青石板上慢慢踱步，放空自己，任思绪随风飞扬；你会喜欢坐上乌篷船，听着老船工有节奏的摇橹声，喝点小酒，嚼几颗茴香豆；你会愿意坐在临街的茶楼上，喝喝咖啡，笑谈人生；你也会喜欢走进迷宫一样的民居里，东游西荡，与地道的绍兴人拉拉家常，听听故事……在这里，一切都是闲适的。

　　书圣故里跟周庄一样，是个步行街。整个景区不大，主要由三条街组成，西街、戬山街和萧山街。三条街道呈"工"字形结构排列。书圣故里的中间，有一条南北方向的河流和一条东西方向的河流，把书圣故里分割成了不规则的四部分，然而河上有石桥，几座石桥又巧妙地将这四部分连为一体。这里的三条街道除了萧山街比较热闹，商业气氛比较浓郁，其他两条街道，与其说是街道，不如说是民居的一部分，因为这里的商人很多都是原居民，他们把自己家临街墙上的窗户开大一些，旁边再开一扇门，就成了商铺，主要卖一些附近居民都需要的油盐酱醋茶等零碎，随着景区人气越来越高，也有一些投资客看到了商机，或租或买了这些临街的商铺，批发零售一些绍兴特色小吃或者字画之类的玩意儿。渐渐地，西街和蕺山街也热闹了起来。

书圣故里的民居布局很有特色，很多民居都是沿着蜿蜒的河道建造的，一幢幢小楼整齐地沿着河岸紧紧地一字排开，鳞次栉比。这些青瓦白墙的民居倒映在水波不兴的河面上，就像一幅天然的水墨画，清丽脱俗，走在河岸边，会让你有一种"人在画中游"的感受。书圣故里的人们很懂得享受生活的慢时光，他们喜欢在自己家门前或者屋后的小院里种点花草和绿植。一年四季，无论哪个季节，你走在书圣故里的青石板路上，眼睛都不会寂寞，不是满眼的绿，就是艳艳的红。这些平凡的江南人家，总是将门前窗前装点得美丽、惬意，恰到好处。临街的商铺和民居其实是连成一体的。晴朗的天气里，每天清晨和傍晚，只要你站在高处看，你便可以看到书圣故里的居民家中升起袅袅的炊烟。所以说，书圣故里是鲜活的，是最接地气的景区，因为这里的人们依然过着日出而作、日落而息的生活。他们是风景的一部分。

书圣故里的夜晚更迷人。华灯初上，商业街上悬挂的一个个红灯笼亮了。白天的时候，你可能不会留意高高悬挂的灯笼，到了夜晚，街上所有的灯笼亮了，一排排红灯笼，煞是娇艳。抬头细看，红灯笼的外面还可以看到很多有趣的图案。黑夜，让这些漂亮的灯笼一下子成了主角，它们努力照亮每一条石板路，不让一个游客迷路或摔跤，同时也把自己装扮得千娇百媚，成为街头一道亮丽的风景，吸引游客驻足观赏。书圣故里的灯笼大部分是在校的中小学生亲手做的。每年的假日小队活动，蕺山社区的工作人员都会召集本区的中小学生一起制作花式灯笼，然后把它们当作艺术品悬挂在街头做装饰，既好看又实用。小作者也很有成就感，写着自己名字的灯笼被悬挂在城市的景区展览，不是很有成就感吗？每年的元宵节，书圣故里更是人山人海，因为这里每年都会举行元宵灯会。每一条街道，每一座桥头，都会摆上各种形状的花灯，有"鹊桥仙""沈园相会""鲤鱼跳龙门"等，还有许多孩子们喜欢的"吉祥物"在街头游荡，供市民和游客一起拍照。每一家商铺都会准备一些灯谜让游客猜，猜中了可以免费换一些小礼品。元宵灯会已经成为书圣故里的传统节目，成了绍兴市民难以割舍的心头爱。

雨中的书圣故里最惹人醉。春天，细雨如丝，整个书圣故里被飘动的雨雾笼罩着，天空灰蒙蒙的，远处的屋脊、石桥、乌篷船若隐若现，像极了一幅只用墨色勾勒的水墨画。雨雾，给书圣故里穿上了一件仙气十足的白纱衣，雨水把青石板洗得一尘不染，微风徐来，飘来一阵阵夹杂着泥土芬芳的花香，深吸一口气，让人心旷神怡。街道两旁的屋檐上，一颗颗晶莹的"珍珠"排着队往下滚，串起了两排错落有致的水帘，像极了《西游记》中的水帘洞。小雨滴跌落在青石板上，发出了滴答滴答的声音，仿佛在奏着一首欢乐的歌曲。还有什么事情比撑着小伞在雨中的书圣故里踱步更富有诗情画意呢？撑一把油纸伞，走在这样窄窄、长长的街道，不由得让你想起戴望舒的那首《雨巷》，但时过境迁，走在这样的诗情画意中，我脑海中闪现的《雨巷》却是这样的：

> 撑着油纸伞，独自
> 踱步在悠长、悠长
> 又寂寥的雨巷，
> 我希望逢着
> 一个花布旗袍，脸如芙蓉一样的
> 洋溢着笑容的可人儿
> 与我一起
> 在雨中徜徉……

在书圣故里走一走，看一看，你就好像翻开了一部厚重的线装书。你可以看到绍兴独特的民俗风情画，可以体验绍兴人的睿智和勤勉，可以领略绍兴历史的厚重……题扇桥的故事你一定听说过吧？笔飞弄的由来你可曾知晓？解元台门的历史你可曾了解？是呀，在书圣故里，每一块青石板都在诉说着历史的沧桑，每一条弄堂里都藏着一个有趣的故事，每一座石桥都有一个动人的传说，每一座台门都值得你细细玩味、探究，每一条河、每一座建筑都见证了绍兴的兴衰、变迁。更值得一提的是，书圣故里完好地保留着许多绍兴名人的古迹，如戒珠寺、墨池、蔡元培故居、尚德当铺、王右军祠等，每一个景点都值得你流连。在书圣故里，很多墙就是一幅"活"的书法作品，在书圣故里，很多的店铺都经营着跟书法艺术相关的商品，难怪有人说，书圣故里的空气都飘着浓浓的翰墨香。

书圣故里已经成为古城绍兴的又一张金名片。

# 绍兴四题

陈月芳

## 古镇里的小时光

十年后，我再一次到这里，还是因为工作的关系。

对于安昌，是熟悉又陌生的感觉。好像这十年，已经辗转了好几个世纪，又好像只是一夜的恍惚。

手机里，还存着那张照片，照片中的自己，短发，蓝底碎花棉布衬衫，牛仔裤，笑得无邪，一脸的青涩稚嫩，背景是古镇的三里长街，以及酱鸭腊肠。那时，我还是个刚出学校大门不久的小丫头，第一次到古镇游玩。

十年前的安昌古镇，静立于绍兴城的西北隅，寂寥如同水墨山水，相较于西塘、乌镇的盛名在外，安昌古镇鲜少为世人所知。

如今，古镇修整了不少，新鲜了不少。即便是这样阴雨绵延的冬日正午，仍有三三两两的游客走过石牌坊，转过石板桥，进入"碧水贯街千万居，彩虹跨河十七桥"的明清长街。

漫无目的地跟在他们身后。纵横交错的河道没变，黑瓦木柱搭起的长雨廊没变，印满青苔的青石板阶没变，鹅卵石铺就的弹格路没变。十年前的记忆，推开往事的窗，扑面而来。忘了那时的我，有没有感叹这应该是丁香一样的姑娘撑着油纸伞漫步的地方。

沿长街，一路行去，流水悠长，石板路蜿蜒。民居鳞次栉比，商贸却是比十年前繁荣许多。店铺面水而开，如今都已经整齐划一地改造过。水中央，几艘乌篷船慢悠悠驶过。据说晚上还有蔓延数里的灯光秀，把漆黑厚重的古镇映照得犹如桨声灯影里的秦淮河。我记得十年前店铺的大门都是用单条的木板拼就，上面用白色的粉笔标着数字以示顺序。个别店主人还别出心裁地在墙壁上挂一两件丝质的旗袍或者大褂，细问，才知道是外公外婆留下来的，前世今生，平添一股幽怨的味道。

满目都是各家挂在外面的鱼干、腊肠、酱鸭，香味若有若无地拂过古镇的黑瓦白墙。安昌的酱缸作为绍兴的"三缸"（酒缸、酱缸、染缸）之一，是出了名的。年关尚远，古镇的人们早已做起了酱制品，浓浓的腊味伴着年味，形成了安昌特有的味道。店老板们用字正腔圆的绍兴普通话兜售着，装扮依旧朴素，面容却少了昔日的羞涩，多了份气定神闲的从容。一个老人坐在自家店门口的藤椅里，黑布棉袄，棕色线帽，口中念念有词，已是发落齿摇的年纪。细看，竟然是"宝麟酒家"的老掌柜。我还清晰记得他十年前的模样，头戴乌毡帽，身着古长衫，脚穿圆布鞋，手捻长须，笑盈盈地站在门口迎接来客，骄傲地跟我讲述他的辉煌，比如和某某明星的合影，某某知名媒体的采访，一张张剪辑下来的报纸和照片贴满了木板门和墙壁。那时的他，声音多么洪亮，步履多么矫健，如今，十年的光景，怎么就这么老了呢？岁月，真是一把杀猪刀。我还记得那日的晚餐就是在他家吃的，一盘臭豆腐，一盘腊肠，还温了一壶地道的绍兴黄酒。末了，还和老掌柜在"宝麟酒家"的牌匾下合了影。同事说，他的店已交给子女打理，这家是他自己的老房子，已经不是十年前我来过的那家了，门面小了，那些报纸和照片也不见了。

十年，着实已是漫长，新了时光，老了容颜。他早已不认得我，而我竟然也需要细看才能认得他。心下突然有点感伤，不如走了吧。

三里长街还在延续，箍桶、扯白糖、纳鞋底、包粽子、搡年糕……那些停留在过去时光，如今见到为之惊喜的技艺却在这里淡淡地发着光。记得小时候，一到搡年糕，就代表着要过年了，深夜跟着父母前去村里的大礼堂，柴火、米都是自家拿去，火烧得极旺，映得礼堂上空都如白昼般明晃晃的，挨家挨户轮过来，基本可以热闹好几个昼夜。那样的通宵是极其有趣的，一大群小孩子或是你追我逃玩着游戏，或是眼巴巴等着热乎乎的新年糕出炉，再迫不及待地放到炭火边煨烤，那香喷喷焦酥酥的味道至今想起仍要流口水。

童年的时光，即使物质不是那么富足，但无忧无虑，觉得世间万般皆好。想起前几日，镇微信群里热烈讨论着安昌特色小镇的名字，"小时光古镇"突然在脑海中一闪而过。小时光，那是长大后的我们心心念念的童年时光，是经历无数个光阴荏苒无数次世事变迁依然流淌在心底深处的一汪清泉、一片柔软。

是的，在这里，时间已然倒流，空间仿佛交错，安静下来的心，便穿越到了小时光。

遥想绍兴城的先辈们，是否到过这里呢？

比如，大禹涂山娶妻之前是否也来过老街办置嫁妆呢？一个面容坚毅的男子，顶着斗笠在斜风细雨中，在老街的某号铺子前，细细挑选送予新娘的铜钗；于是乎，涂山祠堂里飘荡起一个女子孤独的灵魂，日夜盼望"三过家门而不入"的丈夫。

比如，那个疯疯癫癫的文学青年徐文长，是否左手执蒲扇，右手提黄酒壶，穿梭在老街的店铺民居间，嬉笑怒骂皆成文章？于是乎，"绍兴师爷"声名鹊起，延绵今日仍令外人提起绍兴就想到"师爷"。

比如，鲁迅老先生是否在晚年的某个黄昏，还学着童年时的样子，玩心突起跑到这里看一台原汁原味的社戏呢？那红了的灯笼，彩了的戏装，圆了的腔调，迷了的舞步，统统折射成一部梦幻版的《朝花夕拾》。

走过无数的繁华，却难以想象这个曾经据说是滩涂的地方如何发展为后来店铺云集的商贸中心。如今，昔日的繁华变成了浓墨重彩的展示，穗康钱庄、中国银行旧址等在江南的烟雨中默然矗立着，高大庄严的柜台背后，打着清脆算盘的伙计、熙熙攘攘的顾客早已成了电影中的一幕幕。就像历朝历代的更替，萧条后的繁荣，极盛后的落寞，落寞后的涅槃。

择一处茶歇，发呆，看到对岸的仁昌酱园，"看舌尖上的中国、品传说中的料理"几个大字赫然入目。这家酱油厂，是上过央视《舌尖上的中国》栏目的，老板是个风风火火的女子，却把一勺酱油做到了中央媒体。也许，这就是轮回后的新的繁华。

十年后，再次看安昌古镇，突然也多了些感想。安昌古镇，若既有"古"的韵味，又有"新"的创意，在业态上能够丰富一些，多一些年轻人喜欢的时尚玩意儿，多一些让人留下来的地方，也许会更好，就像丽江的酒吧，傻乎乎坐上半天，发呆，看美女，都是一种享受。期待，十年后的安昌古镇，便是这般美好的模样，而那时已过不惑的我，又会是怎样的心境？

## 马弄的烟火人生

我生活在一个小城市，黑瓦白墙，小桥流水，青石板路昭告着历史的厚重，酒香顺着巷子钻进游人的鼻孔，笋干菜、臭豆腐在鲁迅的大烟斗下吆喝着，平静的河面嗖地冒出一叶小小的乌篷船，跳跃着江南水乡的味道。

家在这个城市的繁华地带，门前是熙熙攘攘的大马路，布满了商场、酒店、银行……晚高峰时期，车子排起长队，红艳艳的车灯交错着大楼外墙五彩斑斓的霓虹灯，打扮入时的白领们旖旎而过，通常是看不出喜怒哀乐的。

拐过大马路左转，突然就进入了另一个世界。

这个世界不大，说直接了就是一条弄堂，被几片居民区鳞次栉比地包围着。入口处，竖着一块年代感特别强的绿色铁皮牌子，斑驳刻印着这个世界的名字：马弄。

两辆小车刚可以交会而过的宽度，当然，车技差点的话，刮蹭是在所难免的。长度吧，目测也就五百米左右。屋面和道路都有些年份了，但不破败，在这样一个古城里，倒显得挺合时宜。可这样一条不起眼的弄堂，却是十分繁华。

大江南北的餐饮店密密麻麻地排布着，理发店、足浴店、便利店、水果店、服装店、小旅馆、洗衣店等夹杂其中，各种店的中间位置还跳出一个幼儿园，每天早上，伴着稚气的童乐，一群小娃娃挥舞着小胳膊小腿在那乱舞，煞是可爱。

入口的糖炒栗子店，"好吃又好剥"的声音自一个小小的喇叭里时不时传出，老板是个矮个子中年男人，留着八字须，不苟言笑，小孩子去买时，却总是多给几颗栗子。

对面的武汉鸭脖店老板娘却是个美人，身材高挑，白净秀气，人也和气，笑容常常挂在脸上，都叫她"鸭脖西施"。

再走几步，"山东杂粮饼"和"大饼油条早餐店"滋滋地冒着热气，特别是那大饼油条早餐店，生意好得不得了，店门口经常簇拥着眼巴巴等待的顾客，香喷喷的干菜饼折成两半裹一根松脆的油条，再来上一碗醇香的热豆浆，那满足感，简直了，只羡凡世不羡仙！

还有那豆腐年糕店，据说是开了十几年的老店，最近装修成了古典风，黑木长桌长凳，更有风味，豆腐年糕、羊骨头、鸡蛋烤饺，百吃不厌。

川菜馆的老板特别热情，每次路过总要跟你笑着打招呼，吃完噼里啪啦一算账，豪迈地说：零头抹掉！还会问一句：我家的水煮鱼不错吧？

北方人饺子、黄焖鸡米饭、缙云烧饼、荷叶蒸饭、周素珍馄饨……举不胜举的美食，让马弄总是萦绕着令人肚子咕咕叫的香气。

除了美食，还有三四家小小的理发店，这些没有名气的"托尼老师"收费低，手艺却不错，加上附近小区打工的租客多，生意着实兴隆，靓丽时尚的陌生女子、穿着机车服的时髦小伙、西装革履的都市白领、一脸憨厚的农民工、拎着菜篮子的大爷大妈都是这里的常客。

那两家门面不到三平方米的改衣店，也是极受欢迎的。母亲经常拿着我的"鸡肋衣服"，把裤子从长裤改成九分，九分改成五分，五分改成热裤，如此折腾，乐此不疲，在此过程中和店主结下了深厚的友谊，每次去买菜都要东家长西家短地聊个天。

还有那网吧、修伞的、修鞋的、开锁的、化妆的、美甲的……名目繁多，让这个小小的弄堂热闹非凡。

尤其是到了黄昏，马弄一天中最热闹的时候来了。行人渐渐多起来，来幼儿园接小孩子的家长，来觅食的操着各地口音的五湖四海人，忙碌周旋的餐饮店的伙计们，站在门口招揽着来往行人的店主们，酱爆、油煎、蒸炖……辣的、咸的、甜的……笑声、骂声、交谈声……

人影攒动，声色漂浮，车水马龙，好一派人间烟火的景象。若真有神仙，看了这里，大约也忍不住想体验下这人世繁华吧。

这个真实而琐碎的城市一角，不知藏了多少普通人的喜怒哀乐。有些店面时常换主人，老的关了，新的又开出来了；寿司店小夫妻生了一对可爱的双胞胎女孩，如今已经上幼儿园了；次坞打面店的老板因为孩子读书，打算回老家去了；理发店的洗发妹子，老家给她介绍了个对象，催她回去结婚，但是她不想走；鸭脖店的老板，已经在这个城市买了房子，落地生根了；面馆店主八岁的儿子发烧了，耷拉着脑袋静静坐在角落，乖巧地等着，忙碌的父母打烊后才能送他去医院……

有人在这里买醉，于深夜的弄堂里唱着撕心裂肺的歌。

有人在这里约会，对面的女孩脸红得如天边晚霞。

有人在这里欢笑，人生得意岁月安好。

有人在这里哭泣，拼尽全力挣来的钱依然买不起房。

有人在这里寻找，依稀可见新的梦想开出了花。

有人在这里迷惘，未来的路该去向何方。

有人在这里抱怨，爱人的不忠，孩子的不孝，工作的一地鸡毛。

…………

人间值得，不是高山深海，不是良辰美景，不是春花秋月，不是乡野烂漫，不是历史庄严，而是，这一般的烟火人生。

这又，何尝不是我们的人生。

## 择绍兴终老

多年前，选择绍兴作为我大后半辈子的安身之处，很偶然。大四的寒假，北方的大学放假早，于是到浙大的同学处玩耍，恰逢绍兴专场招聘会在浙大举行，闲来无事投了一家银行的简历，没想到接下去的笔试、面试一路顺畅，待我寒假结束回学校时，已收到体检通知书。其实，我当时的就业目的地是杭州，但冲着课本中的鲁迅和王羲之，觉得趁着体检去绍兴游荡一下也不错，于是一张火车票来到了绍兴。

那是我第一次到绍兴。虽然，我的老家就在上虞——当时绍兴的一个县级市，但年少的我，安安静静地守着大山里的一草一木，在简陋的课堂里一边念着李白苏东坡，一边幻想着长大后能像舅舅舅妈一样，成为一家工厂的职工，朝八晚五，按部就班，赚够了工资就买一辆天蓝色的凤凰牌自行车，穿越小镇并不宽广的马路，风吹过，脖子上的丝巾像蝴蝶一般飞扬。

那是我理想中的生活，安逸，沉静。

那时的我，不会料到，多年后，我将最重要的人生旅途交付于这个被称作"东方威尼斯"的城市。那时的我，更不会料到，有一天上虞变成了绍兴的隶属区，与此同步撤县变区的，还有我如今的工作地柯桥，曾经的绍兴县。一夜之间，我这个生长于上虞、居住于越城、工作于柯桥的人，终于成了真正意义上的绍兴人。

走下火车的一瞬间，凉凉的湿润的空气扑面而来，像清晨田野上的露珠。打了一辆人力三轮车，载着我晃晃悠悠穿越过古城的大街小巷。和大山里的老家不同，和繁华的大都市不同，它厚重、沧桑、婉约、神秘，还带着一丝隐忍的热烈，让人欢喜亦让人惆怅。我想起了马致远的《天净沙·秋思》：枯藤老树昏鸦，小桥流水人家，古道西风瘦马。夕阳西下，断肠人在天涯。江南，古城，那种似喜似悲的百感交集，在青春稚嫩的心里荡气回肠。

决定留下来，也就是几秒钟的事。人生就是那么奇妙，前一天，我还只是想当个游客而已。

喜欢环城河的夜晚，跳跃的波光印着灯火阑珊。还有稽山公园迂回长廊里的灯笼，诠释着不同于火的温情。当季节还停留在夏天的时候，我经常光着脚踩在河边细细的鹅卵石上，它是如此圆润光滑，脚底酥痒的感觉恍若童年的烂漫。萧瑟的冬季，则晃入沈园，看那点点梅花，在一片萧瑟中热烈地开放，墙上的《钗头凤》，生生诉说着一怀愁绪几年离索。清冷的石板凳，早没落了情人的余温。相见时难别亦难，举案齐眉却又不得已的红尘俗世，一杯装欢的黄藤酒，又岂能弥补一生的爱过、恨过、错过，陆游和唐婉的爱情，终究不是我向往的。但无论如何，这个不起眼的宅子，成就了痴男怨女求而不得的千古流传。而这座宅子的一百米处，鲁迅先生正优雅地吐着烟圈，淡定地看着游人在他面前拍照留念。那几个长辫子的孩童塑像，头顶和胳膊被摸得光溜发亮。

周末，常常骑着自行车在绍兴城里转悠，也曾漫无目的地坐上一辆环线公交车，从中午到黄昏，绕过大半个绍兴，就这么看着窗外的风景，一幕幕在眼前晃过。总觉得，绍兴这样一座城市，如果不走远，自行车和走路应该是最舒适的出行方式，自由自在，优哉游哉。刚来绍兴时，三轮车还很多，现在除了几个景点，很难再看到三轮车的踪迹，其实，一路颠簸晃晃悠悠的感觉倒也是极好的。从车水马龙的解放路拐进轩亭口，没多久就到了红灯笼、青石板、黑瓦片、白墙面的仓桥直街。臭豆腐、奶油小攀、乌毡帽，哼着越剧的老太太，操着地道方言的茶楼老板，浓浓的绍兴味儿流淌了开来。蕺山街、八字桥、鲁迅故里、西小路……一个个悠远的历史街区皆隐藏在熙熙攘攘的城市主干道附近，现代与古老，繁华与寂寥，也就几分钟的距离，不经意间就仿佛穿越了几个世纪的风霜岁月。

那些老房子往往傍水而建，前门向陆，院子里栽着一棵桃树或梨树，春起吹落一地芬芳，后门几个石阶下来，就是静静的河水。黑砖白墙，不似水彩画般绚丽，却自有一番典雅的韵味。很多很多年前的河水应该是很清澈的，像白练一样穿梭于绍兴的每个角落，乌篷船上戴毡帽叼烟斗的老人，早将这一桥、一水刻录进深深的皱纹和绵长的记忆里。

而那繁华处，解放路已渐渐失去了往日的万千宠爱。这几年拔地而起的世贸、银泰、咸亨等商业综合体，快速取代了曾经商贾云集车来人往的解放路，成为绍兴人日常散漫之地。解放路，一个传统商业时代的印记，终于在历史的车轮下，躲进一代绍兴人甜蜜又热闹的记忆深处。没有谁能抵挡住世事变迁，繁华后的落寞，落寞后的涅槃，如同人生，别无他法。

一个城市的人，总和他的物休戚相关。绍兴人的性格，恰如这个城市黑砖白墙的建筑，含蓄，低调，安分，合适的年龄恋爱，合适的年龄成家，一步一个脚印，一切像小桥流水般自然而然，唯恐落下一步走错一步，脱离了常人的轨道。但他们的内心又是热烈的，对生活、对子女、对未来充满了无尽的期盼。绍兴男人精明，做起生意来毫不含糊，但又普遍谨慎克己、小富即安，绝少会大冒险。绍兴男人也顾家，上得了厅堂、下得了厨房、带得了熊孩子的不在少数，相比浪漫但懒散的意大利男人，绍兴男人无疑是性价比较高的靠谱款。绍兴女人大多也温婉平实，不喜浓妆艳抹，但求清雅素朴，把细碎平常的生活调配出别样的滋味。

冯唐说，如果选择一个城市让他终老，这个城市一定要丰富。一个城市的丰富程度，有四个衡量角度。第一是时间，时间上的丰富是指建筑的历史跨度。同一个城市里，方圆十几里，有几百年前坐看美女如云的酒馆，有昨天才为青藏线建成的火车站和洗手间。第二是空间，空间的丰富是指建筑的多态性。古今中外，不要全部大屋顶建筑，外墙上贴石膏花瓶，也不要全是后现代极简主义，一门一窗一墙。功能上，不要全是食街水煮鱼，也不要全是天上人间洗浴桑拿。第三是时间上空间的集中度，要有细密的城市路网，让人能在最短的时间到达最丰富的空间，寄情人卡、买猪头肉，走路十几分钟或者最多骑车半个小时内全都解决。第四是人，人的丰富是指五胡杂处，百花齐放，万紫千红。

如此说来，除了第四点稍显单薄，绍兴基本算得上是一个丰富的城市。而我，早已习惯了它的山水，爱上了它的不完美。在鲁迅故里吃臭豆腐的你，在酒吧深夜买醉的你，在兰亭泼墨挥毫的你，在柯岩陪孩子酷玩的你，在轻纺城辛苦打拼的你，也会择绍兴终老吗？

## 世界在外面，故乡在心里

暖阳高照，宁静无风，这样的冬日在时常阴雨连绵的江南显得极其难得。我站在窗前，看这个城市的车人来往。我的屋子，位于这个城市最繁华的地段，四周高楼林立，一到夜晚钢筋水泥铸就的硬壳外面霓虹灯闪烁，看着很是热闹。和另一半工作十余年，所有积蓄加贷款，终于在这个城市有了一处叫家的屋子。

看着看着，我却无端怀念起老家，那个虞南山区的老家，那里的山，那里的水，还有一到春日便层层叠绿的梯田，甚至想念那条叫小黄的狗，和整天眯着眼睛懒散打量路人的花猫。但我最想念的，还是老家的房子，那简陋的两间两层楼房，背后是青山，右边是桑林，左边是竹海，迎面又是群山的环抱，满目的绿，隐约见一条明晃晃的山溪绵延而下。春日的早晨睡眼蒙眬便可听见溪水潺潺，夏天则是枕着蛙声入眠，听着鸟叫声醒来。房子是传统的黑瓦白墙，木柱子、木楼梯、木地板，门前一个小院子，勤快的母亲种了许多的花花草草，还有桃树、梨树、枇杷树、桂花树……就像一个小型的天然果园，花开时留香四溢，果实成熟时枝头摇摇欲坠，随手摘两个，用山泉稍微一冲即入口甘甜，那感觉，满心都是喜悦。

这几年回老家的次数越来越少，尤其是女儿出生后，母亲也来到城里，帮我们带孩子。父亲一人留在老家，侍弄着院子里的花花草草，养着几只鸡鸭，打理着几亩庄稼，每逢节假日便大包小包地到城里，有时是当季的蔬菜，有时是鸡蛋，有时则是他自己晒的番薯干、笋干菜，这些东西，城里的菜场和超市都有，却是不一样的味道。我想，父亲一个人在家寂寞，每每他来城里我总是留他多住几日，他却顶多住两天，便怎么劝都要回去。他说，小黄和花猫等着他，他离开久了，万一邻居忘记喂它们，它们流落在村里会被人欺负甚至被卖掉；田里的庄稼在等着他，几天不去看一下，他觉得心慌；那几只鸡鸭在等着他，不能老关在屋里，它们天天都要到竹林散散步；老家的房子在等着他，开开大门和窗户，燕子每年都会来筑窝，万一来了，门关着，往后便再也不来了；还有，村里的老伙伴也在等着他，每天晚饭后，他们都会漫无边际地扯几句，说说上天入地古往今来的稀奇事……

末了，父亲说：其实我一点不寂寞，真的，反倒在你们家，浑身不自在，小区里那么多房子，却都关着门，照了面都不认识；走出去虽然车多人多，却没有人同你打招呼；商场超市什么都有，挑来挑去却不知道该买什么；白天关在这高高的楼房里，晚上走出去还是高高的楼房，连空气都比乡下要重，压抑得很。

刚参加工作，还恋念城市灯红酒绿的我，不能理解父亲在繁华中的寂寞，甚至回老家几天，便觉得百无聊赖，没有电脑，没有商场，没有KTV，晚上七点一过便夜色深浓、灯火稀疏，整个村子陷入无边的静谧。我已经习惯了追逐人前的热闹，这样寡淡清冷的生活，又怎能如孩童时般热爱。

孩童时的我，会在炎炎夏日的中午，顶着烈日去树林捉知了，然后把它们放在家里的纱窗上，直到它们聒噪的叫声吵得父亲睡不了午觉，气急败坏地追着早已吓得一溜烟跑掉的我训斥；那时的我，会在鲜花盛开的春日，漫山遍野地摘野果，和小伙伴爬上高高的槐树，掏一窝光秃秃羽毛都没长的雏鸟，然后起早摸黑地饲养，幸运的羽翼丰满放归自然，悲惨的没几天便一命呜呼；那时的我，在村里简陋的教室里，听满身酒气的老师讲刘胡兰、戚继光，课间溜到旁边的小溪捡五彩斑斓的鹅卵石；那时的我，没有现在孩子那么多的玩具，父亲做的弹弓、陀螺、毽子陪伴了整个童年，村里广场上的沙堆、水没不到膝盖的小溪，都是天然的游乐园，山溪中陡峭光滑的大石头就是滑梯；那时的我，胆子大到无法无天，会偷偷拿着父亲珍藏的少林秘籍，幻想飞檐走壁，把雨伞当降落伞，和调皮的男生打赌谁敢从山上的大石头往下跳，门牙磕掉痛得要命回家也不吭一声；那时的我，时常站在山顶眺望，热切地想着外面的世界该多么精彩……

那时的我，是因为年纪小吗？是因为从未历经浮华吗？活得如此简单而满足。而二十岁到三十岁，正值青春的匆匆十年，我在红尘中流连忘返，像无知无畏的鸟，在广阔的天地间不知疲倦地飞翔，老家成了一个偶尔栖息的巢。我像这个城市中大部分人一样，热闹而又寂寞地活着。那些年，我在遗忘……

我忘了年少的我，站在风里，黑色的眼睛，黑色的头发。

我忘了外面的世界很精彩，外面的世界也很无奈。

我忘了天黑了，我该回家。

是的，我忘了，忘了驻足，忘了回眸。

这些年，我们的灵魂无处安放。

现在，过而立之年，我还是会眷恋鲜亮的衣服，璀璨的美食，还是执拗于内心与外在、理想与世俗的纠缠，却越来越能体会父亲的心情，越来越想念故乡的安宁。工作、生活不如意的时候，经常独自开车回老家，盘旋的山路时常让我有梦中的感觉，树木、花草一一掠过，过去、现在重重叠叠，时光总是把它们一分为二地交给我，可是我分不清楚我在梦中，还是在现实中，在过去还是在现在。当我坐在小时候常眺望远方的山顶大石头上，看着夕阳落下，余晖满天，浮躁的心逐渐沉静。而在老家，睡眠也变得深长，总能一夜无梦，一觉到天亮。那感觉，总像是偶尔的避世，等到收拾了心情，重新回到尘世中，总会多一点勇气和淡定。

每个人，坚硬的、圆滑的外壳都只为了在这繁华世界中小心翼翼地生存，而总有一个地方，能让坚硬褪去，让面具卸下，只浅浅一笑，便云淡风轻，温暖如春。

世界在外面，故乡在心里。你和我，在哪里呢？

晋风唐韵今犹在
——浙东唐诗之路散文集

上
虞
卷

# 古纤道上的沉吟

赵　畅

　　如果说，"唐诗之路"是一个地理概念，那么，上虞境内运河古纤道便是其中一个不可或缺的重要节点；如果说，诗人们的审美联想基于浙东的山态水容和丰富多彩的文化底蕴，那么，也注定离不开古纤道。事实上，也正是因了古纤道的铺垫和媒介作用，"唐诗之路"在千余年的历史长河里才能尽情宣泄、咏叹、升华。

　　说及古纤道，就不得不感谢运河一代又一代的开凿者。因为没有运河的开挖，就没有古纤道的夯筑。放眼绍兴，萧曹运河乃浙东运河最为古老的一段。自然，当初的开创者，总是让人记忆犹新并心生敬畏。抹去历史的烟霭，一个人正穿越时空渐渐向我们走来并变得越来越清晰，也越来越高大，此人不是别人正是越王勾践。我知道，当年为了成就他的春秋霸业，挖掘这条运河便成了他运筹帷幄的重要部分。而振臂一呼、一声令下，越国子民便是那样的争先恐后、你追我赶。20 年的励精图治，20 年的一如既往，一条 50 里的运河恍如长龙卧波始降越国大地。《越绝书》卷八《越绝外传记地传第十》留下了这样的记载："山阴故水道，出东郭，从郡阳春亭。去县五十里。"这条"故水道"，据考证就是绍兴城东廓门通往上虞炼塘的运河。

　　勾践首开运河，泽被后世，功不可没。然而，晋惠帝时的会稽内史贺循也当是运河史上的重要人物。正是他的登高望远和远见卓识，在"既往东展又向西延"的"背向性"思维的指引下，所做出的开挖一条既可溯鉴湖与稽北丘陵的港埠通航，又能沟通钱塘江和曹娥江两大河流的运河的科学决策，终被浓墨重彩地写在了浙东运河史上。运河既成，那时或许早已有了原始的纤道雏形。只是，暂时没有引起更多人的注意和重视罢了。到了唐元和之年，随着绍兴的瓷器、丝绸、茶叶、黄酒成为大宗商品被大量运销外地，陆上交通运输已不能适应需要，浙东观察使孟简受了原始纤道的启迪，下决心要为这段运河夯筑一条纤道，又叫纤塘、运道塘，于是，纤道才真正迎来它的春天。公元815年随着一条先由绍兴城西至萧山段的"官塘"古纤道横空出世，古纤道渐渐地成为浙东运河萧山、绍兴、上虞之间河岸上一个经典的地理坐标。

古纤道初为泥塘，及至明初山阴知县李良改青石板铺砌。实岸处石板路面与岸坎浑然一体，遇水面则架筑桥梁。由"土"而"石"，虽只是一字之改，然而，其意义和作用不可同日而语，其形象也因此而出落得明丽大方。石砌的古纤道，连绵百余里，石桥、凉亭俱全，其或傍野临水，沿岸铺筑；或建于桥下，紧依桥墩，穿越而过；或于河面宽广处飞架水上，迎流而建。因为所用材料皆为青条石、青石板，故有"白玉长堤"之称。建成之后，自是舟运称便。是啊，纤夫背纤从此就可脚踏实地，有力可使。从这个意义上说，古纤道不仅是古代劳动人民勤劳勇敢的象征，也是他们智慧的结晶。

背纤，是一项苦力活，其苦与累不仅被记载在人们的回忆里、史籍中，也自是嵌涸在了那斑驳陆离、"包浆"莹润的青石板上。那以青石铺设的纤道，因了纤夫的踩踏、水浪的冲刷，更兼汗水、泪水、血水、雨水的浸润，已然成了酱红色，在日辉月光的投射下，分明给人以耀眼而温润的映照，质朴而亲切，精巧而灵动，浩大而细腻。伫立其上，青石板"包浆"下像串串纤夫脚印的坑坑洼洼，终让我定格在想象中的过去年代里，幻想着与那时风和雨的回声一起荡漾，与那时的船家、纤夫重逢。

一条古纤道，风雨如晦，悲凉如初。在那多不寻常的岁月里，正是成百上千的纤夫用他们瘦弱的肩背，用他们长满老茧的手脚，硬是在古纤道上拉出了一条商业经济、旅游文化的路径。微阖双目间，我自能想见褴褛布衣的纤夫背纤时的艰难情状：无论是浊浪涌动、暴风骤雨的天气，还是白雪皑皑、酷日当空的时日，抑或月黑风高、冰霜铺地的时候，他们都义无反顾、一往无前。他们知道，尽管自己的每一次弓背弯腰，都要承受无比的酸痛，每一次的手拉脚蹬，都要屏住急促的呼吸，但自己的职守就是前进再前进，他们坚毅的目光一直向前而从未有过丝毫的改变。或许，肩背又留下了一道血痕，手脚又多添了一层老茧，但对一个纤夫来说，还有什么能够比自己勇往直前更值得骄傲的呢？背纤，或许注定是纤夫一辈子要干的活，一条又黑又粗的绳子将古纤道与他们的人生捆绑在了一起，但每每踏着沉重的步履，当两岸怡人的美景不断涌现，两岸温暖的灯火投射而出，尤其是想到亲人就等待在不远的前方，想及家里酒已温，菜已备，背纤哪怕再苦再累他们也觉得值了。

一方水土养一方人，河流汨汨，对于诗人，则是意味着找到了灵感勃发、激情奔涌的"火山口"。这也就从一个侧面解释了诗人为什么总是愿意远足而游观世界。"十里不同风，百里不同俗"，对于诗人，他们当然希望自己更多感知和了解文化的纽带，而文化的真实步履恰恰就落在类似于浙东这样山重水复、草木葱茏的大地上。他们在这里充沛地感受时序与季节的流转，并在潮涨潮落、盛放凋零之间体味生命的丰美。更何况，灿烂多元的文明是人类繁衍至今的不竭动力。我们每个人的思想，都是人类辉煌文明的一块重要拼图。踏上旅途，离开日常的习俗，诗人更可以跃上浪漫主义的良骥，去寻觅心中的"理想彼岸"，去找回安置灵魂的故乡。

有人做过统计，在唐代，来浙东的诗人就有400位以上，且大多顺着浙东运河而来。其中仅浙东运河上虞段，就有李白、杜甫、白居易等20多位著名诗人接踵择舟而行，写下了许多脍炙人口而广为流传的诗篇。于是乎，上虞理所当然地成了领秀"浙东唐诗之路"的其中一个重要窗口。尽管李白与杜甫等诗人因为先于古纤道生卒而未能赋诗，但他们早先吟诵曹娥江、东山等景点所留下的著名诗篇，似乎也填补了人们心中的一丝缺憾。事实上，李白、杜甫等大诗人因踏访、游赏、交游、吟咏发出的由衷"盛赞"，不仅给后来者传递了隽永美好的信息，而且为浙东唐诗之路举了旗，开了路，并使得后来的古纤道有幸成为接续唐诗之路的重要组成部分。

以越州为中心的这片神秘区域，因经济之发达、文化之深厚、景色之奇丽，终究吸引了晋代以后的无数文人前来探幽、怀古、创作，并在唐代达到了高潮。当我们翻开唐诗的卷页，一个一个名头响当当的诗人便携诗而出，那不仅是他们浩荡才情的缕缕喷薄，更是他们对上虞自然风光、人文景致的盈盈缱绻。白居易来了，他为东山寺写下了"直上青霄望八都，白云影里月轮孤。茫茫宇宙人无数，几个男儿是丈夫"的诗句；周昙来了，他为"曹娥"而来，为她的孝行所感，留下了"心摧目断哭江涓，窥浪无踪日又昏。不入重泉寻水底，此生安得见沈魂"的感慨；朱庆馀来了，他听闻"舜井"的故事，伫立"舜井"的刹那间，借着诗兴油然而吟："碧甃磷磷不记年，青萝深锁小山巅。向来下视千寻水，疑是苍梧万丈天。"上虞，一个在中国的地理版图上，小到很难寻觅的地方，却因为这些唐代大诗人的大驾光临，在文化的版图上赫然在目，这怎一个自豪与荣光了得！要知道，在中外旅游史和中国文学史上，这样一条以水路为主、以诗歌为载体的纯粹文化游路，能够穿越千年而长盛不衰，可谓绝无仅有、独领风骚。

古纤道无言，但古纤道一定记住了当年诗人们的一颦一笑、一吟一咏。尽管古纤道并未成为他们吟诵的对象，我们也很难从诗歌的字里行间寻找古纤道之名，但古纤道定然给了诗人们有力的助兴。其实，对古纤道来说，自己能否引起诗人们和其他人的注意，并不重要，重要的是，自己在任劳任怨和默默无闻中发挥了重要和无可替代的作用。正是这条运河，这条与古纤道发生过交集的运河，除了发挥出航运、灌溉、防洪、排涝的传统作用外，因为穿越曹娥江，不仅吸引了众多的唐代诗人登临而成就了浙东唐诗之路，而且有力地促进和推动过绍兴的"丝绸文化发源地""纺织之乡"

以及手工业基地的滥觞及兴旺，其中包括推动和促进了上虞青瓷的发展、"女儿红"的滋育……

古纤道，承载了太多太多的历史过往，也承载了太多太多的人文意象。唐宋以后，运河就更趋繁忙，舳舻相接，风帆如林。南宋状元王十朋在《会稽风俗赋》并序中，对浙东运河有过一段精彩的描写："堰限江河，津通漕输，航瓯舶闽，浮鄞达吴，浪桨风帆，千艘万舻。"从此，官来商往，舟船辐辏，客货运输，昼夜不绝，浙东运河成为一条通江达海的黄金水道。作为著名的浙东唐诗之路，唐以后的诗人中也有不少都曾沿着这一水道，去寻梦当年繁华的文化盛况，去寻找独特的创作灵感。去年，我的一位同事前往宁波天一阁参观，在书法碑刻上看到一首诗《西兴登舟次日晡后渡曹江纪行》："云光水碧渡江沙，一夜篷霜又早鸦。高埠晓船争市散，东关午梵出林斜。梭轻直过曹娥堰，镜皎遥迎贺监家。柿叶翻红乌桕白，冬行景物胜春华。"后来我从网上查阅，这首诗的书法是明末清初的翰林院编修姜宸英写的，诗作者也是其本人。这首诗，描写了冬季古纤道沿途的旖旎风光——而从西兴渡曹娥江则必经曹娥堰，经曹娥堰则必经古纤道。于是，油然想及：千余年来，古纤道上诗人与纤夫的每一次邂逅，不就在时时展示崇文与尚工、柔美与粗犷的巧妙融合，且彰显了韧性与刚性相得益彰的运河文化吗？

古纤道，作为一道遗落在浙东大地上的人文杰作，不仅感动了古代无数的诗人和其他文人墨客，也感动了后来者。当年乡贤谢晋导演在参观了家乡的古纤道后，毫不犹豫地将《祝福》《舞台姐妹》的拍摄场景放到了古纤道上。父唱子随，谢导儿子谢衍也让古纤道及"女儿红"公司成了电影《女儿红》的主要取景地和拍摄场地。紧接着，古纤道上又迎来了《阿Q正传》《琵琶行》等影片的拍摄。

古纤道，而今晖光日新，当得益于大运河的申遗成功。作为运河的一部分，古纤道的保护、传承和利用也迎来了新的春天。历经千余年的古纤道，而今已经从最早的实用价值，嬗变为当今的审美价值——曾经负载的苍凉和悲郁，虽早已随着船舶轮机的轰鸣声而湮灭在了历史的尘烟里，但历史的年轮反而显出它的雍容与沉稳、华贵与孤傲、风华与缄默。自然，它独立寒秋的背影，也反衬着时代飞速旋转中文化的落寞、无奈与期待。而今，古纤道上虽已不见背纤人，但新"背纤人"早已呼之欲出。这些新"背纤人"正是与运河、与古纤道有着直接和间接关联的各级政府以及广大干部群众。他们知道，古纤道是过去时代留给今天的甜蜜回忆，但自己的责任绝不能仅仅止于"甜蜜的回忆"。今天"背纤"的核心要义，就是要在依循传承保护规划的基础上，做好归位与领跑、雄起与复兴、物质投入与创意领先的文章，自觉将古纤道"让"出来，使古纤道"靓"起来，令古纤道"活"起来。看，上虞新"背纤人"借着有厚重、壮美、辉煌历史的古纤道，正奋力"背纤"推动新时代"上虞号"航船乘风破浪、扬帆远航——开拓一条"经济文化九县通衢"的新唐诗之路，正是他们的目标航道。

# 那簇火，映红过江南的天空

陈荣力

像破岩的地火苏醒复活，那簇火在越州的苍山翠岭间荧光赤赤；

如熊熊的火炬燎原接力，那簇火在浙东的曹娥江两岸烈焰灼灼；

似劈云的闪电新生涅槃，那簇火映红江南一千余年的天空生生不息。

一

我是在大园坪青瓷窑址挖掘即将进入尾声时，走进位于浙东上虞上浦镇四峰山大园坪窑址挖掘现场的。

时逢金秋十月，江南的田野里稻穗已经灌浆，村口的桂花尚未褪去最后的一缕甜香，除银杏和乌桕开始泛黄、转红外，浓绿和深绿依然是四峰山的主宰。满目的葱茏中，远远眺望四峰山南坡大园坪窑址黄土裸露的挖掘现场，恰如一件绿色的军装上别了一枚黄色的徽章。这样的发现和比喻，也让主持大园坪窑址挖掘现场的省考古所郑专家来了兴致。

"是的，窑址也可看作青瓷的一枚徽章。它浓缩了青瓷发展的历史和变革，凝结了烧制技术的成就和创新，既是一种记载，更是一种见证。"科学严谨的考古工作和长年野外生活的艰苦单调，并没有让郑专家变得木讷和刻板，相反，他的交谈和讲述生动风趣，充满了专业的睿智。随着郑专家话题的打开，曾轰动青瓷考古界的大园坪青瓷窑址的神秘面纱，在我面前徐徐撩开。

位于四峰山南坡的大园坪窑址，属东汉晚期青瓷窑址。大园坪窑址暴露出来的青瓷片堆积层厚达 40 厘米，所见的器型，几乎包括了东汉窑址常见的一切青瓷器型，洗、罐、碗、钵、瓶、瓿、罍、钟、坛、虎子等一应俱全。胎色灰白、质地坚硬紧密、击打发声清亮的大园坪窑址青瓷，釉色青绿、青灰，釉层厚实，釉面莹润光洁，极少发生剥釉、起泡、变形等现象。而弦纹、水波纹、菱形纹、直线纹、网纹、布纹、叶脉纹和贴印铺首、爬虫等的印划、镂贴等，更是集东汉青瓷纹饰之大成。

郑专家对大园坪青瓷窑址专业又通俗的解读，指向一个权威的结论：大园坪是迄今为止发现的东汉窑址中技术最先进、功能最完备，烧制的青瓷器型最全、质量最好、纹饰也最丰富的青瓷窑址。换句话说，大园坪作为东汉青瓷窑址的杰出代表，当之无愧，意义重大。亦因此，大园坪窑址和毗邻的小仙坛、小陆岙窑址一起，被列为全国第六批重点文物保护单位。

问及大园坪青瓷窑址之所以能诞生如此成就的主要原因时，郑专家粲然一笑：“关键就一个字：火。”

大园坪窑址挖掘的另一重要成果，是两条龙窑的揭露。尤其是一号龙窑，残长 6.36 米，宽 1.80 米，火膛、窑室、排烟坑三大核心部分保留完整。据推测，一号龙窑全长应在 13 米左右，其窑室残长尚有 5.2 米，宽 2.2 米，火膛后壁高 0.6 米。

“如此构造和规模的龙窑，在当时无疑是最先进的，也足见那时青瓷工匠们的聪明和智慧。”郑专家意犹未尽，“龙窑的最大贡献，是解决了火，即青瓷烧制的温度问题。从陶到原始青瓷，再到成熟青瓷，虽然成功的因素很多，但一个关键的因素就是烧制的温度。龙窑的发明和成熟，将原来立窑、馒头窑 800—900 摄氏度的温度，一下子提高到 1100—1200 摄氏度，而大园坪的一号龙窑，推测烧制的温度可达 1300 摄氏度左右。”

“这真是一簇神奇的火，智慧的火，也是一簇美妙的火啊！”离开大园坪时，郑专家站在夕阳映照的大园坪，巡望四周隐约可见的小仙坛、大平地、大湖岙、白沙湾等众多窑址，忍不住感叹。那次走进大园坪窑址挖掘现场，是 2004 年的事，屈指算来，距今已十来年，但每每想及郑专家的感叹，总令人怦然心动，不胜神往。

二

借了这样一份心动和神往，这些年来走访、探寻浙东上虞、绍兴、慈溪一带的东汉、两晋、南北朝以及隋、唐等各个时期的青瓷窑址，成了我的一大爱好。

在以窑址群密集著称的大湖岙窑址，米夹岙、大树山、前山、官山、捣臼窝等十几处窑址，星罗棋布，此迭彼延；在以萌发秘色瓷闻名的上林湖窑址，翡翠般的瓷片透迤铺展，与清澈的湖水融连一片；在山峦起伏的帐子山窑址，山脚、路边、沟渠、岭畔，一不小心你就会踢着一片古瓷，被半拉窑具磕绊；在被列为 2014 年全国十大考古发现的禁山窑址中，东汉、西晋、东晋等多个时期的窑址依次排列，状态典型，恰如打开一卷青瓷发展的史书。这样的走访和探寻，也让我对那簇火，对那簇曾映红过江南天空一千余年的窑火，有了感性的认知和诗意的品读。

众多研究资料表明，在新石器时代问世的陶，进入商周即已具原始青瓷的雏形。东汉以降，随着人口的增多、交往的扩大和生产的发展，瓷土、器型、釉彩等制作水平进一步提升，特别是随着龙窑技术的提升，烧制温度的突破，东汉中期成熟青瓷开始在浙东上虞一带出现。

任何物质文明的创新和问世，既是时代和社会的产物，也必定成为其进步和发展的符码。坚固耐用、造型精美、功能丰富、色泽鲜亮的成熟青瓷一经问世，便迅速替代笨重、粗陋、暗黢又易碎的陶器和原始青瓷，成为上至庙堂下至黎庶的最爱。"曹娥江上百舸争流，白帆如云；会稽山麓千窑林立，青烟拢日。"那不啻一场制造业革命的青瓷浪潮，以浙东上虞一带为核心，波漫江南，浪击全国，其美妙的水花甚至溅及日本、朝鲜和欧洲数国。据统计，仅在浙东上虞，已探明、有确定地址和名称的自东汉至北宋各个时期的青瓷窑址便达 158 处。

作为世界青瓷发源地的浙东上虞，东汉中期成熟青瓷之所以发端于此，仔细想来绝非偶然。上虞乃河姆渡文化的中心区域，新石器时代后期即有烧制陶器的历史，曹娥江、小舜江便利的水运条件，会稽山、四明山独特的瓷土资源和林木茂密的燃料支撑，这些都为成熟青瓷烧制的滥觞和繁荣提供了物质保障。而物质之外的人，点燃那簇窑火，让其蔓延、燎原，让其生生不息映红江南一千余年天空的青瓷窑工们，更是点铁成金的精神动能，决定兴衰成败的关键因素。

在走访、探寻众多窑址时，有一个问题总让我纠结，由原始的立窑和园窑改为先进的龙窑，如此的脱胎换骨到底是因了怎样的启迪？这样的推陈出新其始作俑者又缘于何方的魔力？一次，在走访帐子山窑址时，一位八十多岁的老者向我讲述了一个美丽的传说。

东汉早期，曹娥江中游的四峰山、帐子山、拗花山一带，已是原始青瓷的主要产地。然而因工艺陈旧，烧制温度无法突破，原始青瓷销售困顿，窑工生活艰难。有一位叫谢胜的窑工勤劳聪明，在烧制技术方面更是一把好手，是窑工们的主心骨。为了提高烧制温度，谢胜扒了小窑建大窑，拆了老窑造新窑，但总不见有大的起色。一天凌晨，电闪雷鸣，一场初夏的雷阵雨骤然而至。雨停了，天也亮了，谢胜早早来到位于半山坡的窑场。但见窑场对面两峰相夹的山坳间，一股白色的水雾似一条巨龙，从山脚向山顶滚涌、升腾，巨龙所到之处，树叶树杈杂草纷纷裹挟而上。谢胜先是出神地看着，突然，他一下醒悟，兴奋得手舞足蹈、大喊大叫。不久后一座依山坡而建的卧窑，出现在窑工们面前。

开窑的时刻是惶恐和亢奋的，为这座从未见过的新窑耗透了心血的谢胜，更是紧张得近乎窒息。窑门终于打开了，一片翠绿的荧光从窑内射出，谢胜惊呆了，众人惊呆了，那叠满热浪尚存的窑室的，分明是一窑通体翠绿、晶莹锃亮的碧玉啊！那座依山坡而建的卧窑，恰似一条顺坡向上游动的蛟龙，谢胜和窑工们便把它称为龙窑。

传说固然是一种美好的寄托，但透过这种寄托，我们分明可以悟到一个朴素的哲理：任何物质文明的诞生和发展，都离不了自然界的恩赐和倚仗，就像机遇和成功是留给有准备的人一样，敬畏自然、亲近自然，善于从气象万千、美妙神奇的自然界中汲取智慧和力量，又何尝不是一种厚积薄发的机遇和天人合一的成功呢！

龙窑的出现，对成熟青瓷的烧制无疑具有划时代的意义。这样的划时代，既在于窑的形态的创新和颠覆，更缘于火的交响由此奏响最瑰丽的乐章。

三

在人类的进化史和文明发展史中，火的意义和作用不言而喻。火既是人类集体的智慧，也是共同的成果。然而在不同的地域，各异的文化中，同样的火分明又跃舞着各自缤纷的形态，熔铸出异彩纷呈的硕果。如果说，在欧洲火催生了机器和工业革命，在中原火诞生了雄浑庄重的青铜器，那么在温山软水的江南，在稻香鱼肥的浙东，千峰翠色的青瓷，端的是火谱写的绿色诗篇，结晶的碧莹花朵。

总以为那簇火，那簇映红了江南一千余年天空的窑火，于江南、于浙东，是一种天生的宿命和不朽的传奇。因了那簇火，平常的泥和水升华为精美坚固的器皿精灵；缘了那簇火，千山的苍翠、万水的秀色涅槃成精妙绝伦的永生；凭了那簇火，水样柔情的江南熔铸进格物事工的求实和勇立潮头的坚韧；仗了那簇火，一方地域更锻打出五千年文明古国走向世界的物质徽章和文化图腾。

那簇火是汗水是执着，那簇火是智慧是开拓，那簇火是一块叫江南、叫浙东的土地生命的诗意和精神的大蠹！

那簇火，注定了要生生不息。

# 唐诗之路上的孝德文化随想

吕云祥

"江雨霏霏江草齐，六朝如梦鸟空啼。无情最是台城柳，依旧烟笼十里堤。"唐朝诗人韦庄的七绝《台城》虽是吟咏南京六朝古迹的诗，但我觉得，唐朝不也是这样吗，浙东唐诗之路上的往事不也是这样吗？就说浙东唐诗之路上虞段即我们的曹娥江，每当雨露霏霏，江面烟雾迷离，江边绿草如茵，曹娥江唐诗之路上的往事在阵阵鸟啼声里如梦远去，只有那无情的树树杨柳，依旧像清淡的烟雾一样笼罩着江边长堤。

当然，说是"无情"，从另一个角度也可理解为"有情"，因为"无情"与"有情"是相对而言的，对彼无情，是因为对此有情、多情。多少年过去了，台城之柳也好，曹娥江之柳也好，都没有跟随往事烟消云散，对往事的无情，恰恰是因为对此地的有情，依旧多情地葱茏着江边长堤。

其实曹娥江畔景物，样样都是有情的，春天来了，东风早已吹绿了堤岸芳草，树树柳色碧绿如玉，远望似烟。百花在春色中袅娜，百鸟在春色中婉转，万紫千红，万事千物，在和风丽日里显得格外美丽动人。而其他季节呢，当然也是夏有夏韵、秋有秋趣、冬有冬味。这曹娥江的景物，唐朝也一定是这样的，诗人们在唐诗之路上吟诗时也是这样的，因为多情，如今依旧这样美丽动人！而我对家乡的体会则更深了——

蜿蜒曲折的曹娥江，自古迤逦而流，那缥缈着晋风唐韵的江水穿过大大小小的青峰秀岭，如诗如画的浪花淘尽千载万年的秋雨春阳，向北流经了一个叫作"吕家埠"的村旁，这便是我的故乡。虽说在唐朝时，还没有吕家埠这个村庄，但吕氏祖先与唐朝神仙吕洞宾转弯抹角地有点联系，又加上唐朝诗人们沿着曹娥江乘舟而行，乘兴而来上虞，一定到过这里，我称之为"唐风也度吕家埠"。江山如此多娇，这边风景独好，在这里，风光旖旎的江，优美地打了一个弯，似乎是对"神仙有缘之地"必要的仪式，形成江湾后，便遥遥地向大海奔去。在这个美丽的江湾处，有一个渡口，名为"五甲渡"——这是老话。现在这个江湾没有了，"裁弯取直"的现代化水利建设，使曹娥江在此处变曲水为直流，从此，风平浪静，波澜不惊；而五甲渡的遗址虽隐约可辨，然而，古渡已变新桥。南来北往的过江人，来也匆匆，去也匆匆，已感觉不到白居易的"烟波尽处一点白，应是西陵古驿台。知在台边望不见，暮潮空送渡船回"那种诗情画意之美了，略略有些遗憾。

当然，说是憾事，也憾不到哪里去，因为十全十美的事只是在理论上言说的，事物往往是"残缺美"居多。政府实施的"裁弯取直""砌石护岸""两岸通桥"工程，使水流平静了，两岸相通了，水患不再了；而历史上因五甲渡江湾的存在，水患频发。对比历史上发生的种种水患人祸，这种"德泽"让老百姓受惠无穷，幸福无比。"渡船载人"的古风虽好，但安全更为重要。更令人欣喜的是，随着城市化进程的加快和建设滨江生态型现代化中等城市步伐的推进，政府在曹娥江这条上虞人民的母亲河两岸，从城区至家乡吕家埠五甲渡，建设了一条融城市防洪功能、城市景观、历史文化、人文自然等于一体的景观带，这是一条观赏、休闲、旅游功能相结合的绿色文化长廊，被人们称为"十八里景观带"。

而吕家埠的村庄呢，在鸟语花香的"十八里景观带"的衬托下，隐隐约约，尚有几分诗情，还存几抹画意。站在曹娥江的堤塘上，望着粉墙黛瓦的楼房、精致玲珑的村道、灵巧秀气的小桥、郁郁葱葱的树木、喜庆丰收的田野……很为这锦绣江南、神仙之地、鱼米之乡、游子故里所陶醉、所自豪。如果时间能够倒流，想必会引得唐朝诗人们纷至沓来，吟诗作赋，唐诗之路的内涵会更加丰富多彩！

视曹娥江为母亲河的上虞人包括家乡吕家埠人，在感激曹娥江馈赠给人们无穷甘露的同时，不会忘记东汉末年发生在江上的夺人性命的那场灾害。东汉汉安二年（143年）五月初五端午节，曹娥江狂风怒号，惊涛拍岸。上虞巫师曹盱为请潮神"伍君"保佑风平浪静、风调雨顺，逆水行舟，不幸卷入急流，葬身江底。曹盱之女曹娥，其时年方十四，为寻父尸，沿江号哭十七昼夜，悲恸感人，后解衣投水找寻而死，有道是"孝德感天"，又过五日，竟背着父尸出水。时人感其孝心，就在江边立了"曹娥碑"，建了"曹娥庙"，以弘扬孝德文化；朝廷为表彰孝女曹娥，把原来名为"舜江"的这条江改名为"曹娥江"。

从此之后，曹娥庙、曹娥碑被诗人广泛吟咏，自然而然地成为千百年前唐诗之路的一大重要"站点"，诗仙李白曾在唐诗之路上赋诗云："笑读曹娥碑，沉吟黄绢语。"

李白这两句诗并不深奥，但我的理解也有一个过程。众所周知，曹娥碑的碑文内容是记载孝女曹娥投江寻父而死之事，其悲恸感人的情节令人动容，观碑、读碑者无一不发悲伤、哀思之情。然李白观碑，却有"笑读"的愉快心情，有违常理，这是为何？后来，我细细思量，终于明白，原来李白所读的是碑阴八字隐语"黄绢幼妇，外孙齑臼"。这八字隐语为蔡邕所题，隐含"绝妙好辞"之意，即赞美碑文写得好。隐语即谜语，猜谜的心情往往是愉快的。故此"笑读"之后才有"沉吟"之句：沉吟黄绢语。除李白外，其他唐朝诗人在唐诗之路上也竞相奔此而来，并欣然题诗，诸如——

赵嘏《题曹娥庙》："青娥埋没此江滨，江树飔飔惨暮云。文字在碑碑已堕，波涛辜负色丝文。"

刘长卿《送崔处士先适越》："山阴好云物，此去又春风。越鸟闻花里，曹娥想镜中。小江潮易满，万井水皆通。徒羡扁舟客，微官事不同。"

刘长卿《送荀八过山阴旧县兼寄剡中诸官》："访旧山阴县，扁舟到海涯。故林嗟满岁，春草忆佳期。晚景千峰乱，晴江一鸟迟。桂香留客处，枫暗泊舟时。旧石曹娥篆，空山夏禹祠。剡溪多隐吏，君去道相思。"

刘长卿《无锡东郭送友人游越》："客路风霜晓，郊原春兴余。平芜不可望，游子去何如。烟水乘湖阔，云山适越初。旧都怀作赋，古穴觅藏书。碑缺曹娥宅，林荒逸少居。江湖无限意，非独为樵渔。"

周昙《曹娥》："心摧目断哭江渍，窥浪无踪日又昏。不入重泉寻水底，此生安得见沈魂。"

贯休《曹娥碑》："高碑说尔孝应难，弹指端思白浪间。堪叹行人不回首，前山应是苎萝山。"

此后，五代十国，宋元明清，直到现在，沿着唐诗之路，文人骚客还源源不断而来。

在唐朝，共有400余位诗人游历浙东唐诗之路，多数驻足上虞，吟咏内容当然不止"曹娥元素"，而是题材丰富，除李白的"笑读曹娥碑，沉吟黄绢语"外，还有他写东山的"不向东山久，蔷薇几度花"，以及张籍写东山谢家的"谢家曾住处，烟洞入应迷"，朱庆馀写舜井的"碧甃磷磷不记年，青萝深锁小山巅。向来下视千寻水，疑是苍梧万丈天"，许景先写上虞山水风光的"上虞佳山水，晚岁耽隐沦"，骆宾王写道墟称山称心寺的"征帆恣远寻，逶迤过称心"，卢纶写梁湖兰芎山的"宁知樵子径，得到葛洪家"，等等。

吸引诗人们来此的，除了美丽的风景、独特的人文，肯定还有其他因素。那还有什么呢？其实也不需要很多理由，曹娥江别具韵味的千古江流，足以吸引每一个好动的诗人溯流而来。曹娥江，这是上虞人民的母亲河，但这仅仅是对上虞人而言的，对神州各地的唐朝诗人来说，路过的也好，特地而来的也好，吸引他们的原因，想来是"此地别有文化风味"！

究竟是什么风味呢？我曾多次凝望着曹娥江的千古江流，默默沉思，曹娥江的文化风味，上虞唐诗之路的文化价值，如同任何传统文化一样需要认真总结，深入挖掘，积极弘扬。我想，它的文化价值应包含这样几个元素："以人为本"的共同价值、"百善孝先"的文化观念、"知行合一"的求真精神、"承前启后"的发展理念、"和谐大气"的德治思想。

然而，孝德元素是最基础的，也是最重要的，上述各种文化价值其实都蕴含着孝德元素。上虞是"孝德之乡"，曹娥江两岸孝德故事层出不穷，"中国二十四孝"之首的虞舜、"投江救父"的曹娥，以及历代以来曹娥江畔的孝子贤人，无不影响激励着当今上虞人民，"百善孝为先"的文化观念深入曹娥江两岸的上虞人心里。

上虞的母亲河先后以孝子舜、孝女曹娥为名，可谓是一条"孝河"。可以说，中国的"百善孝为先"思想源头之一也在曹娥江文化。我国有着十分悠久的孝德传统，在博大精深的中华传统文化中，孝德文化是其核心理念、基本精神、重要元素。孝文化的历史渊源，与中华传统文化是分不开的。在中国古代社会的伦理价值体系中，孝是最基本、最重要的内容之一。在我国传统社会的实践中，孝的基本含义是敬老养老、事亲善行。而这些是曹娥江流域的虞舜率先倡导的，曹娥身体力行的，大量史料记载的虞舜在曹娥江畔的"孝感动天""厚德载物""以德化人""举孝任能"等事迹，以及曹娥"投江救父"的悲壮故事，足以说明虞舜是孝德思想的先觉者、弘扬者，曹娥是孝德思想的奉行者、实践者。舜的思想对后来的文化典籍有着重要影响，《尔雅·释训》对孝的解释是"善事父母为孝"，《说文解字》的作者许慎认为，"孝"字是"老"字省去右下角的形体，和"子"字合成的一个会意字。后来，"孝"的古字形和善事父母之义吻合，孝就被看作子女对父母的一种善行和美德。在传统文化中，孝德文化是涵盖一切关于孝德的思想观念、理论制度、行为规范、文艺作品及相关民风民俗的社会现象和客观存在。

唐朝的诗人，都是读书明理的孝子，他们虽然离开家乡，"共筑"唐诗之路，一时难以侍奉双亲，但他们的拳拳之心与父母的眷眷之心是相通的，如韩愈诗言："白头老母遮门啼，挽断衫袖留不止。"孟郊诗云："慈母手中线，游子身上衣。临行密密缝，意恐迟迟归。谁言寸草心，报得三春晖。""萱草生堂阶，游子行天涯；慈亲倚堂门，不见萱草花。"唐朝诗人不但对父母非常孝顺，而且都感恩于父母对小辈的慈爱，若不是对父母的孝，何能感受父母的慈？孝与慈的关系，由此可见一斑。曹娥江，既是一条"孝"河，诗人们来曹娥江两岸"寻孝"也就顺理成章，同时又接受这条"孝"河的洗礼，相得益彰。

由此我想，浙东唐诗之路，涉及诸多县市，而每个地方的特点各不相同，我们要挖掘地方文化，弘扬诗路文化，要有自己的特色，在挖掘弘扬"以人为本"的共同价值、"知行合一"的求真精神、"承前启后"的发展理念、"和谐大气"的德治思想的同时，着重做好"孝德"文章应是题中之义！

## 一条诗路引出的"思路"——兼怀竺岳兵先生

顾志坤

　　1990年12月20日晚上，新昌县大佛寺旅行社经理竺岳兵来到文友祝诚的家里，商量为他们多年来一直在精心打造的"古代著名旅游线"取一个好听的名字。两人议论了半晚，竺岳兵说："我有一个名字，不知行不行？"祝诚说："什么名字？"竺岳兵说："叫它'唐诗之路'如何？"祝诚一听眼睛顿时亮起来，大声说："好，太好了，竺老师。"几天后，祝诚写了一篇《浙东发现古旅游线唐诗之路》的稿子，发表在《经济生活报》的头版头条上，从此，"唐诗之路"的名字就从新昌县这个小山城唱起来，之后慢慢地唱响了全市，唱响了全省，现在又唱响了全国乃至海外。

　　确切地说，从1984年提出"古代著名旅游线"到1990年提出"唐诗之路"的名字，竺岳兵和新昌文化旅游界的有识之士们一共酝酿了6年。这6年中，竺岳兵的双脚踏遍了新昌、上虞、嵊州等地的山山水水，翻阅了上千万字的相关史料，从浩瀚如海的诗作中寻踪觅迹，发现竟有400多位诗坛领袖、词苑班头，到访过这里。其中不仅有李白、杜甫、孟浩然、陆游、宋之问、刘长卿、崔颢等一批学士文豪，更有众多乐山好水、文酒风雅的骚人墨客。由此得出一个惊人结论，他们原本想精心打造的"古代著名旅游线"，原来竟是一条"唐诗之路"。

　　浙江的地理得天独厚，山多名山，水多胜水。自古以来，政治中心一直在黄河流域，当北方在烽火连天中争战逐鹿时，地处东南沿海远离京畿的浙江却显得相对太平，这就给文化的孳乳繁衍创造了适宜的土壤。于是便吸引了大批文人雅士前来寻幽探胜，寄情抒怀。晋王羲之定居山阴，谢安石息影东山，谢灵运开山水诗先河，李太白魂牵天姥山……真可谓名士胜流，济济多士，纷至沓来。

可能是囿于地域的原因，也可能是钟情于家乡的缘故，竺岳兵先生当初提出的"唐诗之路"的主要地段在剡溪，即新昌、嵊州一带的剡溪江。剡溪江胜迹很多，晋王子猷（徽之）雪夜访戴逵的故事就发生在这里。唐李白的名句"湖月照我影，送我至剡溪"说的也是这里。据此，竺岳兵先生便得出"唐诗之路"主要地段在剡溪的结论，其依据：一是剡溪的山水美，二是诗人到得多，三是文化积淀厚。不过随着"唐诗之路"影响的扩大，研究的进一步深入，有越来越多的专家学者参与到对"唐诗之路"的论证中，从而使"唐诗之路"的内涵得到了进一步丰富，"诗路"的外延也得到了进一步拓展。如今对"唐诗之路"的地域表述是这样的：从钱塘江边的西兴渡口开始，沿浙东运河经绍兴、上虞和浙东运河中段的曹娥江，然后沿江而行入嵊州、新昌、天台、临海、椒江、余姚、宁波、舟山等，全长 190 余公里。

笔者认为这个表述是比较贴切的，浙江山水秀美，人称人间天堂。千百年来，不知有多少诗人从四面八方来到这里，他们沿着这条长长的"诗路"，或乘船，或骑马，或步行，或坐轿，在白云缭绕之巅，在烟波浩渺之区，在林泉丘谷之间，观伍子胥怨忿冲天的钱江怒潮，拜夏禹会盟封禅死后长眠的会稽山，谒嬴政登临望海勒石纪功的秦望山，游"大树华盖闻九州"的天目山、壮美的天姥山及谢安隐居、临危受命的东山——诗人们一路行吟，耕耘风雅，播种斯文，留下千百首传世佳作。

在这条长长的诗路中，曹娥江畔的上虞，又处在一个怎样的位置呢？对于这一点，"唐诗之路"的首倡者竺岳兵先生在后来召开的"浙东唐诗之路申遗联谊会"成立会上发言时，阐述过一个观点。他发言的题目是《上虞——唐诗之路士文化的中心地》。其中有这样一段话："从表层含义上说，上虞地处浙东唐诗之路干线与支线的节点上。从深层含义上说，上虞是士文化的中心地。"对于上虞处在唐诗之路干线和支线节点上这个定义，他这样解释："我认为，这只是从地理上，从定义的第一层面上说的，而没有从深层次的文化底蕴上集中归纳和概括出上虞文化的特质。上虞文化的特质是什么？我认为是'士文化'。"之后他又说："上虞的东山，是士人的中心地，孕育出许多的历史名人，如行草见长的谢万、善音乐、草书的谢尚，音乐家谢鲲，诗人有谢灵运、谢混、谢道韫。军事家有谢安、谢玄、谢石、谢琰。此外还有谢奕、谢据、谢泉、谢靖、谢瑶、谢峻、谢奂等。谢安是当时士人中的核心人物，以他为中心的一大批士人来到东山，有书圣王羲之、高僧支遁、文学家孙绰、道学家王敬伯等。他们结游于东山——综上所述，上虞是唐诗之路中士文化的中心，谢安是士文化的代表，谢安隐居之东山，犹如诸葛亮隐居之南阳卧龙岗。"

20世纪80年代中期，笔者为创作长篇小说《东山再起》收集素材，曾多次赴曹娥江上游的剡溪、天姥山、天台山考察、踏访。其间，经新昌文友的介绍，曾专程去新昌拜访过竺岳兵先生，其时竺先生刚从新昌县土产公司调到毛纺厂负责园林建筑工程，住在厂内的一间石棉瓦房里，条件十分艰苦。那天竺先生热情地接待了我，还给我看了他发表在《唐代文学研究》上长达1万余字的《李白"东涉溟海"行迹考》，并说又在撰写《李白行踪考异》一文。交谈中，我向他请教谢安在东山隐居时，在剡溪及天姥山一带活动的踪迹，竺先生从桌上的一堆资料中，抽出一份打印稿递给我，我一看上面写着这样几个字——"古代著名旅游线"。"我们也在挖掘这方面资料，"竺先生操着一口浓浓的新昌腔说，"谢安隐居东山时，曾多次和好友王羲之、支遁等一批文人畅游过剡溪和天姥山，在这里吟诗放歌，饮酒泼墨，并留下了许多名篇佳作。或许受他们的影响，之后唐、宋各代的文人骚客，也多来这里做逍遥之游，我们新昌，正在考虑要将这些名人到过的地方，开辟旅游线路。"

不久之后，我再访新昌，去毛纺厂找竺先生，厂门卫告诉我，说竺先生调走了，现在是新昌县风景名胜管理委员会办公室主任兼县旅行社经理。因为要去天姥山采访，我就没有去他的新单位找他。

1989 年 10 月的一天，我第三次赴新昌拜访竺先生，因为我的长篇小说《东山再起》出版了。样书拿到后，我首先想到的，是要送给竺先生一本，倒不是我想拿这本书在新昌正在开辟的"古代著名旅游线"项目中图什么利，而是因为竺先生对本书的支持，更是因为他对东山文化的钟情和热爱。

这天竺先生没外出，他一边翻着《东山再起》一边对我说："上虞只要能把东山的文章做足就好了，一条曹娥江，就是一根线，如果能把东山、剡溪等都串起来，这文章就做大了。"不久后，我看到文友祝诚在《经济生活报》头版头条发的那篇《浙东发现古旅游线唐诗之路》的文章，才感到竺先生真的要大做文章了。

果不其然，竺先生在"唐诗之路"一炮打响后，又不断关注着上虞在这条"诗路"中的定义和定位，作为一个对故乡新昌怀着深深眷恋的乡土文化研究者，竺先生并没有把目光局限在家乡的区域上，而是站在更高的起点上，以更宽广的胸襟和视野，观照着"唐诗之路"的起点和终点。他的学术成就和学术品德，也由此更加受到社会的认定和尊敬。

现在，竺先生已经仙逝，作为首倡者，他没有看到"唐诗之路"的旅游线在自己的有生之年建成，这自是遗憾的。但可告慰竺先生的是，"唐诗之路"的打造现在已经"活"起来、"火"起来、"动"起来，从"诗路"的起点到终点，沿线各地，正结合本地特色，在深入挖掘、认真规划，精心打造以"诗路"为载体的文旅景观，可以想见，用不了多久，这条走过了千年历史的"唐诗之路"，就会在浙东的大地上，活化起来，灵动起来。

一条唐诗之路，一条历史文脉，一处民旅印记，必将随着后人的挖掘、弘扬和打造，焕发出更加瑰丽的色彩。

如是，亦是对在九泉之下心系"唐诗之路"开发的竺岳兵先生最好的告慰了。

## 我有一壶酒，可以慰风尘——浙东唐诗之路魅力探秘
马亚振

大唐王朝的政治经济文化中心在长安、洛阳一带，从地理位置上来说，浙东属于偏远地区。当时的诗人们常游历的几条线路是：西线——关右陇西，大漠孤烟马萧萧；东线——拜孔子、谒泰山，齐鲁大地情未了；南线——洞庭潇湘、鄱阳庐山诗意长。相比之下，浙东离都城实在有点远，然而，前来浙东的诗人却越来越多，浙东成为整个"大唐旅游业"的后来居上者，这是为什么呢？

分析个中原因，大体有以下几个方面。

有发达便利的水陆交通。除了曹娥江、剡溪这一段南北向的天然航道，浙东运河更是一条重要的东西交通线。在中国古代，水利与交通密不可分，浙东运河的前身是"山阴故水道"，始建于春秋时期。晋时，会稽内史贺循主持开挖西兴运河，此后与曹娥江以东运河连接，形成西起钱塘江、东至宁波的完整水路。自西兴至曹娥江的运河又名"萧曹运河"。过曹娥江后，运河分南北两支。北支名"虞甬运河"，从曹娥江东岸上虞百官的上堰头至余姚市曹墅桥连接姚江。南支俗称四十里河，自曹娥江东侧，今梁湖的江坎头村始，流经皂湖、西湖、丰惠、通明，至通明坝汇入姚江。运河的修建，除了灌溉，更重要的是交通。浙东运河上原建有运河塘，这是专供纤夫拉纤行走的土塘。唐代，将运河塘改建成石塘，不但供纤夫拉纤，还可作为一般的陆上通道。这种石塘我们现在称为"古纤道"，在柯桥和上

虞东关还有部分留存。除了纤道，还在沿运河、鉴湖岸边修建了"官塘"，筑官塘的泥土主要由运河挖掘疏浚而来，仅从绍兴城东五云门至上虞曹娥江的这一段"官塘"就长达36公里。随着运河堤塘的修整加固，陆上交通与水上交通双线并行，同时，内河的河网也与运河相连接，运河与曹娥江之间的堰坝功能也得到加强。在唐朝中后期，又将西起萧山、东迄上虞的海塘连成一线，这条海塘既是海防工程，也是交通陆道。在没有机动车的时代，浙东一带的水陆交通是相当发达的，这为外来游客和本地民众提供了便捷的水陆交通条件。诗人刘长卿曾安卧船中，享受旅途愉悦："截湾冲濑片帆通，高枕微吟到剡中。"

有令人心旷神怡的秀丽山水。以长安作为活动中心的士子们，见惯了大漠风沙，崇山峻岭，一旦到了江南，无不为眼前的玲珑山色、潋滟水光所倾倒。如果以曹娥江为纵轴线，那么右边是会稽山、鉴湖水，左边是四明、东山，前方是天姥、赤城，真是河山锦绣，美不胜收。正如《世说新语》所记："顾长康从会稽还，人问山川之美，顾云：千岩竞秀，万壑争流，草木蒙茏其上，若云兴霞蔚。"正所谓"山阴道上，应接不暇"。再看李白是如何描绘越中景色的："遥闻会稽美，且度若耶水。万壑与千岩，峥嵘镜湖里。秀色不可名，清辉满江城。"（《送王屋山人魏万还王屋》）"竹色溪下绿，荷花镜里香。辞君向天姥，拂石卧秋霜。"（《别储邕之剡中》）另有一位叫许景先的唐代诗人则写道："上虞佳山水，晚岁耽隐沦。内史既解绶，支公亦相亲。"（《征君宅》）这是说越中上虞实在是一处适合隐居的佳山水，王羲之连官也不要做了，支遁和尚来了也不肯走了。杜甫是这样赞美越中景物的："剡溪蕴秀异，欲罢不能忘。"（《壮游》）刘长卿《送崔处士先适越》："山阴好云物，此去又春风。越鸟闻花里，曹娥想镜中。小江潮易满，万井水皆通。徒羡扁舟客，微官事不同。"倘若不是做着这个官，刘诗人是会立即跟上崔处士的脚步前往美丽的越中。茶圣陆羽《会稽东小江》："月色寒潮入剡溪，清猿叫断绿林西。昔人已逐东流去，空见年年江草齐。"诗人们沿运河东行，顺曹娥江南游，一路之上，有江河湖泊，陡壁悬崖；有茂林修竹，猿啼鸟唱；有桑树鸡鸣，花果飘香。美好的景色，容易让倦于浊世的诗人产生"唯有白云心，为向东山月"（朱放《剡溪行却寄新别者》）的向往与迷恋，真是来了不想走，走了还想来。

有满足精神追求的文化制高点。在浙东这条旅游线路上，耸立着几个唐代诗人心目中的文化制高点：谢安东山、兰亭书法、天台山宗教……

上虞东山在曹娥江中段的上浦境内，此处临江环山，风光旖旎，是一代名相谢安隐居之地。东晋以后，王、谢、何、庾等世族大家迁居浙东，他们于此纵意丘壑，优游林泉。谢安、王羲之、阮裕、孙绰、支遁、戴逵等人的聚集与活动，给这方土地带来了极为深远的影响。魏晋风度最为唐代诗人所赞赏，他们来到浙东游历，除了山水胜景，也是精神朝圣。李白对谢安是一生仰慕，曾三次登东山，发出"白云还自散，明月落谁家"（《忆东山二首》）的感叹，直到晚年，还以谢安自比："但用东山谢安石，为君谈笑静胡沙。"（《永王东巡歌》）很多诗人到浙东，就是为了寻访谢安东山，抒发"修齐治平"的情怀。

唐代文人对书法的热情是十分高涨的，不但出了欧阳询、虞世南、褚遂良、张旭、颜真卿、柳公权这样的大书家，连皇帝也来蹭这个热点。唐太宗李世民为得到王羲之的《兰亭集序》真迹，真是费尽心思，用尽手段。唐朝大画家阎立本的《萧翼赚兰亭图》生动地描绘了这一件掌故，这种"有图有真相"的故事，怎能不引起文人士子热烈追捧？东晋书法大家王羲之的主要活动区域就在东山、兰亭（越城）、剡中一带，这也是"唐诗之路"游线上最重要的一段。既然到了浙东，那是一定要去寻访书圣遗迹的。

唐代诗人们热衷于浙东游历，还有一个精神文化的契合点是宗教情结。在浙东唐诗之路上，仅上虞境内就有著名的道家修炼地兰芎山、凤鸣山、太平山，葛洪、葛玄、魏伯阳、陶弘景、杜京产等道家名人都曾经在这一带或修道炼丹，或著书立说。由曹娥江上溯天台山，那里既是道教南宗桐柏宫的所在地，也是佛教天台宗的祖庭国清寺所在地。唐玄宗主张"三教齐一"，儒、释、道的关系出现了前所未有的调和与融合，这对唐代的诗人们影响很大。他们之中，有热心修仙问道的，如李白；有信奉释家的，如王维；有专心儒业的，如杜甫。他们虽然有着不同的信仰，但依然能成为很好的朋友。无论是信佛、修道还是崇儒，行走在"浙东唐诗之路"上的大唐诗人，几乎都能找到自己的"精神皈依"。

有抚慰口耳鼻舌的丰饶物产。江南本就物产丰饶，人民又很勤劳，只要没有战争，经济迅速发展是必然的事。到了中晚唐以后，已成"赋出天下而江南居十九"（韩愈）之势。北方的士人官吏多喜游历江南，怕是也有一逞"口腹之享"的"私心"。贺知章作过一首《答朝士》诗："钑镂银盘盛蛤蜊，镜湖莼菜乱如丝。乡曲近来佳此味，遮渠不道是吴儿。"即使仅仅是文字，诱惑也难抵挡。唐时，越州的余姚、上虞、会稽、山阴、剡县、诸暨、萧山皆产名茶，陆羽《茶经》载，浙东茶叶"越州上，明州、婺州次，台州下"。当时的越州名茶为日铸茶，又称"日注茶"，即产于今越城区和上虞区交界的日铸岭一带。上虞覆卮山的"鹁鸪岩茶"，丰惠的后山茶、凤鸣茶也是名茶。由于陆羽等人的大力推崇，唐代士子中饮茶之风盛行，首次出现"茶道"一词，喝茶由解渴提神转而成为修身养性的风雅之事。另外，曹娥江两岸的水果也很多，四季不断。越州杨梅在唐代属果品新宠，杨梅虽在汉代已有种植，但却未被人赏识，杨孚《异物志》中记："杨梅如弹丸，味酸，盖昔人未识。"不知是哪一位美食家的发现，到了唐代，越州杨梅名声大振，"玉盘杨梅为君设，吴盐如花皎白雪。"（李白《梁园吟》）至于宋代，越州杨梅的身价已是"初疑一颗价千金"（宋·平可正《杨梅》）。

有茶还得有器。曹娥江中游是越窑青瓷的发源地，东汉末就有了成熟青瓷。唐时越窑青瓷进入全面鼎盛期，"越窑"之名也因唐时称绍兴地区为越州而得。陆龟蒙《秘色越器》："九秋风露越窑开，夺得千峰翠色来。"陆羽《茶经》："碗，越州上，鼎州次，婺州次，岳州次，寿州、洪州次。或者以邢州处越州上，殊为不然。若邢瓷类银，越瓷类玉，邢不如越一也。若邢瓷类雪，则越瓷类冰，邢不如越二也。邢瓷白而茶色丹，越瓷青而茶色绿，邢不如越三也。"可见，到了唐代中晚期，越窑青瓷烧造技术全国领先，还出现了一种"秘色瓷"。所谓"秘色瓷"，是指碧青釉色的瓷器，为越窑青瓷中的上品。在唐代，秘色瓷是贡品，其造型、瓷质和釉彩特佳，烧造工艺精细，釉层均匀滋润，呈半透明状，因而有了"千峰翠色""类玉""类冰"的比喻。这种美器，自然也是文人士子的"掌中爱物"。上虞是越窑青瓷的发源地，从汉至宋，各个时代的古窑址都有发现，唐代的窑址多数集中在曹娥江边的章镇龙浦、联江一带。

我有一壶酒，可以慰风尘。越州自古产好酒，有"酒乡""醉乡"之名。唐人最喜宴饮，"李白斗酒诗百篇""汝阳三斗始朝天"。以鉴湖水精心酿制的芳香美酒恐怕也是吸引诗客骚人接踵而至的原因："老大那能更争竞，任君投募醉乡人。"（元稹《酬乐天喜邻郡》）"醉乡虽咫尺，乐事亦须臾。"（白居易《和微之春日投简阳明洞天五十韵》）一派不醉不休的气象！想象一下，那些诗人来到鉴湖、娥江、剡溪一带，品香茶，饮美酒，再尝一尝五月的杨梅九月的橘，那是何等的风轻云淡，快意人生！

有诗坛领袖的宣传"带货"。贺知章，字季真，自号"四明狂客""秘书外监"（因他曾担任秘书监），越州永兴（今萧山）人。贺知章以其"文词俊美"名扬上京，被列为"吴中四士"（张若虚、贺知章、张旭、包融）之一。在当时的长安城文学圈，贺知章的地位相当于诗歌协会会长。贺知章虽然是大官，但他生命中最好的时光并不在做官，而是在等待做官。武则天证圣元年（695），贺知章考中进士，按唐代的举士制度，登进士之后，并非立即授官职，因此贺知章一直等待了17年，才在他的表兄陆象先推荐下，被授予国子监四门助教，算是正式踏入仕途。在这17年中，他就一边参加吏部的考试，一边与友朋诗酒相娱。贺知章朋友圈名头最大的是"饮中八仙"，即贺知章、李白、李适之、汝阳王李琎、崔宗之、苏晋、张旭、焦遂。其中李白与贺知章相交最厚，虽然贺知章比李白大了42岁，两人却意气相投，贺知章称李白为"谪仙人"。李白短期担任过翰林学士，就是贺知章给推荐的。后来李白得罪高力士，顶撞唐玄宗，也是因为贺知章的面子，才没有获罪，仅作"赐金放还"处理。比李白小11岁的杜甫对贺知章与诗友们这种豪放不羁的交游方式羡慕不已，曾作《饮中八仙歌》咏之。

贺知章生性疏阔，结交广泛，又是当时诗坛领袖，他自然会热烈地推荐或者邀请诗友们前去越中自己的家乡游赏。"稽山罢雾郁嵯峨，镜水无风也自波。莫言春度芳菲尽，别有中流采芰荷。"（贺知章《采莲曲》）——你们瞧，我的家乡多美啊！这应该也是到浙东游历的唐代诗人特别多的原因。仅李白就4次入越，3次入剡。杜甫20岁时入台、越，一玩就是4年多。再来看看那些"入越"的诗人的概称，有"苏李""沈宋""鲍谢""温李""元白""三俊""三绝""三罗""三包""四杰""四友""四名士""十哲"等，可见绝非寂寂之辈，他们到浙东来游历，很难说不是受了贺知章的鼓动。所以，贺知章应该算是唐代宣传家乡旅游业最卖力的"带货人"了。

"浙东唐诗之路"的形成，除了唐代特殊的政治社会原因之外，最重要的还是因为这里有好山水、好故事、好物产，有优良的旅行所必需的设施与服务。将这些因素放在现代旅游业的背景之下来进行考察比较，依然是建设名优旅游区域的必备条件。上虞曹娥江一段是"浙东唐诗之路"最重要的节点，从地图上看，这条"诗路"大致呈现出"丁"字形。横向，从京杭大运河的末端往东直到明州出海口的舟山群岛；纵向，由曹娥江"百官渡"溯流而上直达天台石梁，再到温州永嘉。无论横线还是纵线，曹娥江上虞段都处于"腰椎"的位置。由于历史上的曹娥江江道多变，风潮不断，后来又遭到挖沙、毁林等许多人为破坏，所以这一段本应是最亮丽的"诗路"曾一度遭遇冷落和忽视。自从曹娥江口门大闸建成以后，江道稳定下来，海水不再内侵，新规划中的上虞城区按"一江两岸"的格局徐徐展开。近年来，随着"五水共治""美丽乡村"的深入开展，曹娥江水变清了，两岸的水土植被得到充分保护，依托曹娥江两岸优良的自然生态环境，重现"浙东唐诗之路"上虞段的风采正当其时。

# 诗路古驿小江渡

罗兰芬

　　小舜江的源头南溪和北溪在王坛汇合后，携带上游的大量溪沙，从西北往东南流经汤浦、上浦，浩浩荡荡汇入曹娥江，交汇处名"小江口"。日积月累，在"小江口"北边渐渐形成一个面积近千亩的冲积沙洲，因形似琵琶，居然获得了"琵琶湾""琵琶洲"的雅名。此景被历代诗人以"双江""大小江"入诗，如江西安福人、明正德间上虞知县伍希儒诗曰："两眺晴分壁雾收，双江势合翠云流。花开花谢蔷薇洞，潮落潮生芦荻洲（琵琶洲）。"又如明代潘府诗云："高卧应知出处难，白云明月老空山。澄清暂为苍生起，变故怀徒海道还。大小江空秋涨远，东西眺冷夕阳残。淮淝咫尺中原近，重使遗碑叹玉颜。"不一而足。

　　有此琵琶洲美景，自然有人烟，成聚落。春秋战国的越国时，此处已有人迹。东汉中晚期，这里夜夜灯火通明，成熟的越窑青瓷成功创烧，一炉炉漂洋过海直达世界各地，使四峰乃至上虞成为世界青瓷的发源地，越窑青瓷也赢得"类冰似玉"和"千峰翠色"的美誉。唐代，这里成为历代诗人朝圣东山的渡口，及至宋元明清。明永乐十三年（1415），会稽汤浦蒋村罗姓族人迁居于此，因位于小舜江口侧，取名小江。民国时期，小江是杭温官道的必经之路，设有小江口汽车站。

　　小江虽然在地图上是一个小得不能再小的小黑点，但因为千年流淌的小舜江和曹娥江，古代"以舟为车，以楫为马"，水运是主要的交通运输工具。

1954 年以前小江一直属于会稽县，从而成为会稽县（绍兴县）的东南门户，类似于今天的出入境，有铺兵把守，历代官府很早就在这里设立小江渡、小江驿、小江铺。同时，这里还是西连小舜江东接曹娥江的中枢要站，与曹娥江、小舜江和上虞隔江相望，还是南下金华、温州、黄岩的杭温官道必经之处，为驿道要冲处。尤其是东晋名流谢安到东山隐居后，"东山再起"，历代诗人如过江之鲫，纷纷前来寻访感怀，从小江驿渡曹娥江到对面的东山。据文史专家考证，唐代诗人从绍兴往东山一般可走两条路，一是从钱塘西陵（今萧山西兴）出发，经会稽至曹娥，沿曹娥江到东山，然后往南去新昌、天台山；二是从西陵沿运河至会稽鉴湖，经王坛，沿小舜江过石浦、庙基湾到小江渡，坐船至对岸东山，所以小江渡是浙东唐诗之路的一个重要驿站。凭借着东山和浙东唐诗之路，小江这个不显山露水、平淡温情的小村落更是盛极一时，并流传后世。

"至水所不便桥者，则设官渡以济。"小江口（琵琶湾）东面隔宽广的曹娥江便是上虞风光优美的东山和指石，是通往上虞东山的必经之路，所以小江渡大概是最早形成的。先是便民需求的临时渡口，后为官方设渡。据村民代代流传，小江渡位于小舜江下游处，从这里坐船过曹娥江到对面的东山。明杨维新修、张元忭和徐渭纂的万历《会稽县志（1575）》十六卷和清吕化龙修、董钦德纂的《会稽县志（1674）》二十八卷记载，小江渡在县东南一百里，渡口有茶亭、守渡舱。其中卷十一《田赋志·杂支》载："各渡渡夫壹拾叁名，每名银叁两陆钱，共银肆拾陆两捌钱，遇闰加银叁两玖钱内。梁湖渡陆名，除工食外每名雇船银贰两肆钱，于修理王陵余银内支给。清江渡贰名，小江渡伍名。"从渡夫数量仅次于梁湖南津的"陆名"可见小江渡的规模颇大。唐代诗人皇甫冉的《小江怀灵一上人》写道："江上年年春早，津头日日人行。借问山阴远近，犹闻薄暮钟声。"形象地描绘了"小江渡"是日日人行繁忙的渡口。上虞著名乡贤、宋代李光曾经小江渡到对岸的东山朝拜，被小江的人文风光所吸引，撰有《过小江渡行村落间爱其风土偶成》诗一首："未到清溪水半浑，山围莲荡鹭成群。槿篱竹坞疑无路，鸡犬时时隔岸闻。"小江渡歇于何时已不可考。据《上虞县志（1990）》记载，1933年10月，此处建有小江桥，南北走向。惜抗日战争期间被炸毁。1946年因急于通车，便在原桥址附近设小江汽车渡，以替桥梁。当时渡运工具有两种：高水位时使用木船一艘，可渡单车2辆或拖挂车1辆；低水位时使用三层竹筏1张，可渡1辆单车。1949年12月，重建2孔"贝雷"钢架木面桥。因为小舜江北侧的小江属会稽，小舜江南侧的王家汇、大湖夯属上虞，故1954年10月以前的小江桥有"一桥挑两县"之说。2014年6月1日，总投资6000余万元的上虞东山大桥建成通车，大大方便了从此岸渡到对岸东山的人们，去东山旅游更便捷了。

随着小江渡的日日人行热闹非凡，小江驿也粉墨登场了。大约在汉时"三十里一驿"，小江口开始有"小江驿"，既传送公文军情，又迎送过往官员。唐朝诗人陈羽写过《小江驿送陆侍御归湖上山》诗一首，为名不见经传的小江驿增添了曼妙的人文风情："鹤唳天边秋水空，荻花芦叶起西风。今夜渡江何处宿，会稽山在月明中。"从我有记忆起，小江琵琶洲一直密植芦苇，秋季芦花飘飘如白雪，所谓"夹岸复连沙，枝枝摇浪花"，煞是好看。

元、明、清时传递文书的驿站名"铺"，俗呼急递铺，每铺计程10里，少许15里，厅屋3间，日晷1座，各有铺司、铺兵，兼有军事功能。清康熙《会稽县志（1674）》记载，有五云、织女、皋埠、茅洋、陶家堰、瓜山、黄家堰、东关、白米堰、曹娥、小江、桑盆、周家堰等13铺。其中卷十一《田赋志·杂支》载："冲要壹十壹铺司兵肆十伍名，共银三百捌十壹两，遇闰加银三十壹两七钱五分内。五云铺伍名，每名银玖两。织女铺、皋埠铺、茅洋铺、陶家堰铺、瓜山铺、黄家堰铺、东关铺、小江铺、白米堰铺、曹娥铺各肆名，每名银捌两肆钱；偏僻二铺司兵陆名，每名银柒两贰钱，共银肆拾叁两贰钱，遇闰加银叁两陆钱内。桑盆铺、周家堰铺各叁名……"小江铺的铺兵和东关一样，足见小江铺的业务繁多。

时代在发展，水运渐渐式微，陆路交通日益凸显，小江依然挺立在潮头。

1987 年《上虞交通志》记载："民国二十一年（1932 年），省公路管理局商定由绍、曹、嵊汽车公司出资六十万元，其中嵊杉、嵊新汽车公司和嵊长汽车公司各出资三万元共九万元，创办'蒿新汽车股份有限公司'，并由省向其借款修筑蒿坝至嵊县杉树潭公路，历时一年，于民国二十二年12 月完工，次年 1 月 15 日通车。全长 34 公里，该公路由蒿新汽车股份有限公路承担运营。"汽车开通后，小江口就设有汽车站，名为"小江口汽车站"。1938 年的《绍兴县志资料》第一辑记载："小江口汽车站背后之山系从罗村山岗肘外发脉，渡湖向东趋至江边而终止。正对隔江之指石，名之曰指石弹琵琶，刘青田作铃记以美之……"从这里坐车，往北可到百官、绍兴、杭州、宁波，往西南可达汤浦、绍兴，往东南沿 104 国道畅达章家埠、嵊州、黄岩等。

除了家乡拥有"小江渡""小江驿""小江浦"等地名外，我以为家乡的琵琶洲、古樟树等丰厚的文化遗存，也吸引了历代诗人纷至沓来。

琵琶圻，亦曰琵琶洲，在小舜江汇入曹娥江的原小江口。当小舜江水汇入曹娥江时，水流被汹涌而来的曹娥江水往西北推移，形成一个西北边缘光滑的大喇叭，酷似琵琶，俗称琵琶湾。按《水经》云：江有琵琶圻，圻有古冢堕水。甓有隐起字云："筮吉龟凶八百年落江中。"谢灵运取甓诣京，咸传视焉如龟，由故知冢已八百年矣。明万历《新修上虞县志（1606）》也载："江中有琵琶洲，一名琵琶圻。《旧经》云，梁征士魏道微修道得仙于此。"现在的小江 104 老国道东北面、古樟树北面有"大坟头"地名，应该源于谢灵运的甓上记载的"冢"。曹娥江对面有指石，曹娥江两岸历来有"指石弹琵琶"的传说。琵琶洲更是给故乡小江带来了盛名。

历史上，诗人赋诵琵琶洲较多，如无名氏撰的《指石琵琶》："汀洲曾与大川连，宛似琵琶一轴全。指石有山相对峙，迄今犹拨隔江弦。"还有福建邵武人、宋朝曾官清湘（今广西全州）令的严粲（字明卿，一字坦叔）著《琵琶洲》诗如下：

琵琶古怨犹凄清，何年一抹横烟汀。人言随波高下如浮萍，神鳌背负能亭亭。不知水仙宫殿碧皎洁，玉弦遥映云锦屏。胡沙万里音尘绝，独与鹦鹉愁青冥。天际归舟认仿佛，江头寒月伤伶仃。悄然夜久天籁起，往往恍惚游百灵。秋风袅袅兮水泠泠，俗耳筝笛兮谁能听。我眼如耳耳如鼻，妙处不言心独醒。钧天住奏三千龄，石钟水乐遗林坰。岂有宝器终飘零，一朝佚荡开天扃。帝命下取呵六丁，陶梭共起变化随雷霆，古余山色空青青。

弘治十八年进士、余姚人倪宗正的《东山》是这样描写的：

金屏歌罢彩霞收，山色依然映碧流。图画浪传尘外景，琵琶犹志水中洲。多情花草如三月，回首风云寄一丘。试问白云明月意，何如燕子十年楼。

清朝雍正戊申岁贡生、钱塘训导的陈于前（生卒不详）的《琵琶洲怀太傅》：

谢公昔日来东山，心神娴雅如闲关。琵琶水弄空中弦，妙写古意奔流泉。声中一一潇洒情，谓有明月长相听。洞边花气浥人飞，空翠结心心日肥。此时一卧经千载，那复明月晖朝衣。静中会见廊庙心，不徐不疾天机深。手挥玉尘清且远，忧心时覆东山阴。东山云鹤来梦公，碧洗烟氛远淡中。弦管喞啾驱逆乱，佳人窈丽灭兵戎。风流功绩并超越，碧嶂清江待华发。迹此归报洞中春，早晚蔷薇花便发。蔷薇花开公不来，白云暧叆封苍苔。回首依微明月岩，飘若云海空蓬莱。东山几处留公迹，琵琶洲上余赤为。至今烟雨覆春江，我欲呼公漾清白。

琵琶洲的金鸡畈上曾有一棵树龄超过1660年的巨无霸古香樟。它身高21米，树围近10米，曾是上虞乃至绍兴最古老的香樟树，可谓树中之王。近看之，樟树离地面最近的三叉处有一块形似圆桌的平台；远望去，枝繁叶茂就像一颗巨大的蘑菇。环绕着大樟树的是一片片桑树林，不时有飞鸟停留在树上或做窝，附近有农民耕作，人与自然和谐共生，展现了一幅绝美的乡村画卷。小江村所有的村民包括周围村落乡邻都对它怀着敬畏心，而我们孩童则在它硕大的绿荫下一年一年玩耍长大。2003 年 10 月，这棵樟树被上虞市政府列入浙江省古树名木保护行列，保护牌上的树龄为 1650 年。这棵与东山隔江相对的古樟树可不简单，它曾是谢安游玩琵琶洲时所栽，见证过东山再起，见识过魏晋风流，是东山文化的"活化石"。唐代，不少文人墨客都从这里渡过曹娥江到谢安隐居的东山朝圣，追寻魏晋风流，留下众多脍炙人口的诗文佳作。古樟树下还流传着一个"小放牛"与罗书琴勇敢追求自由恋爱的传说故事，可媲美"梁祝"，影响了一代又一代乡民。2009 年春天，村民发现古樟树只掉叶不发新叶，便向林业部门反映。经绍兴市林业局、绍兴市园林管理局专家"把脉"会诊后给古樟树注射了植物活力素，历时 1 个多月时间，枯枝终于发出新芽，让周围的村民们很是兴奋。但是，当很多人期盼着它焕发"第二春"时，这棵从东晋时期开始就已经存在的古樟在经历了漫漫 16 个世纪的世事沧桑后，于 2013 年英雄迟暮，寿终正寝，令人扼腕痛惜。从树木生长角度来看，樟树的生长寿命为 300—500 年，这棵古樟树能够存活 1660 多年，已经是绿色生命的奇迹，也是我们小江村历史悠久的见证。

一回眸就是千年，如今已非大唐气象可比。2018 年浙江省政府工作报告明确提出，要扎实推进大花园建设，积极打造"浙东唐诗之路"。上虞是浙东唐诗之路的发祥地，曹娥江是浙东唐诗之路的主干线，东山是重要的朝圣地，而家乡小江凭借着悠久的历史沿革、得天独厚的地理位置、发达的水陆交通、独厚的文化遗存将再度谱写璀璨华章。当然，这取决于新时代的小江发展如何紧紧抓住机遇，谋势而动、顺势而为、乘势而上，打响"诗路古驿"品牌。如整合资源、统筹规划，纳入上虞区"诗画曹娥江"和上浦镇整体旅游规划，借助东山湖景区先行打造上虞"浙东唐诗之路"排头兵的开发建设；如以小胜大、量力而行，在小江村、东山湖景区、曹娥江畔复原一些投资不大的诗路遗迹景观如小江驿站、芦苇地，谢灵运的《山居赋》和《东山志》及唐诗中提及的石壁精坑、谢公钓鱼台、蔷薇洞等，展现意象之美，讲好故事，树好诗碑、路标。联系e游小镇进驻企业，开发"诗旅上浦""诗路古驿"浙东唐诗基地网络手游。挖掘和恢复古驿道遗存，通过让游客实地考察从小江驿站到东山的路径，重走古人游踪所及浙东唐诗之路中的地名循诗游、考古游，达到"四两拨千斤"之功效；如借智借力、逐步推进，结合瓷源小镇文章、茶叶文章、乡村振兴文章、东山古村落保护开发文章，雅俗结合，联动开发。

如今，诗路古驿虽被荒草所覆只剩十六级沧桑古朴的石台阶，但因为小江驿、小江渡、小江铺一个个历史地名，因为琵琶洲、老樟树、浙东唐诗之路一个个文化遗存……故乡显得更加厚重、久远。我眯着眼，思绪常常穿过时空，仿佛看到了千百年来南来北往的客人从关帝庙前匆匆前往东山的背影，遥想"古道、西风、瘦马"的那种意境，耳边似乎响着挑担的杭育声和车轮的吱呀声，还有鼎沸人声和文人骚客留下的至今还散发着墨香的诗句，令人心潮澎湃……

# 木屐声声花几度

吴尧忠

## 一

"蔷薇几度花"，"明月入谁家？"李白的遐想一不小心打乱了唐诗韵格，让思念重回晋朝的梦眠里去。我看见，东山禅院的书房夜烛摇曳，踱来踱去的木屐不再流浪……

这东山，见证曹娥江无尽浪花奔腾到海，千百复年，月月圆缺。这东山，没有峻岭、飞瀑其间，似乎也缺了些云海茫茫手摘星辰的快感，但每一处景点都闪烁着人文的光环，由历史的洪流托起它们向前，如浪似波，时而像泛舟苍穹般激荡澎湃，时而如静立夕阳下低泣回环……"出则渔弋山水，入则言咏属文。"遥想当年，谢氏家族人才辈出，临江听涛，赋诗作书……下有垂钓石，酒酬蔷薇处（施宿《会稽志》载：公元 342 年，谢安隐居东山，此处成为江东名士遨游、寄寓和聚会之地，王羲之、孙绰、支遁、许询等江东名士皆常客也。后，"淝水之战"大捷，建立功业）。在家国罹难、人生苦厄之际，太傅谢安东山再起，力挽狂澜，拯救苍生于逆流。有谁能够想到，泥石错杂、蒿草相间的蔷薇洞穴，曾经也是群贤毕至。

木屐声声，觥筹交错，谋运帷幄，决胜千里。

可以想见，樯橹灰飞烟灭时，谢安公羽扇纶巾，绮袍盈袖，正与爱妓们围簇翩舞，互相击掌欢歌，琴瑟和鸣。那模样，那场景，羡杀无数迁客骚人纷纷效仿，把酒言欢，起坐而舞。那神韵，那志向，激勉不少仁人君子胸怀天下，风雨兼行。

唐代浪漫主义诗人李白每每想起自己的偶像，就会备感有力，"我今携谢妓，长啸绝人群"，犹如在人生之路坎坷徘徊，忽然获得了目标方向。激情澎湃的他，终于泛舟曹娥江上，到东山寻觅木屐的遗痕，聆听大梦远去的声音。那一刻，诗和酒的结合，醉了修辞，醉了倒映江里的乌篷影子。清风徐来，水波不兴，不远处三两竹筏渔曲唱晚。江水舒缓不急，夹岸苍翠，白鹭伴飞。夕阳像个调皮的老妪偷偷洒下一抹红晕，波涛细纹零零闪闪，像极了蔷薇花色红。

"不是长安亦故乡"，李白来时，尽管斗酒助兴。女儿红最好，用此江水作，于此江中品。月清风淡，一樽乡愁，李白停泊东山的渡口码头，被水乳皎洁的画面陶醉，自然对前辈增添尊仰缅怀之意。"青山日将暝，寂寞谢公宅"，惺惺相惜，才得知音。醉意朦胧之间，大唐诗仙看见谢公视端容寂正垂钓于指石之上，双脚赤裸，旁有木屐一对。他多想前去穿上它们，学仿某种步调，只可惜汉晋的足履套不住唐朝的双脚。离开时，他只好携带蔷薇入诗，去追随古道历史中许许多多漂泊沉浮的木屐。

无独有偶，唐现实主义诗人杜甫同样感念太傅之德，特作《宴王使君宅题二首》云："汉主追韩信，苍生起谢安。吾徒自漂泊，世事各艰难。"以韩信喻谢安，表"淝水之战"的功绩。不知道杜子美的草堂卧榻之侧，是否也有这样可以承载苍生于肩，并负重奋进，独步天下的木屐呢？那时，乱世漂泊的诗人忧国忧民，面对国破山河，急得"白头搔更短"，唯愿"安得广厦千万间，大庇天下寒士俱欢颜"。他和他心中的木屐日日夜夜在狂风暴雨里凌乱，哪里还迈得开脚步，经得住漂泊呢？幸好，杜工部也曾经行过浙东，受润过东山文化的滋养，诗意里自然辽阔了"大义天下"的上虞精神。

大丈夫也，都渴望拥有这样的木屐，入则行于庙堂，出则跋涉山野。孟郊、任翻、刘长卿、陆羽、丘丹、白居易……他们一个个都仰起忧伤的面颊，任凭天空中乌云密布，手握着从长安逃难而来的油纸伞，却再也挡不住人在异乡的悲凉。于是，他们和杜甫一样痴心地绝唱，让从东晋出发满面憔悴的木屐，还能够躺入家乡的诗文里。

二

木屐声声，大象无形，朗朗庙堂，隐隐山野。

作为江南"士文化"的象征之物，同样具备士们"敢为人先"的性格品质。当乾坤需要秩序轮换，当山河需要春秋分明，它们义无反顾地跟随士主人勇往直前，俨然成为战斗的图腾。东山的木屐就是这样载着谢氏子孙晚辈们声声不止，一前一后，高低不平。有的跋山涉水，有的四海为家，淬火人间，不怕碎骨粉身，却从来不敢忘记东山的刚强和曹娥江的绵长。

然而，历史的洪流湮灭一切，千疮百孔、垂垂老暮的东晋，早已成为一块无法穿越的坟场。于是，迷茫的木屐走遍千山万水，度过春夏秋冬，被苦难的烟雨打湿，更加思念起江南的细柳和东山林间的蔷薇，便急切切回到虞山舜水，尽兴地"笃笃"作响。

爱美酒更爱美景的谢灵运回归祖籍时，赋予了木屐独特的灵性和智慧，人尊"谢公屐"。（《宋书·谢灵运列传》记载："登蹑常著木履，上山则去前齿，下山去其后齿。尝自始宁南山伐木开径，直至临海，从者数百人。"）一双木鞋，居然可以上下易齿，前后登蹑，这绝对算得上古代户外运动史上的一项创举，也亏得这位寄情自然、风流潇洒的康乐公具有如此的慧性匠心。实在妙哉，他双脚穿上木屐在上虞最高峰的石浪沟壑之间登攀自如，成功登顶之后，饮酒赋诗，饮罢"覆卮"。

行在虞山舜水里，木屐还是一枚动词。

谢灵运随带木屐，浏览物华美好，幽探草木胜景，写就中国历史上最早的一部韵文地方志——属于上虞文学瑰宝的《山居赋》。此赋，以天才的诗性与情韵，促使中国山水诗歌从此变成大自然最绚丽的玑珠，成为影响唐诗宋词、后世文学深远发展的鼻祖名篇。初唐王勃在《滕王阁序》中用"临川之笔"盛赞谢灵运诗赋巧夺天工，绝无古人。此话，言之有理。《山居赋》的艺术成就是全方位的，尤以动态描写和用词正确见长，对后世文学有启蒙之效，如"抱含吸吐，欸跨纤縠""崿崩飞于东峭，槃傍薄于西阡""拂青林而激波，挥白沙而生涟"等短句描写堪称神来之笔，意会言传恰到好处。在当时包括整个谢氏，恐怕也只有吟唱过"未若柳絮因风起"的女诗人谢道韫能与之媲美（诗赋创作上，谢灵运受这位姑祖母影响极大。可惜谢道韫作品大多散失，现存仅一二，实为憾也）。她的《拟嵇中散咏松诗》，以松树象征上虞贤哲嵇康，涤荡人心，千古一唱：

遥望山上松，隆冬不能凋。愿想游下憩，瞻彼万仞条。腾跃未能升，顿足俟王乔。时哉不我与，大运所飘摇。

山行穷登顶，且取长歌欢。如此时空交融的诗话传奇，在文脉依依、乡情涓涓的虞舜江南，不正是一种知音相惜而情投意合吗？有此种情怀潺潺于娥江之上，日夜流淌，轮回不竭，无愧于"宝树家声远，东山世泽长"的族祀远景，也浓郁了后裔们心中"两屐行穿一径斜，紫薇开尽洞中花"的惆怅。

谢灵运所到之处，多有文学经典。最与他时空交错且足以心神相印的晚辈、梁朝"山中宰相"陶弘景，毅然选择隐居陈溪，与《山居赋》的导游和木屐《登石门最高顶》的文字魅力吸引是分不开的。如今，有多位上虞乡土文化爱好者认为，陶弘景《答谢中书书》中描绘的"山川之美，古来共谈。高峰入云，清流见底。两岸石壁，五色交辉。青林翠竹，四时俱备。晓雾将歇，猿鸟乱鸣；夕日欲颓，沉鳞竞跃……"就是陈溪风光。虽然民间研究不必过于严苛较真，但确实，得天独厚的虞南山水，用最华丽的辞章修饰都不为过。而且，陶弘景明确表达了"自康乐以来，未复有能与其奇者"。那时岁月，陈溪钓台山"双石笋"下，孤独的陶先生能学着前辈，"匐波静立，修心入宁"，也算是有过超然于外的"渔趣"吧。可惜无法考证，他的双脚穿了什么鞋子。

动起来的木屐推动着东山文化一步一步走向更为博大、深邃、灵性的境界。"蓬莱文章建安骨，中间小谢又清发。"李白赞美木屐后人传承者中的杰出代表谢朓的诗文成就，祭出东山精神旗帜，如盛放的蔷薇，花开浙东诗路。

好山水有奇文，大政德自然在人间。小谢太守和上虞木屐走在安徽宣州城墙之上，走入深深爱戴他的宣州百姓心里。敬亭山上蔷薇花也开，谢朓楼上谢朓有诗云："天际识归舟，云中辨江树。"试问，如此情怀，几人能有？

## 三

东山尚在，蔷薇又春。屐木触地的声音，长袖抖擞的姿态，已在晋韵唐诗里隽永。

历史的篇章如曹娥江的波澜，或大或小，亦深亦浅。浙东的文化之根，犹如娥江水浩浩汤汤，犹如虞南山翠峰叠嶂。江南雨田，文脉相承，精神同宗；家国缘分，忠孝情怀，坚柔交融……这唐诗芬芳的上虞乡土，这曲赋流觞的浙东江河！

比如，"黄绢幼妇，外孙齑臼"永远闪耀人伦之光的曹娥庙，是总也看不够、读不完的文化经典，她牵动聚引蟒袍玉带，迎来送去文人墨客，感动影响平民百姓。庙内，帝王匾额、雅士辞赋、名家石雕、乡贤塑像等，每一个点滴，都清楚而浓烈地显示出中华儿女安身立命之文化基石。

比如，弯弯的管溪像一根大琴弦拨动着乡土民风的旋律。临溪子民多名士，仅仅以近现代史观瞻，就达数百。徐子宜、徐子熙、徐学诗、徐显、徐作梅……还有亲手点燃浙东革命的火种、我国现代著名文学家徐懋庸，他们定然知道木屐的，或许更加喜欢家乡的草鞋、布鞋接地气的脚印，柔软而坚毅，随性且自由。他们同每一个胸怀天下的上虞人、浙东人、中国人一样，不会忘记去时的方向、回时的炊烟。

比如，舜象耕读、伯阳炼术、王充唯物，长塘绝唱，越窑青瓷，白马春晖……又比如——

东山、太平山、覆卮山，固守相望，顶天立地伟岸；

舜江、隐潭江、管溪江，同心合流，哺育万千生灵。

上虞，自古以来都是一方文化包容、人才英雄、诗意奔涌的家园，她成就了家乡的木屐，鲜活了东山的蔷薇，让一切美好和谐相融，光芒灿烂。

"登高小憩坐怀古，当年谢傅何风流。"五一假期回老家，途经上浦，我又登东山。不远处的村子炊烟袅袅，悠远、亲切、随风的泥土气息，一会儿跃上高大树梢，一会儿潜入泠泠江水，像无形之二胡于某家庭院拉响，或轻或淡地演绎着木屐们正赶回家的节奏。

# 诗路东山 晋唐故事

马志坚

大运河与曹娥江在这里纵横交贯，一下子把上虞推到交通十字路口，虞山舜水在还没有弄清楚怎么一回事的情况下，就已被衣袂飘飘的唐朝诗人们弄得眼花缭乱。无数诗人在上虞游山水、祭孝女、品香茶、赏青瓷，流连忘返，乐而忘归，而东山是他们最为钟情的一站。

## 一

"山不在高，有仙则名，水不在深，有龙则灵。"

东山，居曹娥江东而名，高不足 200 米。往大里说，东山是四明山余脉向西北伸展的一支。虽然出身"高贵"，但毕竟强弩之末，既没有凤鸣山、太平山云遮雾障的缥缈仙气，也没有覆卮山、罗成山斧劈刀削、壁立千仞的畏途巉岩，与之相较，实在拿不出手，东晋以前的东山，不好意思地蜷缩在侧，也许连个名字都没有。

世事无常。"永嘉之乱"，陈郡谢氏"衣冠南渡"落脚于此。这座山行情渐涨，不但被叫作"东山"有了名号，而且一鸣惊人。特别是经东山谢氏六代孙谢灵运，继谢衡、谢安后的第三次打理，形成了一个以窑寺前（旧广教寺）为圆心，以两公里为半径的山居庄园。如果算上此前谢衡、谢安经营的那部分山体，整座庄园的范围大体西起曹娥江边上埠头、下埠头，东到玩石村、梁岙，南由夏家埠、菱湖村，北至横山、花浦，总体量不下二十四平方公里。这般气象连谢灵运自己也扛不住内心的喜悦，卧疾山顶写下《山居赋》。曰："其居也，左湖右江，往渚还汀。面山背阜，东阳西倾。抱含吸吐，款跨纡萦。绵联邪亘，侧直齐平"，"曲术周乎前后，直陌蠹其东西"，"葺骈梁于岩麓，栖孤栋于江源。敞南户以对远岭，辟东窗以瞩近田。田连冈而盈畴，岭枕水而通阡。"光佛教建筑就有禅室、讲堂、僧房等一大堆。至于庄园中的林木果蔬、奇花异草、畜禽水族、陶瓷作坊、丰秫香粳等物产应有尽有。不要说是一个庄园，就是喻之为谢氏小小王国也不为过。

东山太傅祠北有个甲仗村，上虞地名志载，源于南宋进士梁山降在此埋藏衣甲、仪仗而名。其实是个乌龙。且不说梁山降进士身份是否属实，单就逻辑上也无法说通。反而与谢灵运山居关系甚大。众所周知，康乐公平生好游，每次出行都非常讲究，喜欢戴曲柄笠，穿安装有活齿的木屐，时人专称其为"谢公屐"。同时也极具排场，乡曲、家丁、卫士前呼后拥，翠华摇摇，那行头远比旧时乡间数社合演的"花迎"壮观得多。一次，谢灵运从南山至临海的山行，就惊天动地。他"寻山陟岭，必造幽峻"，"从者数百人"，"伐木开径"。到达目的地时数百人突然从山间窜出，临海太守王琇惊出一身冷汗，以为遇到了山贼。想想也是，谢灵运这般阔绰的穿戴、仪仗，再加上数百"驴友"的衣甲、帐篷、工具，甚至武器之类的装备，该是何等庞大的一副阵势？收藏保管这些"甲仗"，没有三五间专用库房怕是不行。而梁山降一个寒门进士能有多少能量，即便是他随驾隐遁，收藏了皇帝的甲仗，也是暂时的，过不了几天就会被偷偷转移走，哪里还敢声张，拿来炫耀呀，除非不要命了，更何况梁氏还是个一厢情愿的进士。所以，答案只有一个，那就是唯有像东山谢氏那样的数代公侯之门，才担得起"甲仗"资格。毫无疑问，"甲仗"属于东山文化，姓谢不姓梁。事实上，东山周围谢氏庄园所留，或与之有关的地名尚有不少，像"横山""和南坪""花浦"等全是。它们恰似远年散落，不被岁月消磨的明珠，向后世的人们倔强地证明着东山文化的强势存在。

有人说，上虞历史上有三次名人大聚会，其中之一是"东山雅聚"。此话不假。这里分别在东晋、南朝形成过两个名士文化圈。前者以谢安为核心，与许询、孙绰、支道林等一班人，"出则渔弋山水，入则言咏属文"；后者以谢灵运为核心，与谢惠连、荀雍、何长瑜、羊璿之等一班人，"选自然之神丽，尽高栖之意得"。这两波人在这里吞吐古今，汇通天地。

山水自然之美，总被蔚起的人文激活。东山在"雅聚"以前，山是穷山，水是恶水，人们恐怕连看都懒得看它一眼，尴尬得像战国时期"妻不下纴，嫂不为炊"的苏秦。而一旦有了名声，便处处审美，步步生莲。目力所及，流光溢彩。你来看，它西南崖下江流奔壮，"汤汤惊波，滔滔骇浪"，"凌绝壁而起岑，横中流而连薄。始迅转而腾天，终倒底而见壑"，北眺"长江永归，巨海延纳"。东缘一脉来龙，群山奔涌，溪壑裂谷"决飞泉于百仞，森高薄于千麓。泻长源于远江，派深汖于近渎"。近年更有好事者，在东山原有名胜蔷薇洞、调马路、洗屐池、始宁泉等基础上，又归纳出"指石弹琵琶""四美女听琴""谢安钓鱼台"等"东山十景"，仿佛要让东山文化在继谢安石、康乐公之后再发一声浩叹。

## 二

"千钧之弩，不为鼷鼠发机；万石之钟，不以莛撞起音。"

谢安、谢灵运高卧东山，玄悟宇宙生命之理，轻轻一声吟哦，便山鸣谷应，海内鼎沸。这不，无数唐朝诗人应声而至，他们放怀东山，踏歌曹水，拉开了"浙东唐诗之路"的壮阔帷幕，掀起一场诗的狂欢。

"诗仙"李白是对东山楔入得最深的一个人。你看他的"不向东山久，蔷薇几度花。白云还自散，明月落谁家"流露出的那种迫切心情，不啻远方游子梦回故乡，恨不得冲开山门，一头撞进谢安、谢灵运的怀里。

李白在开元后期、天宝年间数度盘桓越中，从其诗屡度提到东山、提到谢氏的情况看，他不止一次登上过东山。

李白胸怀大志，可惜时运不济。他倾心谢安进退有据、云淡风轻的风度，把谢安看作自己的政治坐标；也痴迷谢灵运灿若夏花、波涌浪卷的一生，把康乐公看作自己的诗情楷模。你去看李白的诗作，能够入他法眼的人其实并不多。而"二谢"绝对是李白诗中至高无上的NO.1。他虽然晚生谢安、谢灵运300多年，但心灵脉动始终与"二谢"同频共振。

《忆东山二首》："我今携谢妓，长啸绝人群。欲报东山客，开关扫白云。"高迈的豪气，似乎要向谢太傅表决心。《赠常侍御》："安石在东山，无心济天下。一起振横流，功成复潇洒。"这是在暗示朝廷，我李白也是谢安一般中流砥柱的人物。《送裴十八图南归嵩山二首》："谢公终一起，相与济苍生。"《永王东巡歌》："但用东山谢安石，为君谈笑静胡沙。"都在对标谢太傅自励。而《梁园吟》最后几句，说得更加掷地有声。"歌且谣，意方远。东山高卧时起来，欲济苍生未应晚。"即便他因"脱靴"事件得罪高力士，人生从峰顶跌到低谷时，也不忘以谢安为范。《忆旧游寄谯郡元参军》："北阙青云不可期，东山白首还归去。"潇潇洒洒随口一呼，瞬间化解了宿命的苍凉。

李白对谢灵运的敬佩是发自肺腑的，每当情动辞发，总是极力推崇这位诗祖偶像。《春夜宴从弟桃花园序》："群季俊秀，皆为惠连；吾人咏歌，独惭康乐。"心高气傲的李白，除了谢灵运，其他什么人都不放在眼里。这个性就很像谢灵运。康乐公曾说"天下才共一石，曹子建独占八斗，我得一斗，自古及今共用一斗"的大话。以此观照李白，谢灵运就是他心中的曹子建。《与谢良辅游泾川陵岩寺》："且从康乐寻山水，何必东游入会稽。"说的是李白和谢良辅同游青弋江，不知怎的，游着游着，突然幻化一个谢灵运来。《送王屋山人魏万还王屋》："路创李北海，岩开谢康乐。"这是李白写给他铁杆"粉丝"魏万长诗中的两句。魏万追随李白行踪寻游，最终于广陵（今扬州）相会，计程不下三千里。孰料"螳螂捕蝉，黄雀在后"。魏万追"诗仙"，而"诗仙"李白却在想他的诗祖谢灵运。《同友人舟行游台越作》：“楚臣伤江枫，谢客拾海月。怀沙去潇湘，挂席泛溟渤。”有专家认为，该诗为天宝年间李白“赐金放还”回到越中时所作。“谢客”指谢灵运。“拾海月”“挂席”两个词语，均源于谢灵运《游赤石进帆海》“扬帆采石华，挂席拾海月”之句。《寻阳送弟昌峒鄱阳司马作》：“尔则吾惠连，吾非尔康乐。”系李白送从弟李昌峒赴任鄱阳司马而作，诗中喻从弟李昌峒为谢惠连，贬损自己不及谢康乐。

　　说来也许有人不信，李白追谢灵运有时真到达亦步亦趋，无以复加的田地。谢灵运《登池上楼》中有“池塘生春草，园柳变鸣禽”句。对这二句诗的妙处，康乐公很得意，但也归功于族弟谢惠连，曾说：自己只要看到惠连就能写出佳句。一次，他在永嘉西堂作诗“竟日不就”，后来“忽梦见惠连，即得‘池塘生春草’，大以为工”。这事被李白有模有样地学去，惟妙惟肖地模仿，好几首诗都一而再、再而三地提到。《赠从弟南平太守之遥二首》：“梦得池塘生春草，使我长价登楼诗。别后遥传临海作，可见羊何共和之。”《感时留别从兄徐王延年从弟延陵》：“梦得春草句，将非惠连谁。”《送舍弟》：“他日相思一梦君，应得池塘生春草。”

　　实际上与谢灵运同时代的，还有一位“采菊东篱下，悠然见南山”的陶渊明。但两相比较，占据李白生命情感最多的还是谢灵运。纵观李白诗作，提到谢安、谢灵运至少三十六次之多。频率之高前无古人，后无来者。

　　李白心志学谢安，性情随康乐，几乎是他们的精神综合体。“二谢”成了他信手拈来，俯仰人生的法宝，无论何时何地，顺境逆境，想起他们时只需轻轻吐出，就能托起一个湮没的天地，开启一道生命的闸门。

　　东山是李白的精神归宿，也是许多诗人的心灵靶向。王维《送綦毋潜落第还乡》：“遂令东山客，不得顾采薇。”张子容《除夜乐城逢孟浩然》：“东山行乐意，非是竞繁华。”李绅《毗陵东山》：“昔人别馆淹留处，卜筑东山学谢家。”胡曾的《咏史诗·东山》写得更加气韵生动，淋漓尽致。“五马南浮一化龙，谢安入相此山空。不知携妓重来日，几树莺啼谷口风。”杜甫《壮游》：“剡溪蕴秀异，欲罢不能忘。”杜工部虽未明白标出“东山"二字，但唐人眼中东山是剡溪门户，一句"剡溪蕴秀异"等于把什么话都说尽了。此外，魏万《金陵酬李翰林谪仙子》、黄滔《东山之游未遂渐逼行期作四十字奉寄翁文尧员外》、徐彦伯《题东山子李适碑阴二首》、白居易《题谢公东山障子》等诗中也都提到上虞东山。例子举不胜举，只好点到为止，就此作罢。

满载诗人的风帆浪桨，在曹娥江上行行止止，吟吟唱唱，见证了诗路的繁盛，昭示着未来的光明。

## 三

东山一声笑，滔滔千年潮。褒衣随风舞，博带逐浪飘。清芬漫四季，华光烛九霄。诗路歌再起，云帆看今朝。

诗路复兴，东山再起，我们又出发！

# 古韵悠悠曹娥江

吴仲尧

　　我的老家，在曹娥江边。

　　我第一口喝的母亲的奶里，一定流淌着曹娥江的水。我是喝着母亲的奶长大的，也是喝着曹娥江的水长大的。因此，对于曹娥江这条母亲河的爱与神往，胜过对自己生命的珍视。对于曹娥江的遥远昨天，乃至今天的寻觅、阅读、思考，就自然多了一些凝重、苍凉和激越。

　　有人说，每一条河流，都有自己古老的历史。或者说，河流就是历史老人本身，大地的往事都镌刻在河流弯曲的身上，记载着过往时光的遭逢际遇，以及惊心动魄的事件和情节。河流来到世间，就是为了彰显天意，广施福泽，播撒文明，创造奇迹。数千年来，曹娥江所承载的历史文化和璀璨文明，丰盈而厚重，犹如灿烂星空的那条银河，放射着照耀人世的光芒。

　　曹娥江，是一条心醉神往的江。

　　那天，我跋涉在磐安尖公岭的大山深处，寻觅一条江的源头，才知道，其实让一条河流诞生的，不是参天大树，而是一些柔柔的溪草，一些比任何珍珠还干净的水滴。就是这些水滴形成了涓涓细流，蜿蜒回转，流淌而下，纳百川汇千水，出天台，过新昌、嵊州，入章镇，汇集成一条滔滔大江，在虞舜大地上一路逶迤，承载着薪火相传的吴越文脉，呼应着亘古而至的历史回响，记录着日新月异的城乡变迁，浩浩荡荡奔赴杭州湾注入汪洋之中。

　　"江拖银练秋波淡，峰削芙蓉翠嶂环。"我无数次站在曹娥江边，琵琶洲头，远眺连绵起伏的群山，近观湍流不息的江水，聆听抑扬顿挫的涛声，有种穿越时空云烟的恍惚感。千百年来，虞舜儿女栉风沐雨，历久弥坚，前赴后继，涅槃重生，书写了一首首风云激荡的诗篇，描绘出一幅幅引人入胜的画卷，留给世人的，永远是青春蓬勃的绚丽芳华。

曹娥江，是一条悠远卓绝的江。

只要我们翻阅史书的记载，读到"东山不二里许，曰日镜山，曰姚丘，即圣母感虹生舜之地"这段文字，就可知道曹娥江的历史有多悠久。那座位于上浦境内，曹娥江东岸，依水而立，名叫舜母山的小土包，就是传说中"三皇五帝"之一虞舜的出生地，更是虞舜文化的发源地。

上虞之名，亦得于舜帝。"舜避丹朱于此，故以名县。"亦云"舜与诸侯会，事讫，因相娱乐，故曰上娱。"毫无疑问，是曹娥江的灵性之水，涵养了虞舜的聪颖与睿智，宽厚与贤德。他一生殚精竭虑，励精图治，"天下明德皆自虞帝始"，成了我国历史上第一位真正躬行修身、齐家、治国、平天下的古代圣王，开辟了中华孝德文明的新纪元。

曹娥江，是一条韬光养晦的江。

只要说起成语"东山再起"的典故，总会不由自主地想起东晋名相谢安，想起淝水大捷，想起那座"地因人胜"而名声斐然的东山。

谢安选择东山这块灵秀的福地，枕日月之光华，依娥江之奔腾，过着"出则渔弋山水，入则言咏属文""清风明月作伴"的生活。这看似与世无争悠然自得的表象下，其实掩盖着谢安一个坚定的信念，一份旷世的稳重与从容，他的内心时刻牵挂着苍生的疾苦，思索着社稷的存亡，只是时机未到而已。当面对前秦苻坚率八十万大军大举南侵的挑衅，"投鞭于江，足断其流"的嚣张，谢安临危受命，毅然走出东山。

"一起振横流，功成复潇洒。"一位隐士在曹娥江畔书写了一段传奇，一场战争使东山挺直了脊梁，千百年来为世人所称道和仰慕。每当我踯躅曹娥江边，沉思东山脚下，总能感受到自东晋逶迤而来的嗒嗒马蹄声，仿佛仍在连绵的山峦间此起彼伏，那些在历史大事中铿锵作响的章节，恍惚依然历历在目，蓦然回首，就在历史深处闪烁。

曹娥江，是一条思想深邃的江。

古往今来，上虞的文化，就是求是新锐、笃行担当的文化，极具负重奋进、务实求真的人文品格，赋予中华思想举世卓绝的非凡贡献。譬如，东汉唯物主义思想家王充。

王充出生在曹娥江西岸，乌石山边上的一个小山村里。葱翠的山峦陶冶了王充的情愫，碧透的江水滋润了王充的灵性。自幼聪颖、思想敏锐的王充，虽家境贫寒，但读书的欲望从未断绝过，虽出身低微，但入仕济苍生的梦想一直远大。王充一生不趋炎附势，不与世俗苟同，清清白白如同那纤尘不染的曹娥江之水。虽有过一段短暂的为官生涯，却断然离开了昏庸无道的官场，回到了风清气正的曹娥江畔。在故乡温馨的怀抱里，心无旁骛地拿起锋利的"刀笔"，抒发愤世嫉俗的情怀。在昏暗的青灯下，王充目光如炬，睿智的思想似汩汩的清泉流淌着，三十多年的呕心沥血，终于写成了一部惊世骇俗的皇皇巨著——《论衡》。

闪耀着唯物主义光辉的《论衡》，犹如一把锋芒毕露的匕首，无情地撕开了统治者和权威们虚伪的面纱，令一切悖谬的本质昭然若揭；更像是一道横空的闪电，划破了华夏混沌的苍穹，明彻天宇，光照永世。

曹娥江，是一条崇尚孝德的江。

一座袅袅香火缭绕千年的古庙，静静地耸立在曹娥江西岸，凤凰山东麓，守望着一个百行孝为先的信念。

东汉的苦风凄雨，注定要为一条河流书写一个催人泪下的故事。农历五月初五，巫师曹盱立在船头，"抚节安歌，婆娑乐神"，以迎伍潮神。忽然一个怪浪打翻了船只，曹盱不幸被卷入急流，葬身江底。其年仅十四岁的女儿曹娥，为寻父尸，沿江号哭，昼夜不绝，悲恸感人。后解衣投江，五日后竟背着父尸浮出水面。乡人惊诧，哀其孝女，筹募棺木，葬于江边。以彰孝德，又立碑建庙。

东汉末年，大文学家蔡邕遁迹吴越，对孝女曹娥有惺惺相惜之意，夜读邯郸淳所写的《曹娥碑》，赞为奇文，题下了"黄绢幼妇，外孙齑臼"这哑谜式的八个字，从此曹娥庙名传天下，香客游人络绎不绝，学者贤士纷至沓来。

"千秋庙祀彰灵孝，万古江流著大名。"曹娥庙，承载着一片孝心，传颂着一种美德，彰显着一份大爱。时光虽越千年，但娥江两岸的乡亲，仍然虔诚地在呼唤一个孝女的名字。

曹娥江，是一条物华锦绣的江。

"九秋风露越窑开，夺得千峰翠色来。"这是唐代诗人陆龟蒙对越窑青瓷的赞誉。

自东汉起，越窑青瓷在这片人杰地灵的土地上横空出世，上虞成了青瓷的故乡，小仙坛和帐子山成了青瓷的发祥地。岁月的尘土也许会一时掩埋文明的成果，但终究掩盖不住璀璨的光芒和美丽的光环。从出土青瓷碎片化验考证，越窑青瓷釉面呈淡青色，腴润如玉，胎质呈浅灰色，坚实细致，釉和胎结合牢固，击之声如金石，造型俊逸，精美雅致，说明东汉时期的烧成技术，已跨进了一个新的时代。尤其是越窑青瓷的精品，受到世人的推崇和赞赏，还获得了"秘色瓷"的美称。可见，越窑青瓷能傲视群雄也就不足为奇了。

瓷器不但改变了整个人类的生活方式和文化视野，而且给人们带来了无穷的物质和精神分享，熔铸了中国人共同的生命。难怪在英文里，中国与陶瓷的读写同出一辙。如今，研究越窑青瓷方兴未艾，实现青瓷再现辉煌的复兴之梦已经不会太遥远了。

我每次欣赏楚楚动人的青瓷，总会痴想，一定是曹娥江清澈透亮的秀水赋予了青瓷鲜活的心血，一定是两岸肥沃润泽的泥土赋予了青瓷细腻的身躯，一定是聪明智慧的虞舜后人匠心独具地赋予了青瓷不朽的灵魂。越窑青瓷，如同敦厚的娥江儿女，纯朴无华，无半点媚俗和虚荣，见到她，宛若遇见一位淡定的君子，或是一位文静的佳人，娓娓讲述着一个关于泥土的故事和火焰的传奇。

　　曹娥江，是一条诗情荡漾的江。

　　两岸"千岩竞秀，万壑争流"的如画风景，千百年来，挑逗得多少文人墨客为之心旌摇曳，吞吐之间，一篇篇脍炙人口的华章随着一江流水演绎成不朽的经典。

　　别的不说，单在唐朝，诗人们因对魏晋名士寄情山水、自由自在的生活方式十分推崇和向往，于是在浙东经历了一场人文山水的朝圣，400 多位唐代诗人用 1500 多首诗歌铺成了一条诗的走廊，这就是闻名遐迩的浙东唐诗之路，而曹娥江无疑是其中最华彩的一段乐章。

　　骆宾王来过，他畅游曹娥江时，一扫遭贬谪之郁积，心境奇佳，写下了《称心寺》；孟浩然来过，在曹娥江上泛舟，被两岸风光所陶醉，写下了《舟中晓望》；白居易来过，登临东山，对谢安风范高度评价，写下了《东山寺》；李白更是四次游历曹娥江，心仪东山胜景，一生以谢安自期自比，写下了《忆东山》《咏东山》等千古名篇……曹娥江边不知散落过多少文人雅士，留下过多少屐痕墨韵，诗人们超然的文化精神和卓尔不群的人格魅力，构成了令人叹为观止的人文景观。

　　曹娥江，流淌的不只是一江悠悠碧水，更是跳跃着鲜活生命的诗韵。若站在江畔倾心聆听，便能听到江水与心灵共同奏响的天籁之音。

　　我从小生活在曹娥江边，如今又居住在曹娥江畔，每次或伫立在江堤上，或徜徉在江上花海，或漫步在十八里景观带，欣赏她娴静如处的优雅，领略她如诗如画的美丽，总会默默地思忖。千万不可轻薄地去亵玩河流，不可狂妄地去蔑视河流，更不可怀着恶意去糟蹋和伤害河流。走近一条河流，就像走近自己的母亲，要怀着对母亲之爱的一份敬重、一份挚爱，端庄地、礼貌地走向她，那么，河流就会接纳我们这些懂得爱，也珍惜爱的好孩子。毋庸置疑，这是比当下倡导的环保意识、生态意识要深沉得多的一种生命情感。

　　曹娥江是一条江，一条流淌在乡土亲情家园里的血脉，是每一个上虞人心灵的根……

# 千古唐诗说越窑

罗洪良

越窑，是中国最古老的青瓷窑系，成熟于东汉，繁荣于两晋，鼎盛于唐宋，是世界瓷器的鼻祖，因此，以绍兴上虞曹娥江中游为核心的古代越窑窑场，被称为瓷之源。越窑青瓷器形端庄持重，釉色类冰类玉，装饰自然灵动，尤其是自唐以后烧造的"秘色瓷"，更是被称为"瓷坛明珠"，其艺术成就，至今无法超越，以至于在古代即有"庶民不得使用"一说。自晋室南渡，越窑就已成为东晋皇室的贡品，通过浙东运河和京杭运河源源不断地北运。

而自京杭运河源源不断南向而来的，则是大唐的诗人们，这些至今仍活跃在文学史上的大咖，无论是"不向东山久，蔷薇几度花"的李白，还是"剡溪蕴秀异，欲罢不能忘"的杜甫，纷纷扬帆南下，流连浙东南，最终形成了一条蔚为壮观的浙东唐诗之路。他们或仰慕浙东山水，或追崇魏晋风韵，或探访各朝先贤，当然也有为"越女天下白"的，也有自嘲"此行不为鲈鱼鲙"的，到了越州，他们不得不面对一个产自这里的精灵——越窑青瓷。唐宋之间，恰恰是越窑青瓷的一个鼎盛时期，"浓烟蔽日""窑火烛天"是对当时烧造越窑的盛况的贴切描写。这些怀揣美好词汇的诗人，或饮酒，或品茗，面对盛装茶酒佳肴的越器，怎么可以不吟唱几曲、应和几首？于是，一个以越窑为同题诗的作业在 1300 年前就开始了！

一

公元 866 年的第一场雪，来得比往年更晚一些。

百无聊赖的陆龟蒙，取出紫笋茶和越瓯，准备给自己泡上一壶。还未等水烧开，才思涌动，提笔写下小诗一首：

> 九秋风露越窑开，夺得千峰翠色来。
>
> 好向中宵盛沆瀣，共嵇中散斗遗杯。

什么意思呢？就是说九秋时节，越窑开始装烧了，待到开窑时，烧出来的越窑青瓷就像是山上的千般色泽，呈现出各种青色；美妙的青瓷盛接午夜纯洁的露水，也只有它才配盛上好酒，陪嵇康干完杯中的残酒。

写好后，意犹未尽，给诗取了个名字，叫《秘色越器》。

这个考不上进士，一生失意，最后功成于农学的晚唐诗人，做梦也想不到，他的这首诗，千年以后竟成了最早记述越窑秘色瓷的文字，而秘色两字，又不知让多少后世的越窑研究者费尽心思，以探究竟！直到 20 世纪 80 年代，陕西法门寺的舍利塔倒塌，在抢救性发掘时，地宫物账碑中记载的"秘色瓷器十三件"，才得以物名相符。

陆龟蒙一生好茶，因此还写有《奉和袭美茶具十咏》，其中描写茶瓯的诗这样写道：

> 昔人谢塸埞，徒为妍词饰。
>
> 岂如珪璧姿，又有烟岚色。
>
> 光参筠席上，韵雅金罍侧。
>
> 直使于阗君，从来未尝识。

意思是说，古人说越瓯，尽多华丽辞藻，它有碧玉的品质，又有山色青气，在竹席上熠熠生辉，在装饰有金器的酒杯旁边非常雅致，即使处于商贸繁荣的于阗国的君主，也从来没有见过这么美好的东西。

这十首诗歌是陆龟蒙应和袭美先生的，就是那个与他齐名、世称"皮陆"的皮日休。两人有深交，皮日休知道陆龟蒙喜茶，便作《茶中杂咏》寄赠陆龟蒙，其中《茶瓯》一诗云：

邢客与越人，皆能造磁器。
圆似月魂堕，轻如云魄起。
枣花势旋眼，蘋沫香沾齿。
松下时一看，支公亦如此。

这个被黄巢封为"翰林学士"的大诗人，对"器为茶之父"有深刻的理解。他说邢台和越州的人，都善于制作瓷器，器形圆润如有月魂下凡，轻巧就像青云浮起，自然的纹饰犹如枣花一样，用来泡茶容易齿颊留香，坐在松下喝茶，乍一看去，魏晋风流时候的支遁也不过如此。

皮陆以唐诗赞叹的都是盛产于古越上虞的越窑茶器，陆诗中出现的"嵇中散"就是中散大夫嵇康，祖籍上虞；皮诗中出现的"支公"就是支遁，后半生游历于上虞、新昌一带。这两人都与葳蕤于古越的魏晋风度有莫大的关系，可见在皮陆的心目中，因出仕不顺而能寄情的是越窑雅器，神往的是晋室风流，无怪乎鲁迅先生在《小品文的危机》中称他们为"一塌糊涂的泥塘里的光彩和锋芒"！

## 二

其实，比皮陆更早写越窑的大咖多的是。

譬如孟郊。这个写过"慈母手中线，游子身上衣，临行密密缝，意恐迟迟归，谁言寸草心，报得三春晖"的号称"郊寒岛瘦"的"诗囚"，用极少的六句体奠定了他在唐诗上的地位。唐诗一般以四句或八句成诗，而在《游子吟》里他采用了六句体，是黔驴技穷？还是惜字如金？来，看看他写越窑的，一口气用了十二句：

> 道意勿乏味，心绪病无悰。
> 蒙茗玉花尽，越瓯荷叶空。
> 锦水有鲜色，蜀山饶芳丛。
> 云根才翦绿，印缝已霏红。
> 曾向贵人得，最将诗叟同。
> 幸为乞寄来，救此病劣躬。
>
> ——《凭周况先辈于朝贤乞茶》

孟郊诗里的越瓯，就是一只喝茶的越窑茶器。在唐之前，喝茶喝酒一般用觞，唐时以瓯盛行，宋后喜用盏，现在则用杯。孟郊所称颂的这只瓯，是从"贵人"那里得来的，有荷叶一样的轻盈碧绿，堪称珍贵。周况是谁？就是公元 808 年与柳公权、郑肃同科考中进士的太学博士。所以，拿越瓯出来与周博士喝茶，既是一种面子，也是一种高度。

譬如温庭筠。温庭筠精通音律，工诗，词话。其诗辞藻华丽，秾艳精致，与李商隐时称"温李"。且看这个"花间词派"的鼻祖，是如何来写越器的：

> 佶栗金虬石潭古，勺陂潋滟幽修语。
> 湘君宝马上神云，碎佩丛铃满烟雨。
> 吾闻三十六宫花离离，软风吹春星斗稀。
> 玉晨冷磬破昏梦，天露未干香著衣。
> 兰钗委坠垂云发，小响丁当逐回雪。
> 晴碧烟滋重叠山，罗屏半掩桃花月。
> 太平天子驻云车，龙炉勃郁双蟠拿。

宫中近臣抱扇立，侍女低鬟落翠花。

乱珠触续正跳荡，倾头不觉金乌斜。

我亦为君长叹息，缄情远寄愁无色。

莫沾香梦绿杨丝，千里春风正无力。

——《郭处士击瓯歌》

写得真的很"温庭筠"！除了题目，满篇似乎都没有正面描写越窑，但他采用大量的修辞手法和浓艳精致的辞藻，把郭处士击瓯时的那种音律、意象、在场感写的入木三分，仿佛一场电影！这个精通音律的诗人，没有像孟郊一样把一只越瓯当作宝器，而是当作了一件乐器，也是醉了！

三

以唐诗描写越瓷尤其是越瓯的，还有一大丛大咖，且看他们是如何以溢美之词来点赞越器的。

如顾况《茶赋》中有：舒铁如金之鼎，越泥似玉之瓯。轻烟细沫霭然浮，爽气淡烟风雨秋。诗句用高超的艺术手法，构建了这篇优美的《茶赋》，使人能感同身受，深深地沉浸在了对大唐"茶文"的审美愉悦之中，也对越瓯这个似玉之器有了更美好的认识。

如许浑《晨起》中的"越瓯秋水澄"；

如李涉《春山三竭来》中的"越瓯遥见裂鼻香，欲觉身轻骑白鹤"；

如郑谷《送吏部曹郎中免官南归》诗中的"箧重藏吴画，茶新换越瓯"，又如《题兴善寺》中有"薛侵隋画暗，茶助越瓯深"；

如韩偓《横塘》诗中的"蜀纸麝煤添笔媚，越瓯犀液发茶香"。

如僧鸾的《赠李粲秀才》："清同野客敲越瓯，丁当急响涵清秋。"又一个敲瓯的！

而施肩吾的"越碗初盛蜀茗新",讲的却是越窑茶碗了。

对于茶碗,诗人陆羽在《茶经·四之器》中这样写道:

> 碗,越州上,鼎州次,婺州次,岳州次,寿州、洪州次。或者以邢州处越州上,殊为不然。若邢瓷类银,越瓷类玉,邢不如越一也;若邢瓷类雪,则越瓷类冰,邢不如越二也;邢瓷白而茶色丹,越瓷青而茶色绿,邢不如越三也。

这虽然不是一首唐诗,但对越窑来说,这个被公认千年的茶圣对越窑的至高评价,无异于一首让人喜出望外的诗歌!越瓷"类冰类玉"的品质由此得到王公贵族、千古百姓的一致认可。

## 四

对越窑的描写,是不是仅限于唐朝呢?显然不是,这跟唐诗这种体裁不仅限于唐朝是一致的。到了五代,一个叫徐夤的大咖来了,他带来的是一首叫《贡余秘色茶盏》的诗:

> 捩翠融青瑞色新,陶成先得贡吾君。
> 巧剜明月染春水,轻旋薄冰盛绿云。
> 古镜破苔当席上,嫩荷涵露别江濆。
> 中山竹叶醅初发,多病那堪中十分。

这个吃荔枝长大的福建莆田人,还是蛮有骨气和性格的,好不容易登了进士第,因为"依王审知,礼待简略,遂拂衣去,归隐延寿溪"。按理他不会为了一个越窑茶盏拍权贵马屁,但他一连用捩翠融青、巧剜明月、轻旋薄冰、嫩荷涵露这些精美的词,来描写这个"先得贡吾君"的越窑茶盏,真使得活在现代、从事越窑文化推广的我击节赞叹，恨不得赶到五代去拜他为师！

及至宋代，一个叫谢景初的余姚知县写的《观上林坯器》，可不仅只写越窑器物了，他简直写了古代越窑的制作场景和销售状况，且看：

> 作灶长如丘，取土深於堑。
> 踏轮飞为模，覆灰色乃绀。
> 力疲手足病，欲憩不敢暂。
> 发窑火以坚，百裁一二占。
> 里中售高贾，门合渐收敛。
> 持归示北人，难得曾冈念。
> 几用或弃朴，争乞宁有厌。
> 鄙事圣犹能，今予乃亲觇。

到底是基层干部，能深入越窑烧制一线体验生活，深知越窑制作的不易、工匠的艰辛、成品率的低下、价值的珍贵。范仲淹曾写诗这样赞誉他赴任：又得贤大夫，坐堂恩信敷。春风为君来，绿波满平湖。乘兴访隐沦，今逢贺老无。文藻凌云处，定喜江山助。

# 古樟情思

夏振扬

　　总以为上虞的古树之古莫过于陈溪四柏庵内幸存下来的两棵古柏，上虞摄影家刘育平先生前些年拍摄的其中一棵古柏，悬挂于上虞图书馆一楼显眼的大厅柱子上，看去树干挺拔粗粝，树皮剥落殆尽，虬张的枝丫看似枯死，却又在顶端绽放出许多蓬勃的生命，即便是很细小的枝丫，也兀自倔弩峥嵘，没有一点儿屈曲盘旋的意思，一枝一叶尽显岁月之沧桑。图片是平面的，但也是立体的，它让人联想到古树经历千百年风霜雨雪、严寒酷暑的艰辛与不易，人站在它面前，会顿然感到自己在大千世界的微不足道。这棵与古代名人陶弘景、杜京产等人相依相存过的古柏，至少已走过一千五百多年历史了，而与之相距大约五十公里远的丰惠南源村，我不意发现一棵树龄与四柏庵古柏相近的另一古树，不过它是一棵樟树。

　　相比古柏的孤寒，古樟更别有一番风味。大概南源这个地方土壤特别肥沃之故，同样具有一千五百多年树龄的古樟，却华冠如盖，郁郁葱葱，犹如出浴处子，亭亭玉立，没一丝半点老态龙钟的模样。远远望去，它像一把巨大的绿伞，覆盖住了一片广袤的土地，其树身之伟岸、壮硕，连五个成年人手拉着手都围不过来，至于它到底有多高，冠幅有多大，肉眼很难估摸，如此大而无朋的树，纵我一生还不曾见过。如果必须用文字来描述它的大或者高，那文字的尺度似乎显得过于单薄而局促了，或者说我没有足够的想象力来形容它、描述它。但当我了解到南源的历史和隐身在南源历史悠久的人文典故后，我对这棵古樟也如同四柏庵内的古柏一样，充满了虔诚之意、敬仰之情。

一千多年前，在今南源村所属的贾塔、南岙、王牌岭几个自然村之间，应该是一个广袤的盆地，周围高起的山岭与中间开阔地带构成了西溪湖的一个天然雏形。自宋代上虞县令戴延兴将其围堰成湖后，这里就成了一片汪洋，虽然湖成以来千百年中多有废垦，但在多数时间里，湖和水一直是这里的主角，直到二十世纪五十年代左右再度被废。我想象不出在围堰成湖之前这处盆地的景象该是如何，但能想象到湖围成之后的岁月迭更中桨影绰绰、游人如织的样貌。这棵古樟那时肯定就多情地伫立在碧波荡漾的水泽岸畔，宛如盼归母亲执着的身影，也像烈日下妻子手中轻摇的蒲扇，为世代或渔或耕或樵的南源人撑起了一片荫凉的天空，其时它应该已有六百岁光景了。六百岁的年龄不算太小了，但对于这棵延续了一千五百年至今还葳蕤成翠的樟树而言，它真正有价值的生命可能刚从那时才诞生，因为它有幸与上虞足够富厚的人文历史结了缘，或者说它成了上虞千百年朝政兴衰、世事更替、历史人物风云际会的见证者之一。

"行人不见树少时，树见行人几番老。"唐代诗人徐凝曾如是感叹古树持续旺盛的生命力，让我记忆深刻。是啊，树依旧是树，依旧枝繁叶茂，蓬勃向上，生活在树周边的人和行经树下的人，却一代接一代地老去，成为云烟幻影，这多少令人唏嘘，感叹造化弄人，物是人非。

仰望着它的高大，我于是有了联翩浮想。

我想到早年戴延兴率众围湖之时，可能正当炎夏，他也许就站在这棵古樟的浓荫下，一边揩着额上的汗水，一边向周边农夫描绘水世界的美好未来。图景既成，快马一鞭，几番风雨，几度春秋，一片汪洋从此蔚然成波，西溪湖以它"藏在深闺人未识"的娇羞、柔美、清丽、婉约，横空出世，成为一处胜景，游人络绎不绝来此怡情悦性，放歌山水，这古樟就见证了这里沧海桑田的嬗变。

因为西溪湖四面青山环绕，源头活水长流，自然波光潋滟，环境十分幽美，这深深诱惑了常年埋在故纸堆里做学问的晦翁先生。他不远千里慕名而至，犹如飞鸟投林一般恋上了西溪湖和湖畔依山傍水的永泽书院。他在这里设坛授学，一边向他的学子讲授"三纲五常""四维八德"，一边潜心注释《中庸》《大学》等孔孟经典，沉湎于学术海洋。忽然一日，老夫子望着春暖花开的户外，心血来潮，按下手中晦涩模糊、布满蝌蚪文字的简册，离开书舍，走出文化象牙塔，带上一众徒子徒孙沿着春天里的湖畔绿道，结伴来到古樟树下。春在南源，青山如带，碧水如镜，繁花如织，华冠如盖，眼前图景如诗如画，老夫子一改课堂中的刻板正经，面对苍山碧水，兴之所至，手舞足蹈，捻着长髯随口吟出一绝："胜日寻芳泗水滨，无边光景一时新。等闲识得东风面，万紫千红总是春。"此刻我在想，那一天朱文公背倚着古樟，看到的和感悟到的肯定比古籍堆里的"子乎者也"有趣多了。

以宋龙图阁学士身份致仕的赵子潇，性情跟他祖上历代的宋室皇帝一样，应该也是个情趣很高雅的人。他慧眼独具，荣归之期看中了南源山清水秀的风光，便离开喧嚣的大都市，阖家迁居到了西溪湖畔，他的儿子、儿子的儿子们沿着皇家血统正道在此生息繁衍，为上虞注入一脉新鲜血液。我料想科举夺魁的赵必蒸、赵良坡、赵良坦、赵良埈、赵友直幼年时肯定都在西溪湖畔玩耍过，在古樟下面乘过凉，掏过鸟窝，甚至玩过斗蟋蟀、骑草马的游戏，其中几个可能还在朱老夫子讲学的永泽书院聆听过他"格物、致知、诚意、正心、修身、齐家、治国、平天下"的谆谆教诲呢。至于世居在古樟树下于明朝年间考中进士的钟霆、钟铉以及明礼科给事中钟逊夫、明燕山守备钟于京等人，则更是这棵古樟树最杰出的捣蛋鬼了。

往事如烟云，在古樟下时聚时散。天地万象，白云苍狗，匆匆人生，迄今都化为子虚乌有，只有先辈们行走过的足迹，还深深烙在古樟的记忆中。

从史书所记的脉络看，古樟下还应该留下过元代上虞县令林希元的足迹，他数番想把被李显忠废为养马草地的西溪湖恢复原状，还南源水一样的世界，为此他鞍马劳顿，数度亲临尚有余泊幸存但多已变成一片沼泽地的南源，站在突兀的古樟下殚精竭虑，筹想复湖大计。但他提呈的复湖条议没有得到上官同意，这应该也在他的意料之中。元朝可以没有城市和田地，但绝不可以没有草地，统治者的意识形态决定了一个国家的价值取向，他区区地方小县令又何足道哉！无奈之下，林县令只能手抵古樟，歌咏一阕《西溪湖赋》，表达他抚今追昔的旷世情怀。

西溪湖的衰落，让明朝的上虞县令朱维藩同样痛心疾首，食不甘味，于是他又图复湖大计，在他多方斡旋下，复湖行动终于拉开了序幕。当年朱县令也许就是站在这棵浓荫蔽日的古樟树下号召、动员千万民夫的，经过数年风雨甘苦，终于把废弃了数百年的西溪湖重新恢复了原样。一样的山，一样的水，一样的风光，但给予古樟的却是不一样的感受，经历了上千年坎坷曲折的老樟树，已把人世间的是是非非、喜怒哀乐看透看淡。偏是绍兴府的那个俗得透顶又雅得出奇的青藤屋居士，闻说西溪湖重出江湖，却按捺不住由衷的兴奋，连忙坐着他的小舢板，沿着运河古道转道曹娥江来到西溪湖畔，奇人突发奇思，信口拈出一句"湖上香稻熟，湖中鲤鱼长"的奇诗，多少年来一直令人摸不着头脑，古樟肯定也满腹疑虑，它也许在想：我是不是枉长了千百年，在文化人眼中竟不及湖中的稻和鱼？

与西溪湖相依相偎了千百年的古樟，一路风雨走来，亲眼看到了西溪湖的兴兴衰衰，看到了一代又一代上虞县官的作为，也看到了荣华富贵转眼空、物是人非事事休的世间百态，比它的树龄小了许许多多年的宋龙图阁直学士赵子潇、宋浙江布政使刘履、宋广州知府赵良坡、元上虞县令林希元、明郎中刘谏，死后都成了西溪湖畔的一抔黄土，化为乌有，而诞生于南北朝时期的樟树至今还青春依旧，光彩照人，可能它生长在如此优渥的生态环境里，早已无欲无求、无生无死、物我两忘了吧！放下即永生，适应即生存，这也是古樟想要告诉我们的长生秘诀吧？

南源古樟一如既往地葳蕤着，见证着南源村由田变湖、由湖变田的一千五百多年的沧桑历史，它俨然是南源村厚重历史的执着守望者。我们今天围坐在它脚下，瞻仰它的身姿，聆听关于它的故事，再过千百年，或许它仍在，仍这么健康，我又在想在它无比漫长的记忆纹路里，是否也会留下我们现在的一瞬？

# 只缘生在此江边

吴爱华

　　曹娥江穿过我的家乡，宽宽的，弯弯的，如 S 状绶带，柔得让人心动。那缓缓流淌的江水，犹如生命繁衍和律动；那粼粼的波光，映照着人间的喜苦哀乐。它犹如母亲，哺养了娥江两岸的乡村和城市。

　　对于曹娥江，我是那样情深意长。因为，在这条江上，流淌着我童年起有色彩、有味道、有笑声、有诗意的缤纷记忆。我所有的活动，都与这条江相连，我的生命因这条江而丰盈，因这方水土而青翠。

　　我出生在章镇湾头村，曹娥江紧紧贴着我们村后流过。说到这个村名，有必要提一下 1987 年被公布为县级文物保护单位的唐代"湾头青瓷窑址"。据记载，"到唐代，今章镇湾头、前进村与上浦镇凌湖村一带，成了当时的制瓷中心。湾头、前进，位于上虞南部，隔曹娥江与六朝时始宁县治三界相望。湾头村因曹娥江流经村东，形成十里大湾而得名"。这个村名有多少年历史，无从考证，我想应该千年以上吧。"湾头青瓷窑址"是让我引以为自豪的，但非常可惜，现在村里很多人都不知道"湾头青瓷窑址"，更不知道它曾经的辉煌："唐代窑址共 30 余处。湾头青瓷窑址具有代表性，堆积层较厚，产品具有唐代器物的独特风格。出土蟠龙罂、多角瓶、水盂、碗、钵等。胎质灰白，坚实细腻。釉色多青黄，次黄褐色，施釉均匀。器表以贴花为主，部分器物刻有铭文。"岁月流淌，先民用火与土焙烧出的一段文明，就这样被湮没在历史的尘埃里。

湾头村是典型的江南小村，居住着寻常的百姓人家。前有田畈青山，后枕一湾流水，粉墙瓦屋，燕语莺啼，村野牧歌，安定祥和。童年起，我和小伙伴的游玩地大多在村后的曹娥江滩涂上，我们称之为"外江坎"。我经常会想起早春的外江坎，一派"草色遥看近却无"的意境，慢慢地，江滩上大片大片米粒大小的白色野花，让我感受到了春天铺天盖地而来的魅力。儿童散学归来早，提起竹篮奔江滩。我们在江滩上找荠菜花，剪马兰头，在江堤上割青艾，春风中，万物复苏，到处都是生命的歌唱。

外江坎最好的季节，应该是"陌上柔桑破嫩芽，东邻蚕种已生些"。我们村家家户户养蚕，因而外江坎有绵延几里的桑树林，青翠透亮。等蚕二眠三眠时，桑叶已经成荫，一片绿油油。大人们忙着采叶，论担地挑回家，我们却只顾仰着头，在一树一树间寻找半红半紫的桑葚，吃的满嘴红里透黑。

夏天的曹娥江，更是我们的乐园。我们在江水边玩沙子，挖黄蚬，真可谓，一个脚印是笑语一串，消磨了许多时光。最喜深秋的曹娥江畔，芦花盛开，一片银色的海洋，曾经看到过一首写芦花的诗，开头一段："凝视着永恒的流水，也曾有翠绿的春心荡漾，却总是匆匆又白了头，白了头，描绘一派秋光。"这是曹娥江的秋色时光。

稍大一点，高中毕业的父亲告诉我们兄妹几个，这条江原来叫舜江，因孝女曹娥而改名为曹娥江。还告诉我们，古时候有很多文人从我们村后的这条江上经过，往新昌天台方向去。从父亲时不时的诉说中，我知道了曹娥娘娘，知道了"东山再起"这一典故，知道章镇出过一个无神论者王充，知道梁山伯与祝英台就在我们上虞，知道了山水诗人谢灵运，知道古时有个始宁县，其范围大致在今天的上虞南部至嵊州北部，章镇当时是属于始宁县的。县城定在今天的三界镇，三界在嵊州北界，接上虞南界、绍兴东界，故称三界。三界镇上有个城隍庙。

我们村去三界镇五里，村民习惯从"三界渡船埠头"过江，到三界镇赶集。这条江就是剡溪，也是曹娥江，这个渡口就是剡溪的终点和曹娥江的起点。被村民称为"三界渡船埠头"靠近三界的那个埠头，紧紧临着三界老街，也可称为始宁古街，我想这个渡船埠头，就是古时文人骚客停舟登岸、寻幽访古的中转站吧。

我小学高年级到初中，每年清明学校都要组织学生从三界渡口过江，到三界镇上的烈士墓扫墓，作为学校一年一次的踏青活动。我一共有四个姑姑，大姑嫁到三界镇茶园头村，二姑嫁到三界镇钓鱼潭村。每年春节我们几个表兄妹相约，先从三界渡口过渡，到茶园头村的大姑家，过上一夜，然后从曹娥江上的沈家埠头渡船到三界对面的钓鱼潭村二姑家。去茶园头村的话，我们会去江边的嵊浦潭谢灵运垂钓地玩，也会到嵊浦庙里拜拜大王菩萨。但我比较喜欢住在钓鱼潭村的二姑家，二姑长得眉清目秀，嫁的也是大户人家，住在一个雕花老台门里。二姑那时候，经常跟我们几个表兄妹说，别看钓鱼潭村没几户人家，那可是一个风水宝地，朝事很多的。她说的朝事是指历朝历代留下来的故事。当时，我不懂她"风水宝地"和"朝事很多"的意思，只记得写"锄禾日当午，汗滴禾下土。谁知盘中餐，粒粒皆辛苦"的唐代诗人李绅，曾在三界一带做过官，传说中跟二姑祖上的祖上某一位人是好友。后来，从书上知道，谢灵运第一次归隐时所建的始宁墅三精舍之一的临江楼，就在钓鱼潭村。钓鱼潭村至里峤村的一个葫芦形山谷中有个湖，就是谢灵运在《山居赋》中提到的太康湖旧址。这样看来，钓鱼潭村确实朝事很多。

20世纪80年代初，我两次沿着曹娥江骑自行车远游，至今印象很深。一次是农历二月初二，和村里一个小伙伴，从三界渡口过江，骑到嵊州清风大桥，参加清风庙的庙会。庙会很热闹，我们还去看了清风娘娘王贞妇的躲藏处。这个小伙伴的阿姨在三界镇上，回来时，她去了阿姨家，我则到钓鱼潭二姑家过夜。那晚钓鱼潭村旁边的马峤村有"小歌班"演出，听说要连演三天三夜，我就跟着大表哥家的女儿去看（大表哥跟我父亲同岁）。演出的剧目是《碧玉簪》，戏台上演员唯美的扮相和委婉动听的唱腔，至今还深深留在我的记忆里。看好戏回来的路上，大表哥的女儿还和一帮同去的邻居，一路上都在唱"阿林是我格手心肉，媳妇大娘侬是我格手背肉，手心手背都是肉，老太婆舍勿得那两块肉"，也是唱得有板有眼。

还有一次是章镇独塔斜拉桥通车后，我们附近几个村的团支部书记相约，从老龙浦乡政府门口出发，骑过章镇大桥，一路沿着104国道线，用近3个小时骑到新昌大佛寺。那是一个秋日，大佛寺内枫叶飞红、野菊吐黄、古树苍苍、流水淙淙。我们在"江南第一大佛"石雕弥勒像前感受佛法庄严，在放水池前戏鱼，在著名书法家沙孟海先生书的"石城古刹"牌坊下拍照留念。见时候不早才起身返程，骑行在一边依山一边临江的沙石公路上，你追我逐，忽然天空暗了下来，好像要下雨，"云青青兮欲雨，水澹澹兮生烟"，曹娥江边的人家和山峦都成了写意山水中的涂抹。青春的激情化作我们脚下的力量，一路骑行一路歌，一路风光一路诗。

在"三界埠头"和章镇大桥之间，当时在曹娥江上能摇船摆渡的还有一个十三庙渡口。这个渡口就在我们村后面，靠对岸的渡口旁边就是东沙埠水文站。我有一个堂姐嫁到滨笕林岙村，当时，她都是从这里渡江往返于娘家和自己家之间。说起林岙，我就会想到那起伏着一道道绿色波浪的茶园，这茶园就是上虞茶场。记不得是哪一年了，我和两个小伙伴到上虞茶场摘过三天茶叶，每天早出晚归于十三庙渡口，与曹娥江的早霞晚霞相伴。

滨览茶山上有一方占地不足几十平方米的简陋坟茔，那里长眠着一个平凡而伟大的灵魂——王充，一个伟大的无神论者。他在故乡林岙绳床瓦灶、布衣蔬食，度过了三十载青灯黄卷、笔山墨海的清苦岁月，呕尽心血，毕其生命挥就宏作《论衡》。几年后，他在此从容驾鹤西去，选择了最朴素平凡的归宿，永远与这片平常的茶园相伴，和这条流淌的江水作邻。

20世纪70年代末，我在章镇读高中，每天早出晚归，沿着弯弯的曹娥江堤坝，迎着江堤上摇曳的芦苇，一路印下求知的脚步。无数次见过曹娥江"日出江花红胜火"的早晨，也看过曹娥江"长河落日圆"的黄昏。也曾无数次张望脚下的这条江，眼神中带着虔诚带着探寻。虔诚是因为曹娥，是因为至孝。探寻是想知道为什么那么多文人墨客从这条江上走过，他们因何来又追寻谁而去？

于是，我开始读书。慢慢地，我知道，从这条江中扁舟而过的有很多诗人，诗仙李白的名头最为响亮，他的《梦游天姥吟留别》也最为出名："一夜飞度镜湖月，湖月照我影，送我至剡溪。谢公宿处今尚在，渌水荡漾清猿啼。"李白到剡溪，是走水路经曹娥江的，他曾在曹娥庙一停，写下了至今仍然芬芳读者唇齿的诗句："人游月边去，舟在空中行。……笑读曹娥碑，沉吟黄绢语。"到了东山又一息，"但用东山谢安石，为君谈笑静胡沙"，粗犷的声音至今仍缭绕在东山之巅。李白写"送我至剡溪"的那一次，不知是春天还是秋天。如果是春天，他有没有被"素手青条上，红妆白日鲜"的采桑女吸引；如果是秋天，他有没有被江边"月明浑似雪"的芦花吸引？倘若诗仙能停了桨楫走上岸来，走进湾头人家，喝一碗用越窑青瓷泡制的越州仙茗，"越瓷青而茶色绿"，不知他会有怎样的感慨，青史是否会有千古颂唱的诗文留下，不得而知。

在阅读中，我认识了谢灵运，"山水能够造就山水欣赏者，山水的美能够培养出山水审美情趣"。我知道了中国文学的一代之盛唐诗，"人代冥灭，而清音独远"，其灼灼光辉千年不泯。于是，我爱上了唐诗，相信"熟读唐诗三百首，不会作诗也会吟"。一个又一个诗人，从我的阅读中走过。我也从阅读中逐渐走进创作园地。1984年我刚好20岁，那一年我以曹娥江为背景写的小说《雾》，获《曹娥江》小说一等奖，从此，开启了我与诗书相伴的人生。因为诗书，每一个日子都如一张丝薄的纸，在水墨中清浅，缓缓洇开的，都是尘世中最简单的幸福。因为诗书，我眉眼间变得清澈，我的内心恬静安宁，我，活成了自己想要活成的样子。

择一江终老，愿一生低眉。感谢这条有声有色地丰富过我幼小的生命、滋润过我稚嫩感情的江，感谢与这条江亲密接触的每一个青翠的日子。每每回老家，临风而立于村后的江堤上，看着无声无息流淌的清清江水，望着如诗如画的娥江风景，我总是心怀感恩，只缘生在此江边。我明白，我文学的启蒙和审美的养成，来自恣意诗文温情脉脉的这条江，来自百纳溪流不息奔腾的这条江。"我见青山多妩媚，料青山见我应如是"，是人类文明的智慧之光和家乡山水的自然之光，让我拥有了一颗唐人的诗心。我一直热爱自然、珍惜自然，希望与自然和谐相处的美好观念，是那些热爱山水的诗人给予我的熏陶，是我的父辈传承于我的，是深植于我血脉的记忆，是我将永生感念的。

惠风和畅，云轻水淡。再次深情地注视曹娥江，注视它清澈的江水，注视它两岸的翠绿。千年前，它曾在盛唐的光芒中熠熠生辉。千年之后，在沧海桑田间，它仍是灵光流转。希望这条静静地流淌在大自然中的河流，能够因文化而动起来，因唐诗而活起来。希望我的家乡上虞，"青山行不尽，绿水去何长"。

# 诗路上虞

蒋立明

千年一梦，落笔是你。

眼前这条蜿蜒而去的浙东运河，是我最为熟悉不过的。少时，这是我练习狗爬的唯一泳道。及大，这是我徘徊两岸不停采风打卡的不二选择。现如今，浙东运河唱响了人文情怀的旋律，镌刻成动人的诗路画卷，是我们倍加推崇的浙东唐诗之路，赋予这条运河新的历史使命。

致敬浙东唐诗之路的最好办法，我以为就是好好去亲身走一下，感受一下唐风宋雨下诗路的风流和凝重，这条山阴故水道不停扩大通渠出来的水道，千年水滢滢，文咏贯古今，静静地走一走，细细地品一品，依水绵延的运河文脉看上去真的挺美。

于是，我在暮色中走上杭州的拱宸桥头，看船只首尾相接，穿梭天际；我在春风三月晨立泾口古桥，看丹青水乡，淡泊从容；我赶在剡溪之畔淋一场江南梅雨，览三分两岸秀色；我在天台始丰溪边阅尽天地间有大美，诗文之上，自然才是最美之诗。这里面有一程的风景，也有一程的盛放，一路采风，一路感触涌上心头。那些走过的诗路和岁月总有一些人事片段萦绕，总有一些触动停留心底，无论是风还是雨，都刻在经年的诗句里。

以水为舟，诗赋其魂。我是上虞的，毕竟这里才是我的家，也是我最为熟悉的地方，浙东唐诗之路上虞段理所当然地成为我打卡最多的地方。上虞历来是浙东唐诗之路上的重要一站，自古物产丰饶。她秀跱浙东唐诗之路一侧，听江舟楫声，回响千年。唐诗是酒，醉人，宋词是茶，可人。居江南就有这样的妙韵，看到妙处尽可诗赋一番。浙东路上诗人的足迹有史籍可寻，做出来的诗很有分量，端的是风姿盈盈，光彩欲流。上虞这份人文底蕴摆在这里，群贤必须毕至，少长难免咸集，于是杜甫、卢照邻、骆宾王、贺知章、崔宗之、元稹、崔颢、王维、贾岛、杜牧等文人雅士纷至沓来，一路吟诗竞风流。这是一条人文的朝圣之路，那时的风是《诗经》的国风，吹得上虞花好月圆，歌入扇舞。"诗仙"李白不停兴起，刹不住车地竟然穿梭着来了四次，他是不折不扣的谢安粉丝，故而留下了："不向东山久，蔷薇几度花。白云还自散，明月落谁家？"的瑰丽诗篇。文人们深浅不一的履痕下，留下无数的醉人诗篇，都有着中国山水画里留白的空灵意境，那种只向桃花开三分的烂漫，身为后人的我们除了惊呼，就只剩娥江击楫、指石放歌的冲动了。

上虞素来就有"一庙二墓三山"之说，曹娥庙、谢安墓、王充墓、东山、覆卮山、堆高山在上虞历史上占有重要的地位。打开谷歌地图中的上虞，只见平原和山脉绵绵相连无尽头。河网纵横，沃野阡陌，怎么看都有"一畦春韭绿，十里稻花香"的风韵在此。都说钱塘自古繁华，繁华又未必全在城市，春日秋光里的上虞也有丽色江山，丰硕粮仓，安逸十万人家。东汉哲学家王充仕途落拓后回归故里章镇，在清风明月的故乡林岙如鱼得水，洋洋洒洒挥就宏作《论衡》。几年后，他在此从容驾鹤西去，留下的王充墓简洁朴素、庄重肃穆，葱郁的茶树环抱四周，风过茶林，簌簌有声，仿佛是清风阅着《论衡》的每个篇章。

时代的篇章总是在不停更迭，那条古时的诗赋之路被我们重新拾起，披上更为华美的外装。我们一路收藏起所有的风景和人事，一路厚积薄发于发展创新之路，我们明白今日的一切都是明日岁月素笺上的泛黄，如同那些前辈诗赋留给我们的美好记忆，此刻所有的暖意，都是时光赠予我们的明媚。上虞前世的诗酒墨痕和今生旖旎风情都在这里，历史的人文厚重和精致景观的两相辉映，这也是打通上虞的任督二脉，游走上虞，看美丽乡村，品魅力城市，创新之区、品质之城独特的韵味在虞舜这片窗竹摇影的土地上展现着野泉滴砚的风雅和乐趣。

浙东唐诗之路的重驿上虞，人类文明的智慧之光和自然之光在此和谐交融，在厚积薄发的新时代征途中熠熠生辉，一幅新时代的美丽画卷以崭新的姿态呈现在世人面前。让我们也赋予时间以壮丽感，让她成为串起和照亮上虞的七彩虹桥，万物速朽，但梦想永存，诗路之光必将会在我们这个新时代散发出更加耀眼的光芒，那些簇拥而成的光芒终会照亮前路和梦想。

晋风唐韵今犹在
——浙东唐诗之路散文集

嵊州卷

# 他日知寻始宁墅

陈　瑜

一个名字经历了 1800 多年的风霜，仍被镌刻在一条老街上，未曾被光阴遗失。是否，许多人也和我一样，喜欢这个悠远宁和的味道；还是，这个名字承载的时光实在太过绵长与厚重，以至于在岁月的风沙磨砺下，历久弥新而不朽。

## 始宁老街的前世今生

作为嵊州人，我竟然在 2019 年的一个冬日，才首次站在了"始宁古县治"这座拱形城门下。1800 多年的罡风吹来，在我的眼前抖开了一幅市井喧嚣的长卷，一头连着东汉。因史载，从东汉永建四年（129 年）析剡县北乡及上虞县南乡置始宁县起，在数轮朝代更迭中，经历了几次废、复置的变迁，疆域虽然随着扩、并、改产生变化，但是其核心地理位置就是今天嵊州市的三界镇。从古始宁县到如今的三界镇，历史像一匹长长的布，经经纬纬之间，天下的人、事、情丝丝缕缕地，或明亮或隐秘地发生着关系，万物万象在其中显示出它的神秘和玄妙。许多细节都遍不可寻，几个不甚起眼的节点，串联起一个地域的前世今生。这块鼎足绍兴、上虞、嵊州三县（市）交界的重镇，似乎一直是个独特的存在，其强大的个性在浓重的方言上也可见一斑。

要找寻始宁古县治的遗风，如今的着力点也就这条老街了。古人选址建城惯于勘察风水，考量天地。古镇通衢南北，逐水而建，舟楫往来之间，便托起了千百年的人事鼎沸。民国十五年（1926年），一场大火烧红了半边天，烈焰熊熊吞噬了大半个集镇。著名的三界籍画家郑午昌曾在《画余百绝》中写道："焦头烂额已成灾，八百人家付劫灰。闲煞一江墙外水，只教春涨上街来。"面对一片狼藉，江水空留余恨。废墟上却走来了一位器宇轩昂的儒商——崇仁籍的"海上巨商"金禄甫之子金宪章。不知因了何种渊源，金宪章大笔资金注入，老街开始重建，新街全长930米，一色的砖木结构街屋，高低一致，格式统一，南北贯通，街北连接始宁城隍庙。整饬一新后，慈善家金宪章又以低廉的租金将街屋租给当地百姓，古镇迅速恢复了勃勃生机。城门口嵌着一块2014年公墙重修的碑记，铭记了这段特殊的历史。

城门口的一座老台门前，冷不丁地坐着位晒太阳的老人，石化般地从东汉穿越而来，光影折叠出质感强烈的黑白色，像一个耐人寻味的电影长镜头。徜徉在并不宽阔的街面上，老旧的气息让人有种自由感和融入感。水泥路面斑驳，各式招牌五花八门，有俗艳的喜庆。近百年的时光，在白墙黛瓦上写下了斑驳的"史记"。老街屋日渐凋敝，一些玻璃天棚、铝合金门窗、不锈钢栏杆像一块块高分子材料，悍然植入古镇的肌体，透着实用主义的生活哲学，破坏了老街雅淡的古韵。残存的几间老街屋仍能看出往昔的时光，砖木结构的二层小楼上，一整排的木窗花格古朴素净。褪去了朱红的漆皮，露出木板苍老的底色。从残破洞开的窗框看进去，一茎断电线悬在半空，像被剪断的一场时空对话。"半榻尘未扫，纸破窗全虚。"那些熬不过时间的，早就灰飞烟灭了。这些包浆并不十分浓重的建筑，挣扎在钢筋混凝土丛林的罅隙里，仿佛有神明随时自由进出。

顺脚而走，理发店、服装店、杂货铺、小吃店……鳞次栉比。花鸟市场的铺子，有花草活泼地装点着逼仄的店堂。最耐看的是杂货铺，老式的木头架子上一溜儿排开锄头、镰刀，还有泥瓦匠的瓦刀、抹子、灰桶、灰刀，各色的起子、钳子、刨刀、卷尺等小五金，也有塑料桶、塑料勺、鞋刷、不锈钢盆子、蒸架，等等，琳琅满目。城镇该有的脏腑都齐全了。一些鸡毛蒜皮、鸡零狗碎的，在别处已经湮没的生活哲学，仿佛在这里一下子都复活了，就那样猝不及防地撞入你的眼帘。无论哪朝哪代，生活的细节都是一样烦琐，这种烦琐又透着一种斑斓的色彩。

街巷拐角处转出一个汉子，挑着两个酒甏远远地走来。一对酒络，一前一后地撑住两个甏口，像是《清明上河图》里走出来的古人。被那副酒络吸引，便尾随他走进一处仅剩断壁残垣的街屋。有收割的白菜整齐地晾晒在断墙上，像披了层绿色的流苏。院子里，封了甏口的陶甏像兵马俑一般林立着，空置的陶甏横放着码成一座金字塔。汉子俯身，熟练地将酒络从甏口退出来。甏里满满的是发酵的酒曲，泡得肥大的米粒绵绵地漾在甏口。见我盯着他看，汉子两只手拽住酒络举了举。不知道浸淫多少年了，只见整个儿酒络乌黑发亮，包浆滚滚，令人肃然起敬。这便是三界有名的"大水"白酒了吧，江边有几家酒坊。古镇人说，江边人家会酿酒也会喝酒，过年了家家户户都会用糯米酿上几大缸"大水"白酒。没煎煮过的酒鲜、烈，劲儿大，煎煮后的冬包酒则入口绵和，储存时间长。一位三界朋友说，他老父亲年轻时就嗜酒如命，常年在酒缸里翻滚，练就品酒的绝技，后来镇上供销社给酒评级定价，都是他叫出的一锤子买卖。一碗大水白酒，佐以一盘此地特有的江鲜——翘鼻子"白参（条）"。酒入血脉，豪气干云，祛除了寒湿，养成了三界人精明强干、机敏勤奋、敢打敢拼的品质特征。

民以食为天。一个地方的饮食，隐藏着民风民俗的点点滴滴。从取名上可见三界人的放达性情，除了将糯米酒叫作"大水"白酒，还将糯米做的一种糕点叫作"大糕"。到了老街，肯定要尝一尝。恰好前面就有一家，信步跨进去，店堂寂寂，只有一个小女孩儿躲在柜台后玩手机。女孩儿脆生生地说，糕卖完了，边说边揭开蒸笼，还剩下4块冷却的糕。同行文友有5人，分而食之尚意犹未尽。岂料，往前几步另一家糕店赫然在目。竹制的簟匾上，雪山般的一堆米粉，店主正热气腾腾地忙碌着，有米糕的甜香四散飘溢开来。打开蒸屉，一块块方正的大糕在碧绿的箬叶上整齐地排列着，褐色的豆沙透过莹白的米粉，像一道神秘的暗流，涌动着甜意。"福禄寿喜""吉祥如意""恭喜发财"的水印透出喜气吉祥。中国人的智慧，许多折射在匠人的辞章里，他们把民俗和艺术，镌刻进美味里，使美味更有了一种意蕴。三界大糕，甜糯松软，入口间似乎能闻到大米从谷壳里爆裂出来的清香，裹以豆沙芝麻馅的香糯，漫卷了整个味蕾。胡兰成笔下念念不忘的家乡美食，就是此物："大糕是二寸见方，五分厚，糯米粉蒸的，薄薄的面上用胭脂水印福禄寿喜，映起猪油豆沙馅的褐色，留出雪白的四边，方方的像玉玺印。"胡兰成的家乡就在隔江相望的胡村。此刻，桥墩村18号的那幢二层小楼，白墙已被粉刷得新簌簌地耀眼，夕阳将苍老的板壁镀上了半壁金黄，相框上的男人不甚安分的目光正远远地投射过来，有荡子的坚硬和柔软。

生活是没有边界的，本质就是吃喝拉撒，它将1000多年的时光漫漶成一坛米酒，一块米糕。但日子终究如河流，将许多人事裹挟而去。

老街的中段，有一个古渡口。此处是剡溪的终点，曹娥江的起点。早年间，遇梅雨汛期，剡溪水位上涨，江潮倒涌，古镇常陷于水患之中。如今，一条宽5米余、高近20米的防洪廊堤，绵延南北，将古镇守护得固若金汤。登高望远，历史的河水滔滔，舟棹帆影，多少文人墨客、官宦商贾在此风云际会。不管目的地是哪里，来了便是生命的过程。就如当年，王徽之雪夜来剡县探望好友戴逵，便是从此处溯流而上。过程如此美好，目的便不过是附丽了。有这么一场乘兴而为的洒脱，便是一种自我生命的丰满。"野渡无人舟自横"，这大概是整个剡溪流域仅存的摆渡口了吧，漂浮在今古之间。但今日舟不见，摆渡者也不见。"摆渡佬这两天家里有事——"河埠头洗涮的妇人大声地说。惊起两只水鸟，宛若玄机中孵化的精灵，飞鸣翻转，沿着溪水盘旋，又像箭一样倏然射向河对岸。田野后面的村庄，腾起炊烟几股……

始宁街北端尽头的城隍庙，今天依然是三界镇最辉煌气派的古建筑。

庙宇始建于东汉永建四年（129 年），岁月长河中，也未能逃脱兵燹战火的侵蚀。1942 年，日寇扫荡三界，一把大火烧毁了城隍庙与戴星楼，仅存寝殿三楹，镇殿之宝——一口重达千余斤的大铜钟亦被抢走。1947 年由当地乡绅捐资在旧地重建钟鼓楼。2001 年寺庙重建，恢复了前后三进的建筑结构。在蔚蓝的天空下，三层高的钟鼓楼白墙青瓦硬山顶，飞檐翘角，高古雄伟。城隍庙朱红色的墙壁、飞扬的龙吻、经卷般的斗拱、寓意深刻的牛腿，牌匾上庄严伟岸的文字，梁枋上方的浓墨重彩，精雕细刻的门窗交相辉映。佛像法相庄严、风雨不侵，乡村艺匠用智慧架构起通衢，暗示着一种庇护：兴许上天正通过这庙宇守护着这方水土。木鱼石磬声声，抚平尘世的一切痛苦哀愁。

"莼鲈何日此重过，风物江乡念钓蓑，两岸人家黄叶市，卖鱼声里夕阳多。"旧时的风物，总是充满了出处。郑午昌先生对三界的深情回望，是游子永远的乡愁。不长的古始宁街，构筑起三界人一幅立体的生活图谱。一路浮光掠影地走过去，半个小时就可以行到尽头，但走不到的是历史的尽头。我只是一个时光中的赶路人，窥视不到历史残骸中蕴藏的秘密。这个嵊州的北大门，积千年之精蕴底气，聚剡中之文韬武略，生生不息。那些散落在古渡口、街巷中，乃至每一幢小楼每一个台门的传奇逸事，被名人的气质浸透了，被人文的养料渗足了，像一壶浓醇的酒。一种悠远的气息经久不衰地散发开来，弥漫开来，布满老街的土壤和空气，巷陌的寻常之音仿佛都是远古遗曲。市井的喧嚣变成了浓浓的文化烟火气息在这里升腾，渐渐变成三界人的精气神在这里行走。

### 遥望满阶庭的芝兰玉树

三界就像一本古籍，一旦打开，抚古阅今，从自然地理到社会风貌便会发现有许多可圈可点之处。用古始宁县的眼光去打量，那些山川、河流、村落都瞬间风雅、厚重起来。

刘禹锡的《乌衣巷》说："朱雀桥边野草花，乌衣巷口夕阳斜。旧时王谢堂前燕，飞入寻常百姓家。"王、谢堪称中国古代世家大族的代名词。东晋士族南渡后，始宁被赐为谢家封地。因为这个家族气冲斗虚的荣光，始宁在历史长河中卓尔不群，丰饶多姿，拥有了属于自己的精神疆域和生命哲学。

东晋时期，门阀政治决定了一个人想要有所作为，必须来自一个华丽的家族，而一个门庭的荣耀光华，必须诞生几个杰出人物。历史的放映机开启，璀璨的谢氏一门，谢鲲、谢尚、谢安、谢玄、谢灵运、谢朓、谢庄等一长串群像震古烁今。他们之中有的有安邦之略，有的有将帅之才，有的文名鼎盛，有的被称为咏絮之才……谢氏荣光了六朝，每一代都有各自的故事，各有惊才绝艳的人物。在历史的洪流中，有的曾力挽狂澜，安济百姓，有的含冤而殁，留下萧索背影。

谢家打入名士集团是从西晋、东晋之交的谢鲲开始的。谢鲲名士风流，号称"江左八达"，官至豫章太守。这也是个有趣的人物，逸事颇多。而将谢氏真正推上一流家族的，却是他的儿子——谢安。在两晋风云际会的画卷上，谢安的身影代表了一种高度。有人称谢安为中国传统士人的典范，他的一生，既实现了政治抱负，又保持了名士风度。谢安自小非凡，年方4岁，桓彝一见面就啧啧称奇："此儿风神秀彻，后当不减王东海。"王东海是当时的名士王承。

《世说新语·言语》曰："顾长康从会稽还，人问山川之美，顾云：'千岩竞秀，万壑争流，草木蒙笼其上，若云兴霞蔚。'"梁刘孝标注引《会稽郡记》曰："会稽境特多名山水……"《剡录·纪年》引《道书》："'两火一刀可以逃。'言剡多名山，可以避灾也。"无论是以审美的眼光观照山水，还是以隐遁避居为选择，彼时的会稽郡俨然成了京城建康的后花园，成了东晋士人真正的文化和精神中心。40岁前，上面有哥哥谢奕罩着，谢安不需要承担家族责任，隐于始宁东山。与许询、孙绰、王羲之、支遁等人交游，出则渔弋山水，入则言咏属文。谢安醉心山水，旷达潇洒，对前来拜访的王羲之说：唤歌女，携友朋，探幽寻胜，日访名山，面临深泉，歌咏诗文，任性无处世之意，亦人生一大乐趣。畅饮，登高，酣歌，活脱脱一幅风流恣意、引人入胜的文人图画。故事就发生在身边，我常想，这样瑰丽的人文，究竟对我们这个地域的文化生态产生了哪些深远的影响呢？

王羲之说，会稽乃为三吴腹心，有佳山秀水。谢安说，筑室东土，乐在此居。四目相视，两人纵声大笑。王羲之在金庭，谢安在东山，两人相距不远。谢安的宅院，前面有碧草绿树，后面有层峦叠嶂，宅院不远处还有两处厅堂，一座名为"白云"，一座名为"明月"。这片奇峰异岭、山岚溪月，安放了谢安云卷云舒的近 20 年光景。

东山高卧与东山再起，是谢安生命中的两极。这样的人物，后人能望见，却学不来。淝水之战谱写了谢安人生中最壮丽的篇章，也彰显了谢氏子弟的风采，于狂澜中挽救了东晋王朝。李白《永王东巡歌》写得气势如虹："三川北虏乱如麻，四海南奔似永嘉。但用东山谢安石，为君谈笑静胡沙。"谢安身上那种集优雅、从容、洒脱、高逸、宁静于一体的名士风采，在古代士子心中扎了根，成为一个制高点。如果说世人推崇其"江左风流第一"，是谢安完成了一位名士的文化审美的话，那么面对"安石不肯出，将如苍生何？"这个问题，谢安给出了一位古代知识分子最完美的答案。但是，我更喜欢的是谢安将目光回归家人、家族时的那种睿智和温情。

鲜活的谢氏家教，将谢安的超拔人格又推向了另一个层次。很难想象，一个有着宏大眼光的人，如何将细微的日常兼顾得如此细腻周到。《晋书》列传载："处家常以仪范训子弟。"他与子侄们游山水、娱海滨，吟雪咏兰，以自己的格局、胸怀、眼界对谢氏子弟产生深远的影响。感谢刘义庆的《世说新语》，像本简约的漫画，留住了 1000 多年前诸多人事的小细节。按现代说法，谢安十分懂得教育心理学，他善于从小事情上，进行因势利导的教育。一方面以自己的名士风度垂范立式，另一方面以长者之风言传身教，润物细无声。我仿佛看到一位丰神俊朗的偶像派大叔，那亲切敦厚、通透思辨的目光，历千年而光彩熠熠。

在一帮小白杨般的谢门儿郎中，还有一个伶俐的小姑娘深得谢安心，此人便是侄女谢道韫。这日午后，东山草堂外突然大雪纷纷扬扬，谢安正和孩儿们谈文章义理，便问："用什么比喻这些雪花好呢？"谢朗抢先用"撒盐空中"做比，而谢道韫却说："未若柳絮因风起。"谢安畅怀的朗笑声中，东晋的这场雪永远地留住了文学的"审美现场"。谢道韫以"林下之风"卓立于魏晋绚烂的群芳谱上，"咏絮才"从此也成为古代才女的代名词。

安居东山的日子充实而惬意，听着满院子书声琅琅，看着钟灵毓秀的自家子弟，谢安满心欣慰，仿佛看到了谢氏的未来。他问："人生如梦，一了百了，你们将来的好与坏与我何干，但我为何偏偏盼着你们好呢？"儿郎们都默然以对，唯谢玄应道："好比那芳洁的芝兰玉树，都愿它们生长在门庭阶除两旁。"这个美妙的意象，无疑道出了谢安的心声。生命就像一颗种子，在大地上绵延不绝，个体生命是有限的，因为有限，所以都对后世充满期许，希望与自己相通的那条血脉能一路繁花似锦、芬芳馥郁地盛开在时间两旁。

陆游《东山国庆寺》诗曰："岂少名山宇宙间，地因人胜说东山。"岁月篡改了大地上的许多事物，山河照样砥砺不住时光的风沙，"东山"却成了一个独一无二的永恒的人文坐标。若说东山因谢安形成了一个文化高地，那么始宁墅则建构了一座精神庄园。而始宁墅最初的缔造者是车骑将军谢玄。

孝武帝太元十二年（387年），谢玄离开北府之任，解甲东归，回归故地始宁山居。山川依旧，却再难睹叔父谢安之风采。谢玄建造始宁墅时，先将妻儿与兄靖安顿在上虞县旧宅，自己则占卜选址，选中了始宁县南山一块地。"南山是开创卜居之处也。"始宁墅面江背山，景色秀丽，"选神丽之所"。谢玄一边监督营建，一边以垂钓为乐。"回江岑"乱石穿空，惊涛拍岸，江中的鱼既多又鲜美，他将钓来的鱼腌在陶罐里，送给兄与妻。"昨日疏成后，出钓，手所获鱼，以为二坩鲊，今奉送。"《与兄书》《与妇书》里写得既生动又有趣。收获早稻，谢玄也写上。等到造好第二幢精舍——桐亭楼时，谢玄将妻子、儿子、儿媳妇合家迁入了始宁墅。谢玄就写信给姐姐谢道韫，邀她来住，谢道韫也赞不绝口。

谢玄晚年居住在始宁墅里含饴弄孙，孙子谢灵运聪慧异常，年仅 3 岁教字吟诗，一说就会，"幼便颖悟"的谢灵运带给祖父莫大的慰藉。然这期间，谢玄身体每况愈下，他笃信"以道养寿"，钻笃葛洪的《抱朴子》。不仅信道也崇佛，《世说新语·文学》记载了谢玄与桑门支遁剧谈的情状。可惜，药石和佛道都未能控制谢玄的病情。公元 388 年，一生戎马倥偬的谢玄终老于始宁墅，年仅 46 岁。

昔人已去，此地空余苍山奇石，立于千年河山之上。《剡录》曰："车骑山，谢玄之居也。"谢玄当年居所的许多细节已经在岁月长河中模糊不清。20 世纪 80 年代，在三界镇李岙村的村口，尚有一座建于明朝嘉靖七年（1528 年）的"古桐亭"，是为纪念车骑将军，如今也不复存矣。谢玄经常垂钓的那条溪流，"回江岑"的壮观惊涛也没有了，河道被截弯取直，有良田千亩昭示着农业学大寨的功绩。从钓鱼潭村上到车骑山，现在尚存一条镶嵌精致的鹅卵石的"官大路"，叫作敕书岭，相传是车骑将军居于岭上，朝廷文书便是从这条道上往返。除了古道，还有车骑坐石，山坡上巨岩累累，其中二岩悬空扑出，像两尊石佛，谢玄当年常在此地坐而赏景，因而得名。《剡录》载："石在宝积山，磊磊叠叠，如梭如凿。"沧海桑田，车骑坐石具体位置已难以辨寻，但郁郁葱葱的车骑山仍用它苍茫的绿意书写着不朽的青史。

## 去山水诗的源头寻找谢灵运

魏晋的日晷不知不觉的转动中，南北朝的天光就千丝万缕地倾泻了下来。光影在草木间游移，光怪陆离的碎片像一片刀光剑影。惠风从会稽郡的崇山峻岭、茂林修竹间穿过，曲水一去不返地带走了当年那场流觞的清欢。始宁墅边的桐梓花开得云蒸霞蔚，春风正与花朵一期一会。花开花落，似有无数的轮回，许多人事却如落花流水，转眼就消逝得无影无踪。

公元385年，谢安去世，谢灵运在建康出生。谢灵运出生10日其父谢瑍就去世了，4岁时疼爱他的祖父谢玄又去世了。《异苑》《诗品》中都说谢灵运被送往钱塘道观寄养，杜明师受故人所托，谢灵运受其严格教导，成长到15岁才回到帝京建康乌衣巷。但也有史家提出谢灵运的幼童时代，应该是在始宁墅中度过，在祖母和母亲刘氏的教养下成长。谢灵运自小受名师熏陶，读书极有天分，"援纸握笔，会性通神"。不仅书法得小舅公王献之的真传，绘画上应当曾受当时隐居剡县的戴逵、戴颙父子指点。唐朝时期浙西甘露寺天皇堂外壁上，尚有谢灵运画的菩萨六壁。想来谢玄家一根独苗，难免溺爱，故养成其放诞不羁、无可绳律的性格。谢混曾以诗作诫："康乐诞通度，实有名家韵。若加绳染功，剖莹乃琼瑾。"回到建康后，朱雀桥边，菁华荟萃。谢灵运"文章之美，与颜延之为江左第一"。这段时间，谢灵运是快乐的。袭封康乐公，意气风发，期待走出一条属于自己的壮阔仕途。及冠之年，谢灵运开始步入仕途，任大司马参军。但好景不长，刘裕当政后即被免职。随后，便几起几落，在政治旋涡中浮沉。到降公为侯第三次出仕被逐出京都贬为永嘉太守后，谢灵运已苦闷失望至极。赴永嘉途中，谢灵运绕道始宁，深情地写下《过始宁墅》："白云抱幽石，绿筱媚清涟。"山水诗大门，由此訇然中开。一年后他便称疾去官，回到老家始宁墅。还将户籍从京都迁到会稽，由白籍改为黄籍，自称越客。这在当时，可谓惊世骇俗之举。

谢灵运曾祖谢奕曾为剡县令，父亲、祖父都终老于始宁墅，剡县可谓是谢氏一门的根据地。无论朝堂上经历多少风雨，乡土总能给人以贴心贴肺的慰藉。始宁县一带独特的岨岵地貌像是神迹，每条皱褶肌理仿佛都恰到好处地暗合着隐居者的心思。那些迷宫般连绵的小山包，像一个个精美的绳扣，拴住了许多恣意旷达的脚步，也收纳了一个个颠簸惶恐的灵魂。谢灵运回归此地，虽然振兴谢氏家族的目标离得远了，但他还是有能力将生养谢氏的土地经营好的。《宋书·谢灵运传》："灵运父祖并葬始宁县，并有故宅及墅，遂移籍会稽，修营别业，傍山带江，尽幽居之美。与隐士王弘之、孔淳之等纵放为娱，有终焉之志。"谢灵运在祖父经营的基础上，在北山又开辟自己的居所，开始悉心经营这座庄园。他所建的宅院与南山相距仅三里路程，却没有直通的山路，仅有水路互通。郦道元《水经注》这样描述始宁墅："右滨长江，左傍连山，平陵修通，澄湖远镜。于江曲起楼，楼侧悉是桐梓，森耸可爱，居民号为桐亭楼。楼两面临江，尽升眺之趣。舟人渔子，泛滥满焉。湖中筑路，东出趋山，路甚平直。山中有三精舍，高薨凌虚，垂檐带空，俯眺平林，烟杳在下。"谢灵运是懂得生活艺术的，他将他的生态庄园修得舒适整洁，开辟出许多土地，用来植桑养蚕，种粮栽果，甚至还养了些鱼。周围的配套设施也好，寺庙、亭台、商铺、作坊、码头、舟楫一应俱全。谢灵运特意作了一篇《山居赋》，"稽之如图，考之如志"，他用赋与注的形式，向世人呈现了一幅栩栩如生的田园山居图，给千年后的我们，留下一条穿越时空的隧道。始宁庄园的繁华，是一片渔樵耕读的富丽。山水、经济、物产、建筑、道路、人文等都轮廓鲜明，无论是游玩山水，还是农事劳作，都以最清新的气息传递到我们的感官里。他用野猕猴桃、野葡萄酿酒，在剡藤纸最盛时期，又创意地用芨芨草花干造纸。钓鱼潭村的稻米，强口村的绵纩、绤绤，仁村的陶瓷……几乎具备了当时农耕文明的先进品质。谢灵运说祖父是"选自然之神丽，尽高栖之意得"，而自己则是"谢平生于知游，栖清旷于山川"。始宁墅和石壁精舍是"南北两居"，他在《石壁精舍还湖中作》中说："虑澹物自轻，意惬理无违。"始宁的田园承载了诗人自由活泼的性灵，山水清晖让人"虑澹物轻"，也滋养了一场艺术的繁茂生长。

谢灵运经常与隐士王弘之、孔淳之等观山览水，纵放为娱。还常与族弟惠连、东海何长瑜、颍川荀雍、泰山杨璿之以文会友，山水诗更趋完美。"谢五言如初发芙蓉，自然可爱。""每有一诗至都邑，贵贱莫不竞写，宿昔之间，士庶皆遍，远近钦慕，名动京师。"古代信息虽然不畅，但诗人从不缺位，诗名也照样被远扬。

"灵运因父祖之资，生业甚厚。奴僮既众，义故门生数百，凿山浚湖，功役无已。"祖业丰厚，谢灵运的生活还是富足惬意的。他车服鲜丽，还是个时尚达人；啸傲风月、徜徉山水的姿态引得当时很多人侧目。头戴"曲柄笠"，脚蹬"谢公屐"，这是谢灵运自己发明的户外运动装备。看见老谢的这顶稀奇古怪的笠帽，有人就很不以为然。好友孔淳之就讽刺他说："你既追求高远，怎么又忘不了这个曲盖呢？"谢反讽曰："将不畏影者，未能忘怀。"意思是：是你害怕影子又忘不了影子吧。斗笠是隐士的打扮，曲柄是高官的象征。不得不说，好友最了解自己。虽然谢灵运借用《庄子》里关于"影子"的寓言，反驳了孔淳之。然而无法剥离儒家修齐治平价值观的影响，这几乎是传统文人的硬伤。这个人生的困局，旁人看得清，老谢或许亦自知，却挣脱不了。

艺术思维和政治思维基本上是两条线，别如天壤。谢灵运是个才情洋溢的诗人，但并不意味着他有适应宦海惊涛的经验与韬略。一个人的政治抱负和他的政治才能也并不见得呈正比。晋宋交替之际，刘裕重掌皇权，对于谢氏家族来说，时代像一架巨大的绞肉机，已经发出噬人的轰鸣。谢灵运的族叔谢混"以谋逆罪"被杀。14年后，谢晦兄弟子侄7人被宋文帝以相同罪名问斩于市曹。谢氏家族已经有8人死于刘裕父子屠刀之下。按说，人到中年的谢灵运也该有政治上的成熟了，但是波云诡谲的朝堂，像张巨网，让谢灵运的人生在一次又一次的陷害中沦陷，一次次被推向绝境。

谢灵运曾说过，天下的才华共有一石，曹子建独占八斗，我得一斗，余下的一斗天下人共分之。谢氏家族从文化基因上来说是以老庄思想为底色的。丰沛的才情并未给谢灵运带来政治上的突破，而情绪冲动、放纵不羁、耽于幻想的诗人气质，在人心叵测的仕宦生涯中，却导致了他天然的"箭靶子"体质。新来的会稽太守孟顗信奉佛教，一次谢灵运和他辩成佛之论，毫不客气地说："得道需要有慧业，你升天当在我之前，成佛必在我之后。"这样的话一出口，子弹飞一会儿后必定会成为暗器招呼回来。当时，吃"五石散"是贵族的时髦。吃了后，会全身燥热，老谢就常裸着身子大呼小叫。

孟颛就写信规劝，谢灵运就说："个人私事，碍着你个傻瓜了？"再后来，谢灵运看上了会稽城东的回踵湖，想泄湖为田，文帝都同意了，但孟颛坚决不同意，谢灵运便写诗骂老孟："中为天地物，今为鄙人有。"这一桩桩一件件地叠加起来，足够孟太守和谢灵运不死不休了。不仅如此，谢灵运从剡中到临海开辟了一条赏景线。不打声招呼，数百人开山凿石，伐木开路，闹出巨大的动静，吓得临海太守王琇以为来了贼人。为了加快工程进度，谢灵运想让王太守帮忙垦山凿路，王琇未应承。老谢便送诗讽刺："邦君难地险，旅客易山行。"面对草木山水的谢灵运性情是丰盈润泽的，而"政治智商"却常常不在线。不管是真的性格使然还是源于史书偏颇，他无疑是将两位地方官都得罪了个彻底，命运的伏笔也就此埋下。后来孟颛伙同他人上疏密告，逼得谢灵运亲赴宋文帝那儿解释。命运的齿轮就此开始向另一个方向转动，接着一环紧扣一环地碾向深渊。皇帝不想让老谢再回会稽了，便授予他临川内史的新官职，让其前往江西。

在前往临川的江船中。诗人思绪万千、进退失据，写下了著名的《入彭蠡湖口》："客游倦水宿，风潮难具论。洲岛骤回合，圻岸屡崩奔。乘月听哀狖，浥露馥芳荪。春晚绿野秀，岩高白云屯，千念集日夜，万感盈朝昏。……"千念万感的诗人，并不知道他的人生轨迹也如这奔腾的江水，悄悄地拐了一个弯。

临川内史只是个五品小官，与他之前身居秘书监、侍中等三品要枢相比，落差更大。失意之下，谢灵运放浪形骸，遨游依旧。"在郡游放，不异永嘉。"最终稀里糊涂地被人以谋逆罪弹劾。京都来人追捕，被擒后流放广州。宋文帝元嘉十年（433年），谢灵运被处以斩刑，终年49岁。一片血色残阳中，我觉得谢灵运的身影越发扑朔迷离起来。临刑时，谢灵运剪下他的美须，"施为南海祇洹寺维摩诘像须"。这是不是顾城所说的"人可生如蚁而美如神"的另一种解读。

谢灵运写下《临终》："恨我君子志，不获岩上泯。"谢灵运像一朵飘忽的白云孤悬在岩上，也孤悬在历史的天际。《宋书》评价谢灵运："为性褊激，多愆礼度。"文化、人格、心性奠定了他脆弱的生存基础，他只是一个喜怒形于色的诗人，担荷不了生命中不能承受之重。作为生命个体，再才华锦绣，在强权面前终不过血肉之躯。终于，他和这个糟糕的世界一别两宽了。命运布设的谜语，云锁雾障，机关深潜，让人左冲右突，心力交瘁，谜底却如此简单。如果只做一个"池塘生春草，园柳变鸣禽"的背包客，在六朝的山水间跋涉，是否能和那个时代取得和解？

始宁的明山秀水，溪光烟岚，是谢灵运心灵的归宿，也是他的血脉之地。这里有他引以为豪的功勋卓著的祖旧之业，有足资养生的良田美池，丰厚产业；更有供他啸傲风月、陶然忘机的灵秀山川，是他玄思的渊薮和灵感的触媒。《石壁立招提精舍》《石壁精舍还湖中作》《田南树园激流植援》《南楼中望所迟客》《于南山往北山经湖中瞻眺》《从斤竹涧越岭溪行》《石门新营所住四面高山回溪石濑茂林修竹》《登石门最高顶》《发归濑三瀑布望两溪》《石门岩上宿》等，斯人远去，故乡的山水却在他的笔下活了起来。政治上的不幸成就了文学上的大幸，谢灵运在文学史上实现了谢氏的另一种荣耀，成为谢氏中另一个独特的存在，一个脱离谢氏又增加谢氏属性之人。《诗品》将谢灵运誉为"元嘉之雄"，他的山水诗悄悄扭转了魏晋以来的玄言诗，他被誉为"山水诗的鼻祖"。"虽有句无篇，在片段里已呈现出清新的山野气息，对后世影响巨大。"到了唐朝更是引起人们的狂热追捧，始宁墅也成了众多诗人的朝圣之地。张籍的《送越客》："春云剡溪口……谢家曾住处。"白居易的《泛春池》："白蘋湘渚曲，绿筱剡溪口。"皇甫冉的《曾东游以诗寄之》："迢迢始宁墅，芜没谢公宅。"戴叔伦的《和河南罗主簿送校书兄归江南》："知君始宁隐，还缉旧荷裳。"……李白、杜甫、白居易、孟浩然、韦应物等人踵武其足迹，追慕其流韵，入剡寻找六朝烟云。经诗人诗文渲染，山水更显示其壮美的风采，踵事增华，让此地成为神州大地极具人文价值的地域之一。

谢灵运成了一缕伤痛，一种想象，一个传说。千百年来，剡地的人民都尽心竭力地保存着他的遗迹，人们用各种传奇来纪念他。据说明朝时，天姥山下有座东山寺，内有谢灵运塑像，尊为诗神。《新昌县志》载："裸体而行，须长及地，足著木屐，手执一卷，惟一布巾蔽前耳。"造出此像的巧匠也算是独出机杼了。而谢灵运当年登高抒怀，兴之所至，将酒杯覆于山巅，"登此山饮酒赋诗，饮罢覆卮"则成就了浙东名山——覆卮山。地方志书的佐证，无疑增强了我们对古代邑人的理解力，承载起了后辈对于先贤的所有向往。地方史专家金午江、金向银先生经多年的历史地理文选研究和野外考察，著《谢灵运山居赋诗文考释》，对谢灵运始宁庄园的地理位置以及诗作中提到的景物，以及他在始宁生活经历和创作的诗文，做了详细的注释。宋高似宋所著的《剡录》记载更多："康乐乡有游谢、宿剡、竹山、康乐、感化里。游谢乡有康乐、明登、宿星、暝投、吹台里。"康乐、游谢二乡就在如今的三界镇和仙岩镇地域，显见与谢灵运有关。《剡录》卷四"古奇迹"载，山下有谢康乐石床，康乐尝垂钓于此。县北十五里有谢岩弹石，灵运游此，四顾放弹丸，落处为祠，有大石如弹丸。王十朋《山赋》也说道："谢灵运弹飞岩嶂，慕此地堪栖。"谢岩古村，亦谢行迹所至。强口村，在县北廿里，世传王谢诸人，雪后泛舟至此，徘徊不能去。曰："虽寒，强饮一口……"文化的印记，栉风沐雨赓续千年。

初夏的一个周末，约了二三好友，根据史志记载，沿始宁墅大致的方位走了一圈。从清风桥下，沿着车骑山南下，仁村、大水坑、李岙村、马岙、里钓、车骑山村、灵运村、三界镇、嵝浦、仙岩、强口村……一个个村庄在古与今之间明灭，千年的时空在山水田园间回旋。时间的深度消失了，天地如幕，人间烟火就像一场清梦。

"湖月照我影，送我至剡溪。谢公宿处今尚在，渌水荡漾清猿啼。"李白笔下的"唐诗现场"如今虽然不在了，今人却在嵝浦古渡口塑了一尊像，留住了一代诗仙。李白苍茫的视野落在嵝浦潭上，那里的钓台、石床仿佛还留着谢灵运的温度。潭上还有座古老嵝浦庙，最早叫显应庙，始建于南朝梁大通年间，是为了纪念五代时期的仙居县令陈郭。略显清古的庙堂上，端坐的侠吏陈郭，手握长剑，眉目威严。两侧的楹联写道："仁哉侠吏济困扶危，英名垂剡北。壮也贤臣斩蛟除害，硕德泽黎民。"这个仁侠的灵魂，千百年来忠贞地守护着灵岩峭壁下，谢灵运那虚舟孤筏的灵魂。

日本诗人大沼枕山曰："一种风流吾最爱，魏晋人物晚唐诗。"魏晋人物就像嵇康的一曲《广陵散》，后人再怎么追，也是学不来的。谢灵运开创了中国山水诗，也成了魏晋风度的彻底终结者。谢灵运是山水，是诗歌，也是我们的遗传基因、文化根脉。他一个人开启了一条河流的文明源头，将始宁从地域推向了一个文化的高度，让灿烂的大唐派出了前赴后继的使者，也为剡地留下了深厚的人文积淀。

苍穹高远，群山如赋。日月巨轮将许多历史信息粗暴地碾压，粉碎。山峦、茂林、溪流故在——但又面目迥异。"俯仰之间，已成陈迹。"始宁与我，终究隔了1000多年岁月的荒凉。我的追寻，也许只是沉溺自我的想象，甚或是自以为是的皈依。但这些与我相濡以沫的山川河流，像一坛坛窖藏的酒，随便从哪个山头打开缺口，就会打开一个时代的灿烂；"羲之放鹤、支遁买山、孙绰才冠、雪夜访戴……"

那些埋葬千年的碎片，依然闪烁着，从另一个时代发出耀眼的光芒。这个生养我长大的衣胞之地，总有一些深具力量的东西击破生命浮层进入我的心灵内核，无论亲密与间离，震荡与平和，都被我细致地吸收，成为流遍身体的血液。祝勇曾说："所谓历史，并不是一些已经消失的事物，而是由我们身边的事物组成的，弥散在我们的周围，滋养我们的内心。"嵊山巍巍，剡溪悠悠。我听见千载而下的风雨如晦、阳光如蝉，听见鸟雀们在岁月里叽叽喳喳，用它们空茫的羽翼书写着这方山水隐秘的文化密码。这一方山水人文画卷，又何尝不是千古才子精神与风骨的写照？

剡溪，自千年而下，因为一个人，成了一条诗的河流，河流上游有个身影孤独地在山水间跋涉。

# 感受王羲之

邢增尧

在绵延不绝的历史长河中，神州大地上涌现了不知凡几的俊彦英豪，闪耀在中华世纪坛的文化巨星就有 40 人。其中长眠在越地青山绿水间以超人风骨盖世才华彪炳史册的王羲之，不仅是越地人们的骄傲，更是高山仰止的偶像。

东晋时期，中华文化的太空升起了一颗璀璨的巨星——王羲之。他的盖世才华和鬼斧神工般的妙艺不仅倾倒了一代又一代中华儿女而成为民族的骄傲，也震烁了一衣带水的友邦东瀛，被奉为圣人。我在引以为豪之时又不由思忖：是其高洁的人品陶冶了他的书艺抑或是他登峰造极的书艺抬高了他的人品？是个人修炼所致抑或是时代风尚使然？对王羲之来说，举足轻重的究竟是政治生涯还是书法艺术？

在我脑际首先刻下王羲之印记的是家住西郊乌漆大台门时节。说是乌漆其实徒有虚名，老态龙钟的台门乌漆早已剥落殆尽；大倒是真的，里面挨挨挤挤足有五六户人家，日出日落相见，锅盆瓢碗相闻，热闹得紧。

那时，最疼我的要数与我家比肩而居的王婶。每当放学回家，王婶总会拉住我的小手，塞给我薄荷糖什么的。一天，她和家母聊天，得知我读书经年竟未拜过王羲之，不由嗔怪莫名："哎呀呀，难怪阿尧的字歪歪扭扭的，不拜书圣，哪行！"于是，古道热肠的王婶毛遂自荐，陪同我和母亲前往她的娘家金庭，拜谒她的先祖——王羲之在天之灵。

出嵊城东行 50 余里便是金庭，山门前，传为王羲之手植的数株千年古樟巍然耸立，虬枝擎天，浓荫匝地。山门左侧为"晋王右军墓道"石牌坊，是清道光年间浙江学政吴钟骏题写。太师椅般的王羲之墓坐落在山腰。墓前，大明弘治年间重立的"晋王右军墓"碑穆然伫立。王婶点燃香烛，袅袅青烟遂与历史的故事幽幽衔接……

时光永是流逝，往昔的足迹早被岁月的风雨洗涤净尽，进驻心田的是东晋名士王羲之。他是以全新的楷书使我们啧啧称羡的。如果说名家钟繇的楷书常含隶书笔意，王字则隶意全无。王羲之的字骨力雄健自然天成，体态妍美而粉黛无施，姿仪清雅而庄矜严肃，法度谨严而从容衍裕……有"常人莫之能学"之势。故时至今日，叹喟王字可望而不可即的依然数不胜数。

王羲之出道走的是从政之路。

自古以来，大凡有志的文人学士都视仕途为晋升的阶梯，视济世安民为做人的基准：司马迁、杜甫、白居易……王羲之也不例外。他不管朝野如何腐朽晦暗，上司如何行强相欺，始终不改行善政、为循吏的初衷。

据《晋书》记载，王羲之仕途坎坷。咸和四年（329年）六月，王羲之首仕临川太守。小小临川郡，辖县仅十，民八千五百户，不过一地瘠民稀之郡，绝非王羲之所能施展抱负，可他并不因此就敷衍塞责，而是"循名责实，虚伪不齿"，不仅斗胆抵制上司刘胤的强征硬索，还直言极谏，险因触犯权贵而遭杀身之祸。

我时时思忖：王羲之其实是不用冒恁大的风险的。当时的政坛，凡郡守、县令无不以"服食"、"清谈"、饮酒遨游为时尚，政务尽可由下属处置，谁想过问，反有被讥为俗人之虞。因此，王羲之纵然"隆中高卧"不闻不问，亦不会有非议。我难以洞明，王羲之以南渡第一高门的属身放任穷乡僻壤的感触，他又是如何摒弃心中的怅惘勉力负起为民请命的使命，从而显露出不仅"骨鲠"且有"鉴裁"的品行。

成帝咸康五年（339年），偏安江南的小朝廷经历了一场生死劫。公元339年，酣睡在"卧榻"之旁的后赵突然发难。东晋重镇邾城陷落。阵亡将士六千余人，居民被掠近万，汉水以东，尽是绝望的呻吟和声嘶力竭的呼号。面对败局，都督江、荆、豫、益、梁、雍六州诸军事的庾亮痛心疾首：悔不听羲之之言，致有今日惨祸。

背晦颠顶的朝臣有的是，后果也可想而知，但此事却非同小可，黎民百姓的栋折榱崩无须多言，社稷的陵替方是可怕的祸胎。

庾亮的叹悔是有道理的。

早在公元334年，庾亮屯兵邾城意欲北举时，王羲之即犯颜直谏：邾城外接群夷，内无所倚……可惜忠言逆耳。

仕途的厄运对文人学士来说似乎特别钟情，无论贾谊、嵇康，还是李贺、张九龄……概莫能外。离开庾亮的王羲之显示了一个政治家兼艺术家独有的容止。他一面殚精竭虑寻绎实现夙愿的奥秘，以出世的精神做入世的事情；一面笃行不倦苦学名家书艺，博采众长，以有限的形态表现无限的意蕴，未敢有丝毫懈怠。

我时时思忖：王羲之若只痴宦海不及其余，或"备精诸体"却不锐意创新，那么，有"天下第一行书"之誉的《兰亭集序》还能有这样水灵鲜活吗？书圣的桂冠就更是个未知数了！

王羲之本是史不绝书的人，这下显现了过人的才能，不久就奉诏加宁远将军，领江州刺史。从初始的穷郡太守、征西幕僚一跃为领十余郡的州刺史，可谓重任之兆。惜好花不常开，好景不常在，赴任不过年余，王羲之又因不愿为虎作伥祸害子民而"花事泯灭"。待至永和六年（350年）方东山再起，受任会稽内史。此时，王羲之的仕途也走到了尽头。他终于无法与唯官为上的胥吏相抗衡。事实上，这亦与王羲之济世安民的宗旨相悖。唯官为上，对济世安民之说自不屑一顾；或为求官运亨通，蒙上忧国忧民面纱的也并非俱无；也有趋向极端，衍生出诸如秦桧般狗苟之徒。

江山好改，本性难移。

我无意标榜人品，也无意标榜文品。可是，在漫长的人类的文明史中，文如其人，亦云字如其人、风骨即人早经验证。我不时思忖，俞万春的笔端为何流不出《水浒传》，更不可能喷薄出"宁溘死以流亡兮……"的惊天地、泣鬼神般诗文，他若置身屈原的境地，迈的将是迥然不同的步履。

书法是始于汉末、三国时期的一门独特的艺术。它不像摄影那样易于窥察作者的用心。它的特色是含蓄和蕴藉，一个人的性格、人品、学养、艺术理想和时代风貌无不有机地融溶在"点、横、撇、捺……"诸般符号中。王羲之以他高澍的操履，姿媚流便的书体完美了古代"字如其人"的艺术思想，也造就了他在书法的历史上继往开来、集其大成的书圣地位。

王羲之在心底烙定了济世安民的印记。我时时揣摩他屈就征西幕僚时的心绪。那时，境外强敌觊觎，境内财力空虚，庾亮若能纳羲之之忠谏、熟习战阵、备齐资用而后举，击败后赵光复祖业并非没有可能。果能如此，号称中兴然而僻处江东一隅的朝廷无疑将揭开辉煌的一页。王羲之实是有功之臣。可他依然未能坐定江州刺史的交椅，上了辞官之章。按理，教训屡屡，他该以不在其位不谋其政图个自慰，然他仍然说，不！我大脑的荧光屏常常浮现如是镜头：

云海如墨，风声如涛，参天大树下，一风流倜傥儒生仰首问天：新月，你在哪里？

牙儿般的新月仿佛冒出了地平线，穆帝时，王羲之有幸出任会稽内史，然而，宦海茫茫，梦般的月华转瞬即逝。为临川太守时的上司刘胤早已自食恶果，而现任的上司王述却比刘胤不知厉害多少。他先是对王羲之优礼有加，后终于逮到了机会：王羲之忧国忧民而为朝野传诵的《与会稽王笺》触着了会稽王的痛处，会稽王震怒了！

王述横眉剑出鞘。

这是把杀人不见血的隐形剑。

王述的儿子坦之携着攻无不克的"红包"上路了。我猜想，见了会稽王，坦之自会悲天悯人地告上一状：尊敬的殿下，王羲之真是太那个了！什么伍员之忧、倒悬之急，分明是以下犯上居心叵测……烈火烹油，会稽王不由七窍生烟、须眉倒竖：罢了罢了！

东晋王朝在成帝时就多日薄西山的征兆，后赵南侵一役，使东晋王朝原本羸弱的身子又挨了一记闷心拳，用气息奄奄来描述似乎有点过分，可也相去不远。穆帝时，更是民穷财竭灾祸连连。永和五年、六年，江左洪灾，接着又是大早，王羲之屡屡"开仓赈贷"以救民命。王述却让人四处造谣。说什么灾情本轻，王羲之这开仓赈济是故意收买民心啦，王羲之屡屡上书是变相诽谤朝廷啦，不一而足，连王羲之工书之誉也成了哗众取宠的代名词。着意加工的谣言直把京城炒得沸反盈天。

面对乌云压城城欲摧之势，王羲之再也不能拢笏看山了。他开始强慑心神，郑重揭开心灵深处的覆盖，检点自己从政以来亦断亦续的轨迹，或愉悦，或烦闷，或惆怅，或伤心……然无论如何总没有忘却济世安民的重任，可说仰不愧于天，俯不怍于人，然今日为何竟要受制于小人呢？为的是功成名遂吗？自己早就可应王导的举荐出任吏部尚书，要是那样，现在自己就不是区区郡守了，自己是为了做人的准则啊！王羲之觉得从政若梦，这梦无论怎样绵长，总是要醒来，今生今世，纵然朝廷再诏，也不再出仕了！

王羲之找到了通往内心深处的道路，毅然决然去父母墓前"告慰先灵"，然后交卸郡篆，在众多耆老士庶的送行中移居葽山别业。未几，又仰慕剡县（今之嵊州）秀山丽水，踏衰草，穿疏林，赴金庭定居，在绵长的时光中用书画疗自己的伤口，在前行中终老余生。

王羲之一生仕途艰难竭蹶，最后宁可辞官也不变志从俗，力求品格的完美。这于封建时代的一个文人学士来说，实使人钦敬有加。撤出历史的隧洞，聚焦五光十色的现实，如是风范亦属鲜见。而今，盈满我们眼眸的，在权势和灯红酒绿中寻求满足和实在的情景使人疏忘了精神的斑斓。当然，这仅仅是时代马拉松跑中的一种姿势，用不着杞人忧天。

行文至此，我篇首所需之标准答案似乎仍是有影无形。王羲之跻身政坛，追求的是济世安民。他做出了努力，更以自己的实践在人生之路上书写了凝重的一笔。但是，在广袤而绵长的政坛的百花园中，他的政绩之花毕竟不是最绚烂的。而他的书法艺术呢？唐太宗李世民誉他的字"烟霏露结，状若断而还连；凤翥龙蟠，势如斜而反直"；梁武帝萧衍更说王书"字势雄健，如龙跳天门，虎卧凤阙"。

王羲之，中华民族的一座齐天丰碑。

王羲之，前不见古人，后不见来者！

# 梦寻前朝的一脉星光

邢增尧

　　很早以前，诵读明代散文大家张岱的《湖心亭看雪》，惊叹之余，觉得张岱是远在天边的一颗亮星，深邃、神秘。后来，知晓他是绍兴人，距离便倏地拉近。那是一种缘于故土的乡情，一种缘于故土的血脉联系。于是，怀着深深敬意的我，遂沿着一条长长的历史古道前去，只为寻觅前朝的一脉星光，与隐在时光深处的他，做一场心灵的对话，受一次圣洁的洗礼。

一

　　张岱，字宗子，又字石公，号陶庵、蝶庵、天孙，晚年号六休居士。祖籍四川绵竹。远祖为宋抗金名将张浚。张浚六世孙张远献于南宋末年任绍兴太守，后世遂定居山阴。高祖张天复，嘉靖二十六年（1547年）进士，历吏、兵二部，视全楚学政，后调云南臬副。曾祖张元忭，隆庆五年（1571年）状元。祖父张汝霖，万历二十三年（1595年）进士，先后做过兵部主事，山东主考、南都刑部、贵州主考等。父张耀芳，天启四年（1624年）以副榜贡谒选，授鲁藩长史。明万历二十五年（1597年），张岱就出生于这样一个累世通显的家庭。官宦门第和祖上余荫，使张岱的前半生过着富埒王侯的生活。他的风流倜傥，他的出众才华，他的雍容华腴，使其粉丝如云。

　　江南。繁荣富庶的名城绍兴，有座古意盎然的蕺山。崇祯七年（1634年）中秋，它经过精心装扮，仿若缀珠叠玉、飘红流紫的童话世界。东道主张岱以不泯的笑容，欢迎来自各地的七百余位宾客、友人，在这里举行聚会。应邀到场的客人，人人携带酒馔蔬果、红毡，在星空下席地而坐，缘山七十余床。一应公子哥儿怀搂美女，对酒当歌，合唱《澄湖万顷》，声如潮涌，山为雷动，浩大声势令人咋舌。酒至半夜，众人兴致愈益高涨，又在山亭摆上戏台，连演十几出，引得邻近居民人等竞相前往，观者上千。待得四鼓时分，月光如水，人在其中，濯濯如新出浴；而随着远山遁隐云中，清朗歌声方始稍息（《陶庵梦忆·闰中秋》）。

　　张岱生性坦荡，他曾说自己"少为纨绔子弟，极爱繁华，好精舍，好美婢，好娈童，好鲜衣，好美食，好骏马，好华灯，好烟火，好梨园，好鼓吹，好古董，好花鸟，兼以茶淫橘虐，书蠹诗魔"。将明中叶那种"人情以放荡为快，世风以侈靡相尚"之风，发挥得淋漓尽致，荡气回肠。上海图书馆珍藏有一封张岱向金乳生讨要花木的信，就是他"好花鸟"的一个剪影。

　　金乳生何许人也？《陶庵梦忆》卷一有《金乳生草花》一章，说他"弱质多病，早起，不盥不栉，蒲伏阶下……"看来是个曾入仕途却早已回归田园之人。金家只有"小轩三间"，花园也只有简陋的土壤、竹篱与街道相隔。不像张家的园林，浮舟烟水，亭台楼榭，曲院杉林，庄严威仪。但由于金乳生拥有培育花木的独门秘技，故他种植的"草木百余本"，不乏奇花异草，一年四季都有鲜花盛开，都有芳香袭人。单春天就拥有莺粟、虞美人、山兰、素馨、决明，还有芍药、西番莲、土萱、紫兰、山矾……张岱向他讨要的老少年和剪秋纱，都是秋天开花的"善本"，富蕴清气，富蕴雅气。张岱在信中说："倘有奇本，不妨多惠几种。"语气平和，礼貌，客气。他十分欣赏自己的爱好，觉得生活本应五光十色，审美自是人间至真，尽情赏玩大千世界的绚丽与辉煌，困了，乏了时，置身霏霏烟雨下，幽寂花囿里，浮动暗香中，不知今夕是何夕，乃是人生最得意最甜蜜的事情。

## 二

张氏宗族乃书香世家。张岱高祖、曾祖、祖父、父亲皆擅长诗文，且多有著作问世，张天复著有《鸣玉堂稿》，张元忭有《不二斋文选》，张汝霖有《砎园文集》，张耀芳"善歌诗，声出金石"。张汝霖对张岱情有独钟，不仅在张岱孩提时就携他去大学者黄贞父处受教，自己也不遗余力栽培。张岱说："余家三世积书三万余卷，大父诏余曰：'诸孙中惟尔好书，尔要看者，随意携去。'"张家既为张岱留下了丰裕的物质财富，也赐予了取之不尽，用之不竭的精神食粮，而从娃娃抓起的教育，尤使张岱的智力得以不同凡响。六岁那年，正在玩耍的张岱遇见正在观画的舅父陶虎溪，陶指着画对张岱说："画里仙桃摘不下。"张岱小脑袋一歪对曰："笔中花朵梦将来。"对仗工整，一气呵成。九岁那年，祖父张汝霖领他去杭州故居。适逢素喜骑鹿，人称"谪仙"的陈眉公。眉公听说张岱善对，遂指着张家堂前的《李白骑鲸图》，念出上联说："太白骑鲸，采石江边捞夜月。"张岱信口对道："眉公跨鹿，钱圹县里打秋风。"眉公放声大笑，不恼反赞说："那得灵隽若此，吾小友也。"（《琅嬛文集·自为墓志铭》）

张岱性喜遨游，辽宁、河北、山东、安徽诸省，泰山、齐云、武当、普陀诸山，南京、扬州、镇江、无锡、苏州、嘉兴诸地，都留有他的足迹，"大江以南，凡黄冠、剑客、缁衣、伶工，毕聚其庐"。至于水路，无论是由杭州经大运河北上京城，抑或从海上前往舟山，那瑰伟的湖光山色，七彩的市井生活，缤纷的风土人情，还有岚云丽日，渔舟唱晚……尽收眼底。平素酝酿于胸的识见、典籍多在游历中得以丰富，得以印证，胆识和文气也得到了空前的淬炼和提升。于是，他将获得的五花八门的知识，洞明的不知凡几的社会镜像和不拘一格的鲜活细节化入《夜航船》的脉络，使之在各个部类中涌动不息。

在《夜航船》的序言里，张岱写有这样一个故事：有一僧人和一读书人同时乘坐夜航船，读书人口若悬河，夸夸其谈。僧人敬畏，蜷足于船舱一侧而寝。后来，读书人竟信口雌黄，不辨东西。僧人惊讶莫名，遂问："请问相公，澹台灭明是一个人还是两个人？"读书人答说："是两个人。"僧人又问："那么尧舜是一个人还是两个人？"读书人答说："自然是一个人。"僧人笑笑说："这般说来，且待小僧伸伸脚。"遂以伸伸脚为由离开船舱。大言不惭的读书人也只好偃旗息鼓了。故事并未如小说般铺陈大段的心理描写，只以精短的对话，就让读书人中浪得虚名的"这一个"一览无遗。小小的故事也就有了别样的光彩。

《夜航船》上至天文，下至地理，考古、政事、礼乐、方术、外国、植物及社会状况、世情百态无不囊括于中，整整二十部，一百二十五类，四千余条目，还附有解释，仅凭一人之力，便成就了这一百科式的杰作，实令人心悦诚服，肃然起敬。

张岱的散文，喜用梦忆、梦寻来回忆、纪念风土和故国，从而挑起了他创作的半边天地。在《陶庵梦忆》《西湖梦寻》《琅嬛文集》中，许多记述晚明社会生活的篇章都有透出纸外的名士风流和跃出笔墨的文人风采。在名篇《西湖七月半》里，张岱阿噱了那些"是文好名，逐队争出"，将妙不可言的西湖月色折腾得"如沸如憾，如魇如呓，如聋如哑"的"避月如仇"之辈，希冀"纵舟酣睡于十里荷花之中"，在大自然的怀抱里获得心灵的宁静和纯洁，文字优美，言简旨远，意蕴隽永，堪比洗练、灵动的唐人绝句。旁人是无法类比的。再看以"扬州瘦马"为题，披露人肉市场一文：

至瘦马（被卖女子）家，坐定，进茶。牙婆扶瘦马出，曰："姑娘拜客。"下拜。曰："姑娘往上走。"走。曰："姑娘转身。"转身向明立，面出。曰："姑娘借手睄睄。"尽褫其袂，手出，臂出，肤亦出。曰："姑娘睄相公。"转眼偷觑，眼出。曰："姑娘几岁了？"曰几岁，声出。曰："姑娘再走走。"以手拉其裙，趾出……曰："姑娘请回。"一个进，一人又出，看一家必五六人，咸如之。

文章貌似波澜不惊，骨子里却以冷峻的反思，审视当时社会的沉疴痼疾；直面心灵深处的战栗，抒发世间难平的心音，成了他散文中一道令人怵触甚深的风景。而掩卷沉思，则让人情不自禁地想到鲁迅先生在《狂人日记》中所言："才从字缝里看出字来，满本都写着两个字是'吃人'！"故学者祁彪佳盛赞张岱散文有郦道元之"博奥"，刘桐之"生辣"，袁宏道之"倩丽"，王季重之"诙谐"。伍崇曜跋《陶庵梦忆》亦指出："昔孟元老撰《梦华录》，吴自牧撰《梦粱录》，均于地老天荒沧桑而后，不胜身世之感；兹编实与之同。"斯言中的。

张岱在写作上力重"勿否淘汰，勿靳簸扬"，故收集在《陶庵梦忆》《琅嬛文集》和《西湖梦寻》三部集子里的散文，由于筛选严格，几乎篇篇都是精品。这也使我想起，著名画家吴冠中精心删汰画作的故事：吴冠中创作的画作难以数计，晚年时，他把毁掉不满意的画作纳入重要行动日程；纸作手撕，油画刀剪，然后付之一炬。至于画在三合板上的，则用颜料涂盖殆尽。登门拜访的新加坡摄影师蔡斯民见状，惊诧不已，说："你不是在毁掉画作，是在毁掉豪宅呢！"吴冠中平静地说："我要对得起良心，有瑕疵的画作，是绝对不能留下的，只有认真对待自己的作品，才能赢得观众的尊重和信任。"感动连连中，蔡斯民把吴冠中毁掉画作的整个过程一丝不苟地拍将下来，并以《留真》为题，发表了系列照片，在国际上引起巨大轰动。泰戈尔先生说："有勇气在生活中尝试解决人生新问题的人，正是那些使社会臻于伟大的人！那些仅仅循规蹈矩过活的人，并不是在使社会进步，只是在使社会维持下去。"语重情长，发人深省。

啊！伟大的文化人格必定息息相通，心心相印。


三


崇祯十七年（1644），一个"天崩地解"糜沸蚁动的年代。王朝的更替就像在炉子上烙饼，一会儿翻过来，一会儿翻过去。崇祯帝朱由检刚刚蒙羞以终；自称闯王的李自成就急吼吼登上了金銮殿龙椅。只是屁股还未坐热，即被问鼎中原的清人一脚踢了个嘴啃泥。清帝国一建立，文化专制的铁箍便伴着刀剑伴着镣铐锚定了子民。处处是恐怖，处处是痛苦，处处是幻灭。当然，也有求索和拼搏的火星在迸溅，在闪烁。其时，绷紧了根根神经的文人自是"将军不下马，各各奔前程"。有如张煌言、陈子龙、夏完淳者，高举反清复明大旗，宁可站着死，不愿跪着生；有如钱谦益、吴梅村、龚鼎孳之流，则孩子有奶便是娘，管什么汉奸，什么廉耻，只要活得滋润。

这惊天动地的冲击波，也波及了存身江南水乡的张岱。在纤尘不染的书房内，他眺望窗外：云遮湖山，风卷残叶，流水噤声，难见舟楫……心绪不由随着忧郁飘来飘去。在这山雨欲来风满楼的时刻，他想到了高祖张天复，严拒沐氏以金龋功的要挟；想到了曾祖张元忭得罪权臣张居正、严嵩，只为秉公执法；想到了祖父张汝霖幼年就敢于指正父执徐渭在史识上的失误……他还想到了自己，崇祯元年改编敷演宦官魏忠贤倒台传奇《冰山记》，且亲做导演，在绍兴城隍庙戏台公演，演到"耽杀裕妃，杖杀万燝，人人愤扼，怒目相视。至颜佩韦击杀缇绮，人声喧拥，汹汹崩屋，有跳且舞者。大井旅店，勾摄珰魂，抚掌颠狂，楹柱几折"，群情振奋。而今，面对清朝的血雨腥风，自己已垂垂老矣，无力再做生死搏杀，唯有将蓄势已久的《石匮书》写出来，"藏之名山，传之其人，通邑大都"，以纠正"有明一代，国史失诬，家史失谀，野史失臆"的"诬妄"状况，才是至理。

张岱用未来意识审视当下，把何去何从放到历史的坐标上来衡量、来思忖，遂有了混沌初开拨云见日的通透，有了"胸中藏有百万雄兵"的清醒和镇静。于是，他踌躇满志，胸膛笔挺，一副泰山崩于前而色不变的大丈夫行径。他带上一子一仆，"略携数簏"藏书，昼夜兼程，前往离绍兴百里之遥的剡县山中，隐居下来。

这里，山岭重重，幽谷沉沉，乱石遍地，危崖壁立。逶迤的小路，像被遗弃的琴座上的废弦，时而绕上峰顶，时而落入谷底。偶有寺庙一二，亦是人迹罕至，飞鸟无影。山区的冬天特别冷，苍穹像硕大无朋的冰罩，罩定了世间一切。北风刺骨，寒霜侵髓，四野茫茫，岩石冻裂。我猜想，在那挂满冰凌的草庐里，张岱升不起火，只好哆嗦着身子坚持梳理：曾让他活得赏心销魂的煌煌明朝，怎样被各种竞逐的残暴、野心、贪婪所撕裂？是魏党与东林间的党争，万历、天启时的门户之祸，还是崇祯"一言合则欲加诸膝，一言不合则欲堕深渊"的刚愎本性？他反复追思回想，条分缕析，手麻木了，脚冻伤了，仍像机器人般，用那管浸透了洁白泪雨的笔，祭奠沉积于时光中的国殇，祭奠那苦心孤诣的寻觅。尽管后来返回山阴龙山时"骎骎为野人"，"故旧见之，愕窒不敢与接"。但他依然不管不顾，依然笔走龙蛇，将真切、冷峭的文字融成黄钟大吕，让生命酿成的价值一路飙升。

一个曾经过惯"繁花似锦"奢侈生活的浪荡公子，突然跌入"瓶粟屡罄，不能举火""布衣蔬食，常至断炊"的深涧，不仅没有自尽，还凭着一丝弱息，凭着"敢于世上放开眼，不向人间浪皱眉"的信念，于顺治十年八月，上三衢，进广信，"山一程，水一程"，访问明朝遗老，"事必求真，语必求确，五易其稿，九正其讹，稍有未核，宁缺勿书"，来弥补"崇祯朝既无实录，又失起居，六曹章奏，闯贼之乱，尽化灰烬；草野私书，又非信史"的缺憾，真让人高山仰止。张岱在《石匮书·义人列传》中倾诉自己置之死地仍思生的缘由："然余之不死，非不能也，以死而为无益之死，故不死也。以死为无益而不死，则是不能死，而窃欲自附于能死之中；能不死，而更欲出不能死之上，千磨万难，备受熟尝。十五年后之程婴，更难于十五年前之公孙杵臼；至二十六年之谢枋得，更难于至正十九年之文天祥也。"

张岱在严肃冷峻的自我剖析与忏悔中告诉我们：他之所以不愿做无谓的牺牲，是因为撰写明史大业未竟。他要像晋灵公时的程婴，元末的谢枋得一样，忍辱负重，发愤作为。那是一个文化人在生死攸关之际对人生真谛的追寻，那是一种气度和智慧，那是人格旗帜的高高飘扬。后世有人指责张岱"畏惧清廷淫威，作遁世之举"，实是未能仰观其伟岸人格，未能撩开面纱洞明其正义担当……令人诧异的是，历史亦有惊人的相似之处，此时此际，张岱的所思所想，和同处 17 世纪大时代，远在大洋彼岸的文豪莎士比亚的心境可谓殊途同归。莎士比亚面对专制王朝的重压，从容道："要是上天的意思，让我受尽种种折磨，要是他用诸般痛苦和耻辱加在我毫无防卫的头上，把我浸没在贫困的泥沼里，剥夺我的一切自由和希望，我也可以在我灵魂的一隅之中，找到一滴忍耐的甘露。"（《奥赛罗》第四幕）张岱和莎士比亚以他们的高瞻远瞩让我们记住：环境愈艰难困苦，就愈要坚定毅力和信心，只有信念和力量的觉醒，才能扛住黑暗的闸门，摒斥暴戾的雾障，迎来生的翠绿，美的芬芳。我还想：物以类聚，人以群分，百年后的曹雪芹居然也能在反思和忏悔中，留下中国第一部大悲剧，"看来字字皆是血，十年辛苦不寻常"的《红楼梦》，兴许亦是受了张岱他老人家的影响，方有如此的大手笔、大气魄、大襟怀。

命运把张岱放到哪里，他就在哪里生根发芽，开花结果。顺治十二年（1655）左右，一个西风飒飒、水远山凝的日子。以司马迁保全史料之地"石匮"命名的明史巨著《石匮书》静静地置身在不知陪伴了他多少年的书案上。

它是张岱采撷自历史大树上的一枚成熟果实，文气丰沛，识见卓越，是与他生命并重的东西。它蕴着晨曦的清新，凝着星星的光亮；它折射着民族的兴衰、屈辱和觉醒。熔铸在它身躯里的，对人性，特别是对敢谏善谏的忠贞之臣和万死不辞的抗清义士的深度探究，成了张岱一生行事做人准则的一个很好注释。清人毛奇龄曰："先生慷慨亮节，必不欲入仕，而宁穷年厄厄，以究竟此一编者，发皇畅茂，致有今日。"读来令人动容。

"太上有立德，其次有立功，其次有立言，虽久不废，此之谓不朽。"（《左传·襄公二十四年》）

衷心感谢张岱为后人留下这多不朽的文本。

# 一曲剡溪心不竟

千江月

"竹帛烟销帝业虚，关河空锁祖龙居。坑灰未冷山东乱，刘项原来不读书。"秦始皇的焚书坑儒，并没有换来自家的太平盛世。一路东巡至嵊州剡山之侧挖坑以泄王气之举，也没有换来秦家的皇皇万世，同样的贻笑后世。

山可凿，地可掘，王气可泄，唯流水不可断，唯文脉断不了。抽刀断水水更流，举杯消愁愁更愁。人生在世不称意，明朝散发弄扁舟。秦始皇永远也想不到的是，比起血流成河的成王败寇，有太多美好的人文故事在剡溪这条永恒的河流上闪闪发光。

## 剡溪：生命中不能承受之轻

河流是文明的源头。无论我们走到哪里，都要谈论那里的河流；无论我们去往何处，都忘不了故乡的河流。我们一脚踏进地理的河流，同步也踏进历史的河流，只是当时的我们不自觉（察觉），就像王子猷那一夜的剡溪之行。

谁也不知道，雪是从什么时候开始下的。雪越下越大，落在越地上，慢慢地堆积起来，给沉睡的越城盖上了一床洁白而厚实的新棉絮。

一觉醒来，再难入睡，披衣起身，打开房门，王子猷被雪光晃了双眼。

如果王子猷是个摇滚青年，他一定会唱起他们老王家乐队的歌：给我一壶酒，再给我一支烟，说走就走，我有的是时间……没错，子猷确实是个东晋资深摇滚青年，简直是摇滚鼻祖。心有所动，必须要有所行动，必须要动身出发，来一场说走就走的旅行，不必等到天亮再出发，雪光已经照亮了他。

船桨划拨着水面，发出暗哑的噗噗声，如鱼饮水冒泡。有些许清冷寒意，幸好已有几杯黄酒落肚，温心暖胃。想着正在剡县隐居的戴安道，想起那些拂尘清谈的时刻，想起那些抚琴共赏的时光，王子猷心头的热汽在噗噗上涌。酒逢知己千杯少，人生难得一知己。我在这头，你在那头，有水可渡，有舟可行，幸甚至哉。思绪万千，发散在无边的夜空中，轻摇慢行的时光一点都不觉得难挨。

风吹过来，零零碎碎的雪花飘落在江面上，刹那之间就融入水里，悄无声息。王子猷久久地盯着那被灯火照亮的雪花，盯着那荡漾开去又复原如镜的江面，那颗躁动的心渐渐地安静下来。雪花真是洁白啊。那么洁白的雪花也没人去怜惜她，就这样匆匆地落进了水里消失不见。青山不改，绿水长流，好似万古长存，而雪花的生命是多么短暂啊。雪花纷扬，看似热闹，却无欲无求，落在山野上，落在茅屋顶，落在水面上，坦荡纯洁而心无挂碍。

两岸的青山安然无语，小艇在溪水中如在镜中荡漾，雪花在半空中轻舞。天地间一片空明宁静。王子猷深切地感受到了万物的静默与自由，各得其所，呈现着它们各自充实的、内在的、自由的生命，这自得的、自由的各个生命在静默里吐露着天然本真的光辉。

乘兴而行，兴尽而返。我悄悄地来了，我轻轻地走了。见或不见，他就在那里。是的，他就是那隐居在剡的戴安道，可是他是谁真的重要吗？重要，也不是很重要。重要的是戴安道是我想见的人，是入我青眼之人。不重要的是行到水穷处，坐看云起时，在我天人合一灵魂出窍、孤寂的内心被光亮充盈之后，戴安道已经不再是目标。

大江流日夜，逝者如斯夫。没有谁跟得上岁月匆匆的脚步，也跟不上瞬息万变的兴情变化，就在兴起的一刹那，王之猷的肉身及时地跟上了他的灵魂，自我在如羚羊挂角不着一物的放飞中求得圆满。那只雪夜的船，如同漂浮在空无一物的镜面上，成为魏晋时代精神的一帧写照。

如此潇洒出尘的行为当然不止他一个，要不然也不会有魏晋怪诞故事集《世说新语》传世。竹林七贤之一的嵇康，有一次在家打铁——他是个很喜欢打铁的人，钟会来看他，他只顾打铁，不理钟会。钟会没有意味，只得走了。嵇康就问他："何所闻而来，何所见而去？"钟会答道："闻所闻而来，见所见而去。"

拜访隐者却不相见，弹奏无弦的琴，读些无字的书，说些玄之又玄的废话。真的是道可道，非常道；名可名，非常名；玄之又玄，众妙之门。王子猷像蝴蝶振翅的一次轻飘飘自我放飞，就这样飞进了历史的河流里，带着那条叫剡溪的河流一起名扬天下。

## 剡山：星子峰边高士隐

山不在高，有仙则名；山登绝顶，有人为峰。

广义上的剡山应该包括整个剡地的山，因道教的洞天福地和刘阮遇仙的传说而闻名于世。冲着这一点，诗仙李白一路高歌着"此行不为鲈鱼脍，自爱名山入剡中"乘舟而来。狭义上的剡山则是指坐落嵊州城区的城隍山，名为山实则更像是个小山丘，它的最高峰星子峰才区区一百四十五米，这样一个毫不起眼的小山丘却因一个隐居的戴逵而出名。隐也，显也，并非沽名钓誉的终南捷径，却再一次验证了万物有生于无、无中生有的道家真谛。

让尘世的归尘世，隐士的归隐士，我们可以像王子猷一样无须去惊扰戴逵的一片清兴。文人墨客纷至沓来，剡山从来就不缺代言人。

"千古剡溪水，无穷名利舟。闲乘雪中兴，惟有一王猷。"当王十朋在剡溪师院担任教师之职写下此诗句时，岁月的长镜头定格在公元 1148 年。此时的赵宋王朝跟西晋一样仓皇败退南迁，史称南宋。没有人能踏进同一条河流，傲慢自大的王朝却一再逃离中原大地南渡长江，西晋东晋，北宋南宋……历史总是重演，像卷进了一个无法祛魅的旋涡黑洞。

风流总被雨打风吹去。动荡的风流魏晋，雄放的盛世唐朝，早已成为过去时。然而，形而上的山河一再破碎，具象上的河流还是那条河流。剡溪，这条由王谢之辈的人文诗歌造就的河流，在李白杜甫等众多唐朝诗人的追随吟诵中迎来了高潮，而随着王十朋的多次路过和踏入，又泛起了不小的波浪。

任是李白杜甫等名扬天下的大诗人赴剡一游再游，毕竟是过客匆匆。不知是倾慕祖上风骨之因，还是在乐清和临安奔波往返中多次经过剡溪结了缘，自认是子猷后人的王十朋，很自然地把剡地认作了第二故乡。剡山在戴逵之后又敞怀接纳了一个异乡客——一个进退有据、行动有节的入世之士。

王十朋，乃温州乐清人士。少年时所写文章，就有忧世拯民之志，自题书室为"不欺"。公元 1157 年，他以"揽权"中兴为对，中进士第一，被擢为状元，先授承事郎，兼建王府小学教授。王十朋以名节闻名于世，刚直不阿，批评朝政，直言不讳。朱熹、张栻皆雅敬之，称赞他"光明正大，磊落君子也"。徐似道（竹隐）赞曰：梅溪古之遗直，渡江以来一人而已。

王十朋应太学同舍、友人周汝士、周德远的邀请，分别于 1148 年和 1153 年两度入剡，为嵊县周家渊源堂义塾（后改名剡溪书院）授徒讲学，这就是有名的"剡溪师席"。周门文风得以盛冠于嵊县，王十朋实厥功至伟。1157 年，王十朋与他的学生周汝能同中进士，师生相得的佳话更在剡中地区盛传不衰。教书之余，于星子峰下结庐读书吟诗，写下了《剡溪杂咏》系列和《剡溪春色赋》等有关剡地的诗词文章，成为吟诵剡溪最多的历代文化名人之一。他离嵊后，读书处被剡地人敬奉为庙，俗称大王庙，内塑王十朋神像，以示纪念。

　　"不知吾祖乘舟后，得得谁从雪里来。""剡水照人碧，剡山随眼青。吾来非雪兴，惭上戴溪亭。"距离王子猷雪夜访戴后，谁也无法统计剡地曾经下过多少场大雪。在剡地逗留的几年间，王十朋见过春暖花开，也经历过下雪的冬天。可是没有了高隐的戴逵，没有了乘兴的子猷，雪下与不下没有什么分别，最好的风景都少了一个同道知音。真是惭愧啊，我不是那个潇洒遁世的人哪。就像我们每一个被红尘俗世所羁绊的人一样，王十朋发出了徒有羡鱼情而不能身体力行的一声长叹。

　　"竹有君子节，青青贯四时。""吾家植千竿，风月足自怡。"王十朋跟王子猷一样对青青翠竹情有独钟，自有一份追随竹林七贤高躅、节操自励的襟怀，然而，与飘然出尘的王子猷明显不同的是，他自始至终有一颗坚定的济世心。"宦游寓幕府，幽怀属山林。兀坐窗几间，默求圣贤心。……事业浩无穷，筋力愧不任。丈夫固有志，宁在官与金？"正是以君子之道从江湖之远走向庙堂之高，也完全可以秉持着同一理念从庙堂之高回归江湖之远，真正做到居庙堂之高，则忧其民，处江湖之远，则独善其身。

　　王十朋被后人塑造金身，从一个俗世之人成为一个被供奉的神。他让我们知道，不论是在剡地还是身处何地，做一个上不欺天、下不欺民的人，也可以修身成神，而不是胡乱吃药修仙。

　　俯仰天地间，智者乐水，仁者乐山，既可以做一个灵魂自由、放飞自我的人，也可以做一个立德立业、从心所欲而不逾矩的人，这是王子猷和王十朋留给我们剡地人的一份精神食粮。

　　子猷桥、戴溪亭、访戴驿、舣雪楼、艇湖、戴望村、大王庙……无论是王子猷的一次乘兴之行，还是王十朋的潜心授业，不但流淌在后世文人墨客的笔墨之河里，也给小小的剡地创造了一连串的人文建筑和地理标识。无论是刻录功德的纪念碑，还是被事件和历史人物命名的亭台楼阁，建筑的意义，既兼具实用和审美功能，也是给善忘的人们一个物证，赋予流动的时间以永恒。从子猷桥、戴溪亭、招隐寺到访戴驿、舣雪楼，再到如今新建的访戴桥和艇湖城市公园，一次次地建造，一次次地损毁，又一次次地重建，就像日升日落，就像西西弗斯推石头上山又滚下来，善忘的人类总是在铭记、忘却和追思中循环往复。以前不能苟同于崭新的仿古建筑，总觉得流于功利而肤浅，而此刻突然意识到，只要赋予足够的时间，只要保持不断地叙述，人文意义上的剡溪就会源源不绝地流淌。

"谁谓古今殊，异代可同调。"不管社会如何发达，经济如何发展，科技多少先进，我们依旧需要泛舟江湖，任江上清风吹拂；我们依旧需要独坐幽篁，被山间明月高照；我们依旧需要追溯文化的源头，在一次次回首中观照生命，成全自我。

# 在那桃花盛开的地方

千江月

2019年《中国国家地理》湖北专辑里，在被规划为三峡库区的湖北宜昌市秭归县郭家坝镇，在与生于斯长于斯的故乡永别时，一位移民小心翼翼地带上了家门口的一棵桃树，红艳艳的桃花盛开在他背上的竹筐里。

"在那桃花盛开的地方，有我美丽的故乡。"我们不难发现，从古至今，我们一直唱着热爱乡土的同一首歌谣，总有一株株桃花开在我们心头。从《诗经》里的"桃之夭夭，灼灼其华。之子于归，宜其室家"到陶渊明《桃花源记》里的"忽逢桃花林，夹岸数百步，中无杂树，芳草鲜美，落英缤纷"……

## 刘阮遇仙：浮世度千载桃源方一春

没有人能够告诉我，山的那边有没有住着神仙。这不只是罗大佑一个人的童年记忆和困惑，也是我们所有人的童年记忆和困惑。自然是有年长者说起过关于山里住着神仙的传说，要不然神仙不会凭空出现在小孩的脑子里，成为一个心心念念的疑问。毫无疑问的是山里一定有神仙，令人疑惑的是大部分人都没有亲眼亲身遇见过神仙。

山重水复疑无路，柳暗花明又一村。神仙故事总是以入山迷路为开端，剡地人刘阮遇仙的故事就是其中一例，并被后人不断地更新演绎。据南朝刘义庆撰写的志怪小说集《幽明录》所记，汉明帝永平中，会稽郡剡县人刘晨和阮肇共入天台山采药，迷路不得返，入桃源洞，遇两丽质仙女，被邀至家中，并招为婿。经半年而归，已见七代孙。相传阮肇的家就在如今嵊州三江街道阮庙村，村里建有阮仙翁庙。

与此相类似的神话传说，我所知道的就有本地捣臼爿村的传说，还有衢州烂柯山的传说……都是平民老百姓的各种遇仙故事。故事大同小异，唯一的区别是遇见仙女还是下棋的老头。神话传说是人类童年时期对于未知世界的想象和构建。目光所及，所见的东西总是有限，远处的大山阻挡了我们的视线。远方有什么，需要我们个人的想象来构建。一个人的视野和眼界，决定了一个人的局限。刘阮遇见了仙女，就像牛郎遇见了织女，董永遇见了七仙女，说是仙遇，也不过是一个凡俗男子的艳遇而已。入山砍柴遇见下棋的神仙老头，则跟上街买菜途中在街边围观人家下棋一样，完全是一个男人日常生活的翻版。

当然，与普通老百姓要靠运气和偶遇来进入仙界不同，能量大者则有更高级别的自发性的寻仙记。这山望着那山高，做得皇帝想成仙。对于作为天下至尊的统治者来说，高居食物链顶端，低层次的物质和精神需求早已得到满足。唯一的追求是长生不老，打败时间的制约，实现幸福生活万万年的梦想。自秦始皇派徐福东渡海上寻仙开始，历代王公贵族炼药修仙层出不穷，其中的影响不单单是思想观念上的蔓延发散，甚至哺育了以补气吸精、延年益寿为概要的中医养生文化。

在所有的遇仙故事里，我们发现都有"浮世度千载，桃源方一春""山中方一日，世上已千年"的时间观念。天上人间，时差太多。幸福的日子总是相似的，所以天堂的日子看上去一成不变千年如一日，或者说美好的时光从来都是短暂；而人间各有各的不幸，各路统治者各领江山几百年，不是战乱瘟疫就是盛世饥荒，老百姓难得有几天安生和温饱日子，才有了度日如年的时间刻度。不一样的时间刻度区分了世俗和天堂两个世界不同维度的存在。花开花谢又一年，良辰美景奈何天，只有告别了枯荣衰败的世俗的断片时间，才能进入神圣的天堂时间——四季如春、花开不败的永恒时间。

更为重要的是，天堂里的时间刻度既是出走俗世的时光隧道，也是对创世之初混沌世界的留念。生命刚刚开始，一切都是新鲜的模样，还来不及老去。

## 桃花源记：洞穴或孤岛的理想国

人生天地间。从出生开始到老去离世，人不仅仅受制于时间，也受制于空间。

逃离，逃离现世的苦难，逃离自身无法承受的困境，去往另一个幸福的国度，是每个人的梦想。木头的吉兆组成"桃"。"桃"通"逃"。桃之夭夭，逃之夭夭。我们借助自己创造的语言文字实现胜利大逃亡，一株桃树承载一个人的梦想，一片桃树林承载起一个群体的理想国度。与刘义庆同时代的陶渊明，作为一个曾经有过"刑天舞干戚，猛志固常在"济世之志的诗人，笔耕砚田，种下了一片桃树林，遇见了一个真正的桃花源——人类的理想国和乌托邦，不是仙境，却胜似仙境。

进入那个仿佛若有光的山中小口——许多仙侠小说里那个人间转往另一个世界的通道口子，映入眼帘的是："土地平旷，屋舍俨然，有良田美池桑竹之属。阡陌交通，鸡犬相闻。其中往来种作，男女衣着，悉如外人。"神仙哪里需要依靠土地耕种过日啊，完全是一个规划整齐很接地气的人世。

良田几亩，房舍几间，吃穿不愁，有儿有女，无病无痛，这就算是所谓的神仙日子了。想想，老百姓也就是这么一点出息和追求，且还是奢求。神话故事里的天上仙景，也不过是人间的翻版，从玉皇大帝、王母娘娘到按级别排列就位的各路神仙、天兵天将，都是按人间君臣父子伦理纲常的模子刻出来的，只不过将地界换成了天界而已。

"自云先世避秦时乱，率妻子邑人来此绝境，不复出焉，遂与外人间隔。

问今是何世，乃不知有汉，无论魏晋。"幸福的所在，就是同样是过渔樵耕读的日子，却没有秦的暴政，没有东汉西汉，没有魏晋的频繁更替带来的动荡战乱，主动与灾难的人世进行了空间和时间上的隔离，就像隔离瘟疫传染病一般，成为一个孤岛而得以保全和幸存。跟我们俗话说的"山高皇帝远"类似，没有了统治者或者他们管不着的地方，就是幸福的人世间。这样的人世间真的存在吗？普天之下，莫非王土。人世纷扰，哪里会有净土呢，除非是天堂。要不然，陶渊明也不需要将理想诉诸文字就可以优哉游哉过安耽日子。要不然，太守派人去找，他人再去怎么就再也找不到了呢？

"寻得桃源好避秦，桃红又是一年春，花飞莫遣随流水，怕有渔郎来问津。"宋末元初的诗人谢枋得所写的《庆全庵桃花》，就把自己隐居地庆全庵比作桃源，将自己比作桃花源中的"避秦"之人。诗人看到落英缤纷，落花流水，就担心会有"渔郎"问津，害怕暴露"桃源"所在，害怕自己的幸福生活被终结。这是皆具地理和心理双重意义上的桃源。魏晋时代很是流行的高隐和肥遁，走的就是这条路。选择此路的也只能局限于少数的贵族阶层和有钱人士，像陶渊明不需要为五斗米折腰，才消受得起这样的世外桃源。最不济也需要有钱人赞助，比如隐居在剡的戴逵，是金主郗超出资给造的如官舍般的别墅。

普通人没条件没资本可以逃离生养的土地，只能偶尔腾出空，借助旅行进行一次又一次短暂的出走和放风。

## 种梦田：种桃种李种春风

记得大学毕业前夕，一颗迷茫的心无处着落，我发了一个电报给家里，说我想去西藏工作。是的，那个年代家里没有电话，也没有手机。父亲回了"回家再说"。终究是胆小的人，终究只是一时的线路失控，什么波折也没有，依旧回到了生我养我的地方。

　　"回到拉萨，回到布达拉。来吧，来吧，我们一起回拉萨，回到阔别已久的家。"那一年，待在家乡县城的角落里，满脑子都是郑钧的《回到拉萨》。现代人对西藏的迷恋不外乎是宗教的救赎兼世外桃源的象征所在。我们所迷恋的不外乎是我们所没有得到的。郑钧在没有到达拉萨之前写出了《回到拉萨》，多年后，我终于去了西藏，从布达拉宫到羊卓雍湖，看到了纯净的天空，看到了清澈的湖水，看到了放牧的牛羊，有感叹，有欢喜，却没有了当初的狂热迷恋。纯粹的自然风景一如既往地吸引着我，让我沉浸；布达拉宫广场前磕着头匍匐前行的朝圣者，让我刮目。而我知道，我只是一个过客，一个没有进入当地生活的观光客，根本没有资格说这里是尘世天堂。

　　某一天，翻看本地的地方志，发现我所出生的地方，在宋朝时就叫桃源乡，其间名称一再变更，直到二十世纪八十年代，桃源公社改制为甘霖镇。只是无意之中的巧合，中国大地上有太多叫桃源的地名，可每个人心里都种过梦田，种桃种李种春风。

　　世间有两个桃花源，一个来自地理意义上的出走找寻，以偶遇和旁观者的身份获得，最终得而复失；一个存在于心理意义上的回归寄托，外求于自然和社会不得，由外而内，实现华枝春满、天心月圆的自我闭环。

　　"夫天地者，万物之逆旅也；光阴者，百代之过客也。"大诗人李白在与众多堂兄弟春夜聚宴桃花园时忍不住发出千古一叹。天地悠悠，过客匆匆，聚桃花盛开之芳园，叙天伦之赏心乐事。

　　人面不知何处去，桃花依旧笑春风。春天的桃花开啊开，盛开在伤感的时光隧道里，盛开在每一个人的心上。

# 更引诗情一覆卮

俞文珍

　　四海澄清气朗时，青云顶上采灵芝。

　　登高须记山高处，醉得崖顶覆一卮。

　　南宋诗人王十朋的这首绝句，把覆卮山的画面从历史深处拉到你的面前，又把你推向历史更深处，恍如遥远的某种心情轻轻漾开。史料记载："谢灵运尝登此山，饮罢覆酒卮石上，故名。"覆卮山，世传为神仙憩饮之所。"山水诗鼻祖"谢灵运登临此山吟诗饮酒，唱响了覆卮山烟云泉石、山林丘壑的悦耳清音。

一

　　覆卮山峰耸立在四明山脉的褶皱中，通往覆卮山的山路九曲十八弯，两旁层峦叠嶂，山谷里十八都江涓涓流淌，江边荻草丛生，常常会有蜻蜓和蝴蝶不知从什么角落飞来，轻盈地立在荻草叶尖端；时而能看到飞禽饮水，振羽而去；在田头水边，偶尔还能看到耕牛和山羊优哉游哉地吃着草……一路好景，让人赞叹不已。

　　春野樱花烂漫，夏空群星璀璨，秋坡芒草苍苍，冬山雾凇凝华，覆卮山以独到的魅力使人沉迷。万年石浪、千年梯田、高山草甸、漫山花海、七丈岩壁等景点的天工妙趣直让人感叹群山的恢宏、岩石的险奇、云雾的迷幻。

进入泉岗村地带，一层层梯田从覆卮山南麓山腰依势上升，直达主峰附近，覆卮山北坡连成片的梯田达2000多亩，构成波诡云谲的梯田图画。寻其年迹，已不可确知，只道是逾千年。这里的梯田有着柔和的线条，往复着，盘旋着，随意地弯曲，散淡地延伸，画出一条条不规则的弧线，仿佛敦煌飞天那轻盈的衣带。若遇阴雨天，在如轻纱、如重帏的雨雾里，它们的轮廓时隐时现，庄稼在里面生长着，盈盈绿色之上氤氲出唯美的画面。

附近的村民世世代代耕种着千年梯田，耕耘出一季季风景。春季的梯田里，金黄色的油菜花盛开，那娇艳的黄、浓烈的香和花瓣的柔媚叠加起来，几乎成为一种危险的诱惑。而新秧初种、稻浪翻滚，梯田四时景色总是带着光阴的执着，呈现出千姿百态。

在海拔600米以上的山顶地带，大片草海绵延起伏，春夏草色青青，野花随意点缀其上，彩蝶翩跹；秋天，蓝天白云明净无染，白芒草铺满大半个山坡，阳光下散发出银色的光，只许一眼便迷醉。撸一把芒草花，嘟起嘴轻轻一吹，花茸随风飘扬，飘得很远很远，目送花茸远去，喜悦留在心间。朔风瑟瑟，冰雪来袭，山野又是一番独特的景观。

景区的石浪是目前国内低纬度、低海拔地区发现的规模最大的石浪群，堪称地文奇观，有梅浪、乌浪、响石浪等大小12条石浪。这些玄武岩材质大石头堆在一起，已经万万年了，风雨岁月侵蚀让它表面粗糙却散发着别样魅力。石浪内一毛不长，如同干涸的河床一样。覆卮山的石浪都是带着壮阔与威严顺山坡而就，似有序似无序似滚石，又似海浪一样层叠翻滚，远看就如浪花似瀑布从山顶倾泻而下，让人觉得用"石浪"命名很准确。游人攀爬则常常心里发怵，磕磕绊绊、手脚并用，各种姿势用尽。

石浪下有暗流，常年能听见流水声淙淙，却无法看到水流，称"石浪听泉"。而覆卮山山顶是一个巨石阵列之地，并无繁茂的草木，这水声是否来自冰川时代？关于石浪的成因学界有"冰川时期""火山节理"等不同说法，渺小的人类还不能听懂这些巨石的故事。明代葛晓留下了这样的诗句：

万仞未易梯，绵延亘双邑。

草木不敢生，中有仙人室。

登临俯层空，群峰乱崒嵂。

勺水蛟龙蟠，今古不枯溢。

农人向余言，岁岁沛膏泽。


覆卮山泉眼很多，泉水潺潺。从山顶往下望一处处聚泉流而成的碧水池点缀于山间，会是仙人存放的镜子吗？据记载，谢灵运登山饮酒后，在泉水中洗卮留下洗卮潭、洗卮泉等胜迹。覆卮山还有台阁岩、望天亭、鸡啼岩、石屋诸胜。

虽未见古迹却早已思绪飞扬。仿佛看见谢公脚蹬"谢公屐"，长袍宽袖飘飘，穿越1600多年时空向故乡始宁县的最高峰走来，"……险径无测度，天路非术阡。遂登群峰首，邈若升云烟"。出口是诗，入口是酒。覆卮山巅谢灵运执卮之手一擎一落，山峰便有了名字——覆卮山。

举目四望云雾缭绕的群山，覆卮山的余脉车骑山上"曾向淮淝一战赢，结庐车骑尚留名"的东晋名将谢玄，曾经"于江曲起楼，楼侧悉是桐梓，森耸可爱，民居号为桐亭楼"。后人为纪念车骑将军谢玄之功绩，将其建楼所居之山，命名为车骑山。有史家认为谢家始宁庄园就在这一带，"山水诗鼻祖"谢灵运就出生在始宁庄园。任思绪在人间与仙境、现实与历史的界面上往来穿越。

你若前来，那就翻过谢灵运倾覆的那只酒卮，干一杯！


## 二


被覆卮山拥揽着的古村民宅给人一种无法割舍的眷恋，泉岗古村坐落于覆卮山南麓山腰，据《俞氏宗谱》记载，北宋时泉岗村俞氏先祖追慕谢灵运远迁而来。群山拱秀，冈峦起伏，一丝丝清风共一缕缕炊烟轻舞。她是被岁月染了包浆的，沉静可喜，透着一种充满时光温存的旧时风情。

古村新旧民居相对，将小村划分为新村区和古村区，新村区环一池碧水而建，新民居错落有致映影水中，岸柳池鱼，整洁静谧。古村鹅卵石与青石板铺就的小道，贯穿整个村落。民居大多是清代与民国时期砖木结构的建筑，俗称"台门"。清一色的青砖黛瓦，灰白的墙面，人字屋顶，虽印痕斑驳，却飘荡着古朴气息。俞氏祠堂、上坎台门、上台门、燕窝台门、俞丹屏故居等建筑几经修葺尚保留旧时模样，在岁月里不露声色地述说着各自或深或浅的印痕。

民国陆军少将、实业家俞丹屏先生故居是泉岗村标志性的建筑，它揽秀于村中小山巅，硕大的建筑群踞守着整个山头，古堡般的迷奇美丽，它遥屏青嶂，气势与山头浑然天成，给人以门庭赫奕之感。长长的石台阶依山而上，高墙耸立，层台累榭，梁柱挺拔，斗拱、砖雕无不精良，整体建筑为砖木结构。经过几次修缮、扩建，依然有巨大的气场瞬间将你罩住。

上坎台门是目前泉岗村保存最完好的台门，踩着长长的青石板拾级而上，老台门散发出静穆古朴的气息。院墙有砖雕，院屋有木雕，不仅雕工精美，刀法明快，所及之物无不栩栩如生，还融人物、山水、花鸟为一体，意趣动人。砖雕、木雕已有些微微的破损，当年台门主人的雅致依稀可见。墙脚青苔安静地泛着绿意，有一种不被打扰的自然。天井是成排的青石板，遥想当年它应该平整如镜，如今在岁月里错落有致，风情别样。

不经意撞见一个破败的台门，雕花木刻遗落不知所终，几根柱子还在苦苦支撑残喘，又似乎依旧倔强着。已经没有了人烟，留下残垣断壁，曾经会是何种欣然的模样？满心的欢喜已经坍塌。废墟上杂草丛生，有些沧桑和落寞。谁在草旁种下几株南瓜、几架丝瓜、几茎凤仙花，似在告诉人们：好的时光，总会如枝头绿意，如约而至。

村中央一条淙淙流淌的小溪与泉岗村相厮守，它的源头隐匿在覆卮山里，穿过村里的小桥、涵洞，自西向东流入十八都江，再经四都江汇入剡溪。溪水潺潺似有一种远意，村落历史似乎更加悠久，浣衣倒杵声，透着山村最古朴的温柔，"杵声不为衣，欲令游子归"。

在古村行走，路边不时会探出些许细微的动静，窜出一两条黄的、白的小狗或几只鸡鸭，几个老人悠闲地坐在门口，慵懒地数着时光。记忆里那个少年光着脚丫，一跳一跳地从石板上走来，嘴里念着："七簇扁担稻桶芯，口念七遍会聪明。"新韵清听在一条条幽深逼仄的村道上流转……带你穿行于浮生流年，静思百年如一日地在村道中踱出的方步，慢悠悠且悄无声息。

在这样的村道做一次安然的旅行，柔软你的目光，迎送时光的匆匆，就会有种不知今夕何夕的感怀。别说古旧的台门、农院，就连粗拙的砖缝，残损的石磨、碾盘，新生锈斑的劳作工具都好像在报告着曩昔的故事。告诉你什么才是古村落，什么才是农耕文明的沉静、淡定与清欢。

## 三

在泉岗村周边的山野寂静处，大大小小一片片的茶树遍布。覆卮山产茶历史可以溯至汉代，古越州茶、剡溪茶文化滋养了这片土地，村民自古从事着简单的农活：种茶、制茶。所创制的泉岗辉白茶早在清代已是独树一帜的名优绿茶。

"泉岗大岭头，雾露碰鼻头"是泉岗村四野里云凝深谷、雾锁高岗的写照，茶树得尽雨露山泉之灵气。这里土壤是红壤、黄壤和香灰土，很适合茶树生长。新培育的辉白茶基地连绵数百亩，一层一层宛若绿色游龙游走在山坡。老茶园大多分散在山坡和田地间，一副嘉木择地而长的模样。信风吹过、雨露滑过、白云飘过一垄垄茶树的枝叶，听得见如歌的行板，看得见曦光微微流淌。

每年清明前后，茶香踏响时令的节拍。早晨，迎着第一缕晨曦，茶农匆匆吃了早饭就上山采青，薄薄的晨雾从山谷升起，鸟鸣幽幽，茶山上清新且恬静的淡绿色的光如同清水一样，满浸在空气里不停地流动着。采茶工轻采轻捏轻放，所采的茶叶既饱满又水灵，朵朵鲜亮。当最后一抹霞光隐匿在远处树枝的背后，村庄犹如一幅黑白水墨画，柔和的灯光下，茶农开始炒制干茶。泉岗辉白茶古法制作工艺之复杂在绿茶中甚是少见，整个过程需要 20 个小时。茶灶间师傅在做茶叶，动作的灵活协调与迅捷，你若亲眼见了，一定惊叹。

对锅、辉锅工艺要待第二天进行，灶肚里火烧得时幽时旺调节着温度，细碎的阳光划过屋檐从天井斜斜地漏进来打在茶灶上，只听炒茶师傅悠悠地嘘一声，做茶的辛苦也随嘘声吐了出来。轻烟袅袅，飘浮在茶村人家的晨夕里，动人心弦，繁忙亦可以是闲静，这正是茶的德性。

"一粒茶叶抵七粒米"，这样的家训家家都传，物心人意的珍重，一箪食、一瓢饮的节俭。

"来坐坐，吃杯茶。"村民对山外来客总是慷慨有礼。老院、竹椅、木凳、八仙桌、山泉、泥炉、白炭火，或许还会有数钵兰花在侧，一切似曾相识，久居城市的你会有隔世的恍惚。泉岗辉白茶外形盘花卷曲美如小小发髻，色白起霜给人特别的记忆。投茶，注水，茶叶入水即沉，这一刻你会感叹干茶条索的紧结。

赏叶，观色，闻香。若有若无的清风里弥漫着茶香，啜饮一口，香含水中，团而不泄，滋味清幽醇和带着花香，茶汤甘爽饱满，鲜香持久，津若泉涌，迥异时风。叶底嫩黄明亮，一芽两叶如兰花慢慢舒展呈现在杯中，芽锋朵朵匀净，令人赏心悦目。此时，再配以青饺、大糕、番薯干、年糕片、盐烤土豆等农家自产的茶点，农耕生活的风味又陡增。

这时候可以手捧一把黝黑的紫砂茶壶，时不时地吮吸两口，注目斑驳的墙上光影明暗的变幻，缓慢地踱步，独享这份难得的宁静，恍如走进山里人的日常生活之中。

白云青山、古村民宅、农耕风情，此般时光的悠闲，心中那个山水田园的梦，在覆卮山这个可以怀古寄思的地方铺展开来。"识得此中滋味，觅得无上清凉"，覆卮山以本真的面目回馈每一个前来寻梦的人。

# 写意里东江

俞文珍

里东江，她日奔夜流，流淌着我永不褪色的乡情。

里东江是剡溪的支流，源头隐匿在绵绵浙东名山四明山脉中，从四明山脉的石缝一滴一滴渗出，从四明山的花草树木根尖一滴一滴滑落。里东江有十八都江、四都江两大支流，自东向西流经嵊溪，最后汇入剡溪。喝过里东江水的人都知道它的甘冽，吃过里东江溪鱼的人都知道它的鲜美，而里东江水灌溉的物产样样都是山珍，不说炒年糕、炒榨面、小笼包这些有名的小吃，让从里东走出去的游子特别想念的是别具里东风味的泉岗辉白茶、梅坑烤笋、下王米糕、里东青饺、竹山鸡、笋干菜……它们同样让远方来客津津乐道。

里东江流经青山峡谷，处处是景。从里东江顺流而下，有著名的覆卮山度假村、泉岗古村、十八都江漂流、玄武岩景区、庵山森林公园、兰溪湖景区、嵊溪口等，它们是镶嵌在这片土地上的风景代表，有着名山的气派，小家碧玉的灵秀。这里山清水秀、空气清新、优雅恬静；可以踏青、避暑、登高、露营、烧烤；山奇、石怪、田异、村幽、茶香。

嵊溪口曾有三处大的沙洲，上山高速在嵊溪口施工时，三洲被毁，挖出了数柄战国青铜剑。

"曾向淮淝一战赢，结庐车骑尚留名"的东晋名将谢玄，曾经"于江曲起楼，楼侧悉是桐梓，森耸可爱，民居号为桐亭楼"。后人为纪念车骑将军谢玄之功绩，将其建楼所居之山，命名为车骑山。车骑山就在里东江畔。有史家认为谢家始宁庄园就在这一带。谢玄钟爱的孙子"山水诗鼻祖"

谢灵运就出生在始宁庄园。

谢灵运《山居赋》自注中把里东江称为"小江"，"近南则会以双流，萦以三洲。表里回游，离合山川。嵼崩飞于东峭，盘傍薄于西阡。拂青林而激波，挥白沙而生涟"。"双流谓剡江及小江"，诗人笔下，"嵼崩飞、盘傍薄、拂青林、挥白沙"此等美景精妙绝伦。清代地理学家丁谦在《〈山居赋〉补注》中写道：此小江系指嵊溪，故与剡江会合于山南也。三洲在二水之口，今已并合为一。

历史扑朔迷离，却告诉人们：这里人杰地灵，这是个可以思古的地方。

里东江水系在覆卮山有一个非常好的开头，覆卮山是4A景区，世传为神仙憩饮之所。是谢灵运登山之后，后人为了纪念他而命名。明弘治《嵊县志》曰："谢灵运尝登此山，饮罢覆酒卮石上，故名。"一出源头便遇见千年古村泉岗。古村坐落于覆卮山南麓，走进泉岗，时常会有一种穿梭在时光隧道里的感觉。鹅卵石与青石板铺就的小道，贯穿整个村落，散落在青砖黛瓦的清代建筑群间。在幽深的村道上行走，时间仿佛凝固。散布于覆卮山的梯田层层叠叠，春天的油菜花、麦苗，夏秋季的稻子、玉米，四季庄稼里闻得出人间烟火味。

杏花时节雨丝濡湿了衣裳，那雨也丝丝扣入里东江里。

里东江！她曾经是那么婉约洁净，潺潺溪流沿山谷而下，一曲曼妙的山水琴音是那样悦耳动听。水底是光滑的卵石，在阳光下泛着五彩的光，光脚走在卵石上有爽滑的感觉。里东江上游段没有积沙，山谷落差形成大大小小的飞瀑、深潭、浅滩，转过桥石头村江滩才开始出现积沙，江段从此处称嵊溪。张岙到清风段沙滩上荻草一丛丛、一片片，秋季紫色的荻花翻起紫色花浪与粼粼波光相映衬；白鹭来栖，或走或立或引歌；老牛领着小牛，小山羊跟着母羊，啃草、踱步，甩甩尾巴神定气闲躺下，偶尔一两声"哞"或"咩"唤起你对农耕生活的遐思；不名小草小花随意点缀在沙滩，秋虫在草间鸣唧唧；岸边翠竹绿松投下倩影，密密地落进清幽的水面。秋日路经此处，"彩舟云淡，星河鹭起，画图难足"，澄江似练流淌出岁月永远不老的恋歌。

挖沙机的轰鸣声里，高速路巨大的桥墩边，年少时的那方绿洲——江边那青青的草地和软软的沙滩，如今她已是面貌一新。

撑一柄小伞，走入雨帘，伫立江岸，青雨翩翩。

眼前，里东江汇入剡溪的这一段（张岙至清风段，即嵊溪段）因其自然基础较好，成为"诗画剡溪，唐诗之路"的精品段。早就想背本唐诗走走这段唐诗之路，想细赏里东江现时的模样，没想到去时竟是雨天，游人很少，风景多了一份恬静。

都说：水天一色。清澈的水面映衬着天色，阴雨中江面泛出暗青色，烟雾蒙蒙里溪面更为宽阔。而薄雾、轻烟更是拉近了人与远山的距离，思绪中古人也由远而近走来，谢灵运醉在覆卮山顶，王子猷乘舟而来，李白梦中的剡中……吟风弄月的骚客，从入仕的迷梦中醒来，展现"自爱名山入剡中"的洒脱与回归，随意吟一句"东南山水越为最，越地风光剡领先"，便成为剡溪永久的广告词。杜子美是否曾撑一柄黄晕的油纸伞伫立江边咏"剡溪蕴秀异"？曾在溪里捕鱼、运货的各式人等，一声声吆喝一声声渔歌穿越岁月随波漾开，剡溪温情地与他们同谋生计。

剡溪流淌至今可曾有过这等规模的人工开发？漫花滩、白鹭洲，"烟波境、贮此风流标韵"，各种湿地花草齐集，芦苇、柳叶马鞭草、千屈菜、梅花、宿根天人菊、金银花等等，一垄垄一片片，这怡情赏心的绿道，使人陶醉。

在江面投下一颗石子，立刻漾开层层碧漪，打水漂的少年现在哪里？一低头，近处如镜的江面一张略显老气的脸正淡淡地笑，时移世易。

披一身淡然，游走在悬架的"绿道"上，透过清水，看清水中倒影，有那么些淡淡的写意，带着股湿湿的清醒。里东江汇入剡溪浩浩荡荡向东奔流。我所站立的只是浙东唐诗之路的一个"渡口"，所仰望的仅是岸边蕴藏的自然人文的"一线天"。

愿里东江的清水，将你我的时光沉淀得更加澄净。

# "雕圣"戴逵

裘冬梅

戴逵，字安道，东晋谯郡铚（今安徽宿州）人，隐居会稽剡县（今浙江嵊州）。博学善文，工书画，善鼓琴；擅雕塑，世称"雕圣"，和"书圣"王羲之并称"两圣"；创夹纻漆像法；著《戴逵集》9卷，已散佚。

"扶云独上雨花山，几度回眸怯步艰……他日卜邻容我否？傍崖缚屋两三间。"这是清代诗僧宁远写的《片云岩》诗，表达了自己想与戴安道卜邻的深切愿望。

可是，片云岩虽在，戴安道已不在，傍崖缚屋两三间又何用之有？所谓昔人已乘黄鹤去，此地空余黄鹤楼。我们能做的，也只是在一次次探幽思古后，发些空泛的感慨而已。

## 携琴隐剡县

公元353年，在著名的"不为王门伶"事件后，戴逵山一程水一程来到剡中隐居。

"今之会稽，昔之关中。"彼时，王羲之担任会稽内史，携妻带子在越中安家。谢安隐居东山，一边与王羲之、孙绰等游山玩水，一边悉心培育谢家子弟。剡县县令李充在独秀山墓庐为母亲卫夫人守墓。以德行著称的阮裕长期隐居剡县。游走于会稽剡溪间的还有时称玄言第一的名士许询和道士许迈等等。

戴逵来到剡县，住宅是郗超出资百万为他建造的。郗超是东晋书法家、佛学家，他的祖父是王羲之丈人郗鉴，父亲郗愔曾聚敛钱财数千万。郗超每每听说品德高尚的人要隐退，便会斥资百万，为他们建造房宇。郗超为戴逵建造的宅邸位于剡县城北星子峰南坡，下面即是秦始皇东游时为泄王气的剡坑。建造这幢房子，郗超花了巨大的财力、精力和心力，反正宅邸建得相当豪华、相当精致、相当怡人，以至于戴安道入住后，给亲友的信中是这样说的：最近到了剡县，就好像住进官邸一样。

当然，戴逵满意的不仅仅是精美的房子，房子本身只是安置身体的一个容器而已，他更在意的，是那一帮性情相近的高雅志士。

王羲之虽为会稽内史，但醉心道学，遨游书海，寄情山水，对做官兴趣不大。公元345年，他和谢安、孙绰等41人在绍兴兰亭举行修禊礼，写下了名动天下的第一行书《兰亭集序》，及后，他便携妻带子来道家的二十七洞天金庭观隐居。

剡县县令李充母亲卫夫人，既是王羲之姨母，又是王羲之书法启蒙老师，她在《笔阵图》上提出的"多力丰筋者圣，无力无筋者病"的书法理论，足令同道中人反复品味。

阮裕是"竹林七贤"中阮籍的族弟，人以为"有肥遁之志"。他在剡县隐居时，有一辆华美的车子，有人因母下葬不敢来借，他听说后，马上一把火烧毁车辆，并叹息说："我有车，但人家却不敢来借，还要车干什么呢？"

还有名士许迈和道士许询、孙绰、支遁等。剡中的山水如此俊朗，居住在剡中的那一帮人又是如此卓尔不群，个性鲜明，志趣相投，还有什么比这更让人愉悦的吗？

来到剡县，戴逵的整个身心都是放松的，不想看见的人可以不看，不想听到的事情可以不听。他当初不肯为权倾朝野的太宰弹琴，当着使者的面摔琴明志，说"戴安道不为王门伶人"，却跑到东山与谢安侃侃而谈琴书，并弹琴给他听，来了兴致，他甚至可以弹琴给林间的黄鹂听，给头顶的白云听。他赴石城，听支遁讲经。他受王羲之邀请，和许询结伴留宿金庭，彻夜长谈，因此留下许家坂、戴公山等古迹。他与在剡溪口经营始宁庄园的谢玄交往深厚，后来谢玄为成全他的隐逸之志，特地"奏请绝其诏命"。他让王子猷在一个大雪夜从山阴乘小舟来剡溪访他，让那一夜的雪，那一夜访友和被访的人成为千古美谈。

"性不乐当世，常以琴书自娱"，在剡隐居的日子里，戴逵在自娱琴书同时，还把儿子戴勃和戴颙培养成画家和琴师。其中最为难得的是把古琴名曲《广陵散》传给了戴颙，使绝唱不绝，千古流芳。

一山一水，一人一琴，戴逵在剡山的日子，过得合心合意。

但戴逵的名气实在太大了，时不时被皇帝和朝廷惦念。孝武帝在位时，因欣赏戴逵的才华，曾多次派人前来剡地寻觅戴逵踪迹，以散骑侍郎、国子博士等名位征召。不想当官的人听到官差的马蹄声想来也是很烦的，况且还得找个地方躲起来，叫人好不惆怅。次数多了，戴逵干脆逃往吴国，与吴国内史王珣日日游山玩水，吟诗作画，优哉游哉，都有点乐不思蜀了。这可急坏了会稽内史、戴逵好友谢玄，谢玄怕戴逵一去不返，赶紧上奏朝廷，让朝廷放弃征召之令。戴逵这才从吴地重返剡县。

剡县星子峰亭的居处既已暴露，戴逵便移居片云岩，筑家居别业。片云岩在今嵊州崇仁镇逵溪村，那边林木葱茏，流泉叮当，是最适合长啸的寂静幽谷。它让隔了千年的清代诗僧宁远羡慕不已，写下"他日卜邻容我否？傍崖缚屋两三间"的诗句。

然而，人总是比不上山水有福气。1600年前，片云岩的山水像知己一样默默凝视戴逵吟诵，弹琴，作画和雕塑。而山水无言，它能做的，只是在这块土地上留下戴逵的印记。比如逵溪村前的洗屐桥和招隐桥。洗屐桥是戴逵云游归来洗鞋之处，据说字也出自戴逵之笔。而招隐桥自然因戴逵隐居而得名，桥北原有桥头庵，并有碑记述戴逵隐居逵溪事迹，可惜现在那块碑已不在了。

　　戴逵、戴颙父子最后都终老剡县。在剡县留下的古迹有戴公宅、招隐寺（今戴望村办公室）、二戴书院、访戴驿、听鹏亭、片云岩、洗履桥、招隐桥、戴公山等等。

## 著文论世事

　　东晋时候，入剡隐居的名士都是兼善数艺的"高门风流者"，比如谢安、王羲之、王徽之、王珣、郗超等，而戴逵更是一位打通奇经六脉的艺术高手，文学、音乐、书法、绘画、雕塑，样样精通。

　　戴逵幼有巧慧，聪悟博学，善鼓琴，工书画。儿童时以白瓦屑拌鸡蛋清为泥作小碑，为郑玄碑，时称词美书精，器度巧画。10岁时，他在瓦棺寺中作画，王长史看见后说：此儿非独能画，终享大名，吾恨不得见其盛时。《世说新语》也多处记载他作画的事，甚至改变了他老师范宣的"作画无用"论，"甚以为有益，始重画"。南朝梁、齐绘画理论家谢赫《画品》评价戴逵的作品，"情韵连绵，风趣巧拔，善图贤圣，百工所范，苟卫以后，实为领袖"。

　　"竹林七贤"名满天下，是当时极为流行的题材，戴逵、顾恺之、南朝的陆探微都画过，不过，戴逵是最早的作者，戴逵虽然不认同"七贤"过于喝酒、纵歌和肆意酣畅的任性放达，但他们都是才情高超之人，气场是类同的，所以他画"七贤"有如画另一个自己，精、气、神特别足。

　　戴逵的学术与文章成就也很高，只是，后人忽略了他这方面的才华。他儒、道、玄、释兼容并蓄，他信佛，信仰佛教教条和戒规，但不信"神不灭论"和"因果报应说"，他性爱隐逸，但他认为言行不受世俗礼法约束的人，不算个聪明的人，他批评"竹林七贤"是"有疾而为颦者也"。

　　他著有《竹林七贤论》两卷，只可惜缺佚情况较为严重。他写嵇康与东平吕安的友情，说"少相知友，每一相思，辄千里命驾"。没有描写，没有修饰，20多个字，却远胜现代传记散文洋洋几千字的烦琐描述，完全是用文字描绘的另一幅充满戴氏风格的画。他不写嵇康和吕安的友谊有多深，两人如何性情相近，只说"每一相思，辄千里命驾"。古时交通靠车马，一千里（此处千里虽是虚指）要一辆马车吱呀吱呀地跑多少天。他们又全然不顾自己惦念的那个人有没有出去远游了，也不考虑路上的天气变化行车状况，若是天气干燥，一路颠簸，要吃多少腥臊的灰尘，若是雨天，又要打湿多少件衣衫。只是每次想起对方，就站起来让马车载着自己去看望友人。

他写"竹林七贤"中的刘伶是这样写的：刘伶尝醉，与俗人相忤。其人攘袂奋拳而往，伶曰："鸡肋不足以当尊拳。"其人笑而止。这个故事翻译成现代文就是这样：魏晋时期"竹林七贤"之一的刘伶喝醉酒后与一俗人发生了冲突。只见那人挽起衣袖，使劲握拳冲过来就要打刘伶。刘伶突然对他说："哥们儿，您看我这像鸡肋一样的身子能抵挡住老兄的拳头吗？"那人听后，虚荣心瞬间得到无限满足，哈哈大笑后收起了拳头。

一个嗜酒如命的刘伶，一个瞬间示弱自我贬低的刘伶跃然纸上。戴逵总是抓住典型的细节，直指幽微，一下子就勾勒出人物的风神。这种写作方法对后世产生了深远的影响，刘义庆的《世说新语》基本采用这一手法，通过人物行事突现其性格。

"才情高超，文采斐然"，戴逵完全可以凭借他的文学才华扬名后世，只是琴艺、书法、绘画和雕塑上的灼灼才华掩盖了他的文学才情，让后世在介绍他的时候，只能拣最重要的琴艺、美术和雕塑来说。

## 铸佛创夹纻

东晋时期，佛教文化得到极大发展，佛教造像艺术广为传播。《历代名画记》称戴逵"既巧思，又善铸佛像及雕刻"。近代建筑大师梁思成盛誉他"实为南朝佛像样式之助创制者"。

戴逵之前，我国的佛教造像或西国化，或虚幻化，仙气缥缈不食人间烟火。戴逵却以汉人的面貌形体为模特，让佛像更民族化、人性化。一个叫庚道季的人看不惯戴逵的雕像，说你的佛像长得太像人，太世俗，没有佛的神韵。庚道季有才学，在当时名气颇响，戴逵反击说，你像务光那样，离开人世八百年后回到人间，已经不知道现在的世事变化了。说得直白些就是，你已经落伍了，你以为佛像一定要西国化一定要虚幻化才是佛像啊。

据载，戴逵和戴颙父子曾去山阴雕身高六丈的无量寿木像及旁侍两大菩萨木雕。木像制成后，戴逵感觉不足以打动人心，就躲在帷幕后面，听参观者议论，并记下他们的褒贬，精思妙研重新制作。3年后，佛像迎至山阴灵宝寺。此像一出，世人争相仿效，从此把外来佛像的形体修改定格为宽额、浓眉、长眼、垂耳、笑脸、大肚的公认形象。

唐代高僧道宣盛赞这3尊木雕像："振代迄今，所未曾有。凡在瞻仰。有若至真。"

他在瓦棺寺所作的"五世佛像"、顾恺之维摩诘壁画和狮子国（今斯里兰卡）贡品白玉如来，被后世称为"三绝"。

除雕刻佛像外，戴逵还发明了夹纻像，即把传统髹漆工艺中的脱胎技术运用到佛教造像上，解决了逢节日抬佛像巡行仪式中，既要求佛像高大壮观，又要求体轻易举的矛盾。

夹纻的制作方法可分两类：一是先用泥塑制胎，后用生漆、棉泥、瓦灰制成胶合剂，涂在麻布上，粘贴在泥坯外面，干一层粘一层，直至外壳坚实干固，然后把泥胎取空，磨光彩画成像，称为夹纻像，或曰脱空像。二是用来弥补石雕的瘦身，对其不足之处用夹纻术进行填充增肥，或进行全身包装。

夹纻像轻盈易运，无须到寺庙中固定制作，可以在异地成像，然后搬行到所请的寺庙中去，这样就大大提高了工作效率。以当时剡县为例，据《剡录》载，西晋时，只有一座寺院，东晋戴逵入剡后，新建了5座，至晋末刘宋元嘉间，其父戴颙在世时，一下子新建了16座，仅元嘉二年（425年）就有6座。

史学家范文澜认为戴逵和王羲之分别在"书法和雕塑上完成革旧布新的伟大事业",被誉为"书圣"和"雕圣"。而因受父亲影响,一生居住剡县的戴颙,也首创了佛教界的"藻绘"雕刻艺术。

千年以后,戴逵父子创造的佛像雕塑、"夹纻像"、"藻绘"还在剡地广泛流传,剡地涌现了一批又一批木雕大师和根雕大师。2007年,嵊州还获得"中国根艺之乡"称号。而戴逵父子在剡地留下的人文遗址,也被纷至沓来的文人墨客追寻和拜访,敬仰和缅怀。

# 剡藤今日纸再贵

裘冬梅

2019 年，《长安十二时辰》这部剧很火。其中在第 15 集的剧情中，出现了剡藤纸。

徐宾说："这纸的韧度、耐力度、光泽度都不输于那剡藤纸，我朝（唐朝）公文繁多，可不可以用此纸替代剡藤纸。"边说边把荐纸呈给司丞李必。李必连眉眼都没动一下，就轻轻撕碎了那张纸，轻慢之意不言而喻。

据此，有好事者拟写了这样一段对话。

李必："近日长安文明城市建设项目众多，司衙案牍繁巨，以致库房藤纸告急，如何是好？"

徐宾："司丞勿忧，想那藤纸乃遵循天地日月变兮，秋收冬藏，春捶夏制而成。听闻浙江有报，剡县纸户在文创园又开新铺，待 8 月完工时，余当陪司丞前往慰以苦劳安，差其来年速速造办便是，更传剡县多山水居游、诗词书画、民间小吃、根雕竹编、绿茶紫砂、古艺木作等，若示长安各坊加以采购，则可雍怡我城内百姓生活。"

李必："此行甚好，即刻签办！"

剡藤纸就是产于剡县（今嵊州市）的一种纸。

## 一

剡藤纸似玉，似雪肤，似珊瑚，光于月。

三国东吴年间，剡藤纸横空出世，距公元 105 年蔡伦发明造纸术约 100 年时间。东晋时候，剡藤纸进入兴盛时期，列为官方的文书专用纸；唐代，称公牍为"剡牍"，荐举人才的公函，亦名"荐剡"；到明代，剡藤纸消失，"今莫有传其术者"。

"剡溪剡纸生剡藤，喷水捣后为蕉叶。"2016 年，在古法造纸的基础上，嵊州重新研发出宜诗文，宜书画，宜修复的剡藤纸，被书画界和图书馆奉为至宝。一时剡藤纸贵。

2018 年，以"活态传承非遗"为己任的越剧小镇也专门成立了剡藤纸非遗馆，作为地方特色非遗产品，以"展示＋体验"的方式进行隆重推介，让外界重新认识这门 1800 多年前的艺术瑰宝。

## 二

剡溪是嵊州的母亲河。剡溪两岸，群峰叠翠，藤萝密布（青藤和葛藤），这些藤萝就是制作剡藤纸的上好原料。

蔡伦造纸的原料是麻、布、棉絮、树皮等，经打浆、搅混、沉淀一系列工艺制作而成，纸张原始粗糙。100 年后，剡地人们充分利用本地丰富的藤本植物资源，拓展造纸的植物纤维种类，创新压光和染色技术，提高了纸张的品质，并逐渐为文人雅士争相采用。

剡藤纸以质地精良著称，诗人们用"似玉""似雪肤""似珊瑚""如玻璃""光于月"等来形容它莹润光泽，富有弹性，滑腻不凝笔等特点。东晋时期，剡藤纸进入兴盛时期，列为官方的文书专用纸，文人墨客以用剡藤纸为荣，剡藤纸也作为特产赠予友人以表敬意。

晋裴启《语林》载："王右军为会稽令，谢公就乞笺纸，检校库中唯有九万枚，悉与之。"说的是谢安向会稽令王羲之乞要剡藤纸，王把校库中的九万枚纸全部给了他。

王羲之归隐金庭后，还给道士许迈写了封信：仆事中久，宜暂东复，令白便行，还便行，当至剡椎上。表示从山阴回到金庭后，立即送珍爱的剡藤纸给他。

山水诗鼻祖谢灵运当年驴行时，总是穿着那双著名的谢公屐，一边游山玩水，一边在剡藤纸上写下"托身青云上，栖岩挹飞泉""池塘生春草，园柳变鸣禽""野旷沙岸净，天高秋月明"等诗句。

到了南唐，喜欢填词作诗的李后主李煜亲自监制澄心堂纸（剡藤纸的一种），澄心堂纸"肤如卵膜，坚洁如玉，细落光润，冠于一时"，这是宣纸中的精品。

后来，欧阳修用这种纸起草《新唐书》和《新五代史》，并送了若干张给大诗人梅尧臣；梅尧臣收到这种"滑如春冰密如茧"的名纸，竟高兴得"把玩惊喜心徘徊"。

三

唐代是剡藤纸的鼎盛时期。唐代皇帝用剡藤纸作诏书，并明确规定："凡赐予、征召、宣索、处分曰诏，用白藤纸；太清宫道观荐告、词文，用青藤纸；敕旨、论事、敕牒，用黄藤纸。"除作帝王诏书外，唐时，剡藤纸还作为官方用纸，用于抄写公文，并将公牍称为"剡牍"，将荐举人才的公函，名"荐剡"。文士们则干脆用剡藤直接指代文章、典籍，并以用剡藤纸以荣。洛阳、长安，见书文者，皆以剡纸相夸。

唐代还用剡藤纸贮存茶叶，达到贮香防潮的目的。

茶圣陆羽是在一个月色寒潮的夜晚来到剡溪的。他来到剡溪，一是因慕"剡溪茗"，二是因为与高僧皎然、女冠李季兰之间的友情。考察越州茶之余，陆羽就与皎然、李季兰在剡溪畔边喝着新产的剡溪茗边谈论诗文。

考察期间，陆羽对越州的两项特产特别感兴趣，他认定这两物是其他物件根本无法替代的，那就是写在《茶经》中"四之器"的"纸囊"和"碗"。

陆羽说，碗，越州上，鼎州、婺州次。越瓷类冰，越瓷青而茶色绿。碧绿的新茶泡于青釉的瓷杯里，有如梅雪之互为映衬。

陆羽又说，纸囊，以剡藤纸白厚者夹缝之，以贮所炙茶，使不泄其香也。剡藤纸就是盛产于剡地的纸，其质地柔韧而缜密，制成袋囊，不透风不泄香。那时候，各地产纸很多，但陆羽认为，做茶叶纸囊，当推剡藤纸。

唐《非烟传》曰：临淮武公业，位河南功曹参军。爱妾曰非烟。北邻子赵象窥见慕之。象取薛涛诗以剡溪玉叶纸书之，达意于非烟。烟复以金凤纸题诗酬之。

说的是这样一则爱情故事：步非烟，临淮武公业之妾，被媒人所欺嫁与武公业。武公业时任河南府（洛阳）功曹参军，公务繁忙，常常无暇及家。邻家的儿子赵象见非烟容貌纤丽，故以诗文相赠，非烟也回赠诗文，如此一来二去，日久生情，两人生死相许。一年后，武公业得知非烟两人私情。武审问非烟，非烟为维护赵象，宁死不肯说出实情。后来，非烟被武缚与柱上鞭打，非烟说：生得相亲，死亦何恨。最后被武公业活活打死。

这是一个凄惨悲凉的爱情故事。最初让非烟心动的是赵象的诗文，为两人传递情愫的也是彼此的诗文。而所有的诗文，他们都书写于月光般的剡藤纸上。剡藤纸，成就了一段悲情的死生契阔。

## 四

宋时，剡藤纸还被制成被子。

宋淳熙九年（1182），朱熹来嵊赈灾访友，对这里出产的剡藤被十分钟爱，并作为礼品赠送给家居越州的诗翁陆游。

陆游一方面受用朱熹的友情，一方面感叹剡藤被的柔软温暖。于是陆游作诗云：纸被围身度雪天，白于狐腋软于棉。说是用剡藤纸制成的被子，大雪天可以用来御寒。其色洁白,胜于狐腋;其质绵软,则胜于棉布。

剡藤纸还可以制成蚊帐。用剡藤纸制作的蚊帐精巧纤丽,洁白如雪。五代诗人李观象在《纸帐诗》中写道:"清悬四面剡溪霜,高卧梅花月半床。"

到明代初,剡藤纸却因为采伐过度,悄然退出历史舞台。可是,即便历史上已不复有剡藤纸,它却仍然成为历代文人的一个心结。

清代扬州八怪之一的金农,在写字之余,常常和郑板桥一起喝酒品茶,谈诗论画。

郑板桥看了金农写的字后说:"乱发团成字,深山凿出诗。不须论骨髓,谁得学其皮。"

"会稽内史负俗姿,书坛荒疏笑驰骋。耻向书家作奴婢,华山片石是吾师。"这是金农关于书法的见识和追求。

金农把自己创作的书体称为"漆书"。因为他的书法破圆为方,又把笔尖剪掉,写起来好像涂漆的刷子在刷字。因为他写字时喜欢用浓重如漆的墨,更因为金农追求寓奇巧于平实的意趣。

金农亦绘画,"尺幅见之马乎,马乎?举体无千金之装。皮相者何能估价也,掷笔一笑"。这是金农《冬心画马记》中抒发的人生感慨。

然而,金农写字和绘画时,已没有剡藤纸,所以他作诗慨叹:无佛又无僧,空堂一盏灯。杯贪京口酒,书杀剡中藤。

## 五

剡藤纸的别名太多了,剡藤、剡纸、剡石垂、剡笺、敲冰纸、罗笺、玉叶、玉版、苔笺……也许是喜爱它的人太多了,人们也留给它太多的诗篇:"金花玉骨,剡藤麻面""轻如鱼网滑如脂,时写新诗肯寄来""苍鼠奋须饮松腴,剡藤玉版开雪肌"等。

剡藤纸中,尤以敲冰纸为首。"敲冰落手盈卷轴,顿使几岸生清芬。"《新安志》曰:纸,敲冰时为之益佳。说的是西白山那边,水深且清,山上又多藤萝，是制作剡藤纸的上品。而水则以结冰的冬水为最佳。

然而，澄心堂纸也罢，敲冰纸也罢，终于因剡地人们的大肆采伐而销声匿迹。唐舒元舆在剡藤纸鼎盛时期就作《吊剡溪古藤文》，说纸工嗜利，晓夜斩藤以鬻之，虽举天下为剡溪，犹不足以给，况一溪者耶？又说，藤有生涯，而错为文者无涯，无涯之损物，不直于剡藤而已！

文者与纸工，是一把霍霍挥向剡藤的双刃剑，最终逼迫剡藤纸走向了衰亡。

# 六

1987年冬，浙江省造纸研究所为恢复剡藤纸的生产，派技术人员到嵊县南山地区（今嵊州贵门一带）采集藤本，掺入桑皮，试制成"剡藤纸"，经专家鉴定，比市面出售的富阳宣纸好，但稍逊于泾县宣纸。

1990年计产出剡藤纸6000张，得到中国美术学院国画系师生的一致好评。

然而，就像一场烟花谢幕后的苍凉，剡藤纸只留下了一个远去的模糊背影。直到2016年，在古法造纸的基础上，手工剡藤纸再度研发成功。

失传几百年的剡藤纸一经面世，便引起了书画界的轰动：剡藤纸被列为"中国嵊州·国际书法朝圣节"官方指定创作用纸，嵊州市地方特色文旅推荐产品，复旦大学古籍保护研究合作项目。

以保护传承非遗文化为己任的越剧小镇，还专门在非遗馆展出剡藤纸制作工艺，让这一门千年前的手工制作技艺，焕发出熠熠的历史光芒。

# 剡溪与中国风

竺时焕

　　天狗吞月，刚落题，就发现了不合时宜。蝇附骥尾，敝帚自珍，以剡溪之微，与中国风勾连，显然有贪大之嫌。但我又觉得，剡溪虽微，却是中国历史文化发展进程中，一个灿烂的节点，便没舍得改题。

　　2019 年初冬江南，烟雨朦胧，小雨微微，与文友相约采风。剡溪两岸，那些乌桕、香枫也似乎攒着劲儿，涨红着湿漉漉的脸，正赶着来凑热闹。

　　大唐雄风，诗韵江南，浙东唐诗之路星汉灿烂。诗仙李白来过，诗圣杜甫来过，据邹志方先生的《浙东唐诗之路》载，自初唐诗人宋之问以降，大唐一朝，有不下四百名著名诗人，陆续行吟于诗路之上。美景邀人醉，人气厚景韵，诗人们自钱塘一路舟行而来，溯剡溪而上。"舟从广陵发，水入会稽长。"青莲居士李白别扬州，入会稽，自钱塘西兴渡口游鱼一样深入浙东，走的乃是东晋王子猷雪夜访戴的路径，即沿曹娥江剡溪上溯至古剡嵊州。再行南去则是经剡中新昌，直奔天台石梁。又深之，东可归大海，乘槎浮之，西入括苍雁荡，寻丹问仙。"乘兴而来，尽兴而归"，这是何等的自在无拘和潇洒风流。唐诗之路，无尽剡溪，终究是一个难以回避的地域节点。可以这样说，没有剡溪，大唐星河灿烂的天空将失色许多。好一条古老而神秘的河流啊！

　　当然，剡溪不仅是一个地理概念。若以地理面貌计，剡溪落生在河流众多的江南，不值一提。江南多水乡，艄公船娘的吴侬细语，兰舟桂桨的欸乃之声。从视觉到听觉，江南都是诗意缠绵的存在。以浙江而论，钱塘潮涌，它连贯有许多支流，曹娥江只是其一。而剡溪即曹娥江上游，三界嶀浦以上，至嵊州县城，全程约二十公里。嵊州县城上溯，剡溪支流不少，大一点的，就有长乐江、黄泽江、澄潭江及新昌江等。这样一条身姿并不雄伟的河流，唐代诗人却如过江之鲫，络绎不绝地光顾。"千岩竞秀，万壑争流，草木蒙笼其上，若云兴霞蔚。""东南山水越为最，越地风光剡领先。"让诗人们醉心的，肯定不只是地理学的剡溪，不只是两岸的无尽风景。文化的剡溪，更是一枚鹅毛，撩搅着诗人们的神经，激动着诗人们的心魂。

现在，我站在剡溪的末端——嵊州三界嶀浦，这里曾是南北朝大诗人，中国山水诗鼻祖，史称"大谢"的谢灵运行吟所在。

如今的三界，早已湮灭了当年的亭台楼阁，它只不过是嵊州的一个乡镇，是嵊州的北大门。有104国道和常台高速（上三线）穿镇而过。水路行船已基本化为陈迹。历史上，这里则出名非常，它曾是始宁县县治。始宁东汉设，隋初废，存在460年，前后历三国两晋南北朝，是那段事实的亲历者和见证人。始宁大名在外，源于一个高贵的大家族。"旧时王谢堂前燕，飞入寻常百姓家"，东晋显赫一时的谢氏家族根深叶茂。"东山再起""淝水之战"，所说的都关乎"大谢"谢灵运的祖上。"大谢"承袭了祖父谢玄康乐公的爵号。溯剡溪至仙岩清风，有乡民们言之凿凿，把车骑山、谢玄墓一一指点与我，另外我也瞻仰了石翁仲等实物遗存。当地尚有"康乐""谢岩"等地名，与谢家的关联一目了然。身为永嘉太守的"大谢"，亲自把别业建在嶀浦岭上，他是为了零距离地亲近剡溪。远远望去，嶀浦岭如鸭子前嘴，直伸入剡溪的嶀浦潭。"大谢"的所有日常俗事，还有弹琴吟诗等风流雅韵，便一律与山清水秀、云卷云舒的剡溪连贯起来，并且自言寄身终为客的他，留下了愿此长生的誓愿。"大谢"足蹬"谢公屐"跋山涉水，上岭下山，时时徜徉于剡溪之畔，至今尚有痕迹。覆卮山，是他常来常去的地方，千杯不醉，放倒杯子，便成就了山名。"昏旦变气候，山水含清晖。清晖能娱人，游子憺忘归。……"后秀的诗家慕名前来，就是渴望一睹剡溪的风物之美，也是在追寻历史的足迹，希望与山水诗大家神思交汇，虑接千载吧。

不知是谁的创意，嵊浦滩头，山水空蒙之间，伫立起一尊宽袍广袖的汉白玉雕塑，我以为就是谢灵运。近看却是诗仙李太白，石阶、小路、雨意、溪风，诗仙迎风而立，仿佛正吟哦着"此行不为鲈鱼鲙，自爱名山入剡中"。他与诸多诗家一起，踩亮了光前裕后的唐诗之路。

其实在意剡溪风物的，不仅是"大谢"，更早一些，东晋王家子弟从琅邪、苏州、建康、越州，一路南来，王羲之先在山阴道上，做他的右军将军，写字养兰，然后，把眼睛投向会稽之南。他也是行舟剡溪，一路游山玩水。最后终老剡地，再也不回去了。他与朋友盘桓于明山秀水，留下的典故轶事很多。在剡溪跨流而过的仙岩镇，王羲之渴了，掬山泉而饮，清泉甘甜而寒冽、爽口，又有些刺骨。他强饮一口，从此这里便有了叫"强口"的村落。金庭养鹅，灵鹅放鹤，竺潜讲法，支遁买山，孙绰才冠，许询玄言，这是他与朋友的日常。"此中久延伫，入剡寻王许。"（李白《送王屋山人魏万还王屋》）同时代的，还有在剡溪西山炼丹的"抱朴子"葛洪，至今仍有葛仙翁祠。后代诗人对这条剡溪的心结，应该是对古人们放浪形骸、纵情山水的缅怀和景仰吧。

今日剡溪，除了偶有渔舟泛流，行舟渡客，只能存于遥远的记忆中。细雨朦胧之间，我们乘车而行，所幸104国道与剡溪几乎平行，我们更能一览剡溪山水之美。新建的艇湖城市公园，原是一片存水泄洪区，剡溪裁弯取直，形成了一块葱茏的湿地。黄芦筼竹，白茅翠叶，不少"之子于飞"的白鸟，在沙洲之上，优雅爱惜地梳理着纯白的羽毛，成为一块鲜活的市民休闲之地。

漫长的中国历史，为什么会有两晋南北朝玄言诗的泛滥，田园山水诗的兴盛？这似乎是一个题外的哲学问题。"沧浪之水清兮，可以濯吾缨。沧浪之水浊兮，可以濯吾足。"时代风霜，文人们只有超然物外，纷纷逃离政治：江山社稷，与我何干？任何时候，生命总是第一位的。朝不保夕的现实，逼迫着那些有识之士，退居山林，与鸟兽为伍。老庄哲学被重新拾起，着宽松衣衫，烧炼丹药，写"此中有真意"的玄言诗，便一一外化出来。儒家们倡导的积极入世道统，立德、立功、立言的"三不朽"，反倒退居其次。从哲学的角度看，人生在于态度。人生无非一个生死过程，如此而已。而在剡溪这条生命的河流里，似乎积极、消极，朝生暮死，如奶油饴糖，被和谐地调制到一块儿，抱团成球，相互依存，再也分割不开，真可谓宇宙人生之洋洋大观。看看吧，道教的洞天福地与释教的禅院寺庙莲花并蒂，和光同尘，括苍山、天台山、石城山，香烟缭绕，白云如涛，修身养性，有谁还分得清，那是道童还是沙弥，是仙姑还是女尼？至于儒家的入世态度和有为人生，看看剡北的会稽山和剡东的四明山。出剡北剡东，就是上虞、余姚，与另一位圣人大舜不可分离。姚江，小舜江，舜皇山，百姓的感情纯朴无染，他们感恩舜皇爷，是他重用了治水的大禹，还把自己的两个女儿娥皇、女英许配给了这位盖世英雄。而"会稽"更多的故事，则是绕着"三过家门而不入"，记录大禹治水有功和大宴群臣。剡溪仙岩段至今仍被称为"禹溪"或"了溪"。"大禹治水，毕功了溪"，原来，这小小剡溪，留下了大禹治理的最后一个脚印。从此，煌煌青天，大道任行。儒家倡导积极入世、建功立业，剡溪不正是一个值得后人缅怀和追慕的历史陈迹吗？

嵊州是一个盆地，四周山岭，中间低洼，最初的地貌景观应是个积水之湖，或许还鱼游龙跃，锦鳞闪烁的。大禹治水，凿山排水，疏浚河道，开拓成一片宜于人类生存的良田沃土。"剡"是有意味的。翻阅字典，"剡"的义项，只有"剡溪"，像是"曌"，只作武则天的名号。但在嵊州方言，"剡"却多义。它可用作名词，是撬石挖岩的工具，即短钢钎，叫"剡子"；用作动词，则指挖撬的动作，如"剡洞""剡开""剡通"，与"凿"意相近。如此看来，"剡溪"就是"开凿河道"之意，它所包含的建功立业愿景，也就不言自明。我们可以想见，大禹是古代治水者的杰出代表，在他之前，我们的先民一定也进行了类似的种种实践，他们用行动改天换地，改造生存环境，建设家园，也实践了"精诚所至，金石为开"的哲理。这与古代神话愚公移山、精卫填海，一脉相承，他们是用"愚蠢"，诠释了伟大。一个民族的韧性，也就这样，深入了骨髓，滋润着血肉，成为一种不可替代的优秀基因。古剡之地，从此风霜无患，如桃花源，孕育和发展着自己的独特文化。"剡溪"之"剡"，后起的意义乃拆字而成，言"两火一刀可以逃"，甚而说"嵊州强盗"，强悍好斗的强盗文化，山林习气，都源于此。但我个人以为，嵊州人确有强悍狠辣的性格，却更多来自春秋战国的烽烟。春秋无义战，中原逐鹿，战火连天，吴越对垒，生死相搏。越国曾屯兵会稽之南，"卧薪尝胆，十年生聚"，行走在复仇路上。同仇敌忾、自强不息的特质，才被不断放大，并成长为地域文化，也就是后来鲁迅先生所研究了的"铸剑精神"。

剡溪的意义也许已经重大起来。从"中国"的意义上说，中华民族的逐步发展，似乎是一个自关中，再中原，再南方的过程。嵊州地处东南沿海，也就归属东夷或南蛮之地，是文明之风吹彻较晚的地方。再说越文化只是楚文化或长江流域文化的一个部分，楚文化在中国文化中乃是一个次中心，汉龙楚凤，尽管烛照南天，毕竟只能是地域文化。越文化更在其次。但有个问题一直困扰着我。大秦帝国一统江山后，始皇帝又焚书坑儒，用"愚民政策"来巩固基业。他在位才十来年，百废俱兴，为什么要安排一次东行南巡？固然有皇恩浩荡、"威加海内兮恩四方"的夸耀，更多的隐情，是食不下咽、夜难安寝，"坑灰未冷山东乱，刘项原来不读书"，对于自己的宏愿，即以自己为始，子孙后代万世为君的基业，他终究难以放心。因为从认识上，愿望是与之相对立和矛盾的，他难有十足的自信。他的块垒，最担心的，就在越州，在剡溪。于是，他亲自跑来"剡坑"，玩起了"斩断龙脉"的经典游戏。始皇帝最清楚不过，真正的龙脉在文化。在他看来，只有消灭"异己"力量，才能永久强大，才有最深刻的自信。但他失望了。"楚虽三户，亡秦必楚"，楚文化是强大的，文化的无穷魅力，岂是凭一己之力，可以随便消除的？百年之后，研究历史的太史公也欣欣然跑来古刹，徜徉于山水间的大街小巷。从始皇帝的不惜工本，到司马先生的不虚此行，古刹文化在楚文化中有代表意义，也有着十分重要的历史地位。后来以越文化为核心的百越文化，在中华文明史上所起的巨大作用，已经是有目共睹的了。

剡溪，古刹文化，我们还要把目光溯往更远的天空——人类的童年。浙江有良渚文化，有河姆渡文化，但今天更有惊人的发现，在剡溪小黄山，我们的先民，九千年前就已经有人类生存生活。难能可贵的是，他们已开始挖掘沟渠，排水泄洪，而且构房建屋，更重要的是，已经开始水稻种植。出土的稻谷实物，把我国稻谷种植的历史又提前了两千年。中国作为古老的农业国，发现和种植"五谷"，是中国对世界的重要贡献。同时，先民们的生产工具也已经从打制石器向磨制石器演化，还开始了烧制陶器。这一时期，正是世界历史旧、新石器时代的分水岭。古刹先民的活动，融入中国和世界文明之中，是剡溪对文明进程的一大推动。而陶瓷的发展，又成为越窑瓷艺的重要源流。

百年越剧，千年唐诗，万年小黄山，一条剡溪，见证着古老中国的发展进程。剡溪的流动，早已超出河流本身的意义，成了中国文化、文明史的一个精妙背影。后来唐诗之路的延伸，诗人们兴之所至的吟唱歌赋，正是对剡溪作为文化之河的虔诚景仰。

我正在剡溪边上。我家就在剡溪住。我的脚印，重叠着许多大诗人的足迹。我是幸福的。雨雾蒙蒙的天，也在不知不觉中放晴了。

山水剡溪，诗文剡溪。剡溪，浩荡着清新脱俗的中国风！

# 烟波江上使人愁——剡溪之畔古代才女寻踪

尹畅晨

## 一

初秋天空的薄雾，如同一缕缕淡淡的轻烟，轻轻地缠绕在剡溪上。手执友人徐君送来的《历代咏剡诗选》，于案前品读。

关于咏剡的诗，作得实在太多了。翻阅着那一页页翰墨飘香、才情喷薄的诗篇，如同走进了一段段荡气回肠的历史。

往下看，发觉书中有一页编排得颇有意味。一首是曾经隐剡七年的唐朝诗人朱放作的《别李季兰》："古岸新花开一枝，岸傍花下有分离。莫将罗袖拂花落，便是行人肠断时。"另一首是李季兰的《寄朱放》，其中写道："相思无晓夕，相望经年月。"

李季兰即在剡中修行的女道士李冶，生于唐玄宗开元初年，在翰墨及音律上造诣极深。李季兰在苏州寓居时，曾与一位名叫阎士和的青年相爱过，阎是著名诗人李嘉佑的内弟。李在与阎的一次别离中，写到了剡溪："妾梦经吴苑，君行到剡溪。归来重相访，莫学阮郎迷。"

无奈此去经年，山高水长，才女的盼望最终成空。阎士和的一去不返，让年轻的李季兰处于长久的痛苦之中。

时间是最好的良药。几年后，走出阴霾的李季兰选择了另一蹊径——迈向了位于剡溪边上的玉真观。

本以为可以忘掉伤痛，本以为可以从此心如止水，但幽静的道观并没有涤荡走李季兰的芳心寂寞。一个春日的午后，她偷偷溜到观前不远的剡溪中荡舟漫游。在溪边，一位青年引起了她的注意，虽布衣芒鞋，却神清气朗，不像一般的乡野村夫。经交谈才知，青年是隐居在此的名士朱放。两人一见如故，一同谈诗论文，临流高歌，登山览胜，度过了一个愉快心醉的下午。临别时，朱放写下了上面这首诗赠予李季兰。

李季兰与朱放相遇后，不时在剡溪边约会，抚琴相诉，一起优游岁月。但好景不长，朱放奉诏前往江西为官，两人不得不挥泪而别。

在道观，李季兰像一个丈夫远行的妻子那样等待着朱放，并写下了不少幽怨缠绵的诗句。然而，远方的朱放却忙于官场事务，根本无暇来剡中看望昔日的情人。

就在久盼朱放不归的时候，李季兰又开始了一段新的感情。对方便是被后人奉为"茶圣"的陆羽。因慕名已久，茶圣在一个暮秋的午后专程往玉真观拜访李季兰。

想不到这一访，竟使独坐云房的李季兰再次打开了尘封的心门。两人先是成了谈诗论文的朋友，慢慢成为惺惺相惜、心意相通的挚友，最终深化为互诉衷肠、心心相依的情侣……

我曾经见过李季兰的画像，容貌秀丽，雪肌脂肤，如同一朵盛开的白莲。即便头戴黄缎道冠，身着呆板的道服，也遮不住她心头的芬芳年华。也许受唐代思想开放之风的影响，虽长期经受道经的熏陶，但并未能制约住其浪漫多情的心性，无论诗词还是言行，李季兰都在尝试着逃脱世俗的束缚，从而为剡溪留下了众多绚丽的诗篇。

可叹的是，她在感情上虽大胆自由，但在身份上却是一个囚徒，从而注定了其孑然一身的悲剧。据说，年近知命之时，德宗皇帝下诏命她入宫，不久便遭遇朱泚之乱，被逼献诗，最终以悖逆论罪，被皇帝赐死。

## 二

当越来越多的文人雅士缘着剡溪踏歌而来，并将之作为精神的后花园时，也有一位气度不凡的女书法家，绕过气势磅礴的天台山，来到了剡溪支流边上一峰独峙的独秀山。

独秀山与"书圣"有密切的关系，传说王羲之调任会稽内史后，因与剡县县令李充交好，曾经在独秀山筑庐读书，并留下了鹅池墨沼。

李充的母亲便是东晋书法家卫夫人。卫夫人自小受家族影响，其书法被称为"如插花少女，低昂美容；又如美女登台，仙娥弄影，红莲映水，碧海浮霞"。卫夫人的丈夫李矩曾任江州刺史，只是离世过早，留下妻儿孤苦相依为命。永和三年，李充携家来剡县做县令，年逾古稀的卫夫人亦一同前来，第二年穷其一生心得作《笔阵图》，总结自己一生的书法经验。

古时大多好的书迹不易看到，笔法保密，不轻易传人，但卫夫人不仅将自己的所能公之于世，而且做上了王羲之的启蒙老师。当时卫夫人在儿子李充处见到王羲之的笔迹，便十分惊叹，说："此子必蔽吾名。"从此，一段绵长的师徒情缘就开始流淌在古剡大地。

在书法界，王羲之算得上领军式的人物。他一生与笔墨打交道，练就精湛书艺，冠绝古今，在一定程度上讲，没有卫夫人，也就没有后来的书圣王羲之。正是在卫夫人淡泊名利、宠辱不惊的胸襟与气度的熏陶下，王羲之才成就了书法上的名垂青史。

可惜的是，一代才女在剡县只待了两年便化为一抔黄土，墓葬独秀山。卫夫人的墓地具体坐落何处，一直是个谜，至今仍有许多书家在瞻仰书圣王羲之墓后，想再拜谒他的书法老师，但终究寻不着其踪影。

这样也好，沉默和隐蔽是中国知识分子的机智，也是他们的特点，静躺在这片山清水秀、树木葱茏的土地上，即便只有寂寞，即便只有鸟语相伴，也未尝不是一个好的归宿。

三

剡溪所接纳的另一位富有才情的女子是王烈妇。虽然王烈妇只是路过剡溪边上的青枫岭，做了舍生取义的一跃。但那一跃，却在无数人心目中形成了一个宏大的精神领域，因赞扬她的清风亮节，除了立庙祭祀外，当地人还把青枫岭改名为"清风岭"，还有众多讴歌她的诗文。

她只是一位普通的女子。她的坚守，也只是当时妇女认为最为平常的东西。中国传统思想中，妇女对贞节的坚守一贯有着苛刻的要求，越是在社会动荡、世风日下时，贞节观念越是受到重视。

但王烈妇却不止在坚守。她还在抗争和仇视，一种处于社会底层的百姓渴望生活安定的抗争，一种对外来侵略者践踏家园故土的仇视。虽然被掳元营一年有余，但她在等待着南宋的男人们挺起身来共抗外敌入侵，等待着那些处于水深火热之中的百姓有一天能过上安定的生活。

可恨只知偏安江南、不知富国强兵的朝廷，根本置国难于不顾，更听不到回荡在剡溪江上那悠长的一叹。

站在青枫崖上，王烈妇仰望参天古枫，俯视九曲剡溪。故园被毁，山河破碎，柔弱的女子又何以抵抗强悍的外敌？那一刻，王烈妇虽然还活着，但心已经死了。她那"举案齐眉"的理想为她点燃了人生最惨淡的光亮，也引领着她走向自殇之路。

"君王无道妾当灾，弃女抛儿逐马来。夫面不知何日见，妾身还是几时回？两行怨泪频偷滴，一对愁眉怎得开。遥望家乡何处是，存亡两字苦哀哉。"这是王烈妇趁元兵不备时，咬破手指，于崖壁上题的血诗，充满了惊心动魄的悲愤之情。

书罢，一位女子承担着风雨飘摇的丧国之痛，挟带着对那个时代的一声嘲笑，飘飘荡荡地坠下崖去。

# 四

我们常说，人的生命不在于长度，而在于宽度和深度。虽然王烈妇正值茂盛之年，便选择了陨灭，令人痛惜，但就她对精神世界的追求和人生价值的取向而言，却又是幸运的。

同样，与这种幸运相类同的是，另有一位女子，虽命途多舛，却用从容而透彻的目光打量着这个世界，她便是有"咏絮之才"之称的谢道韫。

关于谢道韫属何处人氏，近年来，嵊州和上虞两地已出现过几段文字的交锋，其激烈程度不亚于几年前的王羲之归隐地和卒葬地之争。

其实，谢道韫是何处人并不重要。重要的是，身为女子，谢道韫的胸襟风度丝毫不弱于男子，沉着镇定犹有过之。她曾经屡次徜徉在剡溪边，将满腹的心事付诸江水，然后又悠然俯瞰着这个世界。

她似乎把什么都看透了，以松为友，与梅共醉，远避闹市的喧嚣，终老于现位于三界一带的始宁墅。她的诗也写得很有味道："峨峨东岳高，秀极冲青天。岩中间虚宇，寂寞幽以玄。"其间透出的气势和气魄，让许多须眉男儿高山仰止。

当然，身为剡县县令谢奕之女、太保谢安之侄女，名门出身注定了谢道韫深厚的文化底蕴。据说一次冬日的午后，谢氏家族聚会，正赶上大雪鹅毛般片片落下，谢安于温酒赏雪之余，雅兴大发，问在座的谢氏后辈，飘飘大雪何所似？谢道韫的堂哥谢朗接口："撒盐空中差可拟。"谢道韫马上微哂道："未若柳絮因风起。"简单一句，其诗情才气展露无遗，从此，"咏絮才"便成了古代第一才女的代名词。

谢道韫心高气傲，对于自己的婚姻很不满意。她的夫君王凝之虽身为王羲之的次子，家学渊博，甚工草隶，又先后出任江州刺史、左将军、会稽内史，实非庸才，但他是一个狂热的"五斗米教"教徒，整天对着天师牌位焚香祷告，后兵败惨遭杀戮。

家破人亡之后，谢道韫并没有陷入自怜自艾的幽怨生活中，心性之超凡脱俗在这之后更见真迹。面对杀夫仇人孙恩捆绑了全家，谢道韫挺出了柔弱的身躯，直面怒斥其残暴无道。奇迹发生了，孙恩被她临危不惧、从容不迫的气度再次震慑，竟下令放了他们。

行文至此，我突然想到了另一个关于谢氏家族气度的故事。当年淝水大战时前秦百万雄师雄踞长江边，苻坚甚至喊出了投鞭断流的狂妄口号。身系天下安危于一身的丞相、谢道韫的叔叔谢安，在做好各项备战事宜后，就和子侄辈们整天喝酒下棋。等到谢道韫的胞兄谢玄等人一战而击退百万大军时，他仍在与人下棋。对于捷报，他只草草看了一眼，照旧下棋。客人问他，他缓缓地回答："孩子们已经打败了敌军。"

苏轼曾在《留侯论》中写道，"骤然临之而不惊，无故加之而不怒"，此之谓大丈夫。而真正做到的也只有留侯张良、谢安等寥寥数人而已，谢道韫一个小女子居然也有大丈夫的风范，实在是让无数男子汗颜。

谢道韫在后半生写了不少诗文，至暮年，还为闻名而至的学子们传道授业解惑，受益者众。这种不以世事之变故而改变心性，不以环境之恶劣而自暴自弃，不以个人凄凉之晚景而怅然若失的气度，在中国才女中当是独此一人了。

# 古道西风瘦马——剡溪江畔古道寻踪

尹畅晨

## 一

古道分两种类型，一种是官马大路，另一种是乡间古道，和现在的省道、县道和机耕路的差异相去不远。

同样是走路，踏在古道上的感觉却大不相同，就如同踩在历史的脊背上，总让人有一种说不出的苍凉感。

自古以来，因为有着王羲之、戴逵等人的相继归隐剡地，以及本土山水诗人谢灵运的瑰丽诗章，剡溪一直吸引了无数文人雅士纷至沓来。一叶小舟，一辆马车，诗人们借着水路陆路且吟且咏，用才情和诗意将一条条分散在剡溪两岸的古道熏染得璀璨无比。

时间是一把飞扬的尘土，覆盖了昔日的光芒。千百年后的今天，当我们企想用一管细笔去重新勾勒那些被岁月湮没的足迹，或是一行诗句，或是一个故事时，才知那些散落在乡间溪畔的古道，大多已扛不住岁月的负荷，黯然终结。而曾经的大路，也已不小心成为被水浸染的山水画，模模糊糊，只留下一团墨迹。

# 二

　　长乐太平村通往开元的平路上，一条宽不足 5 米的残存古道静卧着。一场小雨过后，隐约可见泥石路的浅坑里积满了水。一位骑着自行车的壮汉，抹着汗水闲坐在古道边的乡主庙前，打算在这里休息后，翻过充满传奇的西白山前往东阳。

　　自古以来，太平是通达金华、衢州、东阳等的要冲之地，人来人往和车轮滚滚之中，逐渐形成了一条畅通东西的官大路。

　　因为是古道，给人的感觉总是有点萧条和悲凉。耳边好像响着《走西口》那忧伤的曲调，寒风四起，枯树凋零中，一个满怀心事的汉子一步一回首，慢慢消失在古道的另一端。

　　且不顾这些，先去那座屹立于古道旁的太平乡主庙瞧瞧。

　　太平乡主庙原为纪念北宋名相王安石而建，又称太平寺。相传因为王安石的政绩和文才深得太平先民敬重，故尊他为乡主，并立庙祭祀。

　　一位着手改革北宋建国以来的积弊现状、主张新法的大政治家，虽然推出的一系列政治措施很大程度地影响了剡县，但毕竟与剡县没有明显关联，与太平更是相去甚远，却为何在太平的土地上坐镇一方，被供为乡主，让人祭祀瞻仰？

　　事情还得从早时说起。王安石任鄞县县令时，与剡县县令丁宝臣（字元珍）交好。受其影响，丁宝臣在任期间，除弊兴利甚众，深受百姓爱戴。王安石曾在《复至曹娥堰寄剡县丁元珍》一诗中写道："论新讲旧惜未足，落日低徊已催客。"可见两人志趣相投，各怀大志。

　　当然，王安石与太平的渊源另有起因。皇祐二年（1050 年），解任鄞县知县一职的王安石从官路回江西抚州老家。当辚辚的车马驶过太平村前的这条古道时，精通史书的王安石被西白山别样的景致所吸引。从马车上下来后，他对着满眼的绿色，尽情吸纳着天地精华。目光游移处，便见前面有一个施茶的凉亭，系歇山式建筑，古朴而高雅，上面还书有"远尘亭"

三字，颇显几分雅气。

王安石踏步进去。兴许是旅途劳累，他靠在石条凳上，没过多久便睡着了。睡梦中，他看见许多饥寒交迫的农民围了上来，向他乞讨，王安石便把身边的钱一一分给他们。但围拢的难民已越来越多，王安石的钱已经分完了。没分到钱的难民把王安石按倒，用田里的水灌入他的口中……王安石猛然惊醒，方知是一场大梦。后来，解梦的人告诉他，这是一个吉梦，老百姓用田水灌大肚子，是宰相的前兆，俗话说"宰相肚里好撑船"嘛。

我们且不去考证这个梦是否真实。20 年后，已过不惑之年的王安石在立志革新的宋神宗的入召下，任宰相着手变法立制，推出"青苗法""方田均税法"等多项法律，进行了一次大规模的政治改革，开创了历史上有名的"王安石变法"。

时间是有重量的。多年以后，一位叫邢达的人在官场屡屡失意后，将这份重量化为一种逍遥自在的隐居生活，择居太平乡沃基庄。因为他敬重前朝宰相王安石政治革新的主张和精进的学术，又因王安石在太平留下了一个美丽的传说，特举荐王安石为太平乡主。

从此，那庙，那亭，那古道，连同记忆一起留存了下来。

### 三

汽车在蜿蜒的嵛山山道中盘旋，尽管一路上都是光滑通畅的水泥路，但因为山高路陡，人竟被转得有点眩晕。

虽然路途艰辛，但与古人们的徒步行走相比，我们的这次文化苦旅分明多了几分惬意和轻松，除了借助先进的交通工具外，更因为我们是顺着古人的足迹一路追随的。而追随本身就因着有一根清新的脉络，使追随者在这山重水复、莽莽苍苍的大地上，多了一个正确的标向。

"白烟昼起丹灶，红叶秋书篆文。二十四岩天上，一鸡啼破晴云。"这是一条充满文化意蕴的古道，唐朝末年，一位叫王贞白的进士在与好友走完嵋山古道后，对这里的秀石丽山做了精妙的描述。而再早些年，屡举进士不第的诗人兼书法家方干，对古道旁的仙岩瀑布题写了"方知激蹙与喷飞，直恐古今同一时"的诗句；山水诗鼻祖谢灵运的"俯视乔木杪，仰聆大壑淙。石横水分流，林密蹊绝踪"，更以清新的手法将古道的胜景一一收纳其中。

通过这些才情喷薄的诗句，我们可感受到那些散落在山水间、原来似乎离我们很遥远的名字，其实离我们很近，近得似乎可以看到飘飞的衣衫，听到他们风雅的吟哦。

现在，还是让我们穿过岁月的风尘，选择与东晋时代的重量级人物谢灵运一起，去追随当年他所开创的超级驴行线路吧。

景平元年（423 年），在始宁土生土长的谢灵运称病辞官，离开永嘉，回到故乡过起了隐居生活。

"遂移籍会稽，修营别业，傍山带江，尽幽居之美"，谢灵运和王弘之、孔淳之等当地知名隐士一起，纵情流连于湖光山色之中，写下了《山居赋》等许多优美的山水诗作，从而奠定了他中国山水诗鼻祖的地位。

源源不断的诗作来源于诗人的实地亲临。为了方便"驴行"，谢灵运发明了一种活齿木屐，上山时去掉前齿，下山时去掉后齿，对行走山路带来极大方便。当时人们争相仿效，并给它取名为谢公屐。

为让后人饱享奇山秀水，生性放达的谢灵运还依着剡溪开凿了一条古驿道，从始宁直达临海，远远望去，就如同一袭水袖翻飞在山水之间，平添几分雅气和诗意。我们无法想象这个浩大的工程让谢灵运花费了多少心计，但这条剡中旅游古道终究为谢灵运的山水诗抹上了瑰丽的一笔。

几年后，谢灵运又在这条嵋山古道上开辟了一条新路。从今天的仙岩镇强口村出发，沿着强口村边小溪往上走，到达位于天竺山的谢岩村。谢岩靠山临水，古木森然，又颇有几分禅意。在乡民的要求下，谢灵运"四顾放弹丸，落处为祠"，在一处平地上建起了一座祠，即人们所说的石壁精舍，亦作为隐居读书之用，谢灵运经常携亲带友来此游憩。

但石壁精舍终究无法留住一颗驿动的心，谢灵运又出发了。

他顺着山路行至白岩，又赴天竺，然后在石门山停留。面对漫山的参天古木和悬崖峭壁下的温泉湖，诗人的才情再一次如石门边的瀑布般喷涌："晨策寻绝壁，夕息在山栖。疏峰抗高馆，对岭临回溪……"

一首传神传韵的长诗作罢，就着一缕残阳，谢灵运便脱衣解裳，枕着一块岩石酣然入梦……

一梦醒来，已过 1500 多年。

今天，当我们一步步走过这条昔日的古道，就如同在丈量历史的长度和远去的岁月。不远处的高速公路上，各种车辆风驰电掣，似乎在告诉我们，来到这里只是一种寻找。

## 四

关注古道，其实就是关注一段段夯实在时间深处的人文历史。

和其他地方的古道一样，这条从崇仁至王院的古时官大路已被岁月分割，现在已不可能一路畅通无阻，连贯成原先的数十公里或者更长一些。鲁迅说过，地上本没有路，走的人多了，也便成了路。对古道而言，走的人少了，便不成为路了。但无论如何，这条已不成路的古道上曾经出现的一个个匆忙的身影，还是忍不住让我们频频回首。

初秋浓烈的阳光穿过树叶的绿荫，从容地洒在我们身上。为了体验昔日古人的艰辛，我们从廿八都瞻山脚下出发，开始了一路的风尘。

瞻山位于崇仁镇廿八都村东，有剡西第一名山之称，在群山之围中，挺然秀峙，旷世独立。

但瞻山终归不寂寞。东晋时期，诗僧帛道猷在走遍万水千山之后，来到剡县。经过几番周游，他最终选择了瞻山，作为自己修身养性之地。

"连峰数千里，修林带平津。"帛道猷在啸歌山林，临崖采药之余，同时又不忘寄情诗书，从而留下了不少诗作和佳话。据说，在翻越高山之后，他经常在瞻山脚下的一条清溪里洗涤汗湿的衣巾。这条溪被后人载入《剡录》，名曰"涤巾涧"。一个常见的动作和一条朴素的溪涧，却被冠以如此雅致的名字，可以说是名人效应吧。

在做完这些与性情有关的事宜之余，高僧帛道猷也关注着自己的修为。为此，他特意在瞻山顶上设置了一座灵峰台，台上有巨石两方，一高一低形似纱帽。其中一方是帛道猷的"礼拜石"，另一方是帛道猷对弈会友的棋盘石。这两块石头，虽呈方形，却没有锋利的棱角，光滑平整得没有脾性，颇合佛家的性情。

可惜的是，这位才情满腹的高僧却在入天台采药时一去不返，与刘阮天台遇仙一样，给世人留下了无限的遐想。

从瞻山出来，途经满目葱茏的猪娘岭，便到了前村桥棚头。"桥棚头"，乍听这一名字，让人感觉颇有几分野味，与所在的环境很是对应。行至村口，远远地，便可见一个十来米宽的路廊立在一座简朴的石桥上，显出几分苍凉来。桥棚头曾是西乡到绍兴、杭州一带的通衢要道。早些年，南来北往的路人经过长途跋涉后，人困马乏之际，便会在路廊停下脚步，喝几口桥棚内的凉茶，抓几把稻草喂马，待歇息过后，便继续赶路。

只是，这座始建于清光绪二十四年（1898年）的桥棚头，历经风雨沧桑，虽几经修缮，仍显几分破败。唯有前面那棵古樟，依旧苍翠茂盛。

枕着一席凉风，在桥棚头小坐了一会后，我们便沿着蜿蜒的山道一路前行——地势险峻的丰田岭，梯田纵横的流沙，松木林立的石山屏，当一个个如珠玉般的山村从面前溜过后，便是古道的最后一站王院。

拐上几个弯，绕过几条山路，一派别样的风景顿时跃入了眼帘。雄浑的高山下，幽深的峡谷间，一道道各具气势的瀑布呼啸而出，或喷薄奔腾，或涓涓细流，或飞泻如线，将大自然的平缓与险峻、娟秀与雄奇、浅露与幽深和谐地统一在一起。

这便是常让文人墨客诗兴大发的百丈飞瀑。在离王院没有多少路程的绍兴，一位名叫张岱的文学家在清兵南下时，参与抗清。兵败后，面对国破家亡，无所归止的张岱踉踉跄跄地走向了王院。这个峰峦起伏、植被丰茂、瀑流成群的世外桃源很快安顿了一颗落魄的心，在这里，张岱著书立说、修桑植果，同时写下了脍炙人口的《百丈泉》：

银河堕半空，摇曳成云雾。

万斛喷珠玑，百丈悬练素。

因为这首传神传韵的诗，百丈飞瀑吸引了众多后人追慕和幽思。至今日，百丈飞瀑作为旅游景点得到了大力开发，可以说，张岱是有很大功劳的。

只是，那些曾经的故事，那些曾经的身影，已在大山和岁月的深处，渐渐远去。

## 五

古道静静地躺着，从历史的深处蜿蜒而来，又曲曲折折地通向历史的另一端。山峦、残阳、石径、古树，只是个见证。曾经走过的脚步，无论是轻快，还是沉重，都已成为过去。

唯有那阵风，激情而高亢，从远古，从两晋，从明清徐徐吹来，夹带着悠长的江南古韵和沉淀的剡溪文明，激荡成永远的经典。

# 孤绝的剡溪

马佳威

我曾眺望过很多浙江的大江大河。看过钱塘江畔璀璨的夜景，感受过东海之滨滚滚的瓯江水，乘过楠溪江上的竹筏，欣赏过飞云江上的晚霞……而我故乡嵊州的母亲河剡溪，于我而言，似乎有那么一丝陌生，甚至觉得剡溪有些落寞，尽管它因浙东唐诗之路成名已久。

人类的起源，离不开水的滋养。自古以来，人们就喜欢依水而居，尤其是生在江南水乡的我们，都是水上的孩子。千古文化，皆以水为媒，黄河长江孕育了灿烂的中华文明，让中华大地充满了灵动的气息。因而，故乡有一条河，着实是一种幸运，它是一种地域符号，一种乡愁和一种慰藉。由此，我由衷地感到幸运，从出生起，我便伴着悠悠的剡溪水成长。

浙江有两条唐诗之路，一在浙东，二在浙西。我曾沿着富春江寻觅浙西唐诗之路的痕迹，因为于我而言，浙东唐诗之路就在家门前，只有踏遍浙东和浙西这两条唐诗之路，我的寻诗之旅才算完整。唐诗之路将唐朝无数文人墨客送到了江南，而剡溪流经的嵊州，无疑是浙东唐诗之路上极为璀璨的一站。

剡溪由南来的澄潭江和西来的长乐江汇流而成。剡溪两岸风光秀丽，溪水逶迤，各种拱桥立在溪上，颇具江南韵味。在江南水乡诸多的河流里，剡溪并不逊色。李白的"湖月照我影，送我至剡溪"，写出了剡溪的情思，杜甫的"剡溪蕴秀异，欲罢不能忘"，道尽了剡溪的秀丽，千百年来，剡溪就如同一位窈窕淑女，被无数才子长达一千多年竞相追逐，历朝历代关于剡溪的名篇数不胜数。诸多的名人助力，也为剡溪增添了更多的人文色彩。千百年来，剡溪看着一位又一位诗人乘舟吟唱，最后又目送这些人消失在历史的尘埃里，只留下一首首脍炙人口的诗篇。我们也只能从只言片语中，窥探他们的浮光掠影。

在那样久远的年代，可真是想不到，这条河，竟聚拢了如此之多的诗人。

我曾在浙江省博物馆里找寻"嵊州"的历史痕迹，除了看到距今9000年前的嵊州小黄山遗址的陶器，还在一幅标记宋朝的版图里，找到了"嵊县"。而在秦汉时期，嵊州被称为"剡县"。"剡"字，让人联想到刀耕火种的原始农耕时代。嵊州的知名度并不大，在外求学时光，常有朋友问嵊州在哪里，甚至询问"嵊"字怎么读，我都会想，要是嵊州还是称为"剡县"，想必很多人更是不知道"剡"字的读音，但是"剡"字，不光是常出现在唐诗里，也时常不经意出现在我的生活中，因此，我也常骄傲地跟友人们科普嵊州的前世今生。

而我对"剡溪"的探究，要追溯到少年时期的一次意外发现。我的村庄马家村坐落在长乐江畔，那时候，我知道家门前流淌的河叫长乐江，却未曾把它和大名鼎鼎的剡溪联系在一起。后来我在村店墙壁上那张泛黄的嵊州地图里，发现了长乐江水在离村子约5公里之处的市区，与澄潭江交汇注入剡溪。揭开这个天大的秘密，也让我倍感荣幸，因为我确确实实是被剡溪水滋养起来的。

剡溪印象，也渐渐在我的不断阅读中丰满起来。我知道了王子猷雪夜访戴逵兴尽而返的雅事；知道了唐朝有342位诗人乘舟畅游过剡溪这条水路，充分领略了剡中山水之秀，一路吟诗形成了浙东唐诗之路；知道了剡溪九曲胜景……我曾经想过，有一天一定要沿着家门前的长乐江，进入剡溪，一路漂流，那一定能够领略古人诗中的意境。后来，我读了很多咏剡溪的诗词，唐朝诗人笔下的剡溪，真是一个有况味，不食人间烟火的地方。可是，后来在物质追求和奔忙中，我尚未达成这样一个单纯的人间理想。这样悠闲淡然的生活，似乎在这个时代再也无处寻觅。以至于每次路过剡溪，总会感慨生命的无限美好，自己却总在蹉跎岁月，到头来，只是忽然而已。

剡溪这条河，埋藏了太多沉睡的故事和童年的记忆。在外漂泊多年，我也鲜有时间回到故乡，去剡溪边走走。偶然途经剡溪，也是匆匆而过，但是剡溪却时常召唤我，哪怕我看遍波涛汹涌的大江大河，内心依然有一条河温柔地流过我的眼睛。

我常常暗暗惊叹于先祖的眼力，村落依山面溪，一代代马家先祖在这片土地耕耘栖息。据说青藤居士徐渭曾登覆船山远眺，看见马家一带暮烟浓密，平林漠漠，而长乐江穿村而过，如同飘逸的丝带，也不免发出感叹。

在长乐江畔，也有我们的一亩三分地。记得少年时代，每到黄昏时分，我都会去接下地回来的母亲，那时候阳光穿越葡萄藤，落在酢浆草开放的紫色小花上，波光粼粼的河水翻动着，我和母亲穿过长长的田垄，我走在前面，母亲走在后面，微风轻摇，河岸的芦苇轻轻荡漾，葡萄园里有鸟扑着翅膀，而走到江边，我们会停下脚步，安静地等待夕阳在远处的青山上一点点消逝。那时候我也不知道长乐江的历史流经何处，只知道溪水清澈见底，溪石可见，如同人间秘境。

孩童时，我和玩伴最喜欢去的地方也是长乐江，沿路是密密的芦苇荡，不同季节，芦苇荡有着不同的韵味。夏天，绿色的芦苇荡在风中翻滚，芦苇还有强劲的力道直指天空。秋冬再去看时，芦苇早已干枯，芦花如同一团又一团绵软的棉花。

我想，每一条河都承载着一种使命，奔向远方，但同时，她也承载着养育一方人的使命。妇女们浣洗，孩子们嬉戏，萤火虫顺着河岸的芦苇荡飞舞，当然，早年也因为水源富裕，河水倒灌，每年丰水季村子都要发大水。这些与溪水一起流淌的岁月，也构成了生活在剡溪畔人们的共同记忆。

如今，一些事物如同云烟消散，而长乐江，依然无私地馈赠着我们。因而面对长乐江，我始终有一种愧疚，每次站在拱形桥上冥想，仿若置身于一个神圣之地，看见两岸的芦苇荡，看见壮观的夕阳，足以让我满足，让我深深地忏悔。

新冠疫情期间，困于故乡，一连几天，我都独自散步长乐江畔，有一天竟一口气走到了嵊州大桥。一条大河，总是在途经不同地域时变换名字，长乐江和澄潭江交汇成剡溪，随后成为曹娥江，日夜奔腾，最终融入钱塘江，成为海的一部分。看着波光粼粼的水面，江风迎面而来。我不禁怀想，那时候诗人来到剡溪，恐怕与我看到的景象完全不同。他看到的剡溪不仅仅是青山绿水，或许那时候才真正看到了剡溪最原始的面貌，到了暮晚时分，还能看见渔舟唱晚的景色。

回去的路上，听江风一阵比一阵剧烈，偶尔能听见汽车的声音由远及近，又慢慢消失在远方，站在河坝，眺望村庄、河流、青山，忽然发现这一切都有一些陌生，少年时踏遍的每一条街巷，如今都已变换了模样，没想到当年怎么跑也跑不出去的寸土之地，转眼我竟也走出了那么远。

当然，我也曾在嵊州不同的地域，欣赏过剡溪不同的姿态。在一个秋日的午后，我沿着山间小道攀登崹山，回过头眺望的时候，恍然发现近处是纯白如雪的梨花，再远处是金色的油菜花梯田，山岭重重叠叠，连绵不绝，极有层次，而剡溪从青山中流过，在夕光下，我竟觉得她有那么一丝孤独，那是褪去繁华之后的寂静。千百年来，走过她身边的人不计其数，但是依然只有她在彻夜奔腾，亘古不变，真是逝者如斯夫！

我看着这些时间从剡溪里平静地消逝，就像一滴水，融进一条河一样。后来，我乘着竹筏在剡溪上漂荡的时候，总是在寻觅着什么……就像800多年前，王十朋从梅溪村远游，一路沿着剡溪漂泊而下，抵达剡溪书院任师席时，所作一首吟剡诗：千古剡溪水，无穷名利舟。闲乘雪中兴，唯有一王猷。

我曾去过梅溪村王十朋故居，而我的家就在剡溪边，人生一世，草木一秋，人终其一生，天职不是在追逐名利的路上，而是在还乡的路上。细细想来，对故乡的眷恋是在灵魂上的，虽然我生长在剡溪畔，却从未深切地感受过剡溪，从未认真地欣赏过剡溪边的秀丽风光。因为剡溪实在离我太近了，她就躺在我的家门前，也流淌在我的血液里，我时常从她的身边走过，闻到她的味道，哪怕身处异乡，也好似我的脸庞，吹拂着从剡溪上空吹来的风。因为我知道，剡溪在那里，我的母亲在那里，祖祖辈辈都在那里。

# 秋游崿浦

丁红萍

如果说中国的文化是一条奔流不息的大河，那么浙东唐诗之路无疑是这条大河上蔚为壮观的奇迹，它是中国文化史上一颗璀璨的明珠，引领中国文化走向了世界高度。

2019 年深秋的一天，我们来到了位于嵊州北部一个叫崿浦的小山村。这个村子是浙东唐诗之路剡溪路段的终点，是唐诗之路上一个重要的节点，是诗人们进入剡中大地的必经渡口。他们在这里出发泛舟江中，或登岸穿行在崿山和四明山，他们在山水之间流连忘返。一路幽长，蕴藏着道不尽的有趣故事，众多的诗人留下了许多脍炙人口的诗篇。或圆美流转，或清丽自然，或明媚妖娆，或幽深悠远，或淡泊清浅。以深情之意，写清丽之章，无不抒发了对剡溪大地的热爱和赞美之情。到了这里，循着古人的足迹，沉沦在诗境里，就像是鱼儿游到了水里，我们温柔地感知一缕细风、一滴雨、一片落叶的飞舞，在最最细微的觉察里，感知整个世界的辽阔。

江水悠悠，从古流到今，从西往东，就像月光下的竖琴弹唱了几个世纪。走进村，我们首先看到了一尊汉白玉雕像，那是诗仙太白的像，想象一千多年前，他踏上这片土地，在这里把酒临风，"绣口一吐就是半个盛唐"，一杯清酒染尽天下风流。面对着江水或沉吟或指点或高歌，豪气冲天，嗯，对了，他也是在秋天这个季节到达这里的。一路潇潇洒洒，深情而凝重，是那么的狂放不羁，那么的天真无邪，像一个活泼的顽皮孩童，不吝赞美之词，一股脑倾倒在溪水里，他说"此行不为鲈鱼鲙，自爱名山入剡中"。他说此番旅行绝对不是为了口欲之贪，而是被剡溪的山水所吸引的，但是要我说他在很大程度上是追寻前人的脚步而来的。300多年前，曾有一大文豪经常在这里游山玩水，还时不时在崿浦潭垂钓，这个人就是山水诗鼻祖谢灵运。诗人已无心仕途，怀揣着山水家园的情怀，垂钓崿浦潭，穿越万里时空，在唐诗之路剡溪段留下了浓墨重彩的一笔。顺着江水，我们来到了谢公亭。亭子简陋，亭子里坐着一位垂钓长者，他跟我们娓娓道来有关谢公的逸事，言语间满是自豪！

一滴两滴，雨点撑破了天地的寂静，恍惚中一滴雨抵达东晋的小舟，烟雨中，那些渔翁都成了青箬衣竹斗笠的谢公，他们凝视江面，一竿竿诗意提起又放下，随口一吟，古老母语自带灵性，纷纷扎进剡溪大地。溪水又往后流了300多年。用现在比较时尚的话来说，李白作为他的粉丝，因为仰慕而追寻着他的足迹来了，有诗为证，"脚著谢公屐，身登青云梯"，"谢公宿处今尚在，渌水荡漾清猿啼"！李白的诗中多次提到谢公，他对谢公有种惺惺相惜之情。他们一样诗情冲天，一样才华横溢，一样喜欢在山水中放牧心灵。和李白同时代的杜甫也来了，他说："剡溪蕴秀丽，欲罢不能忘。"可见这儿的风景已经像块烙铁深深地烙在了诗圣的脑海里，不能忘便是长相思了，我想在以后的战乱颠沛之际，也许这块秀丽的土地成了诗圣心中永远的桃花源，时不时抚慰他这颗沧桑而凄苦的流浪心。白居易、杜牧400多位唐代诗人纷至沓来，他们来了又走了，留下了一首首千古绝唱，在中国诗歌文化的长廊里永久地熠熠生辉。

苍穹的雨，一丝一丝地飘着，如烟如雾，寻觅着秋的诗情画意。雨雾中，远山近水若隐若现。时光的河流又把我的思绪拉回到河埠头，放眼望去，新修的埠头呈"王"字形，细雨中有人在淘洗，有人撑着伞，雨中垂钓的乐趣何等惬意，潭边摩崖石刻刻下的是一个朝代的文化高度，崿浦庙风雨无阻地在山冈守候着一方百姓，它庇护着乡民的平安康健，美丽乡村的建设让老百姓的生活环境越来越美好。

快到中午，雨停了，太阳出来，空气潮湿而新鲜，阳光照在河面上，水面金光闪闪，像镀上了一层金粉一样，突然想起太白的"新妆荡新波，光景两奇绝"。多应景的诗啊。时光经历了千年，我们沿着他们的足迹又来捡拾诗人们散落在此的珠贝，到了今天晋风唐韵便有了声音气味芳香的辨识，古老的村庄因为诗歌重新生长，焕发了勃勃生机。

晋 风 唐 韵 今 犹 在
—— 浙 东 唐 诗 之 路 散 文 集

新

昌

卷

# 东南眉目 唐诗之路

## 水殿月影

　　白居易《沃洲山禅院记》说：东南山水越为首，剡为面，沃洲天姥为眉目。唐诗路上，浙东山水又以沃洲、天姥最为突出。白居易还在《沃洲山禅院记》中两次提到白道猷。白道猷何许人也？高似孙《剡录》有记：白道猷，罗汉僧，来自西天竺，居沃洲山。竺道壹在若耶山，道猷以诗寄之。

　　另外《高僧传》里说白道猷"本姓冯，山阴人，居若耶山。少以篇牍著称，性率素，好丘壑。一吟一咏，有濠上之风"。

　　白道猷是否居住于沃洲山已经不重要，重要的是他写下了关于沃洲的一首诗，其中有句：

> 连峰数十里，修竹带平津。
>
> 茅茨隐不见，鸡鸣知有人。

　　就凭这几句诗，白道猷的名字就和沃洲山联系在了一起，如此一来，修竹平津的沃洲山也因白道猷而闻名于世了。

　　唐诗之路可以说是古代诗人们的一条文学旅游路线。从古至今，诗人们踏着前人的足迹，慕名而来。从浙东运河西段至曹娥江，经由剡溪入天台山，这条浙东著名的唐诗之路上，诸多文人墨客留下大量文化瑰宝。其中以歌咏沃洲、天姥最为璀璨。可谓建安风骨，尽得风流。

《后吴录》记载："剡县有天姥山，传云登者闻天姥歌谣之声。""天姥"就是神话传说中的西王母。传闻西王母能歌善舞，曾在天池上唱《白云歌》陪宴周穆王。歌声萦绕于云端，高峰连云，天上人间，虚无缥缈。那样的美早已被神化了，世间的一切歌声自然无法比拟。唯美的故事使得天姥山几乎与蓬莱、方丈并驾齐驱。蓬莱、方丈乃是传说中的仙山，实际上不存在，而天姥山却实实在在地矗立于古越大地之上，与沃洲湖一起被白居易称作"东南眉目"。

最早把天姥山引入诗歌领域的是南朝山水诗鼻祖谢灵运。他在《登临海峤初发疆中作与从弟惠连可见羊何共和之》一诗中写道：

赞念攻别心，旦发清溪阴。

暝投剡中宿，明登天姥岑。

高高入云霓，还期那可寻。

傥遇浮丘公，长绝子徽音。

谢灵运不愧为山水诗之鼻祖，他的山水诗"钩深索隐，惨淡经营"，于汉魏之外，另辟蹊径。

谢公之后，当数李白。李白《梦游天姥吟留别》一诗充满着寻仙问道的幻想，有着浓厚的浪漫主义色彩。幻中有真，亦幻亦真。"谢公宿处今尚在，渌水荡漾清猿啼"一句贯穿古今，那一刻，谢公的身影仿佛在李白的脑海里鲜活起来了。

南朝的绿水、清猿、岩泉，此刻就在诗人眼前。谢公走过的路，李白借着谢公展梦游了一遍。

天姥山乃是新昌一邑之主山，由拨云尖、细尖、大尖等山脉组成。它连接着万马渡、惆怅溪、三十六湾、沃洲湖等水域。它层峦叠嶂，烟云缥缈，苍然天表。所谓"山不在高，有仙则名"，天姥山的高度并不在于它实际有多高，而在于它的文化高度。天姥山之名，也不在其高其险，而在其神其圣。天姥山是一座有着千年文化积淀的名山，底蕴深厚。尤其是李白一首《梦游天姥吟留别》，让这座具有神话色彩的仙山，更添了如许的诗情画意。

"天姥连天向天横，势拔五岳掩赤城。天台四万八千丈，对此欲倒东南倾……霓为衣兮风为马，云之君兮纷纷而来下。虎鼓瑟兮鸾回车，仙之人兮列如麻。"

李青莲诗潇洒飘逸、荡气回肠。一个梦境，也幻化得如此瑰丽奇异，出神入化。虎鼓鸾驾，神仙如麻。浪漫主义色彩的描绘令后人如痴如醉。李白是否真的到过天姥山已不重要，重要的是多少后来人正是循着李白的梦境，踏着李白的诗路，络绎不绝地前来一探究竟。

继谢灵运、李白之后，唐朝诗僧灵澈也曾登上过天姥山，有诗为证。《天姥岑望天台山》云：

> 天台众峰外，华顶当寒空。
>
> 有时半不见，崔嵬在云中。

此外，有许浑《早发天台中岩寺度关岭次天姥岑》：

> 来往天台天姥间，欲求真诀驻衰颜。
>
> 星河半落岩前寺，云雾初开岭上关。
>
> 丹壑树多风浩浩，碧溪苔浅水潺潺。
>
> 可知刘阮逢人处，行尽深山又是山。

诗中提到的"刘阮"又有一段风流往事，刘阮遇仙的故事多少年来一直为人津津乐道。相传汉明帝时，剡人刘晨、阮肇入天台山采药，迷路遇仙，并双双与仙女结成夫妻，半年后因思家心切，执意而返，才知人间已过七世。再回头，却已无路可寻。

故事发生在天姥山下刘门山，后人在村中建了刘阮庙，桃树坞还留有迎仙桥。桥下流水名为惆怅溪，玎玞流水中似乎还能听见刘阮的声声叹息。

惆怅溪由天姥山麓流经班竹、桃源等地，班竹村口有桥，名为落马桥。相传唐朝司马承祯隐居天台桐柏山白云观，因唐玄宗数诏出山，路过班竹村，见此地高山流水，环境清幽，就连他骑的马儿也踟蹰不前，遂触景生情，悔意顿生：俗世多烦恼，不如归去。后来皇帝颁下圣旨"文官到此需下轿，武官到此需下马"，以纪念先贤。这便是落马桥，也称司马悔桥。传说司马悔桥始建于东晋，最初是木桥，千百年来，屡毁屡修。清道光二十四年（1844 年），桥又被大水冲毁，重建为单孔石拱桥，桥面铺卵石，侧墙正中嵌有"落马桥"石碑一块。桥洞处古藤垂蔓，青苔遍生，绿意盎然。青丝一样的藤蔓一直垂至水面，柔柔地摇着波光。那么纯净、空灵，心也随之变得柔软起来。或有一二声鸟鸣，便是天籁之音，把你的心从水面带至云间，恍惚如遨游于太虚之上。根据刘阮遇仙的故事，也有人将此桥名作"遇仙桥"，这无疑给它蒙上了一层神秘面纱，更显得扑朔迷离，浪漫而梦幻，平添了几分唯美主义色彩。

桥头有古树参天，大至数围，碎碎的阳光从枝叶间轻轻挥洒下来，斑驳的日影落在鹅卵石桥面上，单调的高跟鞋敲击鹅卵石，宛如一阕宋词的平平仄仄。瞬间尘嚣远离，俗念顿消。正是心将流水间，浮尘不嚣尔。

桥头一侧，古树掩映之下，是司马悔庙。内有道骨仙风的白云道士，庙门上悬挂着"受私难见"的匾额。司马悔桥及司马悔庙于 1998 年 9 月公布为新昌县级文物保护单位。外墙题有"梦游山庄"四字。两边挂对联，上书：太白梦游曾钟此，子微仙踪留今兹。

唐朝大诗人杜甫也曾两次在诗中提及天姥山。《奉先刘少府新画山水障歌》有句：

悄然坐我天姥下，耳边已似闻清猿。

《壮游》又道：

剡溪蕴秀异，欲罢不能忘。
归帆拂天姥，中岁贡旧乡。

　　江山有幸，诗笔留芳。正如顾恺之所言：千岩竞秀，万壑争流，草木蒙笼其上，若云兴霞蔚。

　　今年春天，有幸目睹了一次天姥山日出。要上天姥山看日出，住在城里的我们凌晨三点半就得起床，车行一个多小时抵达山顶。从墨蓝色的天空一直守候到天际出现一抹浅浅的白，从莽莽苍苍，到天空的云彩慢慢变红变紫，再从变幻莫测的云层里透出灿烂的光芒来。此时，天姥山横空出世的巍峨景致尽收眼底。俯瞰群山，田畴远风，青山连云，村舍在山脚散落成火柴盒的形状，火柴盒里偶尔还有炊烟袅袅升起。星星隐去，大地醒来。

　　近年，更有越来越多的驴友背着帐篷上路，本地的，外地的，寒来暑往，数不胜数。他们沿小路寻找攀登的乐趣，然后在山顶露营，晚上山顶的星空自然特别清澈明亮，一伙人围着篝火唱歌跳舞，尽情玩乐。沉寂后仰望星空，听草虫私语。次日一早，还能看那火红的太阳冲破天姥云海，迎来黎明。那五颜六色的帐篷像一只只硕大的蘑菇，点缀林间，成了一道别样的风景。若冬季登临，则白雪满山，雾凇成林，数十里银装素裹，蔚为壮观。

　　江南最多烟雨天气，初夏时节从天姥茶场登上拨云尖，又逢阵雨。细雨为墨，点染烟云。骤雨歇时，望群山遥列如黛，淡烟轻笼，烟波浩渺，湿漉漉的江山，氤氲多少如花心事，豪迈中透着婉约，最是动人心魄。以天姥连天群山为眉，沃洲湖眼波流转，似美人嫣然一笑。好一幅水墨丹青！

　　归来，得五律一首：荒烟迷远树，玄鸟入苍穹。一霎晴明雨，几回淡荡风。云山犹万叠，湖水只一盅。足下弥高处，尘寰一望中。

　　风流所及，有唐三百年，无数文人墨客纷至沓来。其中不乏如卢照邻、骆宾王、王维、孟浩然、李白、杜甫等翘楚。刘长卿就多次提到天姥、沃洲。有五言绝句《送方外上人》：

　　　　　　孤云将野鹤，岂向人间住？
　　　　　　莫买沃洲山，时人已知处。

又有《初到碧涧招明契上人》写道：

> 沃洲能共隐，不用道林钱。

这里提到支道林买山隐居的故事。如果说天姥山因李白而扬名天下，那么一提到沃洲山，我们必然会想起支道林。支道林在沃洲山居住过，还留下了逸闻趣事。

支道林，即支遁，东晋高僧，同时又是研究《庄子》的学者。支遁想买山隐居，然后有人就说他，这好比是土豪在山中建别墅。后事如何，反不得而知，也无须深究。

《世说新语》提到支遁养马，又说支公好鹤。更有支遁养鹤放鹤的故事，沃洲山上放鹤峰便是由此而来。唐朝诗人朱放有六言诗《剡溪舟行》：月在沃洲山上，人归剡县江边。漠漠黄花覆水，时时白鹭惊船。何其美哉！

早年曾在沃洲湖畔小住三月有余。湖山于我渐渐熟识。从望湖山庄到三白堂，到真君殿，乃至山下的沃洲湖水电站，都是我曾用脚步丈量过的地方。

那时面湖而居，推窗便见翠烟锁湖，远山含黛。入目湖光微微，入耳天籁声声。日日看湖山叠映，醉心于此。沃洲湖有巍巍天姥为屏，连绵天台为脉，高山影湖，白云过境。水汽缭绕间，山水一色。烟雨蒙蒙中，时见湖上漂着一叶轻舟，舟中人戴斗笠，着蓑衣。远山有如泼墨，真世外也！

时隔数年故地重游，不胜感慨，遂写下一题《湖居》：

> 夜入翠湖居，清光落碧虚。
> 时怀长诏水，难忘沃溪鱼。

# 诗游剡中

刘　娟

　　江南的梅雨季，整日淅淅沥沥，烟霭迷蒙，加之近日时疫有死灰复燃的迹象，闲暇时便不大出门，在家中翻看一本1990年出版的旧书——《剡中山水诗选》。

　　书的纸张已经有了泛黄的年代感，诗歌的注解非常简朴，选注人似乎不愿多写一个字去破坏读者对原诗的体悟。一首首念下去，便感觉是历朝历代的文人雅士在为我吟诵脚下这片钟灵毓秀的土地，让我依稀望见晋时的修竹连峰，唐朝的渌水千岩，宋代的云光月影，明清时的烟村茅茨……世世代代的剡中人，把一个遇仙的传说一点点写入烟火人间之中。

　　剡中，何以称剡？梁载言《十道志》中有一个说法：两刀一火可一逃。自汉以来扰乱不少，故剡称福地。而关于剡的来源，更有一个神话故事，《四明山记》中讲道："魏杨德祖至四明山，逢一老人。老人曰：'我见涧中涌泉，流一金刀，两仙人把神火趁之，可往寻之。'德祖行前，见两人把神火，及得水中金刀，可长二尺。二人者，见德祖倏去。德祖曰：'两火成炎字，炎边得刀，是为剡字。'因号剡溪，又曰剡山。"于是，自古以来剡地便是躲避战火刀光的福址，生于唐末乱世的罗隐就曾写下"两火一刀罹乱后，会须乘兴雪中行"的诗句，宋人还有"两火一刀名素胜，十分双涧地长灵"的美誉。那时的剡地面积广阔，直到五代十国梁开平二年（908年），因剡城"人物稍繁"，才将剡东分出置新昌县，这便是我足下的这片土地。

魏晋南北朝之时，在与北方游牧民族的连年征战中，百姓流离失所，中原黄河流域的士大夫们都开始南迁，剡地开始流传一个广为人知的遇仙神话。"汉明帝永平五年，剡县刘晨、阮肇入天台山取谷皮，迷不得返。"刘阮二人饥馁欲死，遥见一桃树，大有子实，遂各啖数枚充饥。下山时，竟遇见二姿质妙绝的女子，天色既晚，因邀还家，肉食相待，酒酣交并，乐以忘忧。小住半年后刘阮二人因怀念家人，悲思求归，于是众女子集会奏乐送归。二人回家后，旧屋改异，无复相识，问讯得七世孙，传闻上世入山，迷不得归。现在新昌县城南外，天姥山脚下仍有叫刘门山、桃源村的地方，后世文人到此多有诗歌唱和。元微之到此，心有戚戚焉，诗道："千树桃花万年药，不知何事忆人间。"当诗人们真正步入神话仙境，发现唯有空山晓月，不见传说中的繁华胜景，难免会若有所失，进而怅然而赋"刘郎应有重来日，寄语桃花莫漫开""刘阮不知离别苦，为他呜咽到如今""自从重入山中去，烟雨深深锁旧溪"。实际上，这"刘阮遇仙"的故事，便是与同时代五柳先生《桃花源记》的隔空唱和，也是对南迁流亡者莫大的精神慰藉。那时的南蛮之地——剡，还带着层峦叠嶂的神秘感，但它已然成为人们憧憬着的心灵归宿，成为文人雅士心中那片与世无争的世外桃源。

一时之间，归隐剡中成了一件令人心驰神往的事情。王谢之族的名士纷纷前来，更有支遁、竺潜等高僧设殿讲经，名流云集造就了文化史上千古风流的兰亭雅集，出现了十八高僧、十八名士的沃洲盛会，人杰与地灵孕育出了一个璀璨的时代。王羲之隐居的金庭，我曾好几次到访，四月里雪白的樱花撑开一片浪漫的天空，那时周围满山的桃形李也开始开花了，远眺对面波浪起伏的山峰，看上去像极了一座搁毛笔的笔架，窃以为右军先生可能是钟情于此。有山作笔架，天地作绢纸，山泉来磨墨，加之右军先生的才情，挥毫即成千古名篇。且说谢康乐，传说中他是一位名副其实的驴友，常常出门十数日不归，忘情于剡中山水之间。谢公诗中道："觉遇浮丘公，长绝子徽音。"据说他因经常要登山，还自制了一种适合登山的木屐，时人称作"谢公屐"。一方水土，养一方人，谢公在剡中饱览秀色，博览群书，于是开创山水诗派也就不足为奇了。再话支遁法师，他在当时已是名扬天下的高僧，唐人皎然曾在《支公诗》中称赞他"得道由来天上仙，为僧却下人间寺"。新昌县有一处叫遁山的地方，传说他就是在那里养马放鹤参禅，他还在小岭寺首种茶叶，首创了禅茶一味的茶道文化。如今新昌县有大佛龙井茶闻名于世，那便是支公流传千年的禅茶智慧。今天，我们仍能掬一泓王右军研墨的清泉，蹚一回谢康乐濯足的清溪，攀登高入云霄的天姥山，遥望支遁放鹤的那片天空……这世间的物象看似没变，却又有了另一种神韵，因为诗歌从历史的深处流淌出来，滋养着剡中的一山一水，一草一木。

像是偶然，又似必然。前朝文化积淀的前奏已经让那个鼎盛的唐诗时代呼之欲出。对唐人而言，剡中不仅仅以其绮丽风光与深厚底蕴让人流连忘返，它还是一个可以让人寄情山水，治愈世间万般愁苦的心灵港湾。温飞卿在这里"茶炉天姥客，棋席剡溪僧"。此时的他已将人生看得无比通透，便发出"还笑长门赋，高秋卧茂陵"的感慨；魏玄成在此处也寻得了内心的宁静，写下"何代沃洲今夜兴，倚栏干听赤城钟"的句子；刘长卿则呼朋唤友来此共隐——"沃洲能共隐，不用道林钱"，他"踏花寻旧径，映竹掩空扉"，在此长住，最终安顿在了梦里的山水田园。

至于青莲居士，他一生仕途不济，览遍名山大川，犹写下"此行不为鲈鱼脍，自爱名山入剡中"的诗句，我觉得最能体现剡中在文人心中的地位。在这里，可以游目骋怀，可以谈经论道，可以抚今追昔，更可以天马行空地遐想。百感交集终于都绽放在了那首千古绝唱之中——《梦游天姥吟留别》，剡中秀丽的自然风光激发了诗人对美的所有幻想，云霞明灭，渌水荡漾，千岩万转，迷花倚石。然而忽魂悸魄动，惊起长嗟。梦醒之时，太白也释怀了，有此等名山可访，莫问归期，过往的失意与困顿瞬间烟消云散，何不过一个快意人生？——"安能摧眉折腰事权贵，使我不得开心颜？"

我也多次登顶天姥山，古人可攀鸟道，今有盘山公路盘旋而上直到天姥林场，再往上攀登则只需要约四十分钟就可到达拨云尖了。春天有满山野花开得热烈，夏日仰观日出日落与月夜星空，入秋俯瞰群山层林尽染，寒冬则是天姥山最与众不同的季节。记得有一年冬天到山顶赏冰松，山下并没有冰冻，山上却已是玉树琼枝，云雾缭绕，宛如仙境。天姥山得名来自"王母"，由拨云尖、细尖、大尖等群山组成，连绵起伏、气势磅礴，历来是文人心中备受敬仰的高峰。谢灵运曾写道"暝投剡中宿，明登天姥岑"，太白在《别储邕之剡中》道"辞君向天姥，拂石卧秋霜"，后世还有"不必岱宗扣日观，却来姥顶较华嵩""天姥峰阴天姥寺，竹房洞户窈然通"等句。如今的天姥山远不如古代时所据有的文化地位，似乎都要淡出公众的视野了。与其他名山不同，天姥山是不收门票的，从旅游开发的角度似乎有些不合时宜，"三十年河东，三十年河西"，那什么又是合时宜的呢？天姥山依旧是那从容巍峨的模样，不悲不喜，正像明代杨慎的词道："古今多少事，都付笑谈中。"

剡中如诗如歌，可诗可歌，唐以后，来剡中游览吟咏的文人亦络绎不绝。正因为这些流传下来的古诗，我们才感受到同样的自然风光，在千万人的思想里泛起的千万种波澜。同样的穿岩十九峰，在王仲潜眼中如普贤狮子出云来，好似将军战胜归，又若子卿持汉节，或如骢马朝天阙；在张汝威的诗里"十九峰头云作巾，峰峰都是玉嶙峋"；在吕信卿的感观中"更觉诸天近，凭虚尚可从"。诗歌在一字一句地盛开，却像满池的妙语莲花，让人沉醉的不仅仅是自然界的鬼斧神工，更是古人的字字珠玑。

若言剡中，不言佛事那便失了一段精华。诗歌中，僧寺如行云流水般存在，石城寺几乎是过客的必访胜地，此外还有支遁兴建的沃洲寺，魏微到访时写下"一声清磬海边月，十里香风涧底松"，另有"老僧敲磬雨声外，危坐诵经云气中"的天姥寺，"山僧洗钵荐胡麻，袅袅钟声隔院赊"的真觉寺，等等。论起石城山佛教的开山始祖，就要道出东晋时期的昙光大法师了，是他最早于隐岳洞结庐讲经，即现在位于大佛寺大雄宝殿西侧的隐岳洞，可依盘空栈道拾级而上。每年蜡梅花开的时节，我定会到隐岳洞前徘徊半日，因洞前有一株宋梅开得十分烂漫，相传是宋代理学家朱熹亲植。植株与飞檐齐高，香气袭人，且普通游人一般不会到此，使得隐岳洞成为一个幽静的好去处。宋代大儒朱熹先生在任浙东常平茶盐公事之时，经常往来新昌，曾游南明山、水帘洞等地，还写下"一片水帘遮洞口，何人卷得上帘钩？"的诗句。不知朱公在隐岳洞前是讲的理，还是论的佛？

且说石城寺，便是至今依然香火绵延的大佛寺了。太白来此吟道"寒钟鸣远汉，瑞像出层楼"，孟浩然写下"竹柏禅庭古，楼台世界稀"，难怪袁枚会叹道"我来耳目新，弥增游兴豪"。相传，南齐永明四年（486年），僧护见仙髻岩的崖壁上有佛光出现，于是发誓要在此岩上雕刻弥勒佛大像。僧护圆寂，又经僧淑、僧佑续凿，三代僧人历时30年，终于在天监十五年（516年）大功告成，世称"三生圣迹"。文学家刘勰在《梁建安王造剡山石城寺石像碑》中誉石弥勒像是"不世之宝，无等之业"，"命世之壮观，旷代之鸿作"。如今的大佛寺风景区俨然成了新昌人的后花园，我周末也时常去爬山，一个初春的清晨，我登上翠浪亭，朝大雄宝殿所在的山体望去，竟然看到整座山仿佛一头大象沐浴在晨光中，大佛金像则凿在大象的头部右侧。象通"祥"，或许这也是福地蕴含的天机。如今，南朝四百八十寺的钟声已经渐行渐远，但禅客的余韵犹留在诗歌的字里行间。

寻找诗中的人间烟火味也是颇为有趣的事。骑马前来的有"日暮不堪还上马，蓼花风起路悠悠"，泛舟而来的道"一声欸乃山前绿，数里苍茫水面风"；劳作时"竹笕引泉分雪灌，麦畦梯壁带云锄"，闲暇"携酒天姥岑，自弹峄阳桐"，剡中歌者"闷为洛生咏，醉发吴越调"，哪怕是案牍工作也带着诗意"鱼鸟半和风俗处，云霞多杂簿书间"。最有烟火味的大概要数袁枚路过新昌道中，看见一片春耕的繁忙景象："溪水好拦路，板桥时渡云。仆夫呼不应，碓响乱纷纷。"这些生活细节的描写，看上去是再平凡不过的写实镜头，就像《清明上河图》一样，那些理解了当下，并能站在未来视角看当下的人，我是景仰之至的。很多人都觉得"眼前的苟且"跟"诗与远方"是不相容的，我却觉得，那些把"眼前的苟且"入诗入画的人，才是生活的大彻大悟者。

没有找到关于写剡中饮食文化的诗句，颇感遗憾。关于写美食，东坡先生当首屈一指，他曾写过"不俗又不瘦，竹笋焖猪肉"，这道竹笋焖猪肉，剡中也有这个吃法，因为当地修竹遍野，笋是家常菜肴。我在剡中之地的嵊州和新昌都生活过几年，两地的语言口音有很大差异，饮食却是基本一致的。剡中闻名的小吃，大饼油条、锅拉头、春饼、麦糕、糖麦饼、小笼包等，基本上传承了中原黄河流域迁入的饮食习惯，以面食为主。当地人把包子叫馒头，把馒头叫成淡包，为此我特地查了资料，古人把面食统称为"饼"，如汤面叫作"汤饼"，上笼蒸熟的面点就叫"笼饼"，而三国时蜀中人杂糅肉做巢馒头，那时所谓的馒头就是包子。明代《水浒传》中在孙二娘的酒店里也把包子叫馒头，武松问道："这馒头是人肉的，是狗肉的？"到清朝之后，才逐渐有了包子与馒头分化的叫法。由此可见，剡中因地处偏幽，隐于世间，较少受到外族侵扰，反而保留下许多晋唐以来的风俗文化，包子也保留了馒头的叫法。现在嵊州就有近十万人，在全世界各地以做小笼包为营生，这便是老祖宗传下来的非物质文化遗产。

读着想着，天色已晚，不知什么时候，雨也停了。合上书，闭上眼，这一天竟像是把剡中从古至今地游览了一遍似的。新昌县内的胜景，我几乎都到访过，但跟随古诗神游一遍，却觉窗外的山水越发动人了。就像杜工部说的"感时花溅泪，恨别鸟惊心"，景还是那样的景，怀着不同的心境去观赏时，便有了不同的感悟。当有诗歌在内心萦绕之时，眼中有景，心中有诗，即不辞长做剡中人了。

算起来，剡中名胜唯独这刘门山我还没访过，我想刘阮遇仙处就不要去了，让它永远留在美好的神话故事中吧。

# 盛唐翰墨香，一路风光一路诗

赵媛洁

　　"浙东唐诗之路"的发现者与首创者是新昌人竺岳兵先生，此路是晋唐以来文人墨客往来频繁、对唐诗发展有着重大影响的一条山水人文旅游线路，是继"丝绸之路""茶马古道"之后的又一条文化古道。

　　唐诗之路是沿浙东运河经绍兴、上虞和浙东运河中段的曹娥江溯古代的剡溪（今曹娥江及其上游新昌江）经嵊州、新昌、天台、临海、椒江及余姚、宁波，东达东海舟山和从新昌沿剡溪经奉化溪口至宁波的一条道路。

　　《全唐诗》记载，唐代 2000 多位诗人中到过新昌的就有 400 多位，在这里留下了上千首千古传颂的名篇诗歌。其中著名的诗有李白的《梦游天姥吟留别》、贺知章的《回乡偶书二首》、李绅的《悯农》、杜甫的《壮游》等。新昌被称为"浙东唐诗之路精华地"。在竺岳兵的眼里，"唐诗之路"并不单是一条唐诗铺设起来的路，而是一条承载着诗意和精神求索的文化之路。

## "唐诗之路"之山水诗

　　说到中国山水诗，我们一定会想到中国山水诗的鼻祖——谢灵运。他将自己的大部分时间花在旅游上，在旅游的过程中获得人生感悟和旅游感悟，创作了大量的山水诗文，李白在《梦游天姥吟留别》中写道："谢公宿处今尚在，渌水荡漾清猿啼。脚著谢公屐，身登青云梯。"这句话的解析是谢灵运游山，一定会去到幽深高峻的地方，他备有一种特殊的木屐。屐底装有活动的齿，上山时去掉前齿，下山时去掉后齿，这样行走就变得轻松自如。

在新昌有这样一个古村落，小溪潺潺，青山间的班竹村，是徐霞客游线标志地，也是当年谢灵运投宿的地方，听说有一条古道贯穿全村，是当年他亲自率领数百随从开辟出来的，当年的班竹远比现在繁华。400多年后，这条古驿道深受唐代诗人的关注，吸引了众多诗人来到这里，如杜甫、孟浩然、王维等。他们跟随着前辈的足迹踏上这条沧桑斑驳的古道，寻找心中的胜境之地。在这里大家可以感受到一步一景一诗歌的奇妙体验。青山碧溪，这正好是山水诗之源，同样也是诗人的摇篮。

毛泽东晚年多次评论谢灵运在开创中国山水诗题材方面的贡献。他认为，山水诗的出现和蔚为大观，是文学史上的一件大事。如果没有魏晋南北朝人开辟的山水诗园地，没有谢灵运开创的山水诗派，唐人的山水诗就不一定能如此迅速地成熟并登峰造极。就此一点，谢灵运也是"功莫大焉"！

除了谢灵运，还隐藏着另外一把打开唐诗之路大门的钥匙，就是刘晨、阮肇的遇仙记，他俩不慎迷路，结果邂逅了两位如花似玉的仙女，双双结为夫妇，半年后返乡，世间却已过了300多年，于是刘阮重返此山，结果没能再找到当初的世外桃源。

崇祯五年（1632年）四月十八日，徐霞客自天台山万年寺入境，沿谢公古道，游历考察了天姥山、腾空山、会墅岭、班竹铺等地，他在游记中记录了班竹村："出会墅，大道自南来，望天姥山在内，已越而过之。以为会墅乃平地耳，复西北下三里，渐成溪，循之行五里，宿班竹旅舍。"

山水诗的源泉不仅仅在这里，还有一道独特的风景线——沃洲湖，"三十六个弯，弯弯要爬岩；三十六个渡，渡渡要脱裤。"这是民间的一个说法，休闲的时候去爬爬山，玩玩溪水，体验那山情野趣，别有一番滋味在心头。东晋时，沃洲山一带高僧、名士云集，这里成了当时的佛学中心之一。

白居易在《沃洲山禅院记》的开篇这样写道："东南山水越为首，剡为面，沃洲天姥为眉目。夫有非常之境，然后有非常之人栖焉。"更加肯定了沃洲、天姥在历史上的地位。现在已被学术界广泛承认的"唐诗之路"就是基于如此深刻的文化渊源。泛舟沃洲湖，远眺天姥山。

## "唐诗之路"之山水画

中国山水画的发祥地——天姥山，是一座文化之山，李白一生四入浙江，三至越中，二登台岳，成为这条唐诗之路最著名的游客。"一座天姥山，半部全唐诗。"此言不算夸张。天姥山吸引了400多位诗人到来，留下了1500首左右的诗。

《全唐诗》900卷，共收录唐代2000多位诗人的诗作4万多首。当然，这不无李白的功劳。他的《梦游天姥吟留别》，为天姥山做了最好的"软广告"。"海客谈瀛洲，烟涛微茫信难求；越人语天姥，云霞明灭或可睹。天姥连天向天横，势拔五岳掩赤城。天台四万八千丈，对此欲倒东南倾。我欲因之梦吴越，一夜飞度镜湖月。湖月照我影，送我至剡溪。"一个"横"字，一个"掩"字写尽了天姥山的宏伟气势，令当时的诗坛为之倾倒。诗中描绘的景物似真似幻，恍惚迷离，实际的景象又是如何的呢？

春天是万物复苏的季节，天姥山显得格外温柔，争相斗艳的映山红开满整个山坡，使得整个天姥山渐渐变得热闹起来。清晨的第一缕阳光洒进树林间，早起的鸟儿在那唱歌，蝴蝶扇动着美丽的翅膀迎接美好的到来。在安静的山上，静静地倾听流水滑过的声音，溪水间的小草拼命地往上生长，想要多一点阳光的滋润。站在山林间，深深吸一口气，仿佛全世界都是你的。天姥山的夏天无疑成为人们露营的好去处，它的夜晚是宁静的，躺在帐篷仰望星空，可以看见一闪一闪的星星，就像小精灵在跟你诉说着一个美妙的童话故事。秋天的天姥山，松针在慢慢凋落，厚厚地铺满山坡，用脚轻轻踏过，小心翼翼深怕打扰这座山的寂静。沉甸甸的果子成熟，等待着遇见。天姥山的冬天比其他地方来得更早一些，下雪的天姥山，白雪皑皑，无声的雪花一片片飘落，四周万籁俱寂，游人会被雪的壮观给震撼。脚踏在这片土地上，一步一个脚印，鸦雀无声的苍山，和着双脚的声音，前路茫茫，向天涯。

## "唐诗之路"之佛教地

开启中国佛教这扇大门的是智者大师，智者大师是河南人，他原在南京讲学，38 岁时为了"欲启禅门"，不顾朝廷挽留，而来沃洲。

大佛寺，又名大佛禅寺，始建于东晋。全寺以石窟造像为特色，佛像规模宏大，历史悠久，有 1600 多年历史的石弥勒佛。这里有中国南方仅存的早期石窟造像，被誉为"越国敦煌"。南朝著名文艺理论家刘勰赞曰："不世之宝，无等之业。"

这里也是佛教中国化时期的一个标志，唐诗之路反映了佛教在我国的盛行时期。

据记载，南齐永明四年（486 年），石城山来了一位叫僧护的和尚。相传僧护常见仙髻岩的崖壁上有佛光出现，于是他发誓要在此岩壁上雕刻巨型弥勒佛大像。但在他的有生之年只成造像的面幞，临终前仍发誓"来生再造成此佛"。后来僧淑续凿，但也没有成功。直到梁天监六年（507 年），梁建安王萧伟派当时最著名的和尚僧佑到此主持续凿工程。在僧佑的计算和指挥之下，终于在天监十五年（516 年）大功告成。江南第一大佛历经了三代僧人 30 年时间的雕刻，名扬天下，史称"三生胜迹"。从此开始了大佛寺真正的历史。

大佛寺景区内除了名扬天下的"江南第一大佛"，还有历朝历代众多高僧名士留下的摩崖石刻、楹联碑匾、题咏诗文，这些都是唐诗之路上的珍贵遗迹。唐代孟浩然曾写下《腊月八日于剡县石城寺礼拜》："石壁开金像，香山倚铁围。下生弥勒见，回向一心归。竹柏禅庭古，楼台世界稀。夕岚增气色，余照发光辉。讲席邀谈柄，泉堂施浴衣。愿承功德水，从此濯尘机。"表达了自己对佛像的尊敬和自己一心礼佛的决心。

大佛寺还是央视外景的拍摄基地。金庸先生尤为喜爱大佛寺景区，将其称为"实甲江南"，《神雕侠侣》《天龙八部》《笑傲江湖》都曾在这里取景拍摄。

唐诗之路不单是一条诗人吟颂浙东山水的路，更是书法、绘画、诗歌交相辉映之路，是文化昌盛、诗歌兴旺的标志。在这条古老而又年轻的文化之路上，一个个传奇正逐渐揭开面纱，披上不失古韵的现代外衣，展现出优美的文化活力。

# 流年里的诗路漫行

吕　玲

很久不曾出驴，很久不写驴文。那种飞扬，却从未远离。当秋光澄明，白云像天马行过长空。当层峦铺金，红叶坠在老屋的窗棂。山风拂过烂漫的瓜茄，有笋在摇曳的林中暗暗潜行。没有人能抗拒群山之巅的舞蹈。没有人不会脱口而出那些经典的诗吟。流年里，在诗路歌行，古道的石阶，斑驳流年的印迹。婉转的流泉，沁润久渴的心灵。缀满枝头的果实，自熟自落。乱了时节的花朵，明艳重生。有谁，有如此性情，任时光辗转无情，浅笑不惊？稻谷低了它的头，沉甸甸的饱满，一如此刻，我心的安宁。

## 天姥枫香驿道行

好难得，终于可以有机会跟上一次驴行，而且，还是我一直心向往之的线路——唐诗之路的精华地段，天姥山中古驿道。期盼之中，竟有了些雀跃的心情。这样的雀跃甚至盖过了对驴行中只认识一人的忐忑，而那认识的人说：不必担心，驴友们绝对都是热心的人！于是，就彻底地沉浸在对这山行的憧憬之中了。早上八点多钟，乘车到达集合点，几十人的队伍颇让人震撼。从长诏出发，往天姥山腹地行进。缘溪行，花树相迎，恍然间，忽有种少年时成群结队外出野游的感觉，心里酥酥的激动！

春日风景自醉人！一上山，就见一大片的茶园，依着山脚铺开来，朝阳下，茶叶儿有着闪亮的光，心神也跟着那么闪亮起来。依路而行不远，湍湍声中，就见溪水欢腾而来，心情也如春花一般悄悄绽放，却势不可挡！

天姥山间的水，是最有灵气的吧！飞瀑流泉，那些跳跃的、活泼的，还有温婉的……我忽然想起那个刘阮遇仙的久远传说，这里的一草一木，山石流泉，必是沾了那千年的仙气，迤逦而来，仿佛那仙子，就正浅笑伫立，在水一方。

蒙蒙水絮沾衣湿，抛珠泄玉正当时。盈盈何曾纤手揽，恰是刘阮旧折枝。

夹溪花树落纷纷，开尽几多繁华！水的灵秀叫人赞叹，心里也跟着空灵起来，仿佛洗去了俗世的尘埃，如此清澈，如此纯净，轻盈而欢悦。

辗转终于来到枫香岭！枫香岭，好一个诗意的名字！虽然，迎接我们的，已不是枫树。

这一个天姥山深处的宁静山村，迁居的原住民们早已奔赴了他们崭新的生活，留下代代相传的老屋在时代的变迁中安详伫立。

枫香岭的景致，如此闲适！

断壁残垣，曾衬过几多红颜！枯藤老树，只余下清平悠闲。想象，那倚门而栽的桃树，花瓣儿片片飞舞，那绕宅的溪涧，流送一水的芳香，有风儿拂过，惊起竹林一片簌簌响声。母鸡咯咯地招呼，是田园的问候，倚门而立的，是那簪着野菊的老妇，端一壶茶，漫开来，茶香有露珠的味道……

有些痴了！我只是一个过客……枫香岭再好，却也留不住想走的心！因为，还有那梦中的天姥在等我！短暂休整，依依惜别，留待某个晚秋的黄昏，再来嗅红叶的清香。继续登高！分开一路的茅草和杂树，嗅到新鲜泥土的味道。草尖儿绽开新绿，桃花已经含苞。"老驴"们走得很快，我这"新驴"虽不吃力，倒也不敢过于分神，拈花拂叶匆匆而过。草深林密，也不知走出了多远，忽回头，见那远远的，枝叶掩映中的枫香岭，屋似方盒人如蚁，赫然才知道，高下已是如此地步了。转过山坳，豁然开朗！那远远的，阳光下，敷粉涂朱一般的，不正是梦中的覆冰盖雪的天姥主峰拨云尖吗？好一场三月雪！记得行前一日，天冷下冻雨，友人说，山上可能会下雪呢！我说：好啊，下得越大越好啊！果然如愿！踏雪而行，别样的风情！山间白雪，皑皑如絮，纷乱我心，沉沉入寂。我迎风而呼，对着遥遥的主峰，高声长吟李太白的《梦游天姥吟留别》，再没有比此时此刻此景中，吟诵这首诗更合适的时候了！多年的念想在此刻喷薄而出，刹那的感慨打碎惯常的矜持。在山间，吟诗歌之痴狂兮，慕太白之仙风，舞山风之无羁兮，步谢公之后尘。远尘世之熙攘兮，觅青冥之天真。随风举袂舞，不似在人间！

还未登顶，我已醉了。

看山走煞人，仿佛近在咫尺的拨云尖，要上去却还需要艰难地攀登。在"老驴"的带队下，大家行动迅速，我也顾不得多拍照片，穿山过峡，邂逅了几处小村，都煞是安闲。千岩万转，却不能迷花倚石，心底下很是憋得难受，但怕跟不上路，到底不敢停留。如此辗转，到了天姥林场，问明了道路，稍稍休整了数分钟，又央了林场的人给砍了两根竹子做杖，我们就此出发登拨云尖。防火道，是山间不可缺少的防火工程，我们就依着防火道登顶拨云尖。虽然防火道这个词听闻已久，但在我脑中，却完全没有概念。从小，在妈妈的讲述中，防火道留给我极险峻、极陡峭的印象，而书中，却是宽数米，直布林间的直白描述，一幅光秃秃的景象。老驴们说，上去就沿防火道走，绝不会迷路，那林场的老伯说，去吧，很好找！疑惑中，我们钻出了丛林，站在一个三岔路口。我，我们，震惊了！

直上云霄！防火道！震惊，之后是雀跃！我举起相机一阵猛拍，兴奋地嚷嚷：天哪！我要好好看看！一直急行军般地行走，我都还没顾上看风景呢！友人含笑颔首，放纵了我的逍遥。我像个孩童，喜不自禁。

登防火道，果然极为险峻，后人顶近前人足，前人滑而后人惊，泥土掉落，石块滚滚。目不敢斜视，身不敢稍松，脚下小心，手中用劲，竹杖得了大功勋，抬脚倍酸痛，躬身觉气喘，觉得，登泰山亦尚不若此，毕竟，泰山可是有平整的石阶的！如此三番，听得远远有人大呼，小心翼翼直起腰来，遥遥见到上面有人挥舞呐喊，原来山顶在即，不由得脚下立时轻了几分。

终于到得山顶！拨云尖！已然可以拨云弄雾了吗？我伸出手去，先自笑了：呵呵，我也到了山顶了啊！回望眼，松林滴翠，转头看，玉树琼瑶！山间冰雪，如此玲珑剔透！如此纯净高洁！

我沉醉在这世外的冰雪世界！一种苍茫！一种纯粹！立峰顶，气昂扬！面日逆风，左看看，右望望，指点江山。草木年年似，风光代不同！峰顶一擎电信铁塔，昭示了时代的印记。旅途，人生，真谛若何？峰顶之上，一石有字，字迹已淡，却昭示了答案，曰：乐！三月的雪，松松地盖满了草坡和松枝，人迹未至，看去一片柔软，让人忍不住去亲近。同去的女孩早已娇憨地滚起了雪球，扬一把雪，震下了松枝上无数正滴答融化的积雪，此际何季，一时惘然！真是梦耶？幻耶？时也，势也！

上山已道十分难，谁料下山难上难！上山时候的酸痛和埋头苦登，片刻就被下山时候的胆战心惊，临崖自寒给取代了。想想看，那防火道，如此陡峭险峻，上山时候就十分艰难，到下山时候，更是一步一滑。那光滑的岩石，几无立脚之处，稍不留意，便要滑下，那裸露的泥土砂石，踩上去像会随时崩落，若不是仗着手中的竹杖稳稳扎住，只怕一滑就飞下山崖了。那会儿我哪里还敢轻松拍照，吟赏烟霞？亦步亦趋，稳扎稳打才终于下完了防火道，回首望去，峰顶摩天，山脉蜿蜒，上下相差，恍如隔世！

下完防火道，接下去的路就很野了。山上到处残留着去年冬天那场罕见大雪的痕迹，连根拔起的老树横亘在久无人走的山径，树干上早已长起了厚厚的树舌。新发的藤叶缠绕着折断的朽树，一种草木的清新杂着落叶的朽意包裹而来。即使在这高山，春天也是挡不住地来了，时不时地，就看见一树繁花纷纷开落，新绿的草丛里，会闪出明媚的惊喜。众多的杂树芳草接踵而来，令人目不暇接，赞叹不已！大片的衰草铺就了一坡高贵而柔和的金黄，刺激着欢腾的心忍不住地想要去拥抱，去依偎，去那丛中美美地躺着晒太阳。

　　我端起相机一阵拍，就当是慰藉自己的心绪。太阳已渐西，坠在檫树的花下，摇曳一片炫目的光。终于下到了山腰上，山势渐缓。我们鱼贯而下，倒也算轻松。已近村庄，三人缓缓而行，终于可以放胆赏看风景了。迷花倚石最是写意，抓着相机任意咔嚓，率性且行且歇。歌行，明白，原来是这样的！可惜，少了头真正的驴子或马，不然，可真是妙哉，妙极！迤逦行来，已至村边。惆怅溪穿村而过，老屋沿溪分布，散在山脚，油菜花零星地缀在屋后，更见得一种古朴之风，这便是古村班竹，唐诗之路古道中一个极其重要的驿铺所在了。打尖住店，车马红尘，几多喧嚣繁华，如今皆归沉寂，化作一处恬淡宁静的田园，在天姥山下回望千年。

　　在沧桑遒劲的古树底下走过，沿着古老的石阶小道漫步，脚踩过曾经的桥栏板，一种岁月，一种感慨，漫开来，直漫到，那心中梦中萦绕的古驿道。

　　轻踏上光滑的卵石路，仿佛，赴一场久远的约……宁静的老街，蜿蜒着古远的驿道。惆怅溪流水徘徊，无人的步道，便霎时飞闪过往日的驴马烟尘。哪一块铺在路间的青石，曾踏过迁客的马掌？又是哪一枚浑圆的卵石，绊到过闺阁裙钗的纤足？可记得，八百里加急的文书？曾忆否，骑驴骚人的曼声吟哦？那样的一世一世，水墨一样的铺陈渲染，雨季滴答的屋檐，一滴一滴，青苔已枯荣几回？驿道上，昂然站立一头飒爽的雄鸡，近了，再近了……

　　你是主角，而我只是过客……沿着村中驿道缓缓而行，一举手，一投足，都是与古老的会晤。灰瓦灰墙的老屋，斑驳的木板的排门，涌起心中淡淡的却丝缕一样久长的惆怅。我在肆意地拍照，率性而逍遥。状元祠那些精美的雕刻，那已消褪完了的古远壁画的斑驳色料，祠堂那些高耸的台阶还在啊，轻叩门，那状元却在何方？我将那思绪收藏，静看沧桑……惆怅如溪不断流，依稀司马过桥头。等闲风物几度变，常引骚客叹春秋。想起，诗路三千写尽沧桑，尘世百态到我无语。那连天横的天姥山啊，看淡了溪水千年的惆怅，冬去春来，山花儿一样盛放。谁能了解我的哀伤？残阳跌落山坳，最后那一抹血色的忧郁和苍茫……

天姥山自横，青藤尚未绿。在这夕阳晚照的连绵群山之下，再次低吟起"天姥连天向天横"的诗句，此情此景，再没有比这一个"横"字更入神的了！我确信当年，李白一定也像我一样，在这溪声悦耳的驿道上，踮足遥望这重峦叠嶂的天姥山，难掩一腔豪情和诗兴吧！

我轻轻行过驿道，闲闲伫立落马桥头，司马悔意，已消散在历史的烟云之中，太白诗文，却在这诗路吟咏千年。几多的思绪，恰如桥畔那藤蔓，落尽叶瓣，唯留飘舞的细茎，如此萧索。然而若非落尽那败叶，又何处着生那新芽？

驴行驿道，是种回望，更是启程。沧桑与明媚，直如瀑布一般动人！古木参差，楼牙交错，割裂和传承，是时代永恒的主题。古时的遗存，交给我们唐诗之路璀璨的积淀，我们珍惜。而今时的一切，亦必将筛剩为后世的风景，我们为此而耕耘！筛剩下的驿道，已成了我们的风景。行赏之间，我就是拥有着它了。

且歌且行，把路走成风景。人生没有转身，只是一场接一场的驴行。踏上驿道的最后台阶，站在现时的国道路边，等待车，等待回归，等待这一次驴行的结尾。夕阳斜照，溪水波光粼粼。时间在一秒秒流逝，哲人闭上了眼睛，一脸宁静……

## 乡旅闲游踏春行

暮春三月，江南草长。杂花生树，群莺乱飞。读这样的文字，是很清爽，很明媚，很雀跃的。于是，在第一次读的时候，就忘却了这样的文字原本的作用，只记下了那样撩拨得人心动的渲染，记下了那样的春光，那样的闲适，然后，就成了心里梦里，关于春天的印记。那时很庆幸，庆幸自己生在江南，可以看多少年的美好的江南春啊！可是，慢慢大了，慢慢老了，却发现，这春景，是慢慢地远了，慢慢模糊了，黯淡了，仿佛，隔着现实和梦幻的距离，如此遥不可及……有多少，值得想到心痛的东西？

作为唐诗之路的精华地段，惆怅溪沿线的古道周围，遍布古迹，古老的传说代代相传。既有刘阮遇仙的浪漫缱绻，也有乡人朴素真诚的感念。迎仙桥就是其中经典的一处所在。迎仙桥，是上次古道之行不曾到过的，心里很是遗憾和记挂。倒不是为这"迎仙"二字的传说，而是为了这桥真实的来历。相传，此处从前无桥，乡民出行每每被水所阻，每逢春夏涨水，更是苦不堪言。一位纯朴的奶娘，怜悯众人的苦，虽然自身贫苦，仍立下誓愿，要在此处建一座桥，以解乡邻辛苦。她一生为他人做奶娘，靠着做奶娘挣的辛苦钱，终于如愿。乡人为了感念她的恩德，也将这桥叫作奶婆桥。一种敬意和感激，在人心里永远是共通和恒久的！闲闲过桥，想起刘阮终究失去了仙女的故事，轻掬起一捧溪水，心里也蓦地有了一些惆怅。

迎仙刘阮不曾归，愁杀痴人叹遇奇。可怜青山多雾障，桥下空流惆怅溪。在迎仙桥驻足片刻，我们离开那里，正式开始这一日的驴行。杜鹃花儿正艳，草芽儿正鲜，紫藤花在呢喃。心里也仿佛这雨后的春花春草一般，润润的，透着泥土的香气。

春风十里荞麦青，桃花流水别样情。沾得夜雨三分润，心共鞋履一般轻。

一种明净，一种通透，一种逸世的感觉……

那一日的行程，回想起来，大半是甚为闲适的。静夜里的一场雨，穿行在田野间的泥泞中，一步一滑的感觉，倏忽间，把我拉回了遥远的童年，那个外婆拉起的泥泞中的大花脸，是我吗？心下想着，就加了小心，呵呵，现在，若是滑一跤，可没有外婆来拉我哦！

穿过田野，绕过水塘，爬上那看着不高，却让人走到气喘的山顶，颇有些急行军的味道。前有三五"强驴"开道，后有大队人马压阵，我处在一字长蛇阵的中间，倒有了不紧不慢的从容。景致是平和的，心境是平和的。远远见到那浅草铺陈的大坝，知道是王宝湾水库到了，这该是我们的第一个休整的地方。于是加紧了几步，来到那水库前，一个很袖珍、很恬静、很田园风的小水库。在这里稍加休整，继续出发。田园的味道，如油菜花的芳气，一路弥漫左右。

总是记不清那些村名。比如，眉岱，土语读来，我一直以为是"末代"，想着，怎么会取这样的村名呢？想着就说了出来，惹来一众笑声，才知道原来是个"眉"字！呀，原来是眉啊，眉目如黛，秀色如此，必是形容这方山水之美的吧——我的思绪霎时又那么飘开了。然而不久，就见到了村名牌，却原来是"眉岱"，怎么不是"黛"字呢？郁闷了好久。缓缓来到一个小村。两间对面相峙的小屋后，立着两棵高大的古树，探出发满新叶的枝丫，迎接着远来的客人。松间的草垛，枝上的新芽，悠然路过的人们，宁静！那采茶的大妈热情地招呼，问是来干吗，有"老驴"一脸诚恳地回答：亲戚，走亲戚！一众的窃笑声里，我们走进了这个已然半空的村子。

远处，那坍塌的老房，忽然让这恬静中，生出了难言的苍凉……颓败，是否就像离开，是一种趋势？留下，又是否，只是一种无奈？被我赞叹的风景，难道竟是生长于兹的他们，难言的悲哀？我们摇头叹息那倒塌的景致，又或许是他们走出山里的坚强和标志？

狭窄的巷弄，斑驳的老泥墙，穿行在光阴的故事中，一枝过墙而来的老树顶着新叶，那样舒展，该是为着拥抱阳光吧！昔日的华堂，今成菜园。看青草绿了阶前庭院，看苔藓嫩了断壁残垣。不知道，那南来的燕子，可能找到往日的屋梁旧巢？我不知道，有什么能拯救我心底浮起的忧伤。

我的迎面是一条漆黑的巷道，仿佛幼年时，老宅中那条阴暗的长廊。站在门口，光亮和黑暗，仿佛两个世界。按下相机，闪光划过，瞬间熄灭，黑暗就好像更暗了。狂奔，狂奔！

如此压抑，听到自己心跳的声音。我的狂奔，在我跑出这个巷道的瞬间，硬生生停住。我尴尬地发现，我正停在一位老太太的座前。老人家慈爱地看着有些喘息的我，问我："小妹，你们是来干吗的？找哪户人家吗？"我回过神来，答道："哦，我们只是走走，走走。"老人家忽然就笑了，说："那来家里坐会，歇歇？"边说，边欲起身往屋里让我。那种亲近和自然，仿佛是对着久已相识的故交，刹那间一种温暖席卷全身，我知道，我得到了这次出行最美好的礼物！钢筋水泥中的人们，会用民风淳朴来形容这样的相处，虽然羡慕却不能自处。习惯了冰冷，那样的热情，会受宠若惊不敢相信，小心翼翼中，高墙在心中林立。那一刻，我相信，所有的留下都不只是无奈，而是有着淳朴的意义。相信这样的淳朴，也是那些离开的人们，在异乡拼搏的时候，心底里永远的牵挂和安慰。我只希望，那样的淳朴，永远载在游子的行囊，并且，在钢筋水泥的他乡能开出花，结出果。

老人家拯救了我的悲伤，面对她的好客，我却有些拘谨了。谢了她的好意，我追上了驴队。瞬间的工夫，他们已经快要转弯了。一位正编篮子的老人，驴友们和他拉了会家常，有帅哥抢着镜头一阵猛拍。村中巷道辗转，"头驴"们行动甚快，于是，由近及远，声声犬吠次第传来，女子们人人自危。虽然那狗都是拴着，但那扑面而来的气势，着实了得。

出了那个恬静的小村，我们继续行程。这一段路走得甚为闲适，在竹林中徜徉，是清新而生机盎然的。竹林间一棵、两棵，有笋刚探新梢！松花坠得那硬汉似的松树也多了几许柔情。黄草中，新芽正茁壮。远远地，雾霭中，王岙水库已然在望了。大坝静静伫立。雄浑，是因为凝固了父辈的血汗。有驴友说，他的父亲就来筑过这坝。大坝的石块，已有了古朴的感觉；坝脚边的树丛，却是青春的模样。坝是当年的坝，树已不是当年的树了。父辈的青春筑在坝里，古朴的坝里长出青春，嫩得让人心疼！站在坝脚，高耸的台阶仿佛云梯。有驴友站那里怂恿：来，想过瘾的高抬腿跑上去！不由生出三分久违的豪气：高抬腿就高抬腿，看我上去！一咬牙，噌噌地，就上去了！

在这坝上，我们稍做休整，继续行程。一路竹叶清风，流送油菜花的香气，忽然想到的，居然是"花气袭人"这个词！路边一个个穹形的建筑，就是砖窑了，显示着曾经越窑遍布的辉煌，却已是属于遥远的记忆了，看看，只当是一个景致了。松间草垛，也是一道闲适的风景。水流潺潺，芳草鲜美！这"鲜美"两字，叫我每每想起，都佩服至极！油菜花是名副其实的主角，不知名的野芳点缀其间！海棠花儿娇艳欲滴，油亮的茶园，叶嫩茶香！面对这春花春草，真觉得，再没有比这更好、更明媚的了。

不知不觉就走到儒岙了。据说从前，儒岙到新昌，全程二十多公里，很多人都是用走的，自行车也是很奢侈的东西。小时候妈妈这么告诉我的时候，佩服之余，是很不相信，而今天，我居然就走到了，虽然，是从刘门坞开始走而已，这么想着，不由得狠狠佩服下自己！

会墅岭！一段同属于魂牵梦萦的路途！向往那条古驿道，整齐的石阶迤逦盘行，无法想象那样的险峻。后来的国道，是惊险万分的三盘公路。上山时，沉重的老东风大车扯开了大喇叭，使出浑身的劲，也只能吭哧吭哧地缓缓蜗行，爬了一条又有一条，几乎让我担心那车就要抛锚在这崇山峻岭之中了。而下山之时，那大车就一变成了脱缰的野马，跳跃着，奔突着，狂飙着，震颤着，坐车的人，心都揪起了，人车一起在那盘旋中夺命狂奔直到班竹，方才觉得这心，又是在自己肚子里了。

而我，关于这会墅岭最直观的印象，莫过于一段少年时的记忆。7月的天，岭脚下，一位老农担着一担柴正走上那古老的岭上驿道，而我坐车，也正开始那第二盘的路程。车子喘着大气，我见那老农轻捷地迈步石阶，柴担在他的肩上辗转。石阶上树荫斑驳，山风习习，有水声细细传来，忽然很想很想，就那么下车，下车去走这一段山岭，轻抚那阶上的青苔，倚着那松干听风过的声音……然而我终于没有下车。吭哧了好久，车到了山上，马路连着那山路，看见那老农正到达山顶，挂着柴担，歇在树荫下，他的额头闪着汗珠的光。

镜头就此定格，向往从此暗生。前次的驿道之行，我曾暗想，不知道何时，可以有机会去那会墅岭上撒回野呢？看来机会来得还真是快呢！

天姥山，会墅岭，我来了！

仙山总是云遮雾障，春草别样青。春山深深，春水润润，春风习习，春林瑟瑟。走在这林间古道，杂树生荫，摇曳柔情，鸟鸣山涧，更添清幽。久无人迹的故途，流水漫过石阶，那青苔衬得更见古意。细碎的野花散放其间，草木的气息笼罩身心，好想好想，就那么在这古道的石阶上坐着，倚着那野树山石，听风行过林梢，看鸟雀在树丛中跳跃。若能看夜月在峰间漫步上了中天，那，那该是多么写意的事啊！然而，总有遗憾。现代化的足迹无处不在，今人的印记盖过了古人的印记。光缆埋于地下，水泥侵占了古道，石阶只余半条，溜滑的卵石长满青苔，不知道，还能坚持多久！

终于到了山脚，踏上三盘马路的第一盘，心中松了口气。这路上如今已极少有人车经过了，空气是如此清爽，路况如此之好，贪花恋草的劲头一下就提了上来。借着昨夜雨水的丰沛，岩缝间的溪流居然成了颇有风韵的瀑布了，真是时势造化之功啊！

宁静的山间，漫漫行走，心旷神怡。路边的行道树枝影婆娑，极目四望，山崖间到处紫花如锦，摇曳！远远见对面山峡之间，银练一般的瀑布坠下来，闪着白亮的光！正是谢公道上有名的瀑布——龙吟瀑了！霎时真是心痒脚痒啊！可惜，因为时间有限，终是去不得了！

贪婪地呼吸这山间的气息，痴迷这草木的风情，总嫌这脚步行得太快，总怨这路途太短，然而班竹村还是那么快地就到了。由村尾入了村，终于踏上了古驿道，也是上次不曾走的半条。

光阴在身边流淌，岁月凝固在脚底卵石的光滑里……

我又一次来到了班竹，终归抵消在这明媚的春光里。沧桑，是历史的印记！浏览，并不只是猎奇，该是为了珍惜！

欸乃而开，章家祠堂尘封的一殿珍奇，向我展示上次不曾见过的斑驳流年，留下难得的光影传记。精美的藻井，依稀闪着残余的金光。精妙绝伦的雕刻，诉说古老的传奇。斑驳蚀失的壁画，在诉说怎样的委屈？雅致的窗棂，曾投下怎样完美的光影？古老的戏台，楼梯上下，曾演绎多少的才子佳人、帝王将相，如今余音可绕梁？飞檐高翘，挑起多少岁月流转？光前裕后的匾额，而我们这一代，又该如何来光前裕后呢？

难得参观这个状元古祠堂，上次路过，闭门而不得入，惆怅叩门，无奈而返。此次为我们开门参观的老者絮絮地介绍，说了许多保护方面的努力，感念民风之淳朴，也能放心了。周遭遍观，已是停留时久，告辞出门，赴最后那落马桥的约。

到了落马桥，就该是结束这一次驴行的时候了。如果说，上一次的"首驴"，可以归结为山水，那么，这一次的行走，就是人文的吧。悠闲的踏春，明媚，却带着丝缕的惆怅，该是适合我的吧！向往，渴望，不说也罢，想说什么，反而就不知道说什么了……

## 断续的流年——初冬的古道行

这一条古道，是一开始，就很想要去的。作为唐诗之路最经典的路段，从关岭到班竹那段古道，一直想去慢慢走，或者说，是去闲坐。而这一段古道，关岭，到黑风岭，到天姥寺，一直没有机会去。几次说起，悠然神往，想着，能去走一回，也就圆了这古道的梦了吧。

午后的暖阳，西风徐徐，微醺。半杯酒抛却惆怅，我只要明媚的！秋色不曾浓烈，告别得却快。萧索的枝条在蓝天下静立，显出了几分高远。一地的衰草落叶，在脚底下哑哑作响。光秃秃的田野里，零星的菜蔬透着浓郁的绿，分外惹眼。偶尔的断壁残垣，在野地里伫立成一幕沧桑风景。周遭静，很静，听见遥遥传来一声鸡鸣。

关岭，自小的听说中，留给我无比险峻、无比苍凉的感觉。据说，那里的道路弯曲盘旋，地势的险恶，不知道叫多少往来的车辆闻风丧胆。据说，冬日的路上，大雪封山，结冰打冻，车头挨着车尾，战战兢兢寸步难行，绵延十几里，几天几夜的堵是司空见惯。据说，关岭和会墅岭，是这条路上两个出事率最高的地段，不亚于两个鬼门关。那么，这关岭古道，又是如何的呢？

在深秋或冬日，行走古道，该是最适合的了吧。逐渐湮没的古道，沧桑，在季节的萧瑟里更显荒凉。且行且住，随意地拍照，感到自己是一个闯进古老时空的过客，好奇而惶惑。

果然高峻！虽然已是在半途了，但仰头看去，这上坡还是如此陡峭和绵长。除了我们，一个人也没有。荒草弥漫了野径，曾经工整的卵石路，已经破损了，曾经宽阔的道路，被野草侵占得只剩尺余。只有路边依旧工整的石坎，还依然护卫着这路，显示着这里曾经的宽度和繁忙。还有一口漂满了浮萍的池塘，驳得很整齐的塘坝，隐约的石阶没入水下。宽阔平整的岸上，高大的柏树矗立着，据说，繁忙的驿铺和旅馆，当年或许就是开在这里了。

同行的友人一一指点着这荒草之地，诉说着祖辈的往事，隐约黯然。而我仿佛看见，那远来的牛马在这里休整，渴水的骡子畅快地在那塘里饮水；匆忙的小二往来地招呼着客人，掌柜的捻着胡须拨弄着算盘。青衫的骚人下得马来，触景生情吟了那首《行路难》；而那掀帘而下的白衣女子，夕阳下衣袂飘飘，凉风里那一低头的温柔，苍山增色。时光总是把人抛！被抛的，又何止是人呢？屋宇杳然，草木默然，古道寂然，若能言，也都要一声叹息了。

不久到了这岭的顶上，大马路依着山腰盘旋而来，又一次将这古道截成两段。

在这岭顶休歇片刻，隔着马路，对面是一些苍老的旧屋。遥遥看见一个穹顶的穿廊，青石的门楣透着古味，招惹了我心底的思古之情了，于是，抓着相机疾步过去。青砖的高墙，萧索的老树，在阳光里投下明暗的光影，打磨光滑的青石门楣上镌刻着"关岭铺"三个字，告诉我，原来这就是心心念念着的古老关隘了。大大的一个"唐"字，表明了时光的苍老，翻新过的老屋，难掩斑驳。我驻足探看，简单的询问，简单的回答，我们默默无语。

曾是多么大名鼎鼎的驿路要塞呀！千百年的繁忙，伫立成了如今的冷清。依附着它的驿铺、旅馆、商店，一并都湮没了，而依附着这一切的人们，云散了。命运之轮，随时代而转，一杯酒，饮了沧桑，一滴泪，辗转百年。

曾经的官道，如今看来如此狭小。走在穿村而过的古道上，卵石的街面依然完整，两边的新房高墙林立，电线杆撑开了蜘蛛网，和这古风的驿铺如此格格不入地并存着。虎狼关，这个听着如此威风狰狞的名字，身处这宁静的小村中，想必，也再难叱咤风云了吧。我再三地在这新建的牌坊前拍照，到底是不能有那梦想中的肃杀之气了。或许，这样的安逸，倒是它最好的归宿了吧。

于是出村而行。初冬的田野，灰色的基调营造着季节的萧瑟。大片空旷的田野，草垛在排着队。依着漫长交错的田埂，蒙花在风中摇曳，不很多，却足够招惹我了。回头看，夕照里的蒙花，莹润而柔软，飘飘摇摇，透明的质感。我想我是要去拥着她的了！然而伸手的那刻，忽然有种特别的黯然，我停住了手。我无法解释，也不能解释，近而情怯，仿佛宿命。我只有转过身来，退着走，退着走，这样，我才能一直看着我心爱的，晚照里的蒙花。

一路在田野间穿行，古道断断续续。走过了几处小村，走过了长长的马路，终于到了横渡桥了。这一座桥，是我从小时候在路过此处的车程中第一眼看到，就惊艳着刻进心里的桥，直到今天，才终于有机会和它亲近。

站在桥边远观近看，舍不得就那么轻易地走上桥去。岁月的年轮，轻率地转动，不在意一点点俗世中的留恋。惊鸿一瞥中那些精美的雕刻，此刻，早已残缺。自然的力量，风化了惟妙惟肖的石兽；斑驳的苔藓，盛放在了桥栏。那随风摇曳的藤蔓啊，爬满了苍老的桥拱，桥头的枫树又大了几轮，张开枝叶，却呵护不了这年迈的老桥。石板儿那么光滑呀，是岁月流过的痕迹，不知道，还能流几许。我在桥上流连，徘徊，轻轻抚摸，那些石兽如此温驯，却难得有人怜爱。我也只能叹息。

在这桥上踟蹰良久，到底还是要走了。前面还有普济桥，前面还有黑风岭，古道断续，却也迢迢，我无从停留。

沿溪而行，沿途苦竹丛生。不久，古道再次被国道取代，漫长的马路走着，车辆稀少，行道树伸着枝干，穹盖一般，沿路曾经的饭店，都已经人去楼空。我有些讶异这样的冷清。同行的友人却不以为意，说，早已是如此了的。自从高速公路开通，这国道线就冷清了，沿路林立的饭店失去了客源，也纷纷关门歇业了。谈论起这些马路饭店当年的辉煌，一时感慨不已。

曾经，这国道的开通，直接淘汰了千百年来维系着交通的古道命脉，垮掉了那里依附的经济，也间接上演了一幕幕离合悲欢；而高速的发达，又造成了这国道的冷清，沿路饭店的辉煌与倒闭，也只在一线间。十年河东十年河西，曾经繁忙如今落寞，古今同理。我为着这古道暗暗唏嘘，谁，又会为这国道隐隐叹息呢？

沿着国道行走良久，终于又出现了古道的踪迹。卵石的路面很破碎了，泥路一般，在一个小村里穿过。沿途惊起无数的家犬，身前身后地追逐着，胆战心惊，虽然顽劣，却难得的，有了一些犬吠鸡鸣的古意，只是面对这样的古意，我可是一会儿也不敢沉醉的，仗着友人的驱赶，蹑手蹑脚地快步走过，不敢奔跑，不敢回头，直出了村，方松了口气。

穿过国道，友人遥遥指点，说是普济桥到了。这一座久闻其名的桥，是怎样的呢？在哪儿呢？我诧异于自己的视而不见，半晌，一种悲凉将我淹没了，在我终于找到这座其实近在眼前的桥的时候！

> 沧桑谁解古今愁？桥栏野藤正悠悠。
> 老妪负荆寻常来，红颜举镜不忍瞅。
> 崭崭豪车自在停，片片青苔斑驳鎏。
> 从来风物等闲改，新竹斜阳总吟秋。

竟有如此落寞的桥！这普济桥，将我在横渡桥的那一腔愁思生生驱赶，竟至于要为那横渡桥而庆幸了。世上，从来没有最沧桑，只有更沧桑！我伫立桥头，我斜倚栏板，我轻抚石柱，我拍遍栏杆。流年啊，挡不住的流年！柔肠百转，心底涌起五味杂陈的伤感，想要挽留，却无从挽留；想说什么，却只能无语。想要停驻，却不如快去；慨然而走，却不堪那一回头的牵系。

挡不住的无措，我连叹息，也不能了。

黯然离开普济桥，就要前往黑风岭了。这一段古道保存得相对更好，夹峙的山峦，漫山的林木落叶纷纷，渐渐将秋景静默成冬日的萧索。竹林葱翠着，染着霞光的颜色。渐黄昏，夕照明媚而温暖，在山峦间柔柔铺过，又徐徐收拢，静谧开始丛生。散散走着，感受这一路来的写意，放下了那些感伤，轻哼起歌，让自己欢悦。雀鸟的鸣声隐隐约约，谷风添了寒意，山势增了苍茫，遥遥看到一个关隘，就是这黑风岭的威震关了。

我想，当年的威震关，一定真的威震了这一带吧。想象，重峦叠嶂间，古道遥遥而来，高峻的上坡，无数的台阶。天高路远，到这里天色渐晚，暮色四合，山峦成了剪影，有几声乍然的鸦叫划破静寂的山林，斜刺里有野兔奔过，引得一阵惶恐的尖叫。要是正好月黑风高，孤身独行，我左拿刀，右持棍，谁人敢剪径——哈哈，说着说着，笑出声来，乐不可支的模样：我想我终于是接受了这古道的现实了！

流年，古道一般断续却绵延不绝的流年！回不去的流年，放不下的善感！思古总难免忆昔，我不必刻意。我深深地眷恋，叹息也是一种欢喜。亲近着，感受着，就是安慰着自己的内心了。我不知道我能不能再来，我也不知道会不会再往，相见即分别，我已承受得起。

魂牵梦萦的，古道，我走过了。那么，再见了，古道，珍重！

# 天姥四题

吕士君

天姥山，为新昌众山之主。

天姥山肇开之祖应推南朝诗人谢灵运，他任永嘉太守时凿山开路成古驿道，后人称"谢公道"，渐次发现佳景。谢有诗赞天姥："暝投剡中宿，明登天姥岑。高高入云霓，还期那可寻。"唐以后，历代诗人追慕名贤高士，接踵而至。李白《梦游天姥吟留别》传世，更使天姥山蜚声天下。

我曾多次游历天姥山，姑且以"天姥四题"，做个粗浅介绍。

## 拨云连天

登拨云尖以秋日为佳。

拨云尖高818米，是新昌天姥山的主峰。因尖峰耸立天际，直插云霄，故名。

上拨云尖的路是很多的，可以选择"谢公道"，也可从儒岙镇藤坑村进去登防火道，上山更便捷些。由于林场职工和当地农民几十年的苦心栽培，600多公顷短叶松已长得郁郁葱葱，成为农家之宝。预防森林火灾的措施必不可少，于是便有了千米之长的防火道，如一条浅绿色的大飘带从山巅奔腾而下，其气势绝非寻常之气球彩带可比。

防火道，虽然比那幽幽小径要陡了些，也险了一些，但走不了还可爬。

爬山，爬山，味道就在一个"爬"字。爬累了，可在"夫妻岩"边憩息片刻，合一个影。不过，从那石像面部的道道皱纹来看，这是一对久经风霜的老夫老妻了。有人说："这是李白和谢公在饮酒斗诗，不能叫夫妻岩，应称李谢岩才对。"有人驳道："不，这是一对管山夫妻，他们舍不得这大山，这森林，要不然，为什么他们仙逝了，还要守在这防火道上呢！"

神话，妙在自圆其说，为奇岩怪石取名，则要展开想象的翅膀，山民们就有这个本事，什么蹲牛岩、布谷岩、鸡笼顶、大龟岩……都出自他们的口中。一路上细看这些岩石，果然在似像非像之中。蝌蚪岩表面酷似有无数蝌蚪争攀高峰，蹲牛岩似两对牛角争雄，马鞍峧似骏马在驰骋，鸡笼顶和布谷岩隐于树丛之中，细听果有鸡啼鸟鸣之声传来。

天姥山峰险峻挺拔，谷壑神秘幽深，四周烟雾缭绕，山腰林木葱茏，仰望天阻，俯降千仞。相传登顶可听到"天姥歌谣响"，但登上天姥山的人，谁也没有听见"姥姥们唱歌"，画眉的清音是听到了，松鼠的欢跳是看到了。不过，人们最感兴趣的是那野果子。秋日，满山遍野带刺的毛栗，用脚一搓，去毛剥壳，那小果儿是甜甜的、鲜鲜的，还有那水灵灵的"柱酊"，红得可爱，味道酸酸的，正解渴。

攀登两个小时，上拨云尖顶，似到了王母娘娘的仙界，人在一层浅蓝色的神秘纱帷的包裹之中，这是"天姥云烟"的杰作。阴雨天，四野茫茫，朦朦胧胧；骤雨初歇，山峰显现，飘然起舞。晴天眺望，天姥山的巍峨景致尽收眼底：东有菩提峰、万年山；南有王会山、关岭头、莲花峰；西有南明山、南岩山、鼓山、磕山、马鞍山；北有芭蕉山、班竹山、细尖山。俯视山下，田畴坦荡，云树烟村，丘陵起伏，远接天际……此时此刻，人们才真正体会到李白诗中拨云连天的意境："天姥连天向天横，势拔五岳掩赤城，天台四万八千丈，对此欲倒东南倾……"

## 古道风情

出新昌城旧东门到天台县界，至今还保留着一条谢灵运于公元429年开通的古驿道。一路铺就的鹅卵石，光滑平整。目前横贯班竹的长街，会墅岭的石级台阶，天姥寺至冷水坑的山路，仍留存古驿道的风韵。驿道上所设的小石佛铺、冷水铺、关岭铺，还可看出铺址旧貌。驿道经桃源穿越天姥，到达关岭头，新昌境内全长45公里。这条古驿道沿途风光秀美，还有许多流传千古的遗迹。

出旧东门，经长坵田、黄婆亭，越下姆岭，此一段已辟为新桃支路。但小石佛路廊至平水庙一段，驿道犹存，铺廊犹在，石碑仍保留着。它几百年来为路人提供歇息、避雨、乘凉等种种好处。

翻越小石佛岭，经桃树坞，便到刘门坞村，村临惆怅溪。村口丹枫耸立，浓樟覆阴，旧建有阮公坛、迎仙阁，庙中二像，背药锄，戴斗笠，俨然农人，可惜今已像毁庙平，仅存传说。村后为刘门山，山中有采药径盘桓，这里就是闻名遐迩的桃源仙境。相传东汉剡人刘晨、阮肇入天姥山采药，迷路乏食，摘桃充饥，路遇两位姿容丽质的仙女，相邀结为伉俪。半年后，刘阮思乡求归，二女相送，到家却已历七世矣。刘阮复上桃源，寻仙无着，徘徊惆怅溪，不知所终。故事流传极广，历代诗人咏其事者甚多。王十朋诗曰："涧水桃花路易迷，不同人世下成蹊，自从重入山中去，烟雨深深锁旧溪。"吟来有些悲哀。

走出刘门坞，沿旧路至迎仙桥，驱车3公里到班竹村。村口有一座石拱桥，高10米，为清代重修，桥横侧刻"落马桥"三个字，也即司马悔桥。相传唐道士司马承祯隐居天台桐柏山白云观，因唐玄宗数诏出山，至此而悔，故名。桥东原有司马庙，官吏到此要落马下轿，故又名"落马桥"。过桥即班竹村，历史上有名的班竹铺就在村中，现已不知其处。从村口望进去，好一条整齐的穿村长街，这也是古驿道上保存最完整的一段，长约1千米，宽2米左右，路面的鹅卵石，经过几百年的摩擦，锃光瓦亮，但它依然牢牢镶嵌在大道上。小街两旁是鳞次栉比的村民住房，建筑设计自然今非昔比，但也残留了不少古老的民宅。特别是章家祠堂雕梁画栋的古戏台，十分精致。据载徐霞客曾于崇祯五年（1632年）四月间从天台经万年寺出会墅岭至班竹铺投宿，清袁枚、民国郁达夫也曾经过这里。

走出班竹村口，车至会墅岭古驿道盘旋而上。这陡峭山路，当年曾累杀轿夫和肩挑背驮的农民。现在好多了，已通了公路，有了汽车，谁还想去体味这"蜀道之难"呢！

过会墅岭，经太平庵，弃车步入天姥寺，沿蜿蜒盘旋的驿道，上岭巅，登顶四望，山下田畴坦荡，山间树林葱郁，山顶云雾缭绕。这神神秘秘的天姥群山引来无数文人墨客吟诗作文，成为后人仰望游赏之地。

下冷水坑岭，过横渡街，经邮交铺村，顺老驿路到关岭铺，这就是新昌与天台的交界处了。关岭铺是难得的古道遗迹，保存得那么好，是省内少有的。走进砖墙圆拱门，里面还有多间古老民居，铺北为新昌境，铺南为天台境，虽有界碑，但两县乡亲世代杂居，情同手足，难分难舍。

## 龙潭飞瀑

因为有了大山和峡谷，才有奇丽多姿的龙潭飞瀑，也因为有了龙潭飞瀑，雄奇的天姥山才更增添了生气和灵气。

我曾游历过天姥山的鳗鱼瀑、三泄瀑和龙潭坑，兴味无穷。

芭蕉山的狮子岗和象鼻岗之峡谷中有一条小溪，细流而已。村中长者相告：倘在雨后，峡谷中可见一条鳗鱼向上腾跃。我不信，另找了大雨天后的清晨，赶到会墅岭腰部远望。此时，这条文静的小溪居然"活"了起来，怒涛翻滚，加上溪旁树影晃动，恰似一条百米巨鳗往上逆动，像是要冲破天庭，景象果然壮观。正应了那一句诗："山中一夜雨，树杪百重泉。"

儒岙镇泄头岗下重峦叠嶂，石壁突兀，一条瀑布从山巅飞奔而下时，受到沿路岩头突出部分的多处碰撞，溅起水花朵朵。高达60米的飞瀑，似一条飞舞着的飘带从天抖落，人称三泄瀑，美不胜收。走近瀑布，烟雨阵阵，纷纷扬扬，确有"清水出芙蓉，天然去雕饰"之感。

从儒岙镇官元庙油竹坑自然村进去，行二三里，可见两座相连的小水电站和一座小石桥，从石桥溯山谷的大溪上行，两岸危崖壁立，林木森森。溪涧怪石累累，瀑潭相叠。看那飞瀑，多而奇，有虎哮瀑、龙吟瀑、含羞瀑、跨马瀑、五级瀑……多以瀑的气势而名。看那水潭，多而怪，有畚箕潭、米筛潭、元宝潭、四角潭、大龙潭……却以水潭的形状、大小而名。有两个潭更为独特。一是"哒粥潭"，因为瀑急潭深，水花往上扑溅，酷似一锅刚煮开的粥直冒热气。另一个是"跌落水"，那瀑泉从高达 30 米的峭壁上陡然而泻，山民们觉得用"跌落水"来形容才贴切。

经过千百年的冲刷，山涧的顽石也鲜活起来，有的成了农家器皿：捣臼、木勺、面杖、磨盘……有的酷似动物：狮、虎、猫、狗……有一只石青蛙，有百余吨重，拦在溪中央，使水流被迫"兵分两路"。又有一巨岩，圆滚滚、光溜溜，村民呼之"和尚头"，一飞瀑奔泻而来，正好浇在头顶，似在沐浴，好不爽快。

游龙潭坑，不像一般游山逛景那样轻松潇洒，而是要一心一意地投入，得赤脚泅水，得小心翼翼地攀越滑溜溜的石头，不然就要掉进水潭里，浅潭不要紧，干脆洗个澡，还可乘机捉鱼摸蟹，也别有风味。不过，倘若掉进深潭，那可不是闹着玩的。

上龙潭坑，最好选在大雨过后的第二天。那山涧之水，穿过累累顽石，汹涌而泻，恰似万马奔腾一般。

## 名木仙草

天姥山，这"千峰堆秀，百岭披翠"的古老山地上，生长着一批古树名木和众多的药草。

据记载，天姥山有"千余丈，萧萧然"的古枫，可惜早已不见，一些村口两三抱的枫树已属子孙辈，唯燕窠村后尚存"枫香岭"之名，可想当时枫林之茂。据说还有"雷劈仍茂"的雷劈树，却也难觅踪影。不过，石磁村却有难得的古柏。此树不高，但粗壮苍老，三四人伸手还抱不过来，树干开裂，可窥中心已空，怕是千年前的古物。村人认为此树是龙的化身，且言道："盘古分天地前，这株树就出世呢！"

"在天愿为比翼鸟，在地愿为连理枝。"这是唐代大诗人白居易用来比喻夫妻恩爱的千古名句。然而，现实生活中，比翼鸟只是人们的一种想象，连理枝却确实有。石磁村的后山坡上，生长着一对合抱粗的连理苦槠树，两树高 15 米，间隔 2.5 米，在距地 2 米高处有一碗口大小的树枝将两树连在一起，呈"H"状。这天然形成的连理树，令人神往，乡人昵称"夫妻树"，也有人称"姐妹树"的。

在横板桥村，有一株百年茶树和一株桂花树。那斑驳的老茶树上，正绽开鲜红的花朵，好美。只见树干上贴有一则告示："请爱护新昌县花——茶花古树。"那一株桂花则在另一山坡的隐蔽处，桂花开时，百米外可闻奇香。此桂高龄几何，谁也说不准，有说 300 年的，有道 400 年的。要说这样的古老桂花树，在儒岙中学的校园里和会墅岭墩的竹园山上也有。此外，从藤坑进山上天姥主峰拨云尖的林中还有一些野桂，难辨品种，但其散发出来的异香却沁人心脾。故这里老辈人有口碑：天姥多桂树。此话不虚，且有史迹可证。唐宰相李德裕为浙江观察使时，遍历江南诸山，有《双碧潭》诗咏剡溪，回河北老家时，托人从天姥山寻得红桂树，培植于郊园中。并有《访剡溪樵客得红桂》一诗赞之。前面还写了小记："比闻龙门敬善寺有红桂树，独秀伊川，尝于江南诸山访之莫致。陈侍御知予所好，因访剡溪樵客，偶得数株，移植郊园，众芳色沮，乃知敬善所有是蜀道罔草，徒得嘉名，因赋是诗，兼赠陈侍御。"从此文中，足见其对天姥红桂的偏爱。

天姥山间少有炊烟，少有污染，竹茂林丰，但也不乏岩柏、馨香花、雪里桃、白牛膝等名贵药材和山草药。枫香岭一位老农，他能如数家珍地说出这里生长的几十种草药：红木香、飯叶兰、雪里桃、野金针、天南星、半枝莲、上青下白、独叶金鸡、七叶一枝花、独叶一枝花……龙潭坑一带多吊兰和鱼鳖草等，山村有谚："要想风湿好，多吃岩泉鱼鳖草。"燕窠的仙人洞附近更有许多"仙草"：水竹、过路黄、肺形草、威灵仙、小叶细辛等。难怪当时刘阮能看中这深山野岭，留下一段采药遇仙的佳话。

# 醉忆"三泾古王道"

张纯汉

也许你未曾听说过在浙东大地"唐诗之路"上有一条叫"三泾古王道"的古道，虽然它有着近三千年的历史，却养在"深闺"，又被太久的岁月封存。

那里沟壑纵横、浓荫蔽日，有碧水清潭、古松苍劲。

那里是一幅至真至美的山水长卷。

那里流传着诸多神话般的传奇故事。

那里是我和小伙伴们常去砍柴割草放牧的地方。也许还留着我们少年时的刀痕足迹，也许还回荡着我们"撒野"时的空谷传声，也许还能觅见我们遗落的企盼和梦想。

也许正应着王安石"夫夷以近，则游者众；险以远，则至者少"的名言，记忆中的那里一草一木始终有着原生态模样。

杏花春雨的江南，柔美本是一种特有的韵味，而古道过处的五彩缤纷，满目翠黛，更是将这柔发挥到极致。其四时景色可谓：春来青枝嫩叶，鸟语花香；夏返绿树透凉，沁人心脾；秋复层林尽染，神采飞扬；冬至雪压苍松，冰清玉洁。由此构成多彩而妖娆的图画，着实让人留恋，让人畅想。尤其是那古藤缠树、荆棘横穿、垂蔓悬崖、随风飘荡的动态，分明就是柳宗元笔下"青树翠蔓，蒙络摇缀，参差披拂"意境的再现。

"古王道"，是因西周时一小国国君徐偃王南归时遁迹于此并永伴这方水土而得名。"三泾"意为处在三条溪水的相拥处，说确切点，它就隐蔽在诗仙李白的梦游处——天姥山下新昌县小将镇的一个深谷里。父辈们管那里叫"洋坞坑"或"山后坑"。当地《县志》记载："徐偃王系周朝东夷诸小国中一国君，修仁行义，率土归心，故三十六国皆朝于徐，后因周穆王西巡，国事日非，偃王举兵北上，穆王告楚兴兵伐徐，偃王见乱世害民，遂毅然率部南下，遁迹于此。"

历史的陈迹虽早已远去，神话般的传说却经久不衰。故一直来，这条古道就被当地信奉为合天地之意、顺民心之愿的"正义之路"和"康庄大道"。我想，被誉为"唐诗之路""佛教之旅""茶道之源"的新昌，当年李白、杜甫等大批诗人墨客在极目沃洲天姥之余，一定也会趁机拐个小弯来这里怀古凭吊、歌咏一番的。

大兴旅游业的现代社会，随着古道口与"凤凰湖"环湖路的衔接，那条千年古道终将拨开经年覆盖在古道上面的枯枝蔓叶，揭去笼罩在古道上空的神秘面纱。离开家乡后，我的足迹涉及了不少深涧幽谷和"仙人洞府"。尽管那景那情也一样可让人赏心悦目，但总觉无一可与那条古道媲美，尤其是古道过处的原生态和自然美，从某个角度看，即便是当今闻名世界的九寨沟也莫过如此。相比眼下到处被污染的环境，愈觉其珍贵。这于我来说，虽未能常回去看看，但梦萦古道千百度。无疑，那里已是我心灵的"避静"处和"卧游""梦游"的"桃源境"。说真的，我是从心底不愿将这方净土如此这般地公之于世的，希望它永远养在"深闺"无人识，永远保住原生态模样，故一直来我对外界是极其慎言的，哪怕是最知心的亲朋好友。偃王当年为何偏要路远迢迢遁迹于此，道理或许也在这里吧。

家乡的一草一木无不常系心间。数十载弹指一挥间，"古王道"旧时的景色是否依然？

一个深秋的上午，天空阴沉偶尔有毛毛细雨，那情那景，正如我坐拥窗前悠然的"秋雨闲思"。当我怀着杂乱的思绪随同当地一行十数人从一个叫"象鼻头"的入口处进入景区时，眼前的一切犹在昨天，仿佛又远隔世纪，所有的景物竟如这般的陌生。最大的变化莫过于草木的异常茂密，加上缘溪而行，目光自下而上仰视，便怎么也寻不见当年砍柴割草放牧时那几条异常熟悉的山间小道了。当同行者问我那戏台岩在哪里时，我环视了四周好几圈，怎么也辨不清少时常见的那高高矗立在半山腰并颇有神秘传奇色彩的戏台岩在什么位置了。所有这些，让行走在途中的我，一不小心便走神，又在同行的年轻人发现野果时的欢快声中惊醒。"人间正道是沧桑。"变，是自然，是真理，是不以人的意志为转移的，信然。

按照当地的俗称，那野果中有"水牛丫""藤公尼""猢狲丝""冷饭团"和"柞叶果"等，这些，不要说城里人连名字也没听过，即便我这个曾经的"乡下佬"，像"水牛丫""冷饭团"这样的珍稀野果，也只听说过它的名字，却从未见过它的模样，至于它的滋味，就更无从想象了，据说是极鲜极甜的。当年生活艰辛，上山劳作肚子饿着时，是多么渴望能在某处发现这两种野果啊！

这两种珍稀野果都是挂结在藤蔓上的，那藤蔓不经一定的年月是结不出果实来的，可想而知，这里的生态环境比之当年，是愈加"生态"了。此刻的不期邂逅，便令我如获珍宝般毫不犹豫地举起相机将它们逐一摄入，连同无意间朝我们蹿来的一只松鼠。

因为那古道实在是埋没太久了，不要说偃王在世时演绎过怎样"凄风苦雨""金戈铁马"的故事难以考证，就连沿途一些景点的原名也已淡出了人们的记忆。然而，既然偃王遁迹于此，按常理是不会没有名称的。怀着对偃王的崇敬心理，边走边谈中，借着想象的翅膀，石钵岩、黄龙谷、螺蛳潭、落霞滩、偃王池、思民石、松涛古林、戏台岩、竹海清泉、竹里茅舍、町步道、望海竹径等景点的名称便又一一复出。尽管让人绞尽脑汁、冥思苦想，但是否不乏历史沧桑，是否对应当时的景物，又是否富有景色诗意，就不得而知了。怕只怕偃王笑之为草率，今人、后人和高人笑之为浅陋。

我们说着，笑着，看着，想着，情由景生，思由景起。当来到一个如桃源仙境一般叫"里坞坑"的小山村时，呈现在眼前的，是一条当年为生计而往来的"盐帮古道"，再沿着一级一级的卵石台阶往上爬并走过那一个接一个供行人歇息的泗洲堂时，眼前似有许多镜头在回放：忆往昔，如这般的古道上，不知走过多少婚丧嫁娶行商赶考的人，也不知经过多少骑马坐轿的达官贵人，而祖父辈们为生计饿着肚子弓着背挑着重担艰难爬行的画面却让人畏惧，让人退缩，更让人深深地喟叹……

忽而一个念头闪过：如今，我们要将祖父辈们开凿的这条"盐帮古道""商道"或者叫"官道"转变为"游道"，又说明了什么呢？不正说明祖父辈的艰难时世已不复再现？不正说明我们正开创着一个前所未有的新纪元？不正说明我们的未来将越来越美好吗？在青山疏雨、物阜民丰的和谐社会里，三泾古王道若能造福于家乡百姓，有益于清朗乾坤，拥护的不只是这里的子民和四面八方的游客，更有爱民如子的偃王——若偃王在天有灵！

顿时，我的心便又豁然了，闪现在脑海里的是孔子的得意门生曾点回答孔子并赢得孔子赞许的那种志向和意境："莫春者，春服既成，冠者五六人，童子六七人，浴乎沂，风乎舞雩，咏而归。"

# 跨过惆怅溪

何海玲

先从那个流传甚远的仙凡之恋说起。故事最早见于南朝宋刘义庆的《幽冥录》，发生于汉明帝永平五年（62 年），巍巍天姥山，云霞明灭处，自是野花遍地，药材遍布，于是有了剡县来的刘晨、阮肇，他们背竹篓，觅药材，渐行渐远，云深不知处，饥肠已辘辘。看到山上有鲜桃，水中有胡麻饭，想必白云生处有人家，不想还有婉态殊绝的妙龄女唤着名字，好生招待他们，纳为贤婿。待到桃花开子规啼，刘阮的心里全是红尘里的那个家，告辞而归，可人间已七世，物是人已非。他们又想起云端里的幸福生活，却再也找不到来时路，于是在那条熟悉的溪边徘徊复徘徊，满腹惆怅更与何人说？这条清浅的溪流成了名副其实的惆怅溪。

千百年来，溪水在天姥山脚下一路奔流。人们在溪水的两岸劳作，生活。为了让出行更方便，于是就有了桥，还有了生动的故事。

## 迎仙桥：生命的邂逅与奉献

位于桃源村九间廊自然村，相传刘阮就是在此遇仙，极富浪漫色彩。紧邻 104 国道，桥基垫于赤红色岩盘之上，固若金汤。桥头一棵香樟树如亭亭华盖遮住了一半桥面，虬枝嫩叶之柔美与石桥的古朴坚固相得益彰。桥面台阶采用长条石及鹅卵石镶铺而成，西北置九级石台阶，东南置十级石台阶，桥心平坦如砥，用鹅卵石镶嵌成三朵菊花纹，加之杂草碎花的点缀，很有一番风味。

在当地，此桥还叫奶婆桥，有说南宋时当地一位妇女做奶婆赚了些钱，有造福一方之心，出资建了此桥，这是爱的奉献，是一座用乳汁抑或鲜血换来的生命之桥。

桥的历史最早见于明成化十三年（1477年）《新昌县志》记载："迎仙桥，在县南三十里，仙桂乡二十一都。"重建的确切年代为清道光甲辰年（1844年），至今已有170多年时间。

该桥长29米，宽4.6米，净跨15.6米，为单孔悬链线型石拱桥，在我国乃至世界桥梁史上有着重要的地位，从技术参数上看，系国内首次发现的近似于悬链线拱的古石拱桥，为我国最古的悬链线拱石桥。而悬链线拱桥型在国外是20世纪60年代才发明的，足见古代劳动人民的智慧；从实用价值上看，该桥是浙闽古干道上的重要桥梁，是研究我国古代的交通、邮政和地理沿革的实物资料，同时承载着深厚的历史文化和浓浓的乡愁，是先人留下的珍贵文化瑰宝和精神根基。

## 司马悔桥：生命的停泊与反省

司马悔桥又名落马桥，位于班竹村，桥边建有司马悔庙，是通天台古道上主要桥梁之一。系单孔石拱桥，拱圈为不规则的石块或卵石砌置。《嘉泰会稽志》载：旧传唐司马子微隐天台山，应唐玄宗诏出山，路过此地，见环境清幽，"仰望天姥云雾间，峰峦叠嶂万千山"。骑着的马儿也踟蹰不前，触景生情，遂生悔意。此桥在唐时已存在，可能始建于东晋，清道光二十四年（1844年）火毁重建。现桥长20.5米，桥面宽5.8米，高8.1米，净跨11米，桥面铺卵石。南北两侧均有古木参天，绿树浓荫，颇有历史的悠远与现实的宁静。

"却顾所来径，苍苍横翠微"，在快马加鞭的当儿，是否应该停一停，慢一点，给自己一点回顾与反省的时间：那些曾经以为无比正确的人生选择是否让你留有遗恨？是否为了虚幻的名利而失去更多？是否还记得当初的梦想？

无数次都走上这座石桥，也无数次这样提醒了自己。

## 丁公桥：生命的翻转与开篇

位于桃源村丁公桥自然村，村以桥名，足见桥之名望。又叫如意桥。相传是村里一个姓丁的男子用翻牌九赢来的钱造的，据说造到桥中央处，接连几次都无法合龙，他于是真诚祈祷天地：虽然是赌博赢来的钱，但也是一片真心，一片诚意。是真诚感动了天地，桥终于如意合龙。这丁公的生命也就此翻开到了新的篇章。

此桥为半圆形拱古桥，桥面长 2.9 米，宽 4 米，东西桥坡各长 15.4 米和 10.4 米。东西桥坡各设 12 级和 9 级石阶，于清乾隆年间重建。

桥东即山，桥西人家，如意桥已经融入了村庄，融入了村民的生活日常，常有村民席地而坐，纳凉，闲聊，风从山上下来，从水面飘来，自然宜人，诗意满怀。

南北桥头石缝间分别生长着木莲和地锦。初夏，木莲正挂着莲房一般的果实，村民说，可以做木莲豆腐，夏日里一道经典的美食呢。五叶地锦的柔条都垂到水面了，远远望去，恰似挂了一道绿色的桥帘，串连了上下两个半圆，浑然为一体。

古桥建造者为丁天松。村名、桥名当是纪念这位造桥能匠。迎仙桥、司马悔桥都是出自他之手，此桥取名如意，许是他最得意之作，也是他对世人的一份美好的祝愿。

青山绿水间，惆怅溪一路吟唱着那一曲满是惆怅的歌谣。自从有了横跨的石桥，有了迎来送往，生命便有了更丰富的色彩。迎仙桥临风听水，如意桥闲坐闲聊，司马悔桥静心冥想，都是特别惬意的时光。千百年的光阴，流水一般走过的人，留下了无数深深浅浅的足迹和平平仄仄的诗篇。

一座桥，让我们的生命收获了如许的诗意与感动。

一座桥，让我们抵达遥远的彼岸，走进了过去未来的漫长时光里。

# 心中的金庭 现实的华堂

陆秀雅

　　人生在世，总会有无数个第一次出现在我们生命的长河中，所不同的是，有的第一次只是个开始，有的第一次就是终结。

　　第一次走进华堂金庭观，时间是 20 世纪 80 年代。当时，刚从部队退役的我，进了新昌调腔剧团任编剧，恰逢剧团为了培养新生代，正在面向新昌本地及嵊县（今嵊州市）、磐安等邻县招收学员。我被编入一个小组，派往嵊县金庭乡的驻地华堂村蹲点招考。

　　华堂村，对于我这个台州籍的外地人来说，无疑人生地不熟。蹲点招考期间的某一天，同事领着我走出华堂村，来到三里之外的金庭观，才知这原是书圣王羲之的晚年隐居旧所和归葬之地，而华堂村则是王羲之后裔的聚居地。不过，那时长达 10 年的"文革"刚结束不久，我所到的金庭观，不过是个废墟，仅存山门，上书"第二十七洞天"。

　　当我踩着乱石铺成的墓道前行，却遇上了当地的一位村民。他主动打招呼，说是王羲之的后裔。他将扛肩上的那把锄头丢到一边，一边陪着走，一边扬起手指指点点地为我讲解。他说，这金庭观原来整组建筑占地有 20 亩，分山门、天王殿、大殿、后殿四进，观内奉有王羲之塑像，建有右军书楼、玩鹅亭、右军祠等，可惜在"文革"中被毁，荡然无存了。待到了王羲之的墓前，他则说起了墓地的风水，四面环山，五老峰立于前，放鹤峰拥于后，香炉峰耸于左，卓剑峰峙于右，而这王羲之墓则是 1984 年才重修的。

相传，金庭观系王羲之的五世孙王衡于此舍宅为观，修炼道教，称名金真馆，后改称金真宫，唐高宗时赐名为金庭观。

金庭观地处嵊州市东 35 公里之外的青山绿水间，可当时乡镇还没有什么像样的马路，一天一趟的班车在弯弯曲曲、坑坑洼洼的马路上跑，雨天泥水四溅，晴天尘土飞扬，这么点路程也得折腾上半天，也就可以说是偏居一隅了。尤其是在当时的社会政治文化环境下，是很少有人会特地赶往深山冷坳去拜谒一位古代贤人的，尽管王羲之是书圣。

然而，当时那位村民的热情以及向我讲解时几分掩饰不住的自豪感，却让我感受到了国人那浓厚的家族观念。从古到今，无论是帝王将相，还是一介平民，总是把血缘传承的姓氏视为标志，宗族观念似乎是根植于每个人血脉中的。

书法艺术是中华文化的灿烂之花，也是世界上独一无二的瑰宝。在古代，字写得好看与当官有着莫大的关系。在汉代建立的录用吏员的考试制度中，两大科目即是：一为文化知识，能识读数千个古体汉字；一为书写能力，会写"秦书八体"。据称，汉武帝时，一度出现"善书者尊于朝"的局面。东汉末年灵帝时，则设置"鸿都门学"，凡是"为尺牍及工书鸟篆者，皆加引招"，视为亲信，拜官赐爵。到了南北朝时期，一些出身底层的读书人也可以凭借一笔好字进入宫廷了。之后的隋朝虽然开始采用科举制度选拔人才，但考试分六科，"书科"则由两名"书学博士"教授书法，而唐朝科举"以书取士"，书法更是受到空前的重视，往往"书判拔萃""书判超绝"就可委以官职。

王羲之 7 岁开始从姨妈卫夫人练习楷书，12 岁时由叔叔王廙教习行书和草书。卫夫人是名冠一国的书法大家，王廙则书画双绝系皇帝之师，试想，除了王家子弟还有谁能够拥有这等待遇？名师出高徒，王羲之年少即有了美名，因书法超凡脱俗而不同寻常，朝廷屡次征召，欲赐侍中、吏部尚书等职。据称，王羲之屡辞不受。

有史学家称，魏晋南北朝是中国历史上最黑暗、最动荡，朝代更替最为频繁的一个时期。王羲之虽然出身于东晋权倾一时而炽盛隆贵的琅邪王氏家族，但其家族因"五胡乱华"于永嘉元年随司马皇族南迁至建康。也就是说，王羲之生于令人羡慕的豪门，拥有彼时最好的学习书法资源，但生逢乱世。

虽然时局动荡，但那也是个群星璀璨的时期，有一群文人雅士并没有放弃自己对理性世界的追求。在不为权不为利的同时，向往自由精神，心随意动，有着率直任诞而放荡不羁的个性，广袖宽裳，清俊通脱，时不时就三五成群地到竹林山间对酒当歌，吟诗作对，留下了许多愉人逸事。

才华出众的王羲之，早期不受朝廷征召，入仕后，从秘书郎、临川太守、宁远将军、江州刺史、护军将军到右军将军、会稽内史。为官清廉，除弊兴利，赈济灾民，为百姓办好事。他不慕荣利，为人坦率，不拘礼节，年方16岁即有着"东床快婿"的美称。其书法兼善隶、草、楷、行各体，摆脱了汉魏笔风，恣肆奔放，不藏锋芒，自成一家。在五十知天命之年，也即永和九年，他相邀40余人，在会稽山阴兰渚山下的兰亭，一边修禊祈福，一边饮酒赋诗，创作了前无古人、后无来者而被誉为天下第一行书的《兰亭集序》。他刚正不阿，由于不满上司王述的恶行，也由于士族间的争斗变得日益激烈而不愿同流合污，不愿卷入政治斗争的官场倾轧，带领7个儿子在父母墓前宣言《誓墓文》，从此挂冠而去，告别官场。之后，他隐居剡县金庭（即今嵊州市华堂）终老。相传，王羲之59岁谢世时，作为东晋名门望族，却以"捧着一颗心来，不带半根草去"的赤子之忱，裸身下葬，没有任何陪葬物。

可以这样说，王羲之的一生，尽显魏晋南北朝时期晋人中优秀文人雅士的风骨与节操。

我第二次走进华堂金庭观，则是在2007年，其实这同样也是偶然行之。不过，此时金庭观的风貌，与第一次相比较，已是大不相同，只见一座气宇轩昂的门庭牌楼陡然地屹立眼前，白色高墙黛瓦，门额巨匾上书有"金庭观"三个字，金字招牌熠熠生辉。当然，这是当地政府依照史料中的记载在原址上重建的。犹记得，我与两位友人曾在门楼前留下一张合影。

21世纪初，私家车刚开始走进千家万户，有车一族，无论什么牌子，总是令人高看一眼。两个朋友都是笔墨爱好者，其中一位正好买了辆车。于是，一个寒冬里的星期天，"有车族"便带着我们出去兜风，结果七拐八拐而无意中去了嵊州市黄泽镇。镇上吃中饭时，我突然说起王羲之的故居金庭观就在近旁，两个朋友都道只听说过从未到过，百闻不如一见，吃完饭后，就一同前往了。

有人说，感悟经典需要人生阅历。事实也正是如此，一晃相隔了20年，这次走进金庭观，我已是人到中年，见识过了一些人生悲欢离合，经历多了，也就有了一些沧桑感，感悟多了，整个人也通透豁达了许多。第一次走进金庭观，我其实只是走马看花，偶遇到此一游，根本没在心底留下什么感触。而第二次虽然也是一时兴起，但当走进金庭观，再步向王羲之墓，置身于古树参天、野草萋萋、四周一片沉静的环境中，我莫名地滋生出一种深沉与肃穆，只认作这是值得崇拜与纪念的一位古代文人魂归的居所，感受到一种深邃宁静与安然祥和。

我想，岁月是留不住的，许多昔人早已远辞，许多昔事在历史的长河中悄然流逝，现在的金庭观虽然是时人重建，但这样一处独特的场所，存在的意义，应该在于凝结人文纪念，瞻仰中契合人们的心灵深处，一个文化传承的地方，一个需要宁静去体味的世界。

时至今日，一晃又是10多年过去。其间，金庭观这一历代文人墨客所向往的朝拜圣地，在当地政府投入了大量资金进行了重建的情况下已焕然一新，气势雄壮，规模宏大，同时扩展了园区，将金庭观与王羲之后裔聚居的华堂古村融为一体。当然，随着时代的变化，这也包含着为了发展旅游事业而促进经济增长的需要。

其间，也许是因为自驾便捷，我也隔三差五地前往金庭观故地重游。不同的是，再也没有呼朋唤友，往往想着放空自己的时候，便前往此处，选一个僻静处，脑子一片空白地坐上半天，而心灵则在宁静中有一种莫名的契合。

王羲之是魏晋南北朝长期动乱时期士人注重修身立德而自成风流的代表人物之一。窃以为，看似王羲之以书法盛名，但在他的身上，无不显现着超脱、豪放的道家玄学风流，也流淌着儒家的精神因子，修身、齐家、治国的理念，民本民生的意识，一直贯穿在他一生的言行之中。

今人评价王羲之的书法，既体现了以老庄哲学为基础的简淡玄远，又体现了以儒家的中庸之道为基础的冲和。《兰亭集序》是王羲之的代表作，被誉为书法帖之冠，从文学的角度，也是千古绝妙的好文章。由此，太多的人是因钟情于他那雄浑开阔的书法而顶礼膜拜，津津乐道的。但有时候，不免滑入叶公好龙式的附庸风雅。而我倒是敬仰于他那耿介的人文情怀。有道：心游于艺，存依仁之德；读文识志，赏画识人。窃以为，《兰亭集序》不过是传递了王羲之人文思想的神圣符号，也即是他的书法艺术特色，意在笔先，形神融通，折射的却是深刻而广泛的社会学与历史意蕴。

我想，我之所以会一次次走进金庭观，并不在于肉眼所能看到的事与物，而是觉得自己的灵魂需要摆渡。因为人心浮躁的现代社会，信仰缺失，灵魂无依，无所适从的状态常常导致自己本能地生活着。在把想象力的缺失当成对客观真理的深刻洞见时，并没有自惭形秽，还不如鲁迅笔下的祥林嫂，还会一遍又一遍地追问：人到底有没有魂灵呢？

那么，我走进金庭观的向往，也正如古人所云：我思古人，实获我心。

晋风唐韵今犹在
——浙东唐诗之路散文集

诸

暨

卷

# 西施殿漫记

宣 子

> 吴越相谋计策多，浣纱神女已相和。
> 一双笑靥才回面，十万精兵尽倒戈。
> 范蠡功成身隐遁，伍胥谏死国消磨。
> 只今诸暨长江畔，空有青山号苎萝。
>
> ——鱼玄机《浣纱庙》

诗歌是打开情绪的一扇门，合上书页的那个清晨，我又情不自禁地走进了浣纱庙，走进了由血肉组成的历史时空中。

所有历史的根，都是相连的，即便有山有水有时间相隔，底部却都是人的那些事。浣纱庙就像一部历史，它的根是西施，因而浣纱庙又叫西施殿。

一

西施殿，一个安详、寂静、唯美的名字，它是一座庙宇，它又不仅是一座庙宇。

一座庙宇一旦与一片土地有过精神层面的相互观照，并且烙下深深的印痕，就会以引领的姿态在乡人的血液里千百年来代代相传，在不经意间嬗变为生命的迹象和精神的图腾。西施殿里燃着的佛灯，被打磨成一缕永恒的光引领我们的内心，使苎萝山有了颖悟与记忆，浣纱江可以陈述证词，就连一片废墟和一根荒草也见证了有棱有角的世界观。

这是一次次嬗变！完成了这些嬗变，人便在这里生下了根，有了根，这里的生命才会如山如水绵绵不绝。

落地生根，才是最真实的辽阔。

这是一个严肃的春天，我的脚步仅仅被允许在家乡的土地上与光阴连接。当我一个人以浣纱江为路标，踏进西施殿时，阳光正一点一点地披挂到它的身上，它像一个古老的情结，渐渐显露出一种波澜壮阔的模样，最后反复撞击一颗寻找的灵魂。

点燃三炷清香，放在西施娘娘面前。每一炷香火都心藏愿景，借着一座古宇和一轮新日，哦，还有殿外的几丛苎萝，我渐渐进入一种古意的情绪，固执地与一个善良的姑娘、一位智慧坚贞的巾帼、一场冷兵器的风云相遇在春秋的风云里……

西施，子姓施氏（具体生卒年不详，一说卒于前473年），本名施夷光，春秋时期越国美女，一般称为西施，后人尊称其为"西子"，春秋末期出生于越国句无苎萝村（今浙江省绍兴市诸暨苎萝村），自幼随母浣纱江边，故又称"浣纱女"。她天生丽质、倾国倾城，是美的化身和代名词。

女人，美人，天下人眼里的情人，情人眼里出西施，在生于斯长于斯的我或我们的视域里，这些都不接地气。在我们家乡人的眼里，西施殿的主人是一位端庄姑娘，是孝顺贤惠的诸暨女儿。

春秋末年，群雄逐鹿，战火四起。那段肥瘦不一的历史，男人们打开了锋利的刃口，拼杀、刺杀、搏杀，被欲望净过身的诸侯们，蕴藏着惊人的冥想与烦乱，时世裸露令人惊骇，沧桑越来越浩荡。

江南，浣纱江，苎萝村。卖薪人家，浣纱女孩，西施的少女时光按照日子的顺序生长。

勾践完成精神独立的助动力之一是经过职前培训的西施。越国的主人勾践是一个有帝王气质的人，他的体魄里更多透着"国"的血质，他对"国"

有着舍我其谁的一种核心意识和专注意识。他一上位就不安于蛮荒之地的气象，加快了"文身断发，披草莱而邑焉"的越人的文明进程，从渔猎到耕种，从山地到平原，从散居部落到迁都建城，他渐渐把封闭的越国弄得风生水起。越国的休养生息绝不仅仅是十年的卧薪尝胆，而是伴随着勾践的整个政治生涯。越国的逐渐强大使它与比邻而居的楚和吴不和谐起来。楚是超级大国，雄霸南方，吴也是文明发展起步稍早于越的强国，吴、越之间的第一次联系，就是以一次争端开始的。《吴越春秋·阖闾内传》提到，吴王阖闾以"越不从伐楚，南伐越"，吴国打赢了这场位于槜李（今浙江嘉兴一带）的战役。没多久，越王勾践又和吴国在槜李打了一仗，《左传》还是记录为"吴伐越"。这一战中，阖闾被越人砍中脚趾，伤重死了。巨大的胜利使一直持以退为进隐忍策略的勾践热血沸腾起来，并最终吞下了攻吴、兵败、被俘的苦果。

再看吴国，吴国的新君夫差也有帝王气度，他更多地被赋予"国"与"家"纠结迷离的气度。《史记》卷三十一《吴太伯世家第一》："王夫差元年，以大夫伯嚭为太宰。习战射，常以报越为志。"为父报仇是夫差战胜越国前的主要精神坐标。战胜越国后，他放眼天下，在艾陵之战打败了齐国，全歼十万齐军。前482年，他又大手一挥，于黄池之会与中原诸侯歃血为盟。他的"站位"很高，风华正茂时就把"国"推上了历史的高台。政治上处于居高临下、风平浪静的佳境以后，他把目光更多地投向"家"，女人、物质、天下混淆起来，"安其私"。对于人性来说，"私"是最硬的一种软肋，他在"私家"和"私我"的追求中，渐渐把自己的弱点放大在天地之间。

勾践身在低处，夫差立于高位。在范蠡和文种苦思冥想的图谋下，浣花溪旁的美丽女子西施款款地来到历史的舞台上。她质朴、单纯，在西施山"饰以罗縠，教以容步，习于土城，临于都巷，三年学服"，学艺三年，歌舞、步履、礼仪和器乐样样精通，她遮掩尘埃的伤口，绽放成今世的花朵。她满眼哀怨，一腔无奈，回望越国乡土幽幽一眼后，被送入了吴国深宫。

她仿佛是一个若隐若现的砝码，使吴越的历史悄悄地发生着位移。

作为越国女儿，她自然心藏越国。她的智慧在于用她特有的"冷色"，让异国君主的视线渐渐迷失了"家国"的主干，最后竟忘了"家"和"国"的分界线。

为博得西施一笑，在阴影和扭曲的美学追求中，庙堂上的王座，银库里的月色，帷帐里的爱和灯影，错杂合作着把夫差的精神独立性和判断力自发地兑换成了探寻女人秘密的迷惑。

在我看来，对于中国汉子来说，中国女人最好的武器一是美，二是美得若即若离，三是冷得若即若离的美，西施恰恰抓住了这个美的黄金分割率。她睁着一双水水的纯眼，让忧伤在眼眸里屯兵，一颦一笑一闭眼，让一座江山晚节不保，又回眸一笑，给另一座江山注入活力。

爱与被爱之间，夫差不需要多么盛大的床榻和缠绵，西施给他的正是他追求的寻常家里的男人的滋味，而不是宫里的帝王。风声、悲声、断肠声，叶子、花朵、光线、舞蹈、沉鱼和冷的表情，西施征服了夫差、勾践、范蠡、吴国、时间、诗。

情人眼里出西施，还得西施眼里有情人才行，但男人不是西施的情人，天下才是。

人生大戏，无非"爱""恨""情""仇"四字，在春秋的那些岁月里，西施以虚对实，掌握了时代的天机。

有风走过苎萝山，我像一株苎萝一样站在墙角，内心不断翻涌着良辰美景。

把对一个女子的爱放大到整个吴越史，它就成了西施殿、西施文化、西施精神。

二

从心里流出的禅音，常常高于所有光阴的废墟。对于诸暨人来说，西施娘娘就是住在心里的佛，西施殿就是历代诸暨人民高贵的精神粮草。

句无（诸暨）、句章、句容、句余、句阳、句乘、会（句）稽（今绍兴），我一直对带"句"的古代名的由来有一种忐忑的猜度。一般说来，古越语中心词在前，"句"读"勾"，与"句"有关的地方或许就是越王的封地，"句"就是一种代表敬意和归属的词语。不管怎样，越地女儿西施为这片土地奉献了一切，这片土地也留下了她深深浅浅的脚印。

诸暨留存有苎萝山、苎萝村、鸬鹚湾、浣江（浣纱溪）、浣纱石、西施家、东施家、西施门、西施坊、白鱼潭，它们与西施生长、劳动和生活的场景吻合，古迹众多。绍兴有西施里、西施山、容山，苏州有灵岩山、西施庙、西施洞、馆娃宫、响屧廊、采香径，萧山有西施庙，德清有西施塘，嘉兴有月波楼、妆台，西施遗迹仿佛是一本从万千年的凡尘与风月中遴选出来的线装书，轻轻握住古越人们最动情的部分。

庭院寂寂，上得右侧的古越台。上层供奉着越王勾践和他的两位谋臣文种、范蠡，下层是"西施行"故事展馆。放眼一周，有碑廊、红粉池、沉鱼池、先贤阁等景点，殿小景多，弹丸之地集西施行迹、传说于一体。穿行在精心设计的路径上，处处有西施的影子。

历史常常裹挟不可预测的爱憎，失控的词句常常埋没属于过去的美好字根。

我的思绪再一次飘荡，飘到了东晋风流之中。春秋风流，东晋亦风流，这里还留有那个著名的书法家王羲之的体温吗？

王羲之算得仰慕西施美名的早期名士之一。南宋著名诗人、浙东史学派代表人物陆游主持编纂的《嘉泰会稽志》，认为王羲之非终老山阴或嵊县，而是在诸暨苎萝。该志卷六载，王羲之"墓在（苎萝）山足，有碑。孙兴公为文，王子敬所书也"。又据《晋书·孙楚传附绰》："温、王、郗、庾诸公之薨，必须绰为碑文，然后刊石焉。"孙绰是王羲之好友，有孙绰所作之碑文，又与正史所载相合，可信度很高。明赵均（1591—1640年）《四库全书·金石林时地考》卷载："晋王羲之墓碑，孙绰文，王献之书。（在）

绍兴诸暨县。"由此可见至少在明以前，王羲之墓在苎萝山，应是各方认可的。

一代文豪、书圣、思想者曾经在苎萝山长守过，他安眠于苎萝山边，与他亲手在苎萝山下浣纱石上题写的千古流传的"浣纱"二字一起观风听雨，亘古安身。

那么，王羲之为什么会选择苎萝山作为归宿地呢？明王季重《游苎萝山记》云："苎萝山，石壁高数十丈，题'浣纱'二字，斗许大，笔势飞睾，位置安善，云是右军笔"，"字旁'右军'字未灭"。可见其中一个重要原因是仰慕西施事迹。担任会稽内史的他，深谙会稽山周围各地的风土人情，当他站到苎萝山，俯观浣纱江，山清水秀，鱼跃雁飞，此地可远眺可近观可仰视可俯察，竟一下子击中他渴望隐逸的心灵。

"书"依然是王羲之生命的见证，到了清代，则"惟一'苎'字可辨识，余皆漫灭"了。不过，他留有《诸暨帖》其文曰："诸暨、始宁属事，自可得如教。"［清文献学家、藏书家严可均（1762—1843 年），《全晋文》卷二十四·王羲之三·杂帖三］。苎萝山也曾出土《唐王府君墓志铭》（《四库全书》），墓志铭的主人是祖籍琅邪的王仕伦（779—835 年），他距祖宗王羲之（303—379 年）已有十余代。他下葬在暨阳苎萝山"且离城郭不逾一里，去人烟十步有余焉"。王羲之的子孙一边守着祖宗，一边也守着祖宗的美学偶像西施。

"名士"与"美人"的一种情缘，仿佛是给西施故事播下的一粒火种，闯入变幻不定的文字江湖，成为永恒寻找的部分。王右军寻找西施，后人寻找王右军。清代王荣绂有《苎萝山寻王右军墓不获诗》，他没找到右军；诸暨诗人冯至有《王右军墓诗》，他也没找到右军，而我们当然也只能找到一座空空的苎萝山，寻找常常是一望无际的空与疼痛。

王羲之以人为审美标准，绝俗、简约、玄淡、神韵是右军最看重的，他在诸暨浣纱江边叩访膜拜，正与他秉持的"藐姑射仙，绰约如处子，肌肤若冰雪"的审美理想相一致。西施与苎萝山刚好投放在他魂魄中，并最终形成一种永恒性。

关于西施殿，唐以前，王羲之和他的后人是绕不开的一族。浣纱江畔，西施殿，至迟于两晋时期就已经牢牢树立在人们心里。

时光似流水，唐开成年间（836—840年）著名诗人李商隐曾写下"西子寻遗殿，昭君觅故村"的诗句，而稍晚鱼玄机的《浣纱庙》也表现了晚唐诗人仰慕西施事迹的心理，他们心比天高，又身不由己，流露了生不逢时的心态。在经历盛唐的繁华之后，望着眼前阴暗晦涩的路途，西施事迹是他们内心经常泛起的古典粮草，在向往、仰慕的情绪中，他们为西施殿、浣纱庙留下了最早的文字留存。

历经宋元明清，浣纱庙、西子祠屡废屡建。西施殿是苎萝山的标本，一代代朝圣者如浣江水一般源源不断。

明代开国皇帝朱元璋颇有诗才。能驾驭诗又能玩政治的，往往是懂史的高手。他的五言诗《题西施》，取材于西施和郑旦，或许在他的内心里，他的偶像就是称霸中原的勾践。纵观一部元末明初史，诸暨是他革命事业的重要一章。他和张士诚以诸暨为阵地，你来我去闹腾了好些年，新城大战使他彻底奠定了吴越霸主的地位。他命胡大海升诸暨为州，又时常了解诸暨的人文掌故，西施事迹在他内心留下了一纹深深的波澜。朱重八最后坐实了天下，他又何止是勾践呢。

杰出的事物不一定孤独。明代的苎萝山是热闹的。明弘治初年，绍兴府训导、苏州人戴冠和友人唐之淳的《苎萝感怀》云"溪上西子祠，溪边浣纱石。山灵欲亡吴，生此佳冶色"，把对一个女子的纪念放大在故土上，比修坟墓高明的常常就是建庙宇了。

一百多年后，明代崇祯初年，诸暨知县张岳再度重修西子祠，西子祠内设有西施殿，"苎萝山麓、垒石台一座，筑庐舍三楹"。张岳有诗云："庙貌轩轩傍浣纱，讴吟弦诵彻溪纱。萝石不沦不薰歇，绝胜河阳满县花。"在支离破碎的时光中，通过庙祠追忆拼凑起过去美好的时光，张岳是思路比较清晰的一个。他的《西子祠记》列明祠内联额，并亲自题额：桃李重春。"桃李重春"四字是从唐代诗人楼颖的《西施石》"岸傍桃李为谁春"

中化出的。他还题写了祠门联：山围古堞青萝色，水涌寒滩白苎萝（此联借用元诗人吴莱《苎萝山》）。

明代崇祯年间，诸暨知县唐显悦、王章、路迈等在西子祠庙还先后立《西子祠祀》《浣纱石记》《苎萝碑记》等碑。

清湛的浣水，青葱的苎萝，纯粹的力量，正义的胜利，微弱的柔肠，千百年的越女情事，都重重安放于西施殿中。

清代，苎萝山有些冷寂。瘦水更瘦，浅烟更浅，西子祠因年久失修，曾一度圮废。清道光二十二年（1842年），经店口士绅陈延鲁（一作延庐）捐资重修，又捐田数亩，以备不时修葺。咸丰十年（1860年），邑人王之杰撰有《修西子庙碑记》，记述陈延鲁修建西子庙的由来。咸丰十一年（1861年），西子庙毁于战火；至太平天国，再遭重劫。

民国初年，西施祠宇已被风霜剥蚀，断垣残壁，荒台迷离。1926年，民众在苎萝山东麓建孙中山纪念塔，苎萝山见证了几个时代的沧桑。

民国十八年（1929年），乡绅陈锦文等集资再修，其《西子祠赓续募款赋》云："西子立祠也，不知秦汉以前，创从何代？惟见洪杨之后，毁于清时，访求古迹，率变荒基。"复建修成后有正厅三间，祠宇高敞，门额颜体直书"西子祠"三字，系里人、书画家周嗣培署。祠前布置庭院，植草栽竹，以石栅作栏，颇为宏美。

1933年11月12日，郁达夫畅游西施殿，在《诸暨苎萝村》一文中这样记述："苎萝山上进口处有'古苎萝村'四字一块小木牌坊，进去就是西施庙，朝东面江，南面新建一阁，名北阁，中供西施石刻像一尊……"郁达夫在入口处看到的木牌坊，横书"古苎萝村"四字，系时任诸暨县长汪莹题署。在西施殿客堂，达夫应管理庙宇的老先生之请，写下了一对立轴，集龚定庵、柳亚子句成一联。上联是龚定庵的"百年心事归平淡"，下联是柳亚子先生为郁达夫《蔷薇集》所题诗句中的一句："十载狂名换苎萝"。西施殿是风景，多年后，郁达夫在西施殿留下的笔墨和身影也成了风景。

1934年，两庑又配筑南厅、北阁。正厅鎏阁，中供西施塑像，红颜秀眉，玉珮金环，手执玉如意，雍容华贵；旁立宫女二，一持拂尘，一执宝剑。銮阁顶端挂二小匾，一曰"归真处"，一曰"时雨之化"。

造殿，抒情，言志，对有情人来说，西施殿是天人合一的具象。西施是"天"，远古之天，爱国之天，良善之天。"人"有两种，一是父母官，情系乡民，建殿立庙，护佑苍生；二是乡民，发自内心地敬重西施娘娘，在人生艰难时刻，烧香祭奠，桌子上蜡烛燃烧，摆上装满橘子、花生、鹅、鸡、猪的盘子，以一种谦敬的诚意使它成为一种安放内心的仪式。他们与西施娘娘之间似乎有一条隐形的通道存在于时空中，生生死死，轮回往复，有了西施殿的存在，他们面对艰难日子内心就不再荒芜。西施殿传播着它的双向使命，一是护佑诸暨土地上的苍生，二是警示乡人向善而生。

抗日战争期间，诸暨县城区域遭日军蹂躏，满目疮痍，西子祠殿宇亦未能幸免，大部分被炸毁，只留下西施石质雕像与荒草共生。

1942年，抗日烈士蒋志英之兄蒋伯诚嘱托各县协助，将蒋志英的灵柩运回诸暨，安葬于苎萝山西施殿侧，由其子蒋慕严具名立碑。苎萝山收容了诸暨的人文、历史、科学、宗教、哲学，也包括历代的忠魂。

西施殿重修于1986年。那年，正在读小学的我与同学骑着自行车来到西施殿大门前，同学的父亲正在把一尊巨石雕刻为一头石狮，石狮已基本成型，嘴巴微开，里面含着一颗圆珠子，这是守卫西施娘娘的神兽。当我站在刚刚新生的西施娘娘像前，第一次在年少的心里播下了关于西施故事的种子。

1990年，西施殿基本建成并对外开放。重修西施殿时，政府在诸暨各地征集到木雕桁梁、牛腿、雀替、门窗、石狮、石柱等一万余件，经过精心组合，巧妙地利用到修复西施殿的工程之中。现在的西施殿，是诸暨乡土里最粗的一脉。

找一石凳，坐下，只与青苔、露水、林间的光、鸟鸣，发生一种自然而然的关系，沉思，怀念，像光，深入有关于西施殿的每一个故事角落，向最深处流去……

## 三

西施从哪里来？她又和时间一起流向了哪里？水与历史有着不同的属性，水一去不返，历史却埋藏越来越深，有时甚至掩埋了真相。

有人说，西施只是个美人的代名词；有人说，西施出生地不是诸暨苎萝村；还有人对西施去了哪里百思不解。请容我将诸暨古地的灯盏次第点亮，照亮那个女子在枯黄文字里的迷惑，让真实骤然返青。

每一块土地下皆埋着深藏的隐秘，沿着我们不曾走过的通道，打开那扇我们不曾打开的门。

站在浣江边的人，常常脱口而出的词汇，是鱼，是水，是西施。

毫无疑问，西施是一个真实的人，以人心为证。正如炎、黄二帝也是真实存在过的，无非被我们神化了，他们原是部落首领，在早期的人类文明中，他们勇于与自然争斗，繁衍、生息，完成了人类最早的部落蜕变和情感指向。西施也是一个凡人，她的真实身份无非是有血有肉有情的诸暨女儿，只是她置身于家国动乱的时代，被无情地推入政治淤泥中。在异乡，她孤独，沉思，心藏幽暗，用冷艳、内敛的语调创造了一种高贵的奇美，让秋兴与春愁、沉痛与轻快、放歌与烂醉都包含在了她的气质中。而这种美正是文学和历史都推崇的，于是，西施成了吴王夫差的最爱，成了范蠡的最爱，也成了天下男人的最爱。

由此看来，西施活着的时候，已经完成了人类感同身受的慈悲、情、爱国，并都转化为"美"。在无边的现实主义和无际的浪漫主义的交锋中，西施作为女人的代表，在文学的旋涡中，被剥夺了撒娇、妩媚、私我的权利，不能书写自我的她，唯有把自己渐渐隐去，让文人们以刀笔按需雕刻。

有人以《春秋》、《左传》、司马迁的《史记》等早期正史不做记载为由，否认西施的存在，这是令人十分遗憾的事。先让我们看看这些史书的女性观。春秋末期，礼崩乐坏，社会混乱，使很多女子的行为触碰了孔子所维护的礼义道德，女子成了孔子要防范的群体，尤其是与他时代相差无几的民女西施，以美色在政治舞台显名立功于男尊社会，是孔子所不赞许的，《春秋》里自然就没有西施的位置了，并影响到孔门子弟。《左传》是解释春秋的，它一脉相承地对西施事迹有了故意的隐讳。至于《史记》，若我们仔细分析司马迁的女性观，会发现《史记》共涉及女性约 407 位，其中仅仅简单提及的有 284 人，其余的 123 人也只是在一定程度上涉及了她们的语言或行为。可以这样说，司马迁很难脱离其所处年代的氛围和背景，他的行为及观点映射出他的女性观，那就是女人只是男人的附属品，这就导致了《史记》中那么多的女性，大多是以附传的形式顺带谈及的。如陈婴母、介子推母、王陵母。此外，司马迁在《越王勾践世家》中重点突出了勾践专心国事、富国安邦的历史英雄形象，在司马迁看来，美人计对塑造勾践形象无益。由此我们是否可以下这样一个判断，西汉以前儒家流派的文学家和史学家们，并不把在国事上建功立业的女性放在核心地位，再添上秦始皇当年的一把大火，烧了除秦以外的各国史书，作为女流的西施不存于正史中是理所当然的了。

然而变幻不定的史学江湖，终究显示着日月一样的财富。无数史学和文学达人都忠实和热情地记述了西施的风韵，他们以尊重的眼神打量着女性之美。

这是一条史学道，也是一条文学路，更是一条证据链。

《墨子·亲士》："是故，……西施之沉，其美也。"《孟子·离娄》："西子蒙不洁，则人皆掩鼻而过之。"《庄子·齐物论》："厉与西施，恢诡谲怪，道通为一。"尸佼所著《尸子》也述及西施。再有《慎子》《韩非子》等，都有关于西施的记载。春秋战国，思想自由，西施之史路正式启航。

至两汉，提及西施的书不仅多，而且详，《越绝书》《吴越春秋》等史籍地志，让西施事迹灿烂绽放，托起了越国的半壁江山。而贾谊、刘安、陆贾、刘向等文豪，也以一支支瘦笔吆喝出了以西施为代表的女性的万里江山。

在唐宋以及元明清时期，不仅有各代的总志、类书、地方志，对西施以及郑旦的记叙恒河沙数，且浓墨重彩的记写也俯拾皆是。如《吴地志》《太平御览》《太平寰宇记》《艺文类聚》《北堂书钞》《白孔六帖》《越州图经》《嘉泰会稽志》《会稽三赋》《东维子文集》《苎萝西子志》《诸暨县志》等，无论在官府还是民间，西施故事都长出了应有的平仄声韵。

令人喜悦的是，近些年，考古发现不断以实物的形式印证着西施的存在。在越国故都绍兴出土的汉代"吴越人物画像铜镜"，是一件造型古朴典雅的青铜器精品。该铜镜上刻有吴王、伍子胥、越王、范蠡、二越女，二越女宽袖长裙，粉面含春，亭亭玉立于宝器旁，是为西施和郑旦。

1995年，上海博物馆不惜重金从香港购入一尊越国青铜器精品。该盉的肩上刻有铭文，是献给"无名女子"的礼品。春秋时的青铜器，均为上层贵族所独享，而该青铜器上并未标明女子姓名、称号，说明这个女子是一平民，但又为夫差所宠幸，这与西施的历史行迹十分吻合。专家们综合分析后认定，这当是夫差送给西施的"爱情信物"。

我们若以这些史实为依据，依然能捕捉到西施的肌肉、血脉、神经和呼吸遗留的信息码，它们在生她养她的土地上亘古留存，穿越种种藩篱，成为一个国度、一个时代的徽记。

有一个问题不时让各代学人的思想和文字产生激烈的碰撞，那就是西施是哪里人，诸暨、萧山或绍兴平水？尤其是前两者，每当地方历史浪潮活跃时，两地西施故里之争就激烈如焰红。

从历史事实看，诸暨苎萝山为西施故里是无疑的。考证东汉《吴越春秋》（徐天祜注本），南北朝《会稽记》《舆地志》，唐朝《艺文类聚》《十道志》，北宋《太平御览》《太平寰宇记》，南宋《嘉泰会稽志》《方舆胜览》《会稽三赋》等有一定影响力的史书，其中多处、多角度载明西施为诸暨人。而"萧山说"主要依据的是明末清初萧山籍学者毛奇龄引用的刘昭注。其在南朝梁刘昭《后汉书·郡国志》"余暨"条下注："《越绝》曰：余暨，西施之所出。"事实上，若我们查看刘昭其人，《梁书》有传，其"天监（502—519 年）初起家奉朝请"，"初，昭伯父肜，集众家《晋书》，注干宝《晋纪》，为四十卷；至昭，又集《后汉》同异，以注范晔书，世称博悉。迁通直郎，出为剡令，卒官。集注《后汉》一百八十卷，《幼童传》十卷，《文集》十卷"，故今《后汉书》署"梁剡令刘昭补志"。从传中看，其注《后汉书》应在出任剡县令前，作为山东人的他所作的一条关于西施故里的注不足为信，况且，《后汉书》作为前四史之一，从作者范晔被杀始，历经磨难，直到刘昭为《后汉志》作注，把晋司马彪的《续汉书》里的八志补入，故《郡国志》实为河南人司马彪所作。这样的续接，导致记载失实，可谓常情。

在我看来，无论从哪个角度看，无论过去还是现在，西施故里和西施文化之根都在诸暨（历史形成）。萧山在春秋战国时期乃至秦时都属于古诸暨，西施事迹在整个古诸暨都有流传，今萧山临浦留有诸暨古文化底蕴，可能是因为某个地域曾怀念越国先人，以承古越文化，这无可厚非。但浣纱江、苎萝山、浣纱石在诸暨亘古未变，而且，现如今西施文化中心在诸暨，这是举国公认的。2006 年国务院公布第一批国家级非物质文化遗产名录，其中的第 10 项为属于诸暨市的"西施传说"。2007 年，文化部将国家级地域文化研究中心"中国西施文化研究中心"永久落户于诸暨，这是对诸暨是西施故里的再次慎重认定。

## 四

总有一种美适宜放逐，一半是翡翠，一半是火焰，一半是山水，一半是人文。

缓步在西施滩湿地公园，黛瓦粉墙，深园曲异，枕河芦苇，鸥鸟点水，渔夫荡橹，市民晨练声呷呀，此滩、此水、此桥、此景，便和自己的身心一起微微律动……

西施故里景观都有着时间的厚度和色彩，西施故里诸暨有着属于自己的心路。

这是一条人文路，也是一条山水路，更是一条发展路。

文化是一座城市的灵，是一座城市的魂。在诸暨，西施事迹成了一种文化现象，走进西施故里，仿佛走进一轴民俗风情画，粉墙黛瓦、枕河人家、老街深巷、布衣江南、苎萝山鸟、浣纱越女；走进诸暨新城，西施故事演绎新生活图景，西施大厦、西施豆腐美食店、范蠡路、越王勾践专卖店、西施珠宝店等比比皆是。

诸暨已经拥有一条景、情、意、发展融为一体的西施之路，它圆美流转，或清丽自然，或现代絷然，或幽深悠远，或淡泊清浅，或浪潮滚滚。它以西施精神为内核，写华丽之章，兴玲珑之象。

这样说来，又一个问题的答案明朗了，那就是我们一直纠结在心中的西施最后去哪里了。我想，沉江而死说、与范蠡归隐山林说、被越王后淹死说、回乡说等等，都被历史的烟云所遮掩。

不过，到得西施殿，慢走诸暨土地上，若你有情，你会发现西施倾身、倾情那一瞬间的仪态万方，她的声声心音、她的魂魄留在了西施故里，她住在了家乡人的心里。

浣水姗姗，陶山巍巍，苎萝青青，西施和范蠡曾经在这里燃起人间烟火。

自爱是人的本分，替所爱的人来爱自己，也替无爱的尘世爱自己，西施之爱和西施被爱逐渐被化为一条人心之路。

有一条"浙东唐诗之路"让我们刮目相看，它是一条引人注目的山水诗路，有人认为西施诗路是其中一部分，我觉得失之偏颇。浙东诗路以自然山水为审美对象，以山水感发人生、体道自然，俯仰之间，所见皆越中山水之美。而西施诗路，它所折射出的人文性远远不止山水，它的人文内涵恰似星辰般繁多。爱情、美的追求、家国、理想、小我与大我、过去和现在交织在西施这一文学形象上，一切都是一种超凡脱俗的心路。

古往今来，帝王将相、文人墨客、学士名流，或纷纷前往苎萝山、浣纱溪，或与笔相随，念想西施之事迹。如王羲之、孔灵符、李太白、王维、宋之问、李商隐、元微之、李贺、白居易、陆龟蒙、王轩、崔道融、鱼玄机、施肩吾、罗隐、楼颖、秦少游、梅尧臣、柴望、董少玉、苏东坡、吕本中、王十朋、杨维桢、薛昂夫、王思任、袁宏道、杨循吉、许炯、海刚峰、徐文长、陈洪绶、殷葆诚、黄增，以及近代于右任、郁达夫、范长江、赵忠尧、沙孟海、黄裳、苏步青、谭其骧、陈桥驿等都寻觅和追念过西施的芳影。

西施被一个个有思想的灵魂滋养，从有情到辽阔，滂沱成一条西施精神路。

剥开历史的包浆，西施也隐藏着一条文学和戏曲形象路：东晋王嘉《拾遗记》描写了西施、郑旦的"惊天之艳"；《全唐诗》辑录唐进士王轩与西施对吟，犹如天仙配之浪漫；元代，关汉卿《姑苏台范蠡进西施》、赵明远《陶朱公范蠡归湖》等杂剧以戏化人；明梁辰鱼的《浣纱记》，清曹雪芹的《红楼梦》、华广生的《白雪遗音》、黄增的《集杭州俗语诗》，让西施成为四大美女之首，成为中国美女的最高形象代表。

而西施殿内外，民间长出的传奇故事和传说风韵，又是一条西施的回乡路，一条佑民之路。

如果说历史是印记，那么西施文化就是诸暨土地与生俱来的胎记。

苎萝山千古恒常，浣江水万年为物所需，西施精神在浣水苎山的涵养下渐渐积淀成诸暨乃至浙江凸显的文化符号。诸暨的根、本、魂，绍兴的意、蕴、脉，浙江人文的精、气、神，西施精神早已以包容万物、滋养生命、情韵横溢的姿态与浙江山水融在一起了。

西施遗迹和故事作为一种文化基因，需要我们一点点解码，就像一层一层剥笋一样，越来越深，价值终将越来越多。

西施精神的标志是什么？为家国献身的爱国主义内质。在家国艰难的时候，能够深明大义，知恩图报，识大体顾大局，意志坚强，视死如归，坚苦卓绝，坚韧不拔，英勇顽强，淡泊名利，忍辱负重，珍视爱情，讲究亲情，有忠有孝有节有义，她集中了中国女性典型和共性的美德，西施之美，演绎的是一种形象美和精神之美相容相谐的最高境界。

人世、命运就是种种爱意、深情、美意赓续于历史话语间，值得我们这不同的人间烟火为之感动并深究其内涵。她是民族历史的见证，是民族灵魂的其中一朵浪花。

过去的历史学者和文人仅仅把西施看作红颜薄命的女郎，是越国的功臣，或为西施鸣申不平，辨冤去诬是简单个人感叹，对于生养我们的土地是单薄的。

无疑，西施文化和精神应该在新时代生根发芽，开花结果，为我们诸暨乃至更广大地区撑起人文主义的浓密绿荫。它应如流淌的母亲河一样，源远流长，转化成诸暨的发展之美、城市之美、乡村之美、创新之美，让西施之美人人都懂、人人愿学并影响人人，以至于人人都美，在更高层次、更宽领域实现文化、经济、精神、生活的共赢。

正想间，西施滩前，一群水鸟从浣江飞起，苎萝山上西施殿阳光正好，苎萝山边市民都恒美地走向自己的日常生活。

西施在日常，西施的美在日常。一时感动，写诗几句，献给常美的西施殿和西施故里。

苎萝江头枫，陶朱台畔松。

西施久不回，抬首浣纱东。

鸟飞芦苇滩，水与人偶逢。

远人思越古，细数苎萝峰。

——《观西施殿有感》

# 浣江静静流

应红梅

"只今诸暨长江畔，空有青山号苎萝"，唐人的叹喟恍如昨日。

浣江依旧悠悠地流淌着，流出了几千年诸暨的历史。世代沿河而居的诸暨人，更愿意亲切地称它为浣纱溪。或许两千多年前它是一条潺潺的小溪也未可知，而今它确乎是碧波滔滔的大河了。它因美女西施曾于此浣纱而得名。

浣纱溪，诚然是一条与剡溪并行，流淌至今的又一"唐诗之路"！李白唱过，"浣纱弄碧水，自与清波闲"；王维吟过，"艳色天下重，西施宁久微"；王昌龄问过，"钱塘江畔是谁家，江上女儿全胜花"；元稹叹过，"山翠湖光似欲流，蜂声鸟思却堪愁"。骆宾王、卢纶、鱼玄机、宋之问，众多唐朝诗人竞相为它吟咏。

在一个细雨飘洒的午后，我独自漫步浣纱溪边长长的木栈道。但见水波盈盈，珠光点点，让人无由生出几许愁绪。

眼前浣江，其实是浦阳江流经诸暨城区的一段。大致是从浦阳江与开化江合拢处开始，直到分成东江、西江两支迤逦远去，水流分开处截止。作为钱塘江一条名不见经传的支流，浦阳江源出浦江花桥天灵岩南麓，全长 151 公里。它一溪奔流，径穿诸暨，尾贯萧山，是诸暨的母亲河。

浣江上游，浦阳江、开化江、洪浦江三江汇流处，有一片开阔的滩涂：西施滩。相传是西施与小姐妹劳作之余嬉游之处。顺着江流而下，在苎萝山脚，一处苍褐的石壁上刻有两个文气郁勃的大字：浣纱。相传是王羲之所题。此即浣纱石也。"美人名士各平分"，这石头何其幸运！而今人们摩石怀想，能凭虚有寄，则又是后人之幸了。

西施夷光生于河西的苎萝村，郑旦生于河东的鸬鹚湾村。夷光、郑旦，苎萝、鸬鹚湾，这些都是一望而生遥想的美丽汉字。如今都被浣纱溪的流水带走了。曾经千百年来为人们所熟悉的劳动和生活习俗，像浣纱、苎麻纺织、鸬鹚捕鱼等，都随着原住民生活方式的改变，于 20 世纪 70 年代一去不返，风光不再。

至此，我们感念这一块浣纱石，感念浣纱石上方那一方浣纱亭，感念苎萝山脚还留有一座西施殿。虽然西施祠庙千余年来多次圮废，至"文革"时彻底被毁，现在的西施殿是 1986 年重建的，却颇为难得地做到了修旧如旧、虽新仍古。每一件廊檐木雕、石柱石刻，都是从山村古旧民宅拆建后废弃的材料中，千辛万苦搜寻和搬运回来的。相比时下动辄数百亩、上千亩的宏大复古巨制，当年这一块弹丸之地竟成就了一处苦心孤诣的造园佳构。整个西施殿依江沿盘旋，傍地势蜿蜒，不仅将主殿、古越台、沉鱼池、画眉桥和郑旦亭安置得错落有致，而且角角落落不肯有一丝忽略，其布局之精巧，让人恍入山水胜境，是"螺蛳壳里做道场"的绝佳例证。

而浣纱石对面，一个绿荫里的鸬鹚湾古渔村已赫然在目。花木扶疏，就着老屋石窗，荷塘柳岸，四季皆入画图。古街区、古村落、古宗祠，一应俱全，茶楼、戏台、水塘、古井、谷场道地，应有尽有，还有那越王剑、西施团圆饼、山下湖珍珠……

至此，一个以浣纱石、西施殿为中心，以南北穿越的浣江游览带为主轴线，涵盖鸬鹚湾古渔村、古越文化区、美苑休闲娱乐区、三江口湿地生态保护区、休闲度假区的西施故里风情旅游区，正以寓古于今的全新姿态拥抱世界。

或许唯有变化才是恒常。而对于诸暨人来说，他们之于西施的殷殷怀念之情，犹如浣江奔腾，从未止息。

许多人的记忆里都珍藏着对水、对河流的一份感情。我们的生命来源于水，我们的身体里百分之七十是水，我们是不是可以说，也许我们身上那些可爱的情感、美感和灵性，有百分之七十是水赐予我们的。

世代沿河而居的诸暨人，日日夜夜与这条古老而又簇新的河流相伴，它流淌的涛声早已融入他们家族的血脉与呼吸中。他们的脾性与灵气，也是这条母亲河所孕育。

西施就是其中最具灵性和卓异的女子。

诸暨画家吴玉女以细腻工笔绘制的《少女西施图》，可说是把诸暨人心目中那个美而灵动的少女西施活脱脱地画出来了。你看，她的眼神中似藏着家乡那口水井的波光，想必她的口音里也一样回响着家门前那条小河的水声吧。此刻，她刚刚结束劳作起身，以手托腮，一脸遐思。善睐的明眸里，波光潋滟。

如果我们将生命视为蓄积、吐纳、映照水韵波光的一段流程，那么水，一直在生命内部谱写和修正我们的生命。西施，既是站立着的波涛，也是行走着的水域。说她深情，因为仔细追溯她情感的源头，便会找到喂养她童年的西施村外婆家那些美好的山泉；说她细腻，是因为在她生命的途中，许多清亮的溪流交织成了她记忆的水系；说她豪爽果敢，只因与她日夜相伴的小河，平日里静水流深，而每至汛期到来，它激越的波涛和汪洋的水面，构成了她精神的河床，储备了她情感的吞吐量。

不由忆及西施滩一次难得的"耽玩"经历。那是 2017 年 6 月的一天，美国夏威夷大学农艺及土壤博士潘富俊先生应邀考察诸暨。潘先生所学与植物相关，所爱与中国古典文学密不可分，田野工作与古典文学都是他的最爱。因此趁着考察空隙，先生还为大家送上了一道文化大餐——"诗经里的植物"。讲座别开生面，引起大家强烈共鸣。原来在我们身边有那么多认识不曾抵达的地方，植物的世界，无穷无量、生机勃勃而又诗意盎然！

我还有幸与先生同行，一游初夏的西施滩。一路上，潘教授一直在说一种叫作芫花的植物。2016 年 4 月他在枫桥九里山见过，当时它结着花苞。

他说如果这次能看见它开花或者结果，那此次诸暨行就得偿所愿了。他补充说，芫花是一种药用植物，野生的，而且个头不小，真的很难碰到。他一再宣称，诸暨是一座不可多得的植物宝库。面对浣沙溪畔葳蕤的湿地生态，教授两眼放光，像一个性急的孩子，三步并作两步，跳入草地寻他的宝贝去了。不一会儿，他大声喊我们过去。"喏，就是它。"他满目含春地指给我们看，待我们定睛看去，只见万绿丛中，有一株三四来寸，腰肢纤细，顶着淡紫小花的植物。我们一个个大睁着什么也不知道的眼，只有傻傻地问一句："是芫花吗？"他朗声揭晓答案："认识一下，'远志'，也叫'小草'啦。出则远志，入则小草。说的就是她啦。你们看，我们老祖宗多有智慧！出门闯荡，须有远志；在家待着就甘心服气，做做小草也不错啦！"

然而，起初一想到一国城池要靠一个弱女子来拯救，我也是心有郁结的。闷怀需要纾解，需要读以下的诗句慢慢抚平。"宰嚭亡吴国，西施陷恶名。浣纱春水急，似有不平声。"（崔道融《西施滩》）"家国兴亡自有时，吴人何苦怨西施。西施若解倾吴国，越国亡来又是谁？"（罗隐《西施》）

拯救自然带有牺牲的意味。倘若这片山水原本就富庶而强大，还用西施背负贡品和间谍的双重身份，悲壮地被献于吴王吗？

沉静而又飘逸的西施雕像，无一日不在向诸暨人发出痛心的质问。或许，是每一个良善之人都会面临的内心质问吧。

历经多年的蛰伏与徘徊之后，诸暨这座小城终于有了一个雄心勃勃的开始。那是20世纪80年代的事了。这个曾经只有"青灰色的瓦片醒着／几根茅草醒着／一些古越国的歌谣醒着／浣江上那轮冰凉的月亮醒着""槌声清脆／捣衣的妇人捶打流年／浣纱石上，故事随江水远去／再不兴一丝波澜"的老城，终于迎来翻天覆地的变化。这变化是全方位的，"天空让出了高度，目光向上飞／大地让出了尺度／穷尽一座城所有的可能／看不见的光路／绘出比敦煌飞天更瑰丽的想象／让一切遥远的事物近在咫尺"（笔者诗作《我的浣江，我的城》）。人们对这块土地发展的热望，翘首盼归的一颗颗心，始终滚烫，也始终疼痛。

之于我，浣江或西施还是不可少的审美一课。再后来，变作一面镜子，日日与我的生命作伴。

作为一个大西北出生，20世纪80年代回到故乡的人，数十年一晃过去，无论是跨桥而过还是沿河行走，我都关注着浣江的自然和社会的变化及迁延。

一代代英豪，在古老的浣纱溪畔，上演荡气回肠的历史大剧。来到21世纪，时代对浣江的再次召唤，所彰显的又何尝不是它渴望走向世界的精神场域，以及文化意义上的寻根和再出发？

作为一个诸暨人，我与古老而簇新的浣江朝夕相处，它日夜流淌的涛声早已融入我的血管和呼吸。我在河边行游、长坐、寻觅、追索，所记录和见证的不唯河流本身，也是一个汉语书写者的命运。

从这一向度来看，这些稚嫩的文字，无论是呈现、沉思，还是回忆、玄想，都应该是浣江的涛声在我身体里的喧响，河水的闪光对我内心的照耀。

"若到天涯思故人，浣纱石上窥明月。"

浣江，是一位苦行者。

流水带不走她的影子，她的容颜永远都是浣纱溪的那轮新月，梅花映雪是她吟出的那首小令，她捧心蹙眉是东方的一张名片，映在谁的心上……

# 浣纱石

宣迪淼

唯有一块石头，让游鱼和我同时停了下来。

时间沉积，不怕时光缓慢，亦不怕时光过急，世界最真的真理就是我只想和你相遇，彼此懂得的那一刻就是惊世的美丽。

站在浣纱石面前，我是愿意停下来寻觅那岁月深处的懂得的。

这是一个暮春的傍晚，天上的夕阳涨满了身子，像要燃烧开来。而浣纱石依然安静，像一个讷言的老人只愿意用沧桑梳理时光的纵深！

沧桑，是所有古老的风物集合词。时光肆意地在岸石肌理上播撒下印痕，它的表皮粗粝，布满一条条东奔西突的纹路，凹凸不平的面上满是疙疙瘩瘩的石疤，一些隆起、低洼的分叉处斜切着断裂的伤口。历经千年的风霜雨雪，古老生命以棱角铮然的模样宣誓着自己的生命底色。它的确是老得与时代开了裂，然而，这与我又有何妨？

我一个人安安静静地侧身坐在它身上，唯有安静、柔美布置了我们相遇的气场。安静的苎萝村，安静的浣纱江，安静的浣纱石，安静的"浣纱"字刻，安静的浣纱亭，以及那个在历史深处安静地望乡的浣纱女。

安静好像一根长长的古藤，一头连着不愿意在故乡面前失语的我，一头连着两千多年前那片最广阔宁静的天空。眼前的浣纱石恰好是缩在我们双向情感链上的印记，亘古地守在大水边，沉静地见证着某种与众不同的东西。

相看两不厌，只因有情人。

放眼四围，一江自然春光，竟闪烁不已。草木激情生长，水波片刻不息。呶，原来脉动的生命世界簇拥着石头与我。我们安静地对峙在某一个瞬间，生命在周围生生不息，灵魂的感动使人与石都情不自禁起来。石头固执地还原了历史深处的某个现场，在时空的纵深处，允许我以一种异质的安静去自觉体悟那别样的意境和性情：静美、成熟、笃定、从容、厚重，也有血气，也有刚烈。那个女子，她安静地藏在我的魂魄的深处。此刻，石头是一面镜子，我们三者相逢的那一刻，彼此就心照不宣了。

宿命的寻找往往能衍生出多情而不羁的想象，它欢腾、跳跃，在风中流荡，追赶那不忍舍弃的渐行渐远的心仪点。

两千五百多年前的苎萝村，像一个简单质朴的句读，与江南的光景应和，勾勒出一组兼葭苍苍的诗经古韵。浣纱石边，朵云流溢，长山似带，浣水映碧，翔鱼戏草，肥沃的土地与灵性的清水合作总能泛出千姿百态的生命之光。

苎萝的山是父亲俊朗的眉峰，苎萝的水是母亲慈祥的眸子。西施在淳朴古色的苎萝村出生、长大，水亮的乡土让少女缀满了青春的韵味。伴着春天发芽、秋天收割，有过在人群里跑来跑去孩子时代的尖叫，也有过少女时做饭、洗衣的劳作。樱花般的日子，桃花般的年龄，透着幸福的晕色。

劳动是古今人类最美的气韵，它超越了草虫的轻鸣、鸟雀的啁啾、雨燕的高歌，让一个少女蓄满了生命的朝气。苎萝麻纱像流水一样从母亲的织机上吐出来，又一匹匹倾在西施的提篮里。不久，浣纱石边，"哼嗒""哼嗒"的衣捶声谱写着悦耳的曲子，"沙沙"的浣息声摩挲了寂静的光影。阳光在树梢上漫不经心地缠绕片刻，又纷纷落在江面上，少女的身影也被光斑涌到碧水里，时光粲然惊艳。有道是娇女入水，绛唇映日，纤手柔荑，玉颜舜华，楚楚衣衫，般般入画。那些鱼儿，瞅见她的倒影，傻气十足，竟忘记了游水，闲闲沉到河底。鱼儿眼里美西施，"沉鱼"西施从此声名远播。

巨石边，临水照影的女子不再寻常。岁月不再平静，西施轻轻一叹，走入历史，吴越的男人从此陷入多色的狂热和忧郁中。

一封急如星火的征召信浸透了冷酷的薄凉，施家宁静的日子被无情打破。翻阅越国使者的征召信，西施是悲情的。无礼的要求没有储含丝毫的温馨，竖行的方块文字牵系着一种沉重的负累，在越国男人纷纷力不从心地倒下或退却后，一个女人却被无情地扯到血性的舞台中央，这又是怎样的一种艰难与苦涩？

少女伫立在浣纱石上，看着夜色慢慢漫过岸石，她抬头望月。半轮淡月吊在天穹，星点似野花开得恣意，风从树梢上滑过，簌簌作响。她的心陷入了两难的旋涡，如若逃离躲入会稽大山，那远处在屋子里安守的乡亲何去何从，吴越争霸的战鼓下越国的子民咋办？如遵命远行，前方渺茫难寻，寂寥而漫长的时光将会使自己忘却了家的模样，忧虑的双亲又会如何哀痛？漫漫中华史册中，恼人的政治重压第一次真正着实地压到一个瘦削的女人肩上。

她问天问地问月，它们静静地不说话。夜色收紧了自己的身子，夜愈深。她含着泪，轻轻地坐到巨石上。江水、月色、山峰、岸石，渐渐收容了一颗烦乱的心。还是走吧，为了越国的父老乡亲。她沉沉地站起来，向苎萝村深深地一鞠躬，诀别父老乡亲，也诀别了自己的女儿身。决意的她告别阳光、苎萝、蝉鸣、纱布和温情，她换上了冷峻的面色、铁石的心肠、忧郁的眼神和犀利的机锋，她成了战士，是中国的第一位女战士。

此刻，所有的风流，与诸暨儿女相比，是如此逊色。

浣纱石上那晚彻夜的思考，西施完成了从青葱到成熟的蝶变。她放下了肉体的胆怯和青葱，以女性特有的坚韧在男人的长剑和脸庞的胡茬之间游弋。她一反《诗经》中那些无名无姓的静女、思女、烈女、弃女形象，从浣纱石毅然地离开的那天，她的内心就屹立着另一道绮丽的风景，那就是家国情怀。有血的少女，有肉的美女，有灵的智女，有魂的铮女，天下美女之首，她实至名归。

浣纱女儿，是幸运的，她让自己的国家越国在历史上体体面面。

浣纱女儿，是不幸的，在长久的政治斗争之后，浣纱石上似乎再也没有她的身影。

长久的沉寂，江声依旧，岸石依旧，男权社会把女性越来越强势地推到逼仄处。

直到一个心里装着梦的人，在浣纱石边又掀起新的波澜！

古石，古水，古道，斜阳曝下来，落下了满地繁华和苍凉，映照出流水与岁月难以湮没的时光。千年后，当一个神情凝重的男子用有重量的视线深情地打量这一块巨石时，重温沉淀的历史，灵魂深处的感动忽然四溅。他，就是王羲之，一个在黑色的东晋时世里傲然地做自己的梦的人。

作为会稽内史，到浣纱石边，他有天时地利之便，更有一份心缘之念。久久沉默，久久地思索，久久地梳理自己的心绪。曾经梦里的飞仙羽化，梦里的惠风和畅，梦里的视听之娱，梦里的放浪形骸，都与浣纱石边曾经的那个苍茫又绚丽的时代，那片清冷月光下的浣纱声，那个凄美又硬直的女人，一一印合。他被眼前的真实光景毫不费力地唤醒，一切似乎真实地走到眼前。

一笔一画，他率性地把愿景交给这块坚硬的石头。他写下斗大的"浣纱"两字，希望以智慧的方式告诉人们：一片乱世的乌云下，顽强的生命依然需要拨开云雾，像西子一样融进时代，而不是一味地用老庄的虚无装扮自己弱不禁风的人生。

心音决定身形，他让子孙把自己安葬在西施故里，伴在浣纱石边的陶朱山麓，以最热烈的方式宣示他对西子的情绪，对内心出世与入世矛盾的突围。他愿意追寻为国为民的身影，最后一刻，他拒绝了老庄。王羲之用自己的形式让西施、浣纱石和自己以别样的方式交织在一起。

八百年后，他的崇拜者陆游在浣纱石边为他重重地赞叹了一声。又一个千年后，我坐在古石上，依然心绪慷慨，情愫韵厚，直至慕心四溅！

多少灿烂繁华的时代，多少高巍耸立的风帆，多少络绎不绝的商旅，多少渔歌唱晚的日子，浣纱石的上空飘满了堆叠的观望和唱念。所有文人墨客都有一场山重水复的遇见，或在现场，或在梦境中。一切怀想或感喟，似乎都与"浣纱石"相关。

在那个风霜雨雪中都飘着诗香的大唐时代，浣纱石被诗歌意象重重笼罩起来，唐诗之路上的唐诗灵石散发着虚虚实实的心性之光。李白的"西施越溪女，出自苎萝山"，王维的"艳色天下重，西施宁久微"，楼颖的"西施昔日浣纱津，石上青苔思杀人"，李商隐的"莫将越客千丝网，网得西施别赠人"，王轩的"今逢浣纱石，不见浣纱人"，浣纱石记载着苎萝女儿的故事，石头是西施的风骨，在石头面前，多情文人都若有所思。酝酿、发酵、增饰，红颜薄命或女人祸水的咏叹在旋律中也时隐时现，不过，铿锵有力的歌者依然坚持着本色的历史。罗隐的"家国兴亡自有时，吴人何苦怨西施"，崔道融的"浣纱春水急，似有不平声"，他们是最早的男女平等的有识见者。唐朝是文人们的，自然也有一批书生关心着西子爱情和归宿，如宋之问"鸟惊人松梦，鱼沉畏荷花"，杜牧"西子下姑苏，一舸逐鸱夷"，皮日休"不知水葬今何处，溪月弯弯欲效颦"。男人们按自己潜意识里的心欲极尽想象，自缢说、沉湖说、落江说、五湖隐居说，闹腾的结局，是让一个弱弱的女子似乎无家可归。

好在，诸暨，浣纱石边的故乡，无论何时，都默默地收容着一颗漂泊的游魂，也收容了西子的女儿心、爱乡心、爱国心和作为天下第一美女带来的全部纷争。任何人的故乡都容得下子女多姿的存在。肥沃与贫瘠，喧闹与安静，大美与大丑，诸暨把女儿的大美小心地呵护了，以浣纱石为证。

在我看来，那个霞光似水跳跃的黄昏，西施与范蠡泛舟的地点应在浣纱水。西子在船头弯腰浣洗，秀发如瀑；范蠡背手屹立，目光沉静。他们踏上了浣纱石，走向苎萝村，在故乡男耕女织，相爱相携一生，最终化为西施娘娘和陶朱公。

美是一种印记，在西施的故里，苎萝山、浣纱溪、浣纱石、西施滩、西施门、西施坊、范蠡岩、西施殿、西施亭、西施大街、浣纱村、西施豆腐，西施的身影无处不在。西施美丽了故乡，故乡升华了美丽。当年的浣纱声，当年的响屐舞，当年的慷慨献身，都化为乡亲的忧患意识，新生活生产的高度凝聚力，强烈的复兴精神。千年后的今天，浣纱石又一次见证了西子娘娘后人的美丽。

月色渐渐从陶朱山向浣纱石边靠过来，也许娘娘和陶朱公又要携手漫步。

有人说，吴越的历史寂寞了，吴越的村庄荒芜了，吴越的传统爱情锈迹斑斑了。但在浣纱石边的西施故里，一切依旧保持着源源不断的温度。西施住在乡亲的心里喽。

我轻轻地离开浣纱石，一对年轻的情人在浣纱石上坐下，浣纱石安静但并不寂寞。

# 春雨入山深——五泄古道漫笔

玉兰儿

春三月，桃始华，微雨，这里却是安静的。

我和友撑伞从五泄风景区后门进入，沿石阶爬响天岭，步入枫叶林途中，山势连绵，山樱照眼。只闻泉水之淙淙，若琴，若笙竽，不见其水。苍翠竹林满目，树木和野花交映，我脑海中不时闪过的念头是：当初人们是以什么样的初衷走在这条古道上？是会客还是为了生计，抑或为了见一见心仪的爱人？

到刘龙坪，见一茶店，汲五泄之水，浇五泄之绿茶，敞开的天然氧吧中，三两游人饮茶赏景。对面一石碑，记录刘龙坪之名称由来。"相传龙子常钓于潭，得骊珠吞之，化龙飞去，后人为垒石作冢。或曰龙子之母葬焉，世远不可辨。"五泄东龙潭西龙潭怀抱串流，既有龙之名，想必也有龙之迹。明袁中郎五泄游记中，另有更传奇的记载。"暮归，各赋诗。所目既奇，思亦变幻，恍惚牛鬼蛇神，不知作何等语。时夜已午，魈呼鬼号之声，如在床几间。彼此谛观，须眉毛发，种种皆竖，俱若鬼矣。"感觉人入境后，不疑神疑鬼也做不到，只为这山水赋予了灵性和神性。

带着这样的心态，继续往前，红枫是近年种植的树种，郁郁苍苍，比肩而立。一片空旷之地，环境幽雅怡静，空气清新凉快，宛如桃源。早春的红枫，显得落寞和寡欢，然到了秋天，这里想必是红彤彤一片，景色如画了。

　　眼前两株玉兰树在景区房的屋檐上，空灵而孤傲。登紫薇岭，道路开始陡峭。路旁是平时不太能见到的一些古树。如百年紫薇、木荷、甜槠，树干通直，枝叶茂密，四季常绿。待至山顶，此处松树好像黄山松似的，做迎客状，眺向水流作响的一边，山势力拔，翠微茂盛。

　　岭顶有一亭子，一女子经营，放着很奔放的音乐，供游人饮茶。山风习习，有四游客在打牌。我想到黄公望的《富春山居图》，这里的一景一物似乎像极了黄公望的山水走笔。在五泄山中，这些游人仿佛已融于山风山水中。一切机心和功利心在这里都可以删除。我和友爬至这里已微微出汗，一起在亭中略微小坐，饮茶，听山中的音乐，观远处的山花山树，仿佛穿越了时光隧道，步入前人的画中。"山气日夕佳，飞鸟相与还。"似乎人也沾染了一种超拔脱俗之气质。

　　都说智者乐水，仁者乐山。在这条路上，我们无疑成了智仁双全的人。沿紫薇岭向下行走，到西龙潭。一泓潭水清澈见底，又凉又纯。楠木像龙王宫中的护卫一样，被点兵屹立在西龙潭的两边山上。让人奇怪的是，这楠木很多都是一木双杈，树根奇崛，很多有青苔覆盖。乳白色的树枝，碧绿的青苔，好像爷孙间的嬉戏，亦好像父母同体的见证，亦有夫妻合抱的甜蜜。《博物要览》载：楠木有三种，一曰香楠，又名紫楠；二曰金丝楠；三曰水楠。金丝者出川涧中，木纹有金丝。楠木之至美者，向阳处或结成人物山水。据悉，五泄的楠木多为红楠，百年以上历史，想来是极为珍贵的了。

　　雨中楠木林，瀑布好像是树叶间挂下来的，通体是滋润的。

　　青苔，蕨类植物以及藤类植物，任凭葱郁任意长，万物静观万古存。雨天，石板更是泛着幽幽的光泽，楠木招展着枝叶，含着花苞，耳旁是潺潺的流水声，和着静谧的山林之气，我想这些树木是怎么种下的呢？是山民随手撒下的种子，是途经时丢落的一个希望，还是认路的暗号呢？

　　没有人能回答，就如无人能解答这路是如何走出来的。只有流水声，默默地陪伴着。

说到流水，眼前就有一圆形石碑，红漆刻着"刻镂瀑"，我望文生义，想着这儿的瀑布肯定如一缕一缕细碎的白莲，长袖善舞在石溪中。近前一观，果然如此，不免欣欣然。再往前，有腾云足和双峰插云路牌。想必是刘龙子冲天之地了。一个传说接着一个佐证，让我们如何怀疑这龙的传说呢？

走到步幽亭时，路边的溪水声，雨中树木，苍绿，青翠，生机，步步入幽境，可谓名副其实。约莫一公里，前方有一圆形顶盖的亭子，上书"体泉亭"。亭子的对联不费多少笔墨，已然把此处景色点睛了。一路走来，龙之足迹昭然，龙之精神世界在体泉亭得以升华。突然想，若是金蔚先生携琴在此而吟唱，将是风度与气韵皆合的。踏着月光的行板，一曲《将进酒》，会否让周围树木山川如痴如醉呢？

徐渭的《五泄云雾茶诗》："云里人家雾里茶，武夷龙井未堪夸。山中更有醴泉出，毋怪朱颜常似华。"想必徐渭所说的醴泉，出处即在这里。如此，还该配上茶席，醴泉水，雾里茶，何须饮茶言必说武夷呢？五泄的山，五泄的茶，五泄的水，是龙的饮品，带着神性。

我沉醉在这醴泉的叮咚中，不觉来到西源峡谷的路牌下。骆恒光先生所书"千流百凿原无路，一峡三台别有天"苍茫而稳重，在西源古银杏林中显得妥当。

转弯，见"五泄古刹"四字。源于杨维桢之集字。开阔而具古意，神态顾盼却又金石味浓。建于唐代的五泄禅寺，更是人文历史蕴藉之地。据记载，五台山高僧灵默禅师云游于此，担土砌石、砍树建茅，建造了五泄禅寺。如今，在五泄禅寺的门口，还有一棵千年银杏树，据说是良价大师亲手栽种的。其实，在唐代时，五泄还曾隐居过一位著名的诗人，"画成罗汉惊三界，书似张颠值万金"便是对这位诗僧、画僧贯休的描述。

步入五泄禅寺，在雨中，和师父听雨对饮。师父说："五泄的山势，像一条盘着的龙；五泄的水势，也像一条龙，环山而流，呈一种回环、环抱之态。在历代法师的眼中，这样的一个所在，是'腹地'，更是'福地'，真正的风水宝地啊！"

　　这一路,好像被龙引路,他的日常,他的文娱,他的出没,恍然近在眼前。"却顾所来径,苍苍横翠微。"但我更想说,"却顾所来径,赑屃伴君行"。在这里,一草一木,一点一滴,请用恭敬心和珍惜之情,好好地行走吧。说不定,能邂逅一个赴京赶考的龙子呢。

　　"人事是非空缭绕,去瀑仙境乐逍遥。"我以为,晴空碧阳时走楠木林,会有光辉照游人;而在雨中,会示现神意。

# 古山古树古寺宏

俞湘萍

　　山水有情，人亦多情，在绍兴这块福地，寻山访水似乎是一件太自然的事情。会稽山已不消说，而那蜿蜒曲折的秦望山，与印山王陵隔空相望的笔架山，传说中秦始皇树立碑石的刻石山，似乎都在因为古贤而成为绝胜，而那些仅仅靠诗文写就的山，似乎慢慢从人们心里倒塌下去。山体容纳着渐渐沉默的历史，总让我想起茶马古道上最后一座古石桥，想到英雄时代最后一个骑士。那么未来我们怎样回忆？有人会说："山上可有寺，寺中可有史，史中可有婉转？"听取故事的热情或许会打开唐代的绮丽，宋代的清辉……不妨听之，赏之。

　　越山就是这样一座山。古山古树古寺宏，古老得似乎遍地都是这种古老，古老得似乎需要一些精巧的机缘才能撞见。而这份机缘于我而言，不正是当下的这次游历？越山很小，小得似乎当不起越山的名头。如果我们说起古越大地上有一座山叫越山，那么总会想起会稽山吧，绵延在浩浩汤汤的历史面前，诸暨这座小山，孱弱却坚定得像那风中的蝴蝶，紧紧抓着生命中可悲可叹又可喜的静定。

　　而每一次游历到有古寺的小山，都会让我想起西北游学之时，我们曾去过的须弥山。反复撞击的北风、如浪的松涛、佛像的呼吸，让这藏在深处的大山拥有自己的声响。大约声响是一些生命的存证。我们同去的一行人走了大段的路攀爬而至，一尊尊大佛祖露出自己最浩荡的诗意。在圆光寺里观看第四十五窟，我们讨论到供养人和伎乐人，伎乐人和飞天的壁画其实有相似的意象，她们神态自若，造型朴素，看上去十分自然率真，跪坐在佛的脚下，极为虔诚，似乎随时准备吟唱佛乐。"佛因怜众生而不加制止，故任其遂愿得福。"

越山上有云居寺，今称越山寺。曾有一位僧人名师萧，师萧本身也是一个诗人，在这样朴素的山间，得到"此日平生眼豁开"之感慨，大约是被感动的。山间松枝的嘎鸣，一株滚圆的蘑菇或是一只细小的蚂蚱，都成为他眼中之物，众生理所当然地平等于他的眼中。我寻到新的诗意的快乐也好像走过的每一步路，不假思索，也不需要归处。据说这座寺庙是为纪念勾践、范蠡、文种而建，已有一千多年历史。寺内有据传越国雪耻复国后范蠡辞别越王带西施半农半商后重返故里，故地重游时在寺内亲手挖穴取石建造的"鸱夷双井"等物。可惜"文革"时毁于一旦，现在大约是无法追溯了。

曾经的事已经无法追忆，师萧早已作古，鉴真大师的名声却淡淡地留存下来。那么其他为越山写过诗的人呢？

皇甫冉大抵是最寂寞的。"独鸟连天去，孤云伴客还。"我常常想天地之间如果有一个支点，诗人作诗时或许会更有底气，心下便不会豁开一道口子，去承受写诗之后更大的孤独。而写下"昨日围棋未终局，多乘白鹤下山来"的秦系，会让我想到山中约客的赵师秀，也许便是这样一座山，倚一株最古老的松树，性灵的植物们举着这玄妙的棋局，自然有仙鹤前来载客回到尘世，只待第二日，再续前缘。古时，大家的纠葛似乎就这样清浅。君子之交淡如水，整个中国古典诗词的领域似乎都弥散着一抹天真的山色，烟雨朦胧之时，就可言：一切尽在不言中。却也好像一切突然触手可及起来，在山上行走的这些时间，让我们的叹息有了可以存放之地，也让我们足以承受佛的垂怜。在人烟稀少的时候，就更能感受我们自己的气息，与沉默的越山多么切合。

"越山重叠越溪斜，西子休怜解浣纱。得似红儿今日貌，肯教将去与夫差。"写得多么凄婉。我呢？我多想告诉它，我们是一样的，我们的生活里也会有轰然倒塌的时刻，但生活也一直有着护佑我们的内在力量。那就是山的隐喻，那是远远望去便觉得安心的存在。我感到生活，交织在我的衣领上，有时缠得我喘不过气，有时又令我得意地露出脖颈——拥有支撑的隐喻。此时此刻我才感到我真的会不停地哭出声，我会为了爱，为了沉默，甚至为了一切俗不可耐，一切冗长的生活哭泣。我反问自己："什么生，才是真正的生？"慢慢地，我遵循着最简单最自然的秩序走，那些不安的游荡被从生命里剔除，又化作蝴蝶和风雨，无限地丰盈着我们的生活，每一本书，每一页纸都饱蘸着汁液。大抵越山最令我动容的，便是这股生生不息的意志。

这一段日子，大抵说得上是"久在樊笼中"的，但李白所言"一生好入名山游"的任侠之气似乎在心里慢慢堆砌。在这夏风四溢的山野，随走马观花的眼睛疾驰而过，带着我即将启齿的话语。阒静无声的时候，我总是想到里尔克。"也许鸟儿们，会带着更热情的飞翔感到这扩大的空气"像极了带着无数回声的神泣，鸟儿剧烈而空旷的身体，翠绿的、机敏而不顺从的身体，"聆听风的声音，和那在长久的沉默中形成的讯息"，而后用热情在胸腔内不断地恰如其分地鼓动，生命难得恰如其分的时刻，将山风向鸟儿传达的，便这样传达给我们了。这似乎在说，一个生命（虚拟或切实的）迎来悲壮与理智之前，剧烈地反转了，我称之为浪漫——告诉我死亡的一切，那些旷野的风声，那些腹腔空而巨大的飞鸟，也顺从本心地，告诉了我最盛大的生命。诗人的命途也在这些细小雨丝的洗润之下，渐渐圆融。

重新回到我脚下的路，人能够因为多走了些路而成长、成熟吗？走在越山的脊背上，我抬头看那些巨大的古树，不经意便被一些思考打击了头脑。

抗日期间，同文中学在越山寺内办学，现在还有《同文校歌》流传下来。在乱世之中，这样一座小小山寺，却承载了办学这样的兴旺之事，似乎重返了它香火最旺盛的时候。山寺如学院，一切朴素的佛家黄墙，一个大大的佛字，在坚定的读书声里难免又有些悲悯哀戚。真真是为国家兴亡而读书的时刻，真真是永生不灭的大爱。

也许这种情感只有真正经历过才懂。生于和平年代的我，也只能在困于生活，困于无可奈何的琐碎之时，才能突然回过头来，用心、再用心地阅读。但是这种心愿在疫情的困扰下似乎也变得垂危，或许，使我哭泣的仍是同路人的命运，还会有什么幸运与不幸呢？我们几乎是在无法阻挡的不幸底下拼命前行了。此般大灾大难，我们不正需要越山寺的这份责任担当吗？在这样急促的变幻里，我头一次感觉到我离河岸那么远，曾经无数次救赎我的河岸，那些依靠之处，渐渐消失，我只能在凝视海德格尔所谓锤子的同时，不断地向下沉去，看不到那些沿岸只剩下根茎的稻秆，看不到黎明从远处亮起的一瞬间。而所谓睡眠，似乎只是夜晚麻醉了我，让我短暂地忘却对自己的责问。

静心写作的时候，屋外的雨水时有时无，滴落的声音也时有时无，最最安静的午夜里，我这个人，我的存在也时有时无，像是灌醉自己的那一天，不知道什么时候，身体的哪个部位就失去了知觉。我想，以前，我在模糊里也勉强可以活着，现在，追寻准确的生命，这样常常会枯萎的要求也变得迫不及待，就像伤痕里永恒的褶皱，只言片语仍旧无法诉说，只能在不停地受伤中，化为沉默，化为对自己的生命拔节的渴望。

如今想来，在越山，似乎还有"传道授业解惑"的传统，湖水仍旧煽情，在水波乍起的时候，解救我困于哀戚的心。我想我还会再去那里，古山、古树、古寺，一切古老的元素是最能抵抗人世短暂的庸碌感的。唐诗之路上每一个朴素而真纯的小点，连成了这天然的历史，也或许是野史中最秀丽的一些点缀。越是学习古代诗词，便越是珍爱这样并不容易的留存。

大约生活就是间或痛楚，间或安稳，最近的日子，强自镇定的时刻，提笔欲言的时刻，抑或是偏于一隅的时刻，都匆忙而昏沉。也大约是灵感来得太难，每一个思考都变得珍贵，像是初识人生沉痛的美。我终于提笔写下在越山的最后一个举动：面对越山寺前的湖泊，我静静地体悟与山体联结的感受，我将手掌按在地面上，闭目——

我总得保持一颗愧怍的心，过一种智识的生活啊。

# 借居东白山

惊　墨

最近读到谢灵运的《山居赋》，他在序中说："古巢居穴处曰岩栖，栋宇居山曰山居……山居良有异乎市廛。抱疾就闲，顺从性情……"

山当然有性情，性情太张扬或是太缄默的，都不适合依居。

温州雁荡山，史称中国"东南第一山"，我曾有幸到过，山中多的是怪石嶙峋，群峰峥嵘，飞瀑崆峒。每一块岩石每一株树木都棱角分明，奇形怪状，端的是大自然鬼斧神工的姿态，虽说天工造物，但山中万物皆傲气凛然，缺少人间温情；我也见过被誉为"人间仙境"的天台山，人还没等走进去，就有仙气扑面而来，听闻历来有诸多隐士来此参禅修道，山中尚存的隋朝古寺——国清寺更为天台山增添了香火气与灵秀气，但她太过干净纯粹，如神仙般一尘不染地凌驾于众生之上，远离着人间苦乐，这样的名山可远观可近仰却不适宜留居。

所以，如果要我找一个山居之所，那必然得是东白山，也只能是东白山。

东白山适居。因为它足够亲民，足够世俗。甚至连给它的命名，都显得那么漫不经心。《嘉泰会稽志》这样记载它的"生平"："一名太白峰，跨连三邑，其在剡曰西白，在东阳曰北白。"而它因身处暨阳之东，后又名东白。

这就好比一个生于山野的孩子，有的是乳名和绰号。生下来就是接地气的，吃着人间烟火长大，热闹得像枝头红杏，像静夜秋蝉，像白馒头上的一点红。

山中一路都有山涧甘泉，自山顶而下，任何人都能随意取饮，这便是解决了居山的第一要素。现今满街都是琳琅满目的奶茶饮料，天然的山水才愈显珍贵。我有一个文学前辈，为人低调简朴，有次去他办公室，见书架前放着一桶水。他笑着告诉我这是特意从老家山里接来的山水，现在尝惯了山泉，已不再喝普通矿泉水。我看着他身着粗衣布鞋，从桶内舀水煮茶，颇有几分返璞归真的古人风范。

当然，东白山上有泉，名为"玉女"，亦非寻常山涧野泉。此泉清甜，宜煮茶酿酒，甚至汲取不尽。

当地人相传此泉平时干涸无水，每逢天旱，却会汩汩涌出水来，即使千人饮酌，也涓流不涸。人们常常会聚集此地祈雨。去的时候，正是晴空万里，那汪玉女泉如同胎记般嵌在延绵的东白山脉中，独自熠熠生辉。

有水的地方，必有人家。但东白山的适居，远不止于此。

东白山的主峰——太白峰海拔高达 1194.7 米，纵横东阳、诸暨、嵊州三地。说实话，高山仰止，其实是不适合居住的。

但东白山是个特例。它虽然海拔高，却并不陡险。它就像江南女子一样低眉温婉，你完全可以拾步而上，若你愿意，可以随处开垦田地，种植菜苗。

草堂三间，薄田两亩的日子，不会像诗和远方那样遥不可及。

比如现在，距离太白峰不足半小时路程的山腰上，就有铺天盖地的人间烟火气。支了摊的小贩们架着围炉锅瓢，生火开门做生意。有游客从顶峰而下，疲累欣喜地在简陋的棚里坐下，半挣着袖子，解了开衫，点上一碗馄饨、面条，或只是一个霉干菜烙饼，便是真正质朴的山野之味，便是苏东坡的"人间有味是清欢"。

有腿脚不便的小贩混杂其中，他的生意做得比常人更火爆些。闲谈中得知，他早年丧妻，子女不在身侧，一个人就将家安在东白山中。常人偶有相询，这山里空无一物，他又腿脚不便，如何生活。他干脆笑出一脸安逸的沧桑，在这里住惯了，出去生活才是不便，山里应有尽有。

我细细回想着他的话，深觉里面的大智慧。生活，本该是最简单纯粹的，只是人将它过复杂了。物欲横流，早就忘了生活的本质其实不过一茶一饭而已。

就是这样烟火味十足的尘世，生龙活虎地落在静谧沉默的山脉间。我想也只有东白山，容得下这十里清风，浩荡山河，也包罗得了人间百态，五味杂陈。

山也如人，也有性格，东白山的闲适淡泊也吸引着无数古今文人。但我十分愿意相信，东白山最吸引他们的还是它的宜居。

有诸多学者一致认为诗人王维是到过诸暨的，并曾留宿东白山。竺岳兵就曾在他的《王维在越中事迹考》中写道："唐开元八年至开元二十一年将近十五年间的王维在吴越漫游。"加上王维又有著名的《西施咏》："艳色天下重，西施宁久微？朝为越溪女，暮作吴宫妃。贱日岂殊众，贵来方悟稀。邀人傅脂粉，不自著罗衣。君宠益娇态，君怜无是非。当时浣纱伴，莫得同车归。持谢邻家子，效颦安可希。"这些都可以视作王维曾在诸暨停留，并且留下墨迹的证据。

当然，即便没有以上的这些佐证，我也愿意相信王维是来过东白山的。王维在诗人里毫无疑问是喜静的，但同时他的心里又住着一个活色生香的繁华人世，比如他的"月出惊山鸟，时鸣春涧中"，他的"竹喧归浣女，莲动下渔舟"，他的"荒城临古渡，落日满秋山"。无一不展现着活灵活现的山河日月。

有人说遁隐山林，不问世事的方为隐士。但在我看来，作为隐士的首要条件必得先热爱着这疾苦欢喜人间，避世却不离世。王维便是如此。

因此，我更加确信王维是到过东白山的，并且留居。山中的一树一木本都是幽致清寂的，但东白山偏偏要做出世俗浓艳、放纵不羁的样子来。就像我初见《清明上河图》，内心被狠狠击中，久久不能平静。越是静默脱俗的表面底下，就越是热烈和日常。

自古文人三件事：诗、酒、茶。宜居的东白山自然少不得茶。

我在初春四月登临东白山，茶香初现，腰间系着茶篓的茶妇们正低着头忙采茶。她们的面容黝黑，手上爬满了细碎的皱纹，她们很大声地用我听不懂的方言交谈着，我看到她们笑起来的时候眼神格外明亮温柔，那眼神是欣喜的，带着茶香芬芳，带着生计的希望。

这与西湖狮峰上貌美的采茶姑娘大相径庭。农妇们身材臃肿，容颜粗鄙，连嗓门都尤其高亢洪亮，她们甚至进化成了一半的男人，采茶迅速娴熟，一只手就能拎起装满茶叶的蛇皮袋，转身就消失在荆棘丛生的茶树林中。

这粗糙、野生，近乎凌乱没有章法的采茶场景直触我心，让我久久不能平静。这不就是生活最本真的原生态，极尽简单的原始自然。

我有一位颇具名气的文学老师，中年以后像蝉蛹开始蜕化，每天穿着10块钱的黑布鞋，背着一只不起眼的帆布袋去挤地铁。喜欢喝乡下农家自采自制的粗茶，用大大的搪瓷杯装着，有人送他刚上市的西湖龙井，他却只用来招待客人。

问及原因，他笑着说，人到中年是往回收的，越朴实越近乎大众越返真的，才越让人妥帖舒适。

东白山低到最俗的尘世间，低到尘埃里，它甚至愿意在自己身上再开辟出一个人世，热闹世俗、市侩烦琐，还有纯粹不拘。它拥有生活的基本要素，从古至今。

有人给东白山产的茶叶起了一个好听的名字：东白春芽。虽然唯美，但我却觉得这名字亦是多余。茶不懂世事，不需要分时节地界。

在翻阅关于东白山的资料时，我看到有人认为李太白也曾到过此处。又有一说，正因如此，东白山的主峰才命名为太白峰。我十分愿意相信李白来过，并且不只是到过。

我更十分愿意相信，他甚至在此落居了一段时日。他豪情万丈地将他的白色长袍一挥，轻轻推开了一家寻常农户的篱笆，像春风浩浩荡荡地进入了这座静默了千万年的山脉。

他当然不会想到，这个地方在几千年以后依旧有喧嚣人烟，他更想不到，一批批唐诗爱好者和研究者一遍遍走着他走过的路，终于让此地有了新的名字——"唐诗之路"。

这下，诗也有了。还有什么理由不在东白借居？

东白山的美是大众易懂的，雅俗共赏的，同时也是值得被传颂铭记的，如同唐诗本身的品质。

太白峰顶尚有一个简陋的小卖部，小卖部的旁边是一个同样简陋却颇有年代感的寺庙，上书"仙姑庙"。进出香火鼎盛，据小店老板说，这个仙姑庙十分灵验，声名远播，尤其是到了七夕时，还有传统庙会，历经数百年而不衰。

于是，我又看到了东白山顶，飘浮着人们对美好生活的向往与渴望。

有温饱生活，有诗情画意，有惆怅抱负，也有生死信仰。

千百年来，生生不息。

人来人往东白山，其中不乏一些前来山顶露营的。据说东白山的日出日落都极美。

他们自带食物，随地一坐就开始一段人生，借宿东白山，仰天星河，落目清风。傍晚时分的东白山顶，有点点灯光闪烁，像新开出一个集市，悄无声息地热闹起来。

年轻人弹起吉他，同伴们敲着酒杯唱着歌。店老板歇了生意，索性也席地而坐，他笑得落拓：生活告诉我，万不能辜负这东白山的每一个日落。恍惚间，我竟然看到李太白，看到王维，看到戎昱、李频等唐朝诗人同席而坐，盆鼓而歌。

在东白山顶上，时空纵横，历史交错，与古人对话。我敬过山河岁月，敬过浩瀚星河，最后却在这平庸世俗的东白山上陨落，这最具人烟的东白山啊。

人世的人，烟火气的烟，足够经得起你几世轮回。

# 后　记

　　"浙东唐诗之路"是文化浙江建设的一张"金名片"。千年诗路，山水清丽、人文荟萃。历史的沉淀，文学的滋养，为浙东山水注入了丰富的文化内涵和精神，留下了魅力四射的文化瑰宝。

　　有关这一现象的形成，可追溯到魏晋六朝。晋室南渡后，中原大族纷纷定居浙东。"山阴路上桂花初，王谢风流满晋书。"不仅王谢两大家族都在会稽一带建有别业庄园，孙绰、戴逵、支遁等名流也相继归隐。山水诗派的开山鼻祖谢灵运别居始宁墅，留下了许多体现山水之声色状貌的诗作，也留下了丰富的文学精神。到了唐代，浙东山水吸引了众多诗人关山万里，追慕而来。李白、杜甫、元稹、孟浩然……纷至沓来，镜湖、若耶溪、剡溪、沃洲、天姥、赤城等地，处处有诗人们的屐印游踪、棹声帆影。《全唐诗》中留下 1500 余首相关诗歌，形成了蔚为壮观的浙东唐诗之路山水人文景观。

　　为了以文学创作的形式来推动文化传承，深耕唐诗之路文脉，近年来，绍兴作家积极投身诗路文化资源的挖掘与推广，深入浙东山水采风，创作了大量表现越地山水人文的散文，传承和弘扬诗路文化，描绘新时代的景象。2019 年 11 月绍兴地区嵊州、上虞、柯桥、越城、诸暨、新昌六地作协共同发起了"晋风唐韵　诗路流芳——2019 浙东唐诗之路采风之旅"。由嵊州市作家协会牵头，从中选取 58 篇文稿，篇目按作者所处的唐诗之路实际地理位置排列，结集成书。以后来者的情怀向先贤致敬，也为更多的后来者留一点文化的痕迹。

感谢绍兴作家们的辛勤创作，感谢为此次活动提供帮助的师长和有关组织，感谢柯平先生为此书作序。

编　者

2020 年 9 月 21 日